U1009838

全国高等教育自学考试指定教材

新闻学专业（本科）

# 中外新闻作品研究

（附：中外新闻作品研究自学考试大纲）

全国高等教育自学考试指导委员会　组编

主　　编　汤世英

副 主 编　邓长荪

撰 稿 人（以姓氏笔画为序）

邓长荪　汤世英

展　江　董广安

武汉大学出版社

图书在版编目(CIP)数据

中外新闻作品研究/全国高等教育自学考试指导委员会组编;汤世英主编.—武汉：武汉大学出版社,2000.8(2023.9 重印)
全国高等教育自学考试指定教材 新闻学专业(本科)
ISBN 978-7-307-03022-0

Ⅰ.中… Ⅱ.①全… ②汤… Ⅲ.新闻—作品—文学研究—世界—高等教育—自学考试—教材 Ⅳ.I106.5

中国版本图书馆 CIP 数据核字(2000)第 28356 号

责任编辑:蔡先保　　责任校对:刘凤霞　　版式设计:支　笛

出版发行：武汉大学出版社　(430072　武昌　珞珈山)
(电子邮箱：cbs22@whu.edu.cn　网址：www.wdp.com.cn)
印刷:武汉图物印刷有限公司
开本：880×1230　1/32　印张:12.875　字数:365 千字
版次:2000 年 9 月第 1 版　2023 年 9 月第 25 次印刷
ISBN 978-7-307-03022-0/I・231　定价:39.00 元

# 组编前言

当您开始阅读本书时，人类已经迈入了21世纪。

这是一个变幻莫测的世纪，这是一个催人奋进的时代。科学技术飞速发展，知识更替日新月异。希望、困惑、机遇、挑战，随时随地都有可能出现在每一个社会成员的生活之中。抓住机遇，寻求发展，迎接挑战，适应变化的制胜法宝就是学习——依靠自己学习、终生学习。

作为我国高等教育组成部分的自学考试，其职责就是在高等教育这个水平上倡导自学、鼓励自学、帮助自学、推动自学，为每一个自学者铺就成才之路。组织编写供读者学习的教材就是履行这个职责的重要环节。毫无疑问，这种教材应当适合自学，应当有利于学习者掌握、了解新知识、新信息，有利于学习者增强创新意识、培养实践能力、形成自学能力，也有利于学习者学以致用，解决实际工作中所遇到的问题。具有如此特点的书，我们虽然沿用了“教材”这个概念，但它与那种仅供教师讲、学生听，教师不讲、学生不懂，以“教”为中心的教科书相比，已经在内容安排、形式体例、行文风格等方面都大不相同了。希望读者对此有所了解，以便从一开始就树立起依靠自己学习的坚定信念，不断探索适合自己的学习方法，充分利用已有的知识基础和实际工作经验，最大限度地发挥自己的潜能以达到学习的目标。

欢迎读者提出意见和建议。

祝每一位读者自学成功。

**全国高等教育自学考试指导委员会**

1999年10月

# 编者的话

中外新闻作品研究课程是高等学校新闻学专业的一门基础课，也是全国高等教育自学考试新闻学专业本科段的一门必考课。

设置本课程的主要目的是：使自学应考者比较系统地掌握新闻作品研究的基本理论知识，初步掌握并能实际运用剖析新闻作品的方法，通过阅读分析新闻作品，培养和增强正确剖析各种新闻报道作品的能力，以便毕业后能较好地适应新闻工作的需要。

中外新闻作品研究课程属于新闻学专业中的应用学科，实践性较强。自学应考者不仅要认真学习本课程的基本理论知识，还要重视新闻作品评析训练，勤于实践，巩固学习成果，提高分析问题和解决问题的能力。

中外新闻作品研究课程自学考试教材内容分为上、下两编。上编是新闻作品研究概论部分，主要讲解新闻作品研究的基本理论和基本方法等。下编是新闻作品阅读分析部分，主要内容为中外新闻作品选。本课程自学考试教材中提到的新闻作品，是指新闻报道作品，如消息、通讯、特写等。

本教材由中国人民大学新闻学院汤世英任主编，南昌大学新闻系邓长苏任副主编。新闻作品概论部分的第一、五章由邓长苏编写，第二章由郑州大学新闻系董广安编写，第三章由汤世英编写，第四章由中国青年政治学院新闻系展江编写。

1999 年 9 月

# 目　　录

（二）

## （三）

# I　新闻作品研究概论部分

## 第一章　新闻作品研究的原则

新闻作品研究须遵循一定的原则，在分析研究作品时，才不致随心所欲、主观武断，才能客观公正地对作品作出正确恰当的评价。

### 一、要有正确的指导思想

新闻作品是社会现实生活最迅速、最直接的反映。一篇新闻作品，从采集、制作到面向社会公开传播，是一个复杂的系统工程。客观事物的多样性，报道者的立场观点、认识水平、价值取向、评价标准，无一不对新闻作品产生这样或那样的影响。因此，研究新闻作品，必须要有正确的指导思想，这是新闻作品研究的一项重要的基本原则。

新闻作品研究者要以马列主义、毛泽东思想和邓小平建设有中国特色社会主义理论为指导。马列主义是放之四海皆准的真理，是无产阶级政党的指导思想、行动的指南。邓小平理论是马克思列宁主义同当代中国实践和时代特征相结合的产物，是毛泽东思想在新的历史条件下的继承和发展，是马克思列宁主义在中国发展的新阶段，是当代中国的马克思主义。马列主义、毛泽东思想和邓小平理论，是统一的科学体系。在当代，坚持邓小平理论，就是真正坚持马列主义、毛泽东思想；高举邓小平理论的旗帜，就是高举马列主义、毛泽东思想的旗帜。新闻作品研究者要认真学习马列主义、毛泽东思想，中心内容是学习邓小平理论，以此作为分析研究新闻作品的指针，这对我们研究新闻作品具有十分重要的意义。只有这样，才能使我们坚持正确的立场、观点和方法，保持清醒的头脑，对新闻作品作出正确恰当的评价，在读者阅读新闻作品时给以正确的引导。

学习马克思主义理论，贵在深刻理解和善于应用。毛泽东同志在延安整风时期就指出："应确立以研究中国革命实际问题为中心，以马克思列宁主义基本原则为指导的方针，废除静止地孤立地研究马克思列宁主义的方法。""如果你能应用马克思列宁主义的观点，说明一个两个实际问题，那就要受到称赞，就算有了几分成绩。被你说明的东西越多，越普遍，越深刻，你的成绩就越大。"（《整顿党的作风》，《毛泽东选集》第3卷，815页，北京，人民出版社，1991）江泽民同志在中国共产党第十五次全国代表大会的报告中，在谈到学习邓小平理论时也指出："一定要以我国改革开放和现代化建设的实际问题、以我们正在做的事情为中心，着眼于马克思主义理论的运用，着眼于对实际问题的理论思考，着眼于新的实践和新的发展。"从事新闻作品研究，必须发扬理论联系实际的学风，对新闻作品和新闻工作者的采写实践，进行认真的分析思考。要紧密结合新的历史时期社会主义新闻工作，解放思想，实事求是，创造性地开展研究活动。对改革开放以来，新闻报道在内容和形式方面出现的各种新情况、新经验、新问题、新变化、新创造，要以是否有利于推进改革开放，建立社会主义市场经济，发展社会生产力；是否有利于加强社会主义精神文明建设和民主法制建设；是否有利于鼓舞和激励人们为国家富强、人民幸福和社会进步而艰苦奋斗，开拓创新；是否有利于人民分清是非，坚持真善美，抵制假恶丑；是否有利于国家统一、民族团结、人民心情舒畅、社会政治稳定为判断标准，深入研究，正确对待，不断提高新闻作品的研究水平。

坚持以马克思主义基本理论为指导的一个重要内容是新闻作品研究者必须认真学习、钻研马克思主义新闻理论。马克思、恩格斯、列宁、毛泽东、邓小平等无产阶级革命领袖，在长期的革命活动中，非常重视新闻宣传工作，积累了丰富的经验，提出了一系列十分重要的新闻理论观点和办报原则，指导了各个革命历史时期的无产阶级新闻工作，并在实践活动中不断丰富发展，形成马克思主义新闻学。马克思主义新闻学是马克思主义科学体系中的重要组成部分。它运用辩证唯物主义和历史唯物主义观点，对人类新闻实践活动，特别是对无产阶级新闻实践活动，进行了科学的概括和总结，揭示了新闻活动和新闻工作的基本规律，是指导社会主义新闻工作的理论武器，也是指导新闻作品研究的理论武器。我们要学习无产阶级革命领袖关于新闻工作的论述，学习我党关于新闻工作的重要文献，尤其要深入学习邓小平的新闻论述，正确理解和深刻认识邓小平有中国特色社会主义理论对新时期新闻实践和新闻改革的重要意义，指导我们的新闻作品研究活动。

## 二、坚持实事求是的科学态度

实事求是是马克思列宁主义的精髓，是毛泽东思想的精髓，也是邓小平理论的精髓。实事求是的思想路线，是社会主义新闻工作各个环节都必须遵循的思想路线；研究新闻作品，当然也必须坚持这一马克思主义思想路线，采取实事求是的科学态度。

要做到实事求是，必须严格地以客观事物为依据，从新闻作品的实际出发。顾名思义，新闻作品研究的对象是具体的新闻作品。记者在采写新闻作品时，对自己的采写对象，必须经过一个从感知到认识、从感性到理性的分析思考过程，将丰富的感性材料进行去粗取精、去伪存真、由此及彼、由表及里的加工制作，以便全面深刻地认识事物，揭示事物的本质，把握事物内部的规律性，对事物作出实事求是的分析判断。研究新闻作品也同样要经过这样一个过程，以便全面、深刻地认识它，把握它。无论是对新闻作品内容的分析还是对表现形式的评判，无论是对记者采写实践的考察还是对作品社会效果的评价，只有坚持从具体新闻作品的实际出发，才能做到不偏不倚，不溢不漏，不搞唯心主义、形而上学，不将个人的欣赏标准强加于新闻作品，不以主观框框代替对新闻作品的客观分析。

要真正做到实事求是，一切从新闻作品的实际出发，研究者还必须努力克服一些心理因素的影响。每一位新闻作品研究者都生活在一定的、具体的社会环境之中。社会上的片言只语，都可能对他的研究活动产生这样或那样的影响，使他不能或不敢真正坚持实事求是的科学态度，提出自己的真知灼见。在这种心理因素影响下，某些研究者面对具体的新闻作品，往往不是实事求是地按自己的认识去思考，去分析，去评价，而是趋附迎合，人云亦云；有时，即使自己有独到的见解，也往往因为与“别人”的看法不一致而随便放弃。更有甚者，不是在分析作品上下功夫，而是把精力放在“察颜观色”上，以达到迎合甚至讨好的目的。还有一种常见的情况是，某些研究者习惯于用主观的框框去代替对新闻作品的客观分析，这也是不可取的。就研究者而言，由于政治理论水平、学识修养、社会阅历、心理因素等的不同，往往形成不同的欣赏习惯和批评个性。有的人看重重大题材，有的人偏爱典型报道；有的人喜欢消息的简洁精练明快，有的人欣赏通讯的具体形象生动；有的人赞赏言简意赅、富有哲理的议论，有的人钟爱情文并茂的文采……作为个人对新闻作品的鉴赏来说，这是很正常的，很自然的。但个人的欣赏习惯和审美情趣，不能成为分析评价新闻作品的模式和标准。如果只赞扬、肯定自己认同的作品，而自己不认同的，即使是优秀作品，也拒之千里之外，就不可能做到实事求是，一切从作品的实际出发。

## 三、坚持正确舆论导向，掌握新闻作品特点

新闻作品是纷纭复杂、变化万千的客观事物的反映。新闻作品的作者的立场观点不同，对客观事物认识和把握的程度不同，对事物就有不同的选择。即使对同一新闻事件、新闻人物，往往也会表现出不同的态度，给予不同的评价，得出不同的结论，采取不同的表现手法，写出社会效果截然不同的新闻作品。所以，在研究评析新闻作品时，首先要求从政治上对它作出准确的分析判断，坚持正

确的舆论导向。

江泽民同志在视察人民日报社时的讲话中指出：大家知道，经济基础决定上层建筑，上层建筑对经济基础又有巨大的反作用，这是马克思主义的一个基本观点。新闻舆论，作为上层建筑、意识形态的一个重要组成部分，由于其自身的特点和优势，同社会政治、经济、文化生活的各个领域都有密切的联系，都会产生广泛而深刻的影响。在新闻传播手段还不够发达的时代是如此，在新闻传播手段越来越现代化的今天更是如此。历史经验反复证明，舆论导向正确与否，对于我们党的成长、壮大，对于人民政权的建立、巩固，对于人民的团结和国家的繁荣富强，具有重要作用。新闻舆论单位一定要把坚定正确的政治方向放在一切工作的首位，坚持正确的舆论导向。

新闻作品研究者，应当是“以正确的舆论引导人”的积极实践者，是社会主义物质文明建设和精神文明建设的积极参与者和捍卫者，是中华民族新的时代精神的辛勤培育者。在从事新闻作品研究这一特殊的精神劳动时，必须具有坚定正确的政治立场，在政治上和党中央保持一致，对党“一个中心，两个基本点”的基本路线，对党和政府的方针、政策能深刻领会和掌握，做到政治敏锐、头脑清醒、方向明确、旗帜鲜明，给人以正确的舆论引导。

作为一种独立的文字样式，新闻作品有其本身的特点，了解和掌握这些特点，对新闻作品的分析研究才能做到剀切详明，切中要害，恰到好处。

**1. 真实**

新闻是对新近发生的事实的报道，是对存在于社会生活中和自然界的各种客观事物的如实反映。事实是第一性的，新闻是第二性的，先有事实，后有新闻，没有事实，就没有新闻，背离事实，就是失实。这是我们对于新闻的一个基本观点，是新闻写作的基本规律和特点，也是新闻作品最起码的品格。社会主义新闻工作者必须坚持唯物论的新闻本源观，真实准确地报道客观事物，实事求是地反映客观世界。正因为真实是新闻与生俱来的属性，是新闻的生命和力量之所在，所以受众接受新闻时，在心理上，一般说来也首先认定它讲的是真事；人们评价新闻，也是以真实准确作为最基本的衡量尺度，看它是实有其事还是并无此事，是实实在在真实可信还是真真假假似是而非。新闻事业各种作用的发挥，各种功能的体现，首先也是建立在真实准确的基础之上的。传播不真实的新闻，是对受众的欺骗和愚弄，它将使人民群众失去对新闻事业的信任，给实际工作和群众生活造成损失，带来危害。

新闻的真实性，包含以下三方面的要求：

一是新闻中的具体事实必须真实，完全符合客观实际。如构成新闻的诸要素，即时间、地点、人物、事情等，必须完全真实准确；事情发生的原因、环境、条件和演变的过程、结果等，不能凭空推测猜想；引用的各种资料、数字、背景材料等，必须有根有据，准确无误；人物的思想、语言、心理活动，不能合理想象，任意推测揣摩；不能背离所报道的事实，任意歪曲，强加于人。

二是新闻中概括的事实必须准确，不能夸大缩小，以点代面，以偏概全，要实事求是地概括事实的全貌，完全同实际一致。

三是不仅要确保具体事实本身的准确无误，还要求在总体上和相互联系上也符合客观实际，也就是说，不仅要注意具体事实的真实准确，还要注意从总体上、本质上以及发展趋势上把握事物的真实性。

**2. 新鲜**

新闻具有时间新近、内容新鲜的特点。所谓时间新近，是指新闻所报道的事实是新近发生、发现的，而不是过去的，很久以前的；所谓内容新鲜，是指新闻要及时捕捉生活中的新鲜事物以及事物的新发展、新变化，尽可能多地为受众提供富有新意的事实和信息。一项新的正确的政策、决策，能极大地推动和指导实际工作，加速四化建设的进程；一项新成就，能激发人民群众的信心和斗志，调动大家的积极性，鼓舞人们去争取新的胜利；一种新的社会风尚，能体现时代精神，反映时代风貌，显示时代特征，推动两个文明建设；一种新的科技发明，能增长人们的知识，扩大人们的视野，促进生产力的发展，开辟经济建设的新领域；甚至一场重要的体育比赛的胜利，也能激发人们的民族自信心和自豪感，激发人们振兴中华、为国争光的雄心壮志。

时间新和内容新，在通常情况下是一致的，在有些情况下，事实虽不是新近发生的，但由于报道者能紧密结合报道时的形势，抓准新闻由头，也能挖掘出富有新闻价值的内容。如关于1976年唐山大地震死亡24万多人的报道，是1979年根据中国地震学会提供的确切数据而公开披露的，时间在事实发生近三年之后。但从内容上说，它是第一次面向社会公布的新鲜事实，是人们极为关心的欲知而未知的，所以具有重大的新闻价值。当然，新闻工作者要努力捕捉那些两新皆备的新闻事实，因为在现实生活中，类似报道唐山大地震这样的情况，毕竟有它的特殊性，是少数的。

**3. 迅速及时**

新闻要快，讲究时效，迅速及时。新闻从它诞生那天起，就和时效伴随在一起，形影不离，密不可分。错过报道时机，新闻就会贬值，甚至失去存在的价值。我国有句俗话，叫“先睹为快”，说人们往往以先看到或先听到某件新鲜事为快乐，这是一种普遍的接受心理。尤其在当代社会，随着社会生活节奏的加快以及各种信息的快速传递，人们对新闻的时效性越来越重视。几天以前的新闻，“最近”“……以来”之类表示模糊时间概念的新闻，已越来越不受欢迎了。新闻工作者要积极主动适应这种社会需要，做到“先写为快”“先传为快”，以快速采写和传播新闻作为自己义不容辞的职责，争分夺秒，毫不懈怠。

如何才算迅速及时，没有硬性的时间规定。一般来说，除广播电视的现场报道和实况转播之外，在客观事实的发生和新闻报道之间，总是存在着时间差距的。因为新闻报道必须以事实为本源，为根据。从事实到新闻，要经过一个感知、认识、采写和传播的复杂过程。所以，事实和新闻报道之间不可能没有时间距离。问题在于，我们要努力把这种时间距离缩小到最低限度。就时效性这一点而言，事实发生和新闻报道之间的时间距离越短，其新闻价值越大，时间距离越长，其新闻价值就越小。

新闻要迅速及时，但不是“唯快是好”。对社会主义新闻事业来说，“快”是手段，不是目的。要从党和人民的利益出发，该快则快，不该快则不快；该报则报，不该报就不报。否则，不仅不能取得良好的社会效果，往往还会适得其反。

**4. 具有重要性**

新闻的重要性，是由它所蕴含的意义决定的，不单纯取决于题材的大小。重大事件固然是人民群众普遍关心的，具有重要的新闻价值；而那些表面看来是写“小事”的新闻报道，由于它与群众的工作、生活，与群众的切身利益紧密相关，能引起人民群众的普遍兴趣和广泛关注，同样具有很高的新闻价值。所以，我们不能把新闻报道的重要性理解得很狭窄。报道重大新闻事件、新闻人物和现实生活中的重大问题有意义，指导工作、服务群众生活也有意义；使人得到思想上的教益和启发有意义，有助于提高群众的科学文化知识水平也有意义……总之，新闻内容的丰富性和社会功能的多样性，决定了新闻报道的题材范围是极为广泛的。

重要性是新闻价值中的一个可变因素。由于新闻对人们的工作、生活和思想所产生的直接或间接的影响不同，作用不同，导致了人们对新闻重要性在认识上的差异。一条介绍农业生产和农村改革的新闻，对农民和农村工作者来说，是很重要的，而在城市居民眼中就不一定重要；妇女对有关服饰穿着、日用化妆品的报道，普遍感兴趣，给予充分的关注，而男性受众、儿童和老人，则往往兴味索然。所以，在考察新闻的重要性时，不能从少数人的角度出发，而要全面考察它与广大人民群众的关系。如果一条新闻与广大人民群众关系密切，影响面广，关注的人多，其重要性则是无可置疑的，如关于党和国家的方针政策、重大决策，国内外重大事件、经济建设的重大成就等内容的报道，都属于这一类。此外，还要考察它与现实生活的关系。新闻的社会作用和价值，往往取决于它是否抓住了现实生活中尖锐的、亟待解决的矛盾和问题。新闻一旦击中了当前社会上绷得很紧的那根弦，就会对社会生活，对实际工作产生巨大的影响。

从社会需要出发，从广大人民群众的利益出发来考察新闻作品的重要性，表现了社会主义新闻事业鲜明的政治倾向性。

以上是就新闻作品的内容而言。在表现形式和表现手法上，新闻作品也有自己的特殊要求。

新闻是新近发生的事实的报道，新闻写作只是反映客观事物的一种手段。尊重事实，如实地陈述客观事实，是新闻写作的基本要求。根据这一要求，新闻必须用事实说话。作者的立场、观点、意见、倾向，应寓于对事实的选择、安排和客观叙述之中，让读者自己从事实中去领会作者的意图，辨别是非曲直。正如胡乔木同志在《人人要学会写新闻》一文中所说：最有力量的意见乃是一种无形的意见——从文字上看去，说话人只是客观地朴素地叙述他所见所闻的事实（而每个叙述总是根据着一定的观点的），这样，人们就觉得只是从他那里接受事实，而不是从他那里接受意见了。新闻就是这种无形的意见。愈是好的新闻，就愈善于在内容上贯彻自己的意见，也愈善于在形式上隐藏自己的意见。

用事实说话这一特点，决定了新闻语言的客观性。写新闻应以一种大多数人都能接受的朴素、客观的叙述性语言为主，不能追求夸张的表达方式或使用加码的形容词。当然，在运用客观手法的同时，在新闻作品中进行必要的解释也是允许的。

新闻语言还必须简练、通俗、生动，力求符合人民群众的阅读习惯，接近大多数群众的认识水平，并易为群众所接受。过去，人们一说到新闻语言，就把它同简陋、枯燥联系在一起。事实上，真正的好新闻，其语言应当是具体、生动、形象，充满情趣，洋溢文采，富有可读性的。

在谋篇布局上，新闻作品也有自己的特点。新闻作品中最主要、最常见的体裁——消息，一般由导语、主体、背景、结尾等部分构成。但是，这不能成为束缚人们手脚的框框。文章的结构方式，大体则有，定体则无，一切要从有利于准确报道事实，有利于表达作者的思想观点，有利于读者阅读接受出发。改革开放以来，新闻界提出了用散文笔法写新闻、写视觉新闻之类的主张，更是对新闻写作规格化、模式化的大胆突破，大大开阔了人们的视野，拓宽了新闻写作的思维空间。

至于通讯、特写等新闻文体，在严格遵守新闻必须完全真实这一原则的前提下，表现手法更是灵活多样，文学的、政论的，乃至影视艺术的手法，都可以适当地借鉴吸收；叙述、描写、议论、抒情，可以穿插运用，使新闻作品自然灵活，情文并茂，丰富多彩。在风格上，新闻作品也应力求多样化，或庄重含蓄，或高昂激越，或清新明快，或风趣幽默。要做到这些，就要求新闻工作者努力向生活的深度和广度进军，积极探索最能反映丰富多彩的客观世界的表现形式。

上面所说的有关新闻写作的规律和特点，既是对新闻作品的要求，同样也是研究者在分析评价新闻作品时，必须熟悉和掌握的。

## 四、了解和把握新闻作品产生的时代背景

研究新闻作品，在认真剖析每篇具体作品的同时，还应尽可能把它放在广阔的时代背景上分析、比较、衡量，做到既有“点”上的了解，又有“面”上的把握。

新闻是时代的产物，与它所产生的时代有最直接、最密切的联系。优秀的新闻作品，大都在不同程度上，从不同角度、不同方面记录了它所产生的那个时代的生活和斗争。每个时代所产生的无数新闻作品，犹如一面巨大的镜子，折射出那个时代的人世百态，展现出那个时代的社会风情。所以，了解和把握新闻作品所产生的时代，对我们研究新闻作品是大有裨益的。

联系时代背景研究新闻作品，首先应从新闻作品的社会内容、社会影响方面，考察它与时代的关系。试以清末民初我国著名记者黄远生的新闻通讯为例。黄远生正式从事新闻工作的时间并不长，从 1911 年至 1915 年，只有短短的 4 年。这个时期，是中国近现代史上政局最混乱的年代，革命与改良，民主与专制，进步与倒退，进行着反复的较量，各党各派、各种政治力量明争暗斗，充分展示自己的力量和权谋。黄远生从当时的政治中心北京，发出了大量有

关当时政局的新闻通讯，揭露黑幕，大胆直书，使官场宦海的恶形败德，毕现纸上。他的新闻通讯，在内容上真实记录了民国初年政治斗争的情况，后人评价说：将来有人要研究民国成立初期的政治斗争及其里面的历史，恐怕再没有比这更好的材料了。在形式上，他以人所不能及的“理解力与文字之组织力”，为我国的新闻通讯开创了新局面，使之大放异彩。如果我们对当时的时代背景缺乏了解，就很难认识黄远生通讯丰富的社会内容和巨大的社会影响；如果我们对当时报刊文字体裁及文风状况缺乏了解，就很难评价他为我国报刊文体的发展所作出的开拓性贡献。再如著名的新闻记者、我党杰出的报刊活动家范长江同志，从 1935 年 7 月开始，以《大公报》特约通讯员身份，对我国西北地区进行考察旅行，历时 10 个月，足迹遍及川、陕、甘、青、内蒙等广大地区，撰写了一系列通讯，陆续在《大公报》上发表，后来汇集成《中国的西北角》一书。成书后，短短几个月内再版七次，一时出现“洛阳纸贵”的盛况。这些通讯，当时之所以会在社会上引起巨大轰动，最根本的原因，就在于它们以实地考察的丰富事实为基础，深刻分析了时局的变化，揭示了事态发展演变的趋势，提出了当时国人最关心的有关国家民族生死存亡的重大问题，具有巨大的社会内容和强烈的现实性、时代感，对于启迪人们觉醒，引导人们关注国家民族的前途命运，走向救国救民的道路，起了重要的作用。

不同时代，不同社会，有不同的价值观念、审美情趣和社会需要。人们在采写新闻报道的时候，写什么？不写什么？如何取舍评价？自然也有不同的时代标准和社会要求。优秀的新闻作品，总是站在时代的前列，反映时代的最强音，体现时代的精神，成为一种推动社会前进的精神力量。在联系时代背景考察新闻作品时，这是必须注意的另一个重要方面。人们对穆青的人物通讯有着很高的评价，重要原因之一，就是穆青始终以一个党和人民的记者的强烈政治责任感和历史使命感，满腔热情地用自己的笔去反映英雄的时代，讴歌时代的英雄，用英雄人物身上的革命火花，去点燃千百万人心灵的火把，用英雄人物的精神力量、理想和追求，去推动革命事业胜利前进。他笔下的人物，大都是那些能表现中华民族的脊梁、体现民族浩然正气的英雄模范人物；即使是写凡人小事，也能与国家民族的命运结合起来。因此，紧扣时代脉搏，抓住当时人民群众最关心的社会问题，以深刻的思想内涵和高昂激越的感情，教育读者、感染读者、鼓舞读者，成为他的人物通讯的主旋律。这也是我们深刻认识穆青人物通讯的一把钥匙。把握了这一点，就不难理解，他在延安时期写的关于劳动英雄赵占魁的通讯，60 年代关于焦裕禄的通讯，粉碎“四人帮”后关于植棉劳模吴吉昌的通讯等名篇，为什么会在社会上引起那样巨大的反响；作为一个记者，他的通讯作品为什么能先后两次推动了群众运动的广泛开展（一次是 1943 年从陕甘宁边区到整个抗日根据地的学习赵占魁的运动；另一次是 1966 年全国学习焦裕禄的活动）。

1995 年，我国新闻媒介大力宣传了改革开放伟大时代的领导干部的楷模——孔繁森同志的先进事迹，给人以深刻的教育、感染和强烈的震撼，产生了巨大的社会效果。根本原因就在于这些报道紧紧把握时代的脉搏，以浓墨重彩谱写了一曲时代英雄的赞歌。改革开放以来，我国正在逐步建立社会主义市场经济体制，人们的经济生活和社会生活都发生了巨大的变化，人生观、价值观也受到不同程度的冲击。在新形势下，作为党的领导干部，还要不要真心实意地为人民群众谋利益，做人民的公仆；能不能真正建立起与人民群众的血肉联系，一如既往地保持艰苦奋斗、廉洁奉公、勤政廉政的优良品质，诸如此类的问题，引起全党和全国人民的思考、关注。长篇通讯《领导干部的楷模——孔繁森》等新闻作品，站在时代的高度，把握时代精神，深入分析现实生活中的矛盾，反映人民群众的意愿和要求，为我们树立了一个时代英雄：面对商品经济大潮的冲击，孔繁森同志高扬理想和信念的旗帜，满怀无私奉献的高尚情怀，发扬艰苦奋斗的工作作风，以人民的利益作为想问题、办事情的出发点和落脚点，一身正气，两袖清风。在他身上体现了中国共产党人在新形势下的理想和追求，展示了当代共产党人的博大胸怀，回答了改革开放、发展社会主义市场经济的今天，人们应该确立和实践什么样的人生观、价值观这样一个根本问题。

在新的历史时期，我们还报道了许多具有新的生活理想、价值观念的改革开放的弄潮儿。对这样一些人物，人们有着不同的认识和评价。其实，他们都是时代的产物，打上了时代的烙印。他们并不是社会效法的楷模，人民学习的榜样，但他们积极投身改革开放的实践，在我国现阶段的经济生活中发挥着各自的作用。对这样一些有着鲜明时代特征的人物，我们应当拓宽视野，以新的视角和新的思维方式去认识他们、评价他们，以多样化的典型去反映社会生活的全貌，以丰富多彩的新闻报道去展示宏伟的生活图景。

时代对新闻作品的影响，不仅反映在内容上，也反映在它的表现形式上。

新闻文体是反映社会生活的一种形式。不同的时代、不同的社会文化背景、不同的阅读心理和阅读习惯，对新闻文体有不同的要求。为了更好地适应社会的需要，它处在不断发展变化之中。各种新闻体裁正是在这种发展变化之中不断丰富完善起来的。如人们熟知的消息这种文体中的导语，就是时代发展、社会需要的产物。在近代报刊创立之初，消息没有什么特殊的结构形式，只是按照事件发生的时间顺序将新闻事实记录下来，这样，最重要、最新鲜、最有新闻价值的内容得不到突出。到 19 世纪中期，美国爆发南北战争，人们急于了解瞬息万变的战争情况，而流水账式的报道已不能满足这种需要。这就迫使记者们动脑筋、想办法，加之电报的发明，许多报纸为了抢发新闻，争取读者，争相利用电报发稿，把主要新闻事实放在开头部分，快速传播出去。于是出现了导语。早期的导语，时、地、人、事、因要素俱全，被人们称为第一代导语。后来，随着时代的进步和社会节奏的加快，读者要求能以更短的时间、更快的速度知道更多的信息，同时电讯技术也越来越进步。20 世纪 30 年代后，又出现了只突出最有新闻价值，最能激起人们兴趣的部分要素的第二代导语。20 世纪 70 年代以来，新闻写作突破了倒金字塔式的结构，向自由式、灵活多样的方向发展，导语也越来越多样，出现了间接导语、退缓式导语、复合导语等许多新形式。

我国报刊通讯文体的发展演变，也足以说明这一点。19 世纪 30 年代，我国境内开始有了近代中文报纸。早期报纸上以传递信息为主的“报道”，大都是几十字、百把字的短稿，采取客观的口吻，简略概括地介绍人物和事件，极少有详尽的文字叙述，似今天的简讯之类。随着社会对信息日益增长的需要，人们对那些重大事件、有趣见闻等，已不满足于简略的报道，而要求有详尽的记述，因而逐渐出现了通讯这种体裁。到民国初年，名记者黄远生提倡写实，并将文学表现手法引进新闻写作领域，大力清除八股文的影响，对通讯文体的发展，作出了开拓性的贡献，正式奠定了通讯文体在报纸上的地位。早期的通讯以纪实性通讯和旅游考察通讯居多。到 1942 年，毛泽东的《在延安文艺座谈会上的讲话》发表以后，延安和各抗日根据地大批革命文艺工作者和新闻工作者，深入群众，深入生活，深入抗日第一线，写出了许多富有时代特色的通讯报告作品。在这些作品中，伟大的革命战争和根据地的情况得到了更真实、更深刻、更全面的反映，工农兵和广大劳动群众成为新闻通讯的主体，大批英雄模范人物的先进事迹得到了广泛的传播，人物通讯和故事式的通讯也大量出现。50 年代，随着我国国民经济建设的迅速发展，工作通讯这一新闻文体又逐渐发展繁荣起来。总之，随着时代的发展变化，新闻通讯这种文体，从内容到形式，都产生了深刻的变化，融新闻性、政论性、文学性于一体的创新之作不断涌现，令人耳目一新。同样，1987 年以来，深度报道的崛起，也是时代的呼唤，时代的要求。改革开放，使我国的政治、经济、文化，以及社会生活、人们的思想观念、思维方式，都发生了急剧的变化。人们要求新闻媒介给予报道，作出解释，以便更好地认识、理解、把握和实践。因此，以联系实际、剖析社会问题和记者理性思维的深度见长的报道，便应运而生。《中国改革的历史方位》《关广梅现象》《红色的警告》《黑色的咏叹》《绿色的悲哀》等作品一发表，便备受人们的青睐，在社会上形成巨大的冲击波。

新闻作品的语言文风，也同样留下时代的印记。比如 1958 年“大跃进”时期，鼓吹唯意志论的浮夸报道，充斥于报刊广播之中。“文革”10 年中，新闻事业成为“四人帮”篡党夺权的舆论工具，假话、空话、大话、套话连篇累牍。粉碎“四人帮”以后，在党的十一届三中全会精神指引下，新闻报道逐渐肃清了“四人帮”的流毒，实事求是地面对现实，实事求是地观察生活，对四化建设的成就，对人民群众在振兴中华的壮丽事业中焕发出来的革命精神和所创造的光辉业绩，给予了满腔热情的歌颂、支持和赞扬；对现实生活中的不良风气、落后现象和社会弊端，给予尖锐严肃的批评、揭露。既提出问题，又解决问题；既有深度，又有广度；既有思想性，又有可读性的新闻作品日益增多。一大批思维敏捷、才华横溢、富有开拓创新精神的中青年记者，通过自己的积极探索和勤奋实践，写出了许多题材不同、风格各异、多姿多彩的新闻作品，给人以思想上的教育启迪、美的感受和建设祖国、振兴中华的信心和力量。

## 五、将新闻作品作为一个整体系统加以考察

一篇新闻作品，从采集、制作到面向社会公开传播，是一个复杂的系统工程。它的好坏优劣，既受内部构成因素（如题材内容、表现形式等）的影响和制约，也受许多外部因素的影响和制约。因此，在实事求是地研究新闻作品本身的同时，拓宽思维空间，把视野扩展到与之有关的其他方面，如采制者、采写过程、传播效果等，把它们作为一个整体系统加以考察，是完全必要的。

在这个整体系统中，新闻作品是研究的中心和主体；而新闻作品本身又是内容与形式的统一体。一篇新闻作品，它的内容与形式，局部与整体，局部与局部，是互相依存、互相联系、互相制约、互相作用的。研究新闻作品，既要胸怀全局，从作品的整体上考察它的思想内容和总倾向，又要深入剖析其各个局部，揭示它们是如何为表现整体的内容和全局的主旨服务的。这就是研究新闻作品过程中的宏观把握和微观把握的问题，只有这两者有机结合，才能准确而又深刻地把握其整体功能和社会效果，评判其得失优劣。

强调把新闻作品作为一个整体，并不排斥有时侧重对作品的某个方面、某个局部进行深入剖析。如分析它的主题思想，它的题材内容，它的谋篇布局，它的语言文字，它的导语、背景、标题等

等。这种从微观上深入认识作品的研究方法，撷取作品中最精彩的部分，给以突出展示，确实能给人启示，供人借鉴。但切忌将整个作品割裂得支离破碎，孤立地抓住作品中某段某句，某一局部某个细节，只顾一点，不及其余，以点代面，以偏概全。

一篇新闻作品的产生，既然是一个复杂的系统工程，那么，对它的生产者（采制者）、生产过程（采写活动）以及在消费过程中的情况（宏观的传播效果、社会影响），进行全面考察，也是顺理成章的事。

新闻作品是客观事物作用于作者的头脑，经作者制作加工而形成的精神产品，它不可避免地要打上作者的烙印。作者的政治态度、思想观点、生活阅历、业务修养，乃至他的兴趣爱好等，都可能反映在作品中。尽可能多地认识作者，尽可能深入地了解其采写实践，对全面深刻地研究新闻作品是大有裨益的。如果我们不了解青年时代范长江的理想抱负，不了解他西北之行的目的，不了解他采访过程中的艰辛和风险，就很难理解一个26岁的青年，为什么能历时10个月，行程四千余公里，无畏无惧，百折不挠，写出像《中国的西北角》这样一部不仅在当时引起社会轰动，至今仍熠熠闪光的杰作。如果我们不了解意大利著名女记者法拉奇桀傲不驯、藐视权贵的个性和永不满足的进取精神，不了解她在每次采访前所做的认真、细致、严谨的准备工作，就很难理解她为什么能够面对如此众多的世界政治风云人物，不卑不亢，主动进击，写出一篇篇独树一帜的政治访问记。名记者柏生，由于自己的经历和所受的教养，使她了解知识分子，尊重知识分子，和知识分子广交朋友，所以，许多著名的专家学者都成为她的专访对象。她的人物专访，情文并茂，具体真实地表现了我国知识分子的精神面貌和热爱祖国、矢志不移地将自己的知识才华贡献给祖国和人民的耿耿丹心。中年女记者郭玲春，由于有着“一定要咬破自己所作的茧”的顽强追求，所以她能不断探索实践，勇敢突破会议报道的陈旧框框，写出一篇篇别开生面、不落俗套、令人耳目一新的会议新闻。我国20世纪80年代中期深度报道的勃兴，除时代的、社会的、历史的原因以外，与当时一批中青年记者勇于探索实践也密不可分。粉碎

“四人帮”后成长起来的一批中青年记者中的优秀者，文化基础、知识功底比较厚实，新闻业务技能比较娴熟，有较开阔的视野和较强的主体意识，有积极的历史主动精神，有明确的干预和影响生活的参与意识、批判意识和建设意识，有敢于探索追求的勇气，有与社会改革同步的思维方式，有摆脱陈陈相因的旧模式，在写作上进行突破的创造精神。没有这些，深度报道的崛起也是不可能的。在这里，我们不妨再援引一个在我国文化界广为人知的事例，那就是瞿秋白对鲁迅杂文的评论。在《〈鲁迅杂感选集〉序言》一文里，瞿秋白分析鲁迅杂文的特色与成就时，既联系鲁迅所处的时代，把他放在辛亥革命以来国内阶级斗争形势的变化和思想界“两次伟大的分裂”的广阔历史背景中来论述，又联系鲁迅的思想发展、生活经历、艺术修养以至他的幽默才能进行考察，因而分析得那么中肯，那么有说服力，那么深刻透彻。瞿秋白之所以能做到这一点，就是因为他不仅对鲁迅杂文有深入的研究，而且曾经与鲁迅有过密切的交往，有深刻的了解，并建立了深厚的革命友谊。这一范例，是可供新闻作品研究者参考借鉴的。

研究新闻作品，还应考虑到它的另一个重要方面，即它的客观传播效果。

新闻作品不是藏诸名山、束之高阁的古玩字画，不是象牙塔中的玩赏品。它是现实生活的反映，同时又迅速及时地反作用于社会生活，影响人们的社会实践，具有独特的社会功能。所以，评价一篇新闻作品的好坏优劣，应坚持实践是检验真理的唯一标准的观点，充分重视它的客观传播效果。

社会主义新闻事业通过独特的新闻手段，报道新闻、传播信息、沟通社会联系，为社会主义物质文明建设和精神文明建设服务；报道和评论当前国内外大事，及时地反映、影响和引导舆论，形成有利于四化建设的舆论环境；及时、准确地宣传党的路线、方针、政策，指导工作；忠实地反映人民群众的呼声、要求和愿望，表达民情民意，实行舆论监督，为社会主义民主建设服务；经常不断地传播科学文化知识，向人民群众提供健康有益的文化娱乐活动和各种经济信息，为人民群众的工作、学习和生活服务。总之，报刊、广播、电视等新闻媒介所发布的新闻作品，都应通过自己特有的报道内容和表现形式，从不同方面去实现社会主义新闻事业的总体功能，使之得到尽可能多的受众的接受和关注，并转化为从事社会实践的巨大精神力量。记者编辑只管采写编发，在选择新闻事实时不认真估计它的社会影响，不积极争取好的社会效果；研究者只是就作品的表现方法和表现技巧评论作品，把作品与它的客观传播效果割裂开来，这两种态度都是不可取的。

这里还必须指出，新闻是面向整个社会公开传播的。受众的多样性往往使新闻作品的传播效果表现得错综复杂。同一篇新闻作品，在社会上引起不同的反映，产生不同的评价，得出不同的结论是常有的事。一篇报道某局长贪污受贿巨额公款受到查处的新闻，有的人读后愤慨万分，认为对贪官污吏必须从重从严法办，并由此看到党和政府惩治腐败的决心；有的人感到一些人当了官，手中有了权，捞钱真容易；有的人则深感我们体制上的漏洞、管理上的混乱，必须加快法制建设，以法治国。所以，研究者在考察作品的社会效果时，要有大局意识、全局观念，从最广大人民群众的利益出发，考虑到各种不同情况，顾及到社会效果的各个方面，既要充分重视其主要方面，又不忽视其次要方面，多作分析、比较、衡量，以求得客观公正的评价。

## 自学提示

### 一、学习目的与要求

通过本章的学习，了解和掌握新闻作品研究的原则，并能遵循这些原则来研究分析新闻作品。

### 二、思考题

1. 研究新闻作品应遵循哪些原则？
2. 研究新闻作品为什么要有正确的指导思想？
3. 研究分析新闻作品为什么要坚持正确的舆论导向？
4. 评析一篇新闻作品。

# 第二章　新闻作品研究的思维特点

新闻作品研究是研究者在阅读新闻作品时产生的一种特殊的精神活动。新闻作品研究是对记者经过捕捉客观事实而诉诸文字形式的作品进行分析、研究。呈现在读者面前的新闻作品，包含着记者采访、写作的甘苦，渗透着记者的新闻敏感、政策理论水平、思想作风、语言表达能力等综合素养。因此，新闻作品研究是比一般的思维活动更复杂的精神活动。

新闻作品研究的思维特点，体现于整个过程，大体可以从感性与理性、共性与个性、主观性与客观性等几个方面来说明。

## 一、感性与理性

新闻作品研究是一种思维活动，它不能脱离思维活动的一般规律，其认识过程包括从感性到理性的两个认识阶段。

### 1. 感性认识阶段

所谓感性认识阶段，就是通过对新闻作品的阅读，从其形式到内容的直接印象的具体感受阶段。

如新闻作品中醒目的标题、新颖的角度、紧凑的结构、简洁的语言等等，都是吸引读者的第一条件。读者透过形式，必然把感受的触角伸入到作品的核心，由表及里，进而了解由上述各种因素综合构成的新闻及其所蕴含的丰富思想。

感性认识阶段是新闻作品分析研究的起步。没有感性认识，就无从进入认识之门。但是感性认识固然重要，并不等于有了感性认识就够了。感性认识只是研究作品的低级阶段，比较肤浅、片面，带有局限性、表面性，甚至是不准确的。它只是反映了事物的现象和外在层面。

随着研究思维活动的深入，认识必然从感性上升到理性。研究不能排斥分析、判断的理智因素。如果单有感觉，没有思考，单有印象的感知，没有本质的认识，始终停留于感性认识阶段，就无法全面地认识新闻作品的是非、深浅和真伪，深刻把握新闻作品的内涵和意义。新闻作品研究的任务，要求把握新闻作品的本质，新闻作品的全体和内在联系。1980 年 2 月 9 日发表在一家报纸上的一篇短通讯《钱被风刮跑以后》，曾被评为当年全国好新闻一等奖。不能不承认，这篇报道乍一看，从主题到结构都有它可取之处，主题击中了当时社会上大家都关心的问题：良好的道德风尚的回归。结构形式悬念迭起、一波三折。然而，透过现象，深入作品，认真分析，该文漏洞百出，前后矛盾，新闻要素不全，存在明显的虚假性和不合情理之处。事后查证该文为假新闻。

可见，新闻作品作为认识客体，仍然需要借助于理性思维，突破感性认识的限制，上升到理性认识，才能达到研究的最佳效果。

### 2. 理性认识阶段

所谓理性认识阶段，就是对新闻作品的分析、评判的阶段。它是感性认识阶段的飞跃、继续和深化。

要达到对作品的正确理解，就必须将分散的、片断的、表面的感性材料加以集中归纳，找出现象与本质之间的内在联系，获得由局部到整体，由现象到本质的理性认识。只有这样，才能正确地把握事物的本质特征。

当研究者根据自己对现实生活的感受、理解，对作品加以分析鉴别时，就已经进入到研究的理性认识阶段了。在这个阶段中，已不满足于对新闻作品的纯粹的直观感受，而是力图理解作品所蕴含的深刻的思想意义和独特的表现形式。它已经跳出了感性认识阶段的“是什么”“怎么样”的简单结论，而是要进一步提出一系列“为什么”的问题，从而作出是非对错的判断和评价。

由此可见，理性认识和感性认识不同之处在于，感性认识具有直接性、单个性、生动性，而理性认识则具有抽象性、深刻性、整体性。它主要不是依靠感官，而是依靠主体的理论思维能力对感性材料进行抽象与概括、分析与综合、思索与判断，从而达到对作品的深层次理解。

新闻作品研究中，对作品的理解是多层面的。有透过事实表面现象而对其本质内涵的理解；有对作品事件背景和时代特征的理解；也有对记者的理解，理解了记者才能理解记者倾注于作品的思想感情。

### 3. 感性与理性的统一

感性认识和理性认识是研究作品过程中的两个阶段，但二者又是不能截然分开的。它们往往相互交叉，前后互补。研究者在具体感受时，不能说没有一点分析、选择、鉴别的理性思考，而在理性思考时，又离不开对具体新闻作品中人与事的个别特征的感受。理解，需要不断感受；感受，由于理解而深刻，二者是互相渗透，对立统一的心理活动。

毛泽东同志在《实践论》中说："感性和理性二者的性质不同，但又不是互相分离的，它们在实践的基础上统一起来了。我们的实践证明：感觉到了的东西，我们不能立刻理解它，只有理解了的东西才更深刻地感觉它。"在新闻作品研究中，感性认识和理性认识的实际情形完全符合这一认识规律。

新闻作品研究是一个完整的精神活动，感性与理性的辩证统一，首先表现于它们之间的相互依赖。

一方面，理性认识依赖于感性认识，读者对作品的认识序列，是先有感性，然后才发展为理性。作品的本质是通过多方面现象表现出来的，不透过作品的现象，就无法把握作品的本质。因此，理性认识必须以感性认识为前提，离开了感性认识，理性认识就无从产生或者是主观臆造的靠不住的东西。

另一方面，感性认识有待于深化、发展为理性认识。对作品中的事实还停留在片断的、分散的、表面的认识阶段时，对作品的分析不可能有什么深切的感受，只有经过认真思考，将那些片断的、分散的、表面的印象集中起来，加上自己的经验和知识的补充、丰富，并在自己头脑里获得再现时，才能对作品所揭示的内涵有比较全面、深切的感受，从而达到理解与感受的统一，真正把握作品的本质。《相思正是吐黄时》报道的是台湾民众赴祖国大陆探亲的情景。从表面看，这篇通讯突出的特点是借用散文笔法，缘物寄情，富有文采。深入研究，才真正理解作品中每一个情节和细节，每一段抒情和描绘，无不紧扣“血浓于水，两岸一家”的骨肉亲情。记者始终将自己炽烈的感情融于笔尖，饱含真情描绘了一群回家探亲心情最为迫切的台湾同胞那种刻骨铭心的思乡之情，不失时机地宣传了我国政府关于台胞来去自由的对台政策，文中人、景、理、情交织融合，意蕴含蓄、深远，感情浓烈饱满，读之催人泪下，感人肺腑。

感性和理性的辩证统一，其次表现于它们的相互渗透。

一方面，感性认识中有理性认识；另一方面，理性认识中也难免有感性认识的东西。在理性思维过程中，总是有感性的东西再现，理性思维中的想象，把感性形象带入其中，从而促进思维的活跃和豁通。对概念和理论的解释，也往往要借助于具体的、个别的感性形象。它们之间不是相互排斥，而是相互渗透，相互依存。两者的区分是相对的。

在实际分析、研究活动中，由于研究者的经验、经历、认识水平、社会意识、审美情趣的不同，就会形成不同的观点。其中有两种错误倾向值得注意：一种是“唯理论”，一种是“经验论”。

“唯理论”轻视生活，轻视事实，轻视感性经验，不从新闻作品实际出发，而是从条条出发。唯理论者分析、研究新闻作品时，偏重于理性的挖掘，拘泥于新闻作品的共性特征，不是多侧面、多层次、多角度研究新闻作品的成败，甚至出现断章取义、各取所需的现象。

“经验论”轻视新闻写作和研究的规律，否认感性认识上升到理性认识的思维定势，认定“新闻无学”，“分析新闻没有必要”，“上级说好就好，上级说坏就坏”，认为“不学新闻学，照样懂新闻”，把局部的、一知半解的经验当作普遍规律。如此等等，都不符合马克思主义的认识论、方法论，都不能帮助读者正确分析、评价、研究新闻作品。

## 二、个性与共性

在新闻作品研究过程中，要遵循认识事物的一般规律：由个别到一般，再由一般到个别，即由个性到共性，再由共性到个性。由于新闻作品的个性中往往包含着新闻报道的共性，而新闻报道的共性又存在于具体新闻作品的个性之中，人们可以通过把握个别典型，从中找出共同的带有规律性的东西来指导一般。

### 1. 个性

个性就是此事物不同于他事物的独特而又鲜明的特性。个性最突出之处就是它的特殊性、个别性。

阅读、分析优秀的新闻作品，我们往往会发现，它们有比较明显的个性特点。

新闻作品的个性特点一般表现在以下几个方面：

（1）从鲜明的时代特色中发现新闻作品的个性。

新闻是时代的记录。时代特色是时代对新闻的要求。一个时代的新闻作品，必然有一个时代的特殊氛围，必须体现特定的时代精神。

20 世纪 50 年代的通讯《谁是最可爱的人》，至今读来仍使人激动不已。一个重要的原因是，通讯中闪耀着强烈的时代精神的光辉，那就是志愿军英雄们炽烈的国际主义和爱国主义精神。抓住这一鲜明的时代特征，就抓住了作品的个性特色。

关于徐虎、李素丽的报道，之所以能在社会上产生强烈反响，重要的一点是他们两人身上都折射出了这个时代特定的时代精神。这两个人都是普普通通的工人，干的都是普普通通的服务工作，然而正是看来平凡无奇的一举一动、一言一行中蕴藏着崇高的精神，产生了巨大的震撼力。当助人为乐、无私奉献、全心全意为人民服务这些道德观念受到拜金主义、享乐主义和极端的个人主义冲击的时候，徐虎、李素丽崇高的品格就显得更加宝贵。

（2）从作品中的人与事的特殊性中发现新闻作品的个性。

优秀的新闻作品既反映了矛盾的普遍性，更突出矛盾的特殊性。著名记者华山同志把他的采写新闻报道的经验集中提炼成这样一句话："抓住特点，具体地说明特点。"因此，记者采写时很注重抓现实生活的特点，表现其特点。我们在分析、研究作品时，也需要发现作品中人物和事件的特殊性，从而挖出作品的个性。

《中国青年报》1983年3月1日刊登的《生命的支柱》被读者认为是所有报道张海迪的通讯中最成功的一篇。原因何在？因为记者紧紧抓住人物的特点，真实而深刻地反映了她的特点。

这篇人物通讯的记者，大胆地叙写了海迪想自杀的情节及她又如何战胜了悲观的自我，在轮椅上用双手劈开荆棘丛生的生活道路。这篇通讯回答了张海迪身残志坚顽强拼搏的动力是什么。记者在通讯中写道："……回忆起这段往事，海迪对我们说：'这件事，我给一些报刊写过，可是，他们都删掉了。也许有人认为，这对一个先进人物是不光彩的事吧。但是我不把它看成是我的耻辱，相反，我认为是我的胜利。这说明我经住了考验。……说实在的，《钢铁是怎样炼成的》这本书，我不知看过多少遍，它无数次地给了我生活的力量和信心。但是，对我人生道路影响最大的，还是保尔在海滨公园自杀的这一场。我认为，他的伟大之处在于，他能够战胜这种消极悲观因素，重新振奋起来，更深刻地认识了人生的意义，钢铁就是这样炼成的。'对啊，不排除杂质，怎么能炼出纯钢呢？"

《生命的支柱》就是这样抓住张海迪这一矛盾的特殊性，因而个性特征很鲜明，使人感到真实、可信，给读者以深刻的启迪和力量。

（3）从表现形式的求新性中发现新闻作品的个性。

形式是组成文章的两大要素之一，它是为内容服务的。新颖的形式也是作品个性特征的标志。明代学者焦槑认为："脱弃陈贩，自标灵采。"在新闻报道中，记者也要努力写出形式新颖、个性突出的新闻佳作。

《金山同志追悼会在京举行》（新华社1982年7月16日）是新闻界公认的令人耳目一新的消息。新在何处？分析起来，主要在于记者用自己独特的感受、新颖的表现手法，使得这条“白色新闻”，突破了长期以来追悼会消息千篇一律的老套子。

这篇消息的作者郭玲春同志曾在《从自缚的茧中挣脱出来》一文中说：像我的同行们一样，我久已不愿也不甘为“新华体”所束缚，却又不能不在它的“习惯势力”下就范……日久，我们竟像蚕儿那样，将身子紧紧地裹在自织的茧子里。我写金山追悼会，事前有过一些考虑，想寻找另一蹊径，意欲奋力从蚕茧中解脱。

（4）从作品语言运用的特色中发现新闻作品的个性。

优秀的新闻作品，不仅主题深刻、内容新鲜、手法新颖，在遣词造句上也要求准确、鲜明、生动。一篇脍炙人口的优秀新闻作品，往往具有语言上突出的个性特色。

毛泽东同志当年为新华社写的《我三十万大军胜利南渡长江》的新闻，以其高超的语言驾驭能力，展现了我军当时渡江的雄伟气势，可谓精辟的语言和高深的思想相得益彰的典范。

《人民日报》记者刘衡的获奖作品《“妈妈教我放鸭子”》，通过第一人称自述的表现手法，生动地描绘了一个热爱养鸭工作的年轻姑娘的思想感情，语言简洁朴实，具有浓郁的乡土气息。刘衡善于运用具有鲜明个性特征的语言和通俗、晓畅、幽默的群众语言，因而她笔下状物也好，写人也罢，总是独具魅力。

穆青同志曾说：新闻报道要注意文采。也就是说，我们的新闻报道不仅内容是健康的，积极的，向上的，而且语言文字，表现形式也是新颖的，也是美的。

记者的特殊生活经历、思想理论水平、文化修养，以及性格、气质、心理方面的种种特点必然要在他的采写实践中表现出来，从而在对事物的感受、认识和构思、表达上显示出千差万别的个性特色。

### 2. 共性

共性就是事物的普遍性、一般性，是同类事物共同的本质属性。

新闻作品的共性包含在新闻报道的基本原则和规律之中，如真实、准确、迅速、及时、针对性、指导性等，皆为新闻作品应遵循的共性。在新闻作品研究中，不能离开新闻作品的共性，应注意在新闻共性的大前提下评价、研究作品。

例如，我们强调优秀的新闻作品应有突出鲜明的个性，但并非有鲜明突出个性的新闻作品都是好新闻。如有的新闻事实个性很突出，很新奇，但却有片面性，会产生负效应。因此，新闻作品虽然个性很突出，但从社会影响和宣传效果方面去衡量，偏离了新闻报道的基本要求，当然称不上是上乘之作了。

### 3. 共性与个性的统一

共性和个性是辩证统一的，任何事物都可以说是个性与共性的对立统一体。个性是共性存在的形式，共性寓于个性之中。共性只有通过个性才能得到表现。反之，个性也离不开共性。假如个性不表现共性，也就没有什么社会意义而言。例如《商业部长买鞋上当记》一文鲜明的个性，正反映了“打假”的紧迫性、长期性和艰巨性的共性。所以，个性与共性是相互联系、不可分割的。

新闻作品也同样如此，它既具有新闻报道真实、客观、新颖诸共性而区别于小说、戏剧、诗歌、散文、公文等其他文章样式。但同时，每一篇优秀新闻作品，它又具有鲜明的个性特征。如果新闻作品只有共性，没有个性，那么新闻报道就会陷入千文一面、万人一腔的僵化模式。

## 三、主观性与客观性

新闻作品研究是客观作用于主观的特殊的思维活动。不言而喻，它必须要有客观条件——新闻作品，还要有主观条件——研究者本身的各方面的修养。这就说明，研究新闻作品既具有客观性，又具有主观性。

**1. 客观性**

客观指人的主观意识之外的物质世界。作为研究对象的新闻作品是不以研究者的意志为转移的客观存在。研究者对新闻作品的分析、判断、联想，必须以新闻作品为基础，而不可离开新闻作品这个客观条件，毫无根据地信口开河。

分析、研究中离开了客观条件——新闻作品，研究的思维活动就无从产生，研究的客观条件是研究思维活动发生的基础。研究对象——作品，具有客观的确定性。研究者只能在客观的研究对象的基础上发挥主观能动性，而决不能脱离研究对象随心所欲地加以臆造。

**2. 主观性**

主观指人的意识、精神。

研究新闻作品时，必须有主体精神、自我意识渗入，这是符合分析、研究思维活动发生的规律的。不同的研究者必定受不同的立场、观点、理论水平、感情取向、生活经历、文化素养、审美趣味以及对新闻作品的时代背景及其社会效果认识等等主体认知因素的制约，对同一新闻作品的认识、理解和评判自然不可能是完全客观的，因而具有研究的主观性。

读者阅读一篇作品时，他可能把作品中的事件、人物的意义加以抽象化，把它们作为材料进行分析、综合、比较、概括，从而对作品产生一定的认识、理解和结论，这便是对新闻作品的主观的理性评价。它主要是通过逻辑思维而进行的。显然任何一个读者在阅读时都要进行程度不一、正确与否的理性评判。但是，在一般情况下，读者往往都是首先对作品中的事件和人物进行具体的感受的。他和作品中具体、形象的人物和生活图景接触，从感性上发生是非爱憎的感情，并且根据自己的感情取向、生活经验和主观想象，对这具体的形象形成自己的情感反应：喜爱或不喜爱，感动或不感动，共鸣或不共鸣。这一系列的情感活动，主要是客观对象即新闻作品对研究者所引起的心理活动。

正因为新闻作品研究中具有主观性，因而人们在评价同一新闻作品时就会出现认知差异。《文心雕龙·知音》云："慷慨者逆声而击节，酝籍者见密而高蹈，浮慧者观绮而跃心，爱奇者闻诡而惊听。"说明不同的人在欣赏中，仁者见仁，智者见智，各有所好。

在新闻作品研究中这种主观差异性具体表现为对同一新闻作品从不同方面去感受和思考，于是作出不同甚至截然相反的结论；而研究者随着主观条件的变化，即使面对同一作品，他的感受、体验也会在不同时期产生比较大的差异；同一作品在不同时期也会出现"增值"或"贬值"的现象。

河南省在评选1986年全省好新闻时，复评阶段对《郑州晚报》推荐的作品《让孩子给你打个分吧!》出现了不同的意见。有人认为，这无非是一篇教育子女、关心子女的老题材，比起直接反映改革开放的题材来说，毕竟"软"了些；有人认为这篇报道无论从主题的提炼到表现角度都有独到之处，有创新，有深度，有情趣，是一篇难得的好新闻。双方意见难以统一。复议时，部分评委再次郑重提出：此文如果落选实在可惜。于是，大家重新阅读，研究其价值、意义、特点，该文终于进了定评圈。定评委员会一致推荐该文参加全国好新闻评选，结果获当年全国好新闻一等奖。

评价同一篇新闻作品，看法如此悬殊，并不罕见，原因就在于各评选人员不同，主体认知结构不同，就会出现评价方面有全有偏，有深有浅，即使每人都说自己持客观、公正的态度。不同的人对同一新闻作品有不同的认识和判断，这种差异现象正说明了新闻作品研究中的主观性。鲁迅说：红楼梦是许多中国人知道的，至少，是知道这个名目的书。谁是作者和续者姑且勿论，单是命意，就因读者的眼光而有种种：经学家看见《易》，道学家看见淫，才子看见缠绵，革命家看见排满，流言家看见宫闱秘事……即指这种现象。可见，新闻作品研究的这种主观差异性是不可避免的。新闻作品研究中的差异性，反映了人们对新闻需要的多样性。它不但有助于分析、研究能力的比较与提高，而且也是推动不同题材、体裁、风格的新闻作品百花争艳的一个积极因素。

### 3. 主观与客观的统一

新闻作品研究中，虽然研究者各有所异，但毕竟在研究过程中始终离不开新闻作品。新闻作品是客观存在的事实，是第一性的；研究者的理解和评判是第二性的。存在决定意识，这是唯物主义的一般原理。我们在新闻作品研究活动中，一定要坚持主观与客观相统一的原则，才能对新闻作品作出确切的评价。坚持主客观的统一，一般来说，对优秀的新闻作品，往往能取得基本一致的肯定，低劣的作品会得到人们的否定。这是新闻作品研究中的一致性。

这种一致性与差异性正是主、客观对立统一关系的印证。

在新闻作品研究中，我们应力求对新闻作品有全面深刻的理解，正确把握作品的时代背景、传播意图及其社会影响等等。我们应力求使主观认识符合客观实际，以达到主观与客观的统一。

具体而言，要做到主、客观统一，需要注意以下几点：

(1) 坚持观察的客观性，反对主观地评析作品；

(2) 坚持观察的全面性，反对片面地评析作品；

(3) 坚持观察的深刻性，反对表面地评析作品。

## 四、运用多种思维形式

思维是人的认识的高级阶段，研究新闻作品成功与否，往往与所采取的思维形式有密切关系。我们在研究活动中应采用恰当的有效的思维形式。在此基础上，也应认识和掌握创造性思维、立体思维、宏观思维、求异思维等思维形式的特色，使我们的研究活动具有创新意义。

### 1. 创造性思维

创造性思维是一种勇于探索未知领域，敢于提出新见解、新问题的进取性思维方式，它充分体现了人类思维本身具有的能动性。求新，是创造性思维最主要的特征。新闻工作是一种创造性的劳动，新闻工作者的职业特点就是不断探求新情况，研究新问题，使自己不断有新发现。我们在新闻作品研究中同样离不开创造性思维，以求对新闻作品作出具有独到见解的评析。

**2. 立体思维**

立体思维是相对于平面思维而言的。立体思维也叫空间思维或全方位思维。

对于一个认识对象，进行多方位、多层次、多角度的思考和探索，力图真实地反映这个事物的整体以及这个整体和其周围事物构成的立体画面，是立体思维常采用的思维方式。我们在新闻作品研究中，也可运用立体思维。

荣获1996年中国新闻奖一等奖的《让世界走向和平》是一篇优秀作品，对这篇作品的评析文章《现实·历史·未来》（载于《第七届中国新闻奖作品选》）运用了立体思维。“立足于我国的现实，追寻历史的烟云，着眼人类的未来……作者从独特的视角入手，把一段深沉的历史与现实和未来紧密结合起来，凝聚在短暂的瞬间，在广阔的时空画面上展示了一个重大的主题。”文章开头即极有气势地概括了对通讯的总印象。然后又指出通讯“通过中国核试验基地三任司令员的亲身经历和深刻思考，向世界雄辩地展示了一个重大主题：中国下决心发展核武器，是在面临现实威胁的情况下不得已而为的。中国渴望和平，但和平需要盾牌。中国要拥有核武器，就是建造和平的盾牌，打破核垄断，并最终消灭核武器，让世界走向和平”。全文从“主题重大”到“写作精良”逐一展开分析，最后得出结论：“《让世界走向和平》是一篇立足国内而又具有国际意义的新闻精品。”处处显示了研究者纵向、横向、多侧面的立体思维方式。

**3. 宏观思维**

宏观思维是指思维突破、超越所观察的事物本身，从更大的时空范围去展开纵向和横向的思索。

当今我们正处在一个新的历史时期。改革开放的大潮正猛烈地冲击着一切旧事物、旧观念、旧习惯。与社会主义市场经济相适应的新事物、新观念也应运而生。这种变化的新形势，要求我们在研究新闻作品时具有远见卓识，能高屋建瓴地观察问题，分析问题，强化自己的宏观思维，在把握大局、全局上下功夫，不断开拓自己的视野，使之发挥更好的作用。当然，宏观与微观是对立统一的关系，我们要善于把宏观与微观结合起来。从微观上发现典型，又跳出微观，从宏观上把握主题，升华思想，开掘深度。所谓“胸中有全局，手中有典型”即是宏观与微观两种思维相结合的产物。

通讯《菜价追踪》荣获1994年中国新闻奖，下面请看一篇运用宏观思维研究作品的范例：

## 宏观与微观的统一

张万象

随时关注社会热点，是记者的“天性”，而称职的记者，在关注社会热点的同时，必然把目光投向国家经济生活和社会生活的重点、难点。

通讯《菜价追踪》的成功就在于，它选取了菜价这个社会热点问题作突破口，一追到底，便同时抓住了一个重点，也冲击了难点，把来自上边的精神和来自基层的民意有机地联系在一起，在宏观与微观的结合点上，找到了菜价问题的真实答案，起到了以点带面的作用，在更广阔的社会背景上给人以有益的启示。

抓住热点、重点和难点，并非轻而易举的事情。首先，需要记者有大局意识。1994年初，物价涨势过猛，居高不下，群众议论纷纷，国家领导人十分关注，人大代表和政协委员也为之慷慨陈词……物价问题显然成了当时社会舆论的一大热点，同时也是党和政府正着手解决的重点问题之一，又是解决起来难度较大的一个难点。物价，这个看起来有点“婆婆妈妈”的问题，关系着国家经济和社会生活的大局。《菜价追踪》选取的是各方面都十分关注，在国内外都具有影响的首都市场，其中又选取了与人民群众日常生活关系最为密切的蔬菜价格作突破口，是切中要害的。

集热点、重点、难点于一身的菜价问题，涉及生产、流通、消费等十分宽广的领域，关系国家、集体、家庭等方方面面的利益，看来简单，实则复杂，不下苦功深入调查研究，是很难弄清来龙去脉、理出头绪来的。《菜价追踪》的成功，另一个重要原因就是调查研究的深入和扎实。

调查研究是记者的一项基本功，而追踪则是记者深入调查研究的一种有效方法。两位记者为寻找菜价高涨的真实原因，不辞劳苦，沿着三条线紧追不舍：一是从首都的大“菜园子”——山东省寿光县的菜田里开始采访，随运菜车连夜奔波 550 公里，一直追到北京的蔬菜集散地——大钟寺蔬菜批发市场，再从大钟寺追到市区的集贸市场。二是从北京郊区的蔬菜产地追到市区的蔬菜市场。三是追踪领导机关，采访了工商、物价等领导部门。这种步步追踪、环环紧扣，以第一线现场亲历式采访为主，又上下结合、点面结合的方法，扎扎实实，得到的材料和得出的结论真实可靠，令人信服。从这个意义上讲，通讯《菜价追踪》也是一篇宏观与微观相统一的优秀新闻作品。

宏观与微观相结合的《菜价追踪》，也是编辑与记者有效合作的产物。它凝结着新华社山东分社和北京分社两位记者的辛勤劳动，也渗透着新华总社编辑特别是总编辑的心血，它既是个人的劳动成果，又是集体智慧的产物。

**4. 求异思维**

求异思维是一种朝着不同方向、沿着不同途径思考问题的方法。它常常冲破思考的习惯范围，激发非习惯的联想，从而引出更多更深刻的信息。

求异思维就其本质来说也是一种创造性思维方式，它的最大功能是求异。它往往在一般人觉得不是问题的事物上看出主要问题，往往在没有现成答案的问题上找出新的答案。

我们在新闻作品研究中可恰当采用求异思维，也能使新闻作品研究注入新的活力。

求异思维不是一种孤立的现象，它是与求同思维共存的。求异思维不以求同思维为前提，思维就容易产生片面性；求同思维不以求异思维为前导，思维就会停留在一个水平上，就不可能有所发现，有所创新。

以上几种新的思维方式，从不同角度拓宽思维的领域，帮助我们深化认识、深入研究，使我们的研究活动具有创新意义。值得注意的是，各种思维方式并不是孤立存在的，它们常常相互交叉，相互渗透，互为补充，相辅相成。

## 自学提示

### 一、学习目的与要求

通过本章的学习，了解和掌握新闻作品研究的思维特点。

### 二、思考题

1. 新闻作品研究的思维特点表现在哪些方面?

2. 评析新闻作品为什么要力求达到主观和客观的统一?

3. 在新闻作品研究中，运用创造性思维、求异思维、宏观思维和立体思维有何意义?

4. 结合评析一篇新闻作品，领会新闻作品中的共性与个性。

# 第三章　新闻作品评析的方法

## 一、对新闻作品内容与形式的具体分析

在评析新闻作品之前，首先要对新闻作品进行认真的阅读，而且要仔细地、一遍又一遍地阅读。认真地、反复地阅读新闻作品，对新闻作品从局部到整体都有透彻的认识和理解，能准确地认识和把握新闻作品的体裁、内容和形式等，这是评析新闻作品必须具备的前提。如果不认真阅读新闻作品，只是粗略地看一下，连新闻作品的体裁、内容和形式都还没有真正弄明白，那是不可能对新闻作品作出确切的评析的。

评析新闻作品要从内容和形式两方面进行具体分析。不对新闻作品的内容和形式作具体分析，就不可能明确认识这一具体事物，应该避免那种空泛笼统和主观武断的简单化的方法。

### 1. 分析新闻作品内容

分析新闻作品内容，要遵循前文所述的新闻作品研究的原则，对新闻内容作具体的剖析。

新闻主题是新闻作品的中心思想，是新闻作品内容的核心，是记者认识和提炼新闻事实的思想结晶，是新闻作品内容所具有的新闻价值和宣传价值的体现。除了有的简短消息，只是报道某一简单信息，说不上有什么主题外，多数新闻作品一般都有主题。

怎样分析新闻主题呢？

（1）分析新闻主题，要注意把握它的舆论导向和社会意义，看其是否正确和深刻。

比如通讯《质量！生命——来自华北制药厂的报告》（新华社1992年2月10日，姬乃甫、王文杰、叶冰男），它以醒目的标题、有力的事实、深入的剖析，报道了华北制药厂长期重视质量工作，坚持质量第一的实践经验。正如通讯一开头所写的："药，能治病，能救命。但质量不合格的药，不仅不能治病，有时甚至要人的命。在制药行业，产品质量和人的健康生命等同。"这个制药厂的职工抱定了这样的质量观：质量必须合格，有些药品的质量甚至要高于国际标准。

通讯中通过一系列的事实显示，他们对待可能影响产品质量的疑点，一点也不放过，以一流的工作水平，你追我赶求质量；他们还认识到，制造新药是质量的升华，于是迎来了一场场新的质量品种战，不断以高质量的优质品种，满足人们的需要；也正因为质量好，这个厂在国内外市场上站稳了脚跟，并还在扩大"阵地"。

通过阅读和分析作品内容，可以强烈地感受到这篇通讯具有一个明确的主题：质量就是生命。

质量问题是人们关心的一个舆论热点。具有特殊性质的医药行业，其产品质量更是人民群众所关注的。通讯抓住质量就是生命这一主题，深入地揭示了质量问题与增强职工的质量意识、加强企业质量管理、发挥科技作用，以及与市场经济的关系等。报道的虽然是一个药厂，却有典型性，且针对性强。通讯主题体现了正确的舆论导向作用，含蕴深刻，具有现实社会普遍意义，对激起全民的质量意识发挥了积极作用。

（2）分析新闻主题，还要注意它是否鲜明和集中。

新闻主题是新闻作品的统帅和灵魂。"纲一举而万目张"，主题不能模糊不清，分散背离。

曾获第一届中国国际新闻奖一等奖的消息《美日汽车贸易高级谈判开始》，就是这样一篇主题鲜明而又集中的优秀新闻作品。全文如下：

［新华社日内瓦1995年6月26日电］（记者杨起、班玮）美、日汽车贸易高级谈判今晚在日内瓦以坎特向

桥本赠送一把竹刀的戏剧性场面开始。

美、日汽车贸易谈判延续已近两年，至今未获任何结果。美方5月16日宣布，若双方在6月28日之前仍然达不成协议，美国将从这一天开始实施制裁，对日本输往美国的13种豪华轿车征收百分之一百的惩罚性关税。这将给日本汽车制造商每年造成59亿美元的损失。

为了避免爆发贸易战，双方4位副部级官员自本月22日起在日内瓦紧张地展开了谈判，但进展甚微。双方于是决定提高谈判级别，由美国贸易代表米基·坎特和日本通产大臣桥本龙太郎直接晤谈，以作最后努力。

坎特和桥本的谈判于日内瓦当地时间晚8点半开始，开始前安排了一次简短的与记者会面、让记者拍照的活动。他们满面笑容地走向记者，站定之后，坎特出人意料地向桥本亮出了一把在日本剑道中所使用的很长的竹刀，说："这是我特意给您带来的。"坎特接着面对记者说："桥本大臣精通此道。剑道的精神就是勇敢、诚实、正直和耐心。"桥本应声答道："毫无疑问，和坎特先生晤谈是需要耐心的。我非常希望我们能礼貌地进行会谈。"桥本抓住竹刀的一头，对准自己的脖子，说："这可要使我损失惨重喽！"说完双方大笑。

有记者问，双方的谈判是否必须在28日前结束？桥本答道："美国定下的期限与我们毫不相关。我们不能在美国的法律约束下谈判。我们只想按照国际规则和世界贸易组织规则进行谈判。我也想告诉你们，这场谈判是非常艰难的。"

记者问坎特，最后的期限定在哪一天？坎特说，6月28日。记者又追问："会不会延长？"已经转身退场的桥本扭过头来答道："这是'美国造'的期限。"

在坎特和桥本会晤之前，双方在日内瓦进行了副部级谈判，其主要内容是美国要求日本开放汽车市场，增加购买美国生产的汽车及零配件，并在国内增加销售美国汽车的网点。

读罢这篇消息，透过消息中提供的一系列事实，人们能切实地体会到这篇消息所蕴含的鲜明的主题：美日双方在汽车贸易问题上存在着深刻的分歧。

从消息中可以看出，美、日汽车贸易谈判已持续了两年，未获任何结果。美方已透露若在一定期限内仍然达不成协议，就要对日方开始实施制裁。原先的副部级官员谈判，进展甚微，因而需提高谈判级别。而美国贸易代表与日本通产大臣在高级谈判开始前与记者会面时，看起来是一个赠送竹刀，一个谈笑风生，却言语中又各唱各的调。全文共7段，自始至终围绕这一主题展开。无论是现场情景和具体细节的描述，还是背景材料的运用，都是为集中表现这一新闻主题的。

如果新闻作品主题不鲜明，模模糊糊，或主题分散，多中心，不集中，都会让人读了不得要领，甚至使人不知所云。这些都是在分析新闻主题时需加以注意的。

（3）分析新闻主题，还可以与新闻作品所选择的角度联系起来进行研究。有些新闻作品反映同一新闻主题，但由于它们各有其不同的新闻角度，而未让人们感到千文一面，相互雷同。

改革开放不仅使中国农村发生了巨大的、日新月异的变化，而且也使中国农民的思想观念产生了深刻的变化。以此为主题的新闻作品，在新闻媒体上可以经常见到。但是有些新闻作品在体现这一主题时，却选择了新的报道角度，给人耳目一新之感。消息《取下神像挂地图》（《中国青年报》1994年4月26日，李钧德、王方杰）就是其中一例。

这篇消息报道的是，在只有一百多户人家的河南省上蔡县东黑河村，过去村民们因“十年九涝一贫如洗，在茅草屋里度日月”，家家户户“在当地人觉得最神圣的中堂位置”，挂上一幅全神图，“写的是万事如意，生财有望”，可是“东黑河依然穷得叮当响”。现在，改革开放的春风吹进了这个村子，农民们由封闭转向开放，纷纷带着地图，利用地图闯荡外部世界，寻求致富之路。消息中列举了一系列的生动事例，说明农民们在外走南闯北，经过吃苦耐劳、勤奋努力而摆脱贫困。于是，全村有二十多户农家取下神像挂上了各色各样的地图，不求神仙保· ，而靠勤劳致富，以致连东黑河村周围的农民，也喜欢上地图了。“上蔡县新华书店说，1993年，农民从他们那儿买走了17 500幅地图。”

这篇消息抓住农民取下神像挂地图这一新事，独辟蹊径，从一个新的角度，反映了改革开放后中国农村和中国农民的思想观念发生深刻变化这一大主题。它与同一主题的其他新闻报道不雷同，显示出它的个性和特色。

客观事物是复杂的，因此反映它的角度也多种多样，除了从新闻事实本身所体现的思想意义去挖掘新的角度外，我们在分析新闻作品时，还可发现有的新闻作品选择人们感兴趣的内容作为报道的角度。

消息《坦克进城路面无损，交通干警同声赞扬》（《解放军报》1980年2月27日），报道七四一〇厂试制成功了坦克履带挂胶，这是该厂的一项技术革新成果。这篇消息与常见的科技成果的报道模式不一样，在消息一开头这样写道：“春节前夕的一个夜晚，一辆坦克开进南京城，沿着平整宽广的柏油大道驶过闹市区——新街口。过路的行人都停住脚步，惊奇地望着它。”接着，消息在第二段中交代：按照交通部门规定，坦克是不准通过市区的，因为过去坦克通过南京市区，坦克履带曾给路面造成损坏。所以，这篇消息的导语一开头就把读者吸引住了。然后，消息中才扼要地介绍了这次通过南京市区的就是一辆履带挂胶的轻型坦克，以及履带挂胶这项技术革新成果试制的过程和它的种种性能等。消息的最后又特地指明：“南京市公路管理站的同志和交通警察对所经过路面，进行了认真的检查，没有发现破坏痕迹，同声称赞坦克履带挂胶性能良好。”

这一篇关于科技成果的报道，由于选取了一个为人们感兴趣的角度，而给人以新意，读来引人入胜，不感到是“老一套”和枯燥乏味。

（4）分析新闻主题，还要注意的是，新闻主题寓于一定的事实之中，通过叙述一定的事实来说明和表现主题。用事实说话是新闻报道的基本特征。它寓理于事，以事明理。上文所引的一些新闻作品，均具有这样的特征。因而我们在分析新闻主题时，需注意这一特点。当然表现新闻主题不排斥在新闻作品中（如通讯）有必要的精当的议论。

此外，分析新闻作品的内容，还要考虑它是否符合新闻报道的基本要求和特点。比如，报道内容是否真实、可信，所选的主要事实材料是否新鲜、典型，新闻要素交代得是否清楚，以及报道内容是否具有时宜性等等。

**2. 分析新闻作品形式**

新闻报道具有多种体裁，如消息、通讯、特写等。不同的新闻体裁，在报道新闻事实时，其表现主题、选用材料、安排结构、运用表现手法和新闻语言等方面，都有各自的特点。因此，分析新闻作品形式时，要根据不同的新闻体裁作具体分析，才能作出中肯的评价。

（1）对新闻结构的分析

写文章讲究谋篇布局，写新闻报道也要重视结构安排。新闻结构使新闻作品的各个部分成为有机的整体，它是表现新闻内容、体现新闻主题的重要表现手段。

分析新闻作品的结构时，要注意其是如何遵循结构安排的原则和要求，根据新闻作品的具体内容，安排一个既能恰当反映新闻事实，又能充分显示新闻主题，并易于读者理解的结构形式的。把握它在上述这些方面的主要特点和成败。与此同时，还要注意消息有消息的结构形式，通讯有通讯的结构形式，不同的新闻体裁具有不同的结构特点。

就以《美日汽车贸易高级谈判开始》这篇消息来分析，它在结构安排上就颇有特色。

全文由 7 段文字组成。第一段导语，开门见山点明美、日两国汽车贸易高级谈判于何时何地开始举行，而且将美国贸易代表向日本通产大臣赠送一把竹刀这一带有戏剧性的现场细节放在导语里，以吸引读者往下读。紧接着是第二、第三段交代有关背景材料，说明这场谈判已延续近两年，至今未获任何结果，美国已扬言若不在限定日期前达成协议，即要实施制裁。并交代由于在这之前举行的副部级官员谈判进展甚微，因而决定提高谈判级别。这两段背景材料的交代，对不太了解和熟悉这场谈判过程的受众来说，显然是很有必要的。

消息的第四、第五、第六这三段是记者对现场采访中所见所闻的描述，着重描述这两位高级代表在与记者会面时的情景，如坎特向桥本赠送竹刀，桥本接受竹刀时的表情和答语，双方对美国限定的谈判期限的表态等等。这三段写得具体、生动，显然是消息的重点。

最后一段还是背景材料，介绍了在此之前双方副部级官员谈判的会谈要点，这与高级谈判依然有直接关系。但由于这些事已不新鲜，故放在结尾处比较适宜。

从全文来看，无论是导语、主体、背景，还是结尾的安排，都是为了有助于突出消息的主题，有助于畅达地表现消息的内容，让读者便于阅读，而且结构安排也符合消息这种新闻体裁的特点。

通讯《醒来，铜陵!》(《铜陵报》1991年11月14日，龚声)高奏经济建设、改革开放的主旋律，主题鲜明。它在结构安排上，既紧密依据通讯的主题，又为表现通讯主题服务。

这篇通讯由四个部分组成：第一部分先列举事实和数字说明，自从党的十一届三中全会以来，铜陵市在经济建设中已取得的辉煌成就。第二部分又列举事实和数字，并与其他城市进行对比，说明铜陵市在辉煌中存在的不足和差距。第三部分着重剖析阻碍前进的一个又一个“病灶”。最后第四部分，以简洁的笔墨指出“经济要开放，首先思想要解放”，号召铜陵人要解放思想，更新观念，加快改革开放的步伐。

全文布局有序，层次清楚，重点突出，完整紧凑。通讯先提出问题，然后分析问题，最后指明如何解决问题，一环扣一环，层层递进，紧扣通讯的主题。

消息、通讯等新闻文体的结构形式多种多样，在分析新闻作品的结构时，还要注意准确把握作品所运用的结构形式及其特点。

通讯名篇《为了六十一个阶级弟兄》(《中国青年报》1960年2月28日)，报道的是一个头绪纷繁的感人事件，反映了在党的领导下，一方有难，八方支援，团结协作，战胜困难的崇高精神。分析这篇通讯的结构，可见其显著的特点：采用了时空结合的结构形式，即纵横式结合的结构形式。

这篇通讯基本上是以时间的进展为纵向线索，同时又以空间的变化为横向线索，把发生在同一时间、不同地点的事情巧妙地交织在一起，做到时空结合，纵横交错，引人入胜。通讯中虽涉及的部门、单位不少，又人多事杂，叙事却有条不紊；虽事件经过波澜起伏，却变而不乱，衔接自然。整篇通讯把复杂的事件交代得清晰明了，出色地展现了这种结构形式多彩多姿的特色。

(2) 对新闻表现手法的分析

新闻作品的内容需要采取一定的表现手法把它反映出来。成功的表现手法有助于准确而生动地表现思想内容，增强新闻作品的说服力、感染力。

新闻作品的表现手法有多种多样，不同的新闻体裁所运用的表现手法有各自的特殊要求和方法。

常见的基本表现手法有叙述、描写、议论、抒情、说明等。这些又可由于反映的目的和对象的不同而细分为多种表现手法。如叙述，有顺叙、倒叙、插叙；描写，有人物描写、细节描写、景物描写、场面描写等；而写人物，还可对人物的外貌、行动、心理、语言等方面进行具体描写等等。为了生动地表情达意，还常用对比、衬托、悬念等表现手法。我们在分析新闻作品时，要注意剖析作者在运用各种表现手法表达新闻内容时，有哪些特色和成败得失。

比如叙述，它是新闻作品中最基本、最常见的一种表现手法。无论在新闻作品中采用哪一种叙述方法或多种叙述方法结合运用，从整体上来说，叙述是否准确恰当、清楚明白、有条不紊，这在分析新闻作品时需要注意把握。

又比如描写，它也是新闻作品中常见的一种表现手法，主要是用来对新闻报道中的人物、事实情节、环境现场等作具体的描绘和刻画，生动有力地表现新闻内容和主题，增强新闻作品的表现力和吸引力。

我们在分析新闻作品时，可看到有的新闻作品对新闻事实发生的现场的描写，颇为生动形象，读来仿佛置身于新闻事实的现场，耳闻目睹那里所发生的具体情景。恰当而又精彩的现场描写，不仅使人感到十分逼真，而且富有感染力。

通讯《华阳礁上补给忙》（《解放军报》1989年11月21日，刘冰、徐文良）的作者在采访上历尽艰辛，在写作上也颇有特色，将新闻事实的现场描写得生动具体，画面精彩纷呈，而又含意深远：

“载着主副食和淡水的拖船一离码头，水天相连的南中国海风起浪涌，拖船像一叶小舟被大海随意抛上浪尖又甩进涌谷，使人顿觉天在旋转。

‘枪帆分队前甲板就位，抢盖主副食！’警铃响过传来船长的命令。记者应声爬出船舱，抬头看天，南沙海面已被一片遮天盖海的黑云罩住。水兵在摇晃得站不稳的甲板上用帆布盖主副食。一场大雨随风呼啸而降。

海上补给战斗开始在落日时分。华阳礁从海面升起，礁沿处风急浪大，拖船靠近随时有撞礁的危险，船长命令放小艇实施补给。

18时10分，记者乘坐1号艇登礁，从拖船到高脚屋，小艇要闯过50米风浪区和1 000米礁盘区，随时有艇翻物损的危险，小艇开足马力，在浪峰波谷间冲刺，宽5米的进礁口掀起2米多高的大浪，马达突然熄火。失去动力的小艇随浪左右倾斜约40度，记者作好了跳海准备。就在这时，一个大浪把小艇打上礁盘浅水区。”

这些现场描写，绘声绘色，正是当时当地的这场补给战斗的真实场面的再现。现场景物像一幅幅画面呈现在读者面前，令人历历在目，生动感人。

获1992年中国新闻奖一等奖的《上海证券交易与国际市场接轨》（《解放日报》1992年2月22日，时赛珠），以消息的形式，简要地报道了中国金融改革开放的一件新事——电真空B种股票在上海进行首场交易。这意味着上海证券交易已与国际市场接轨。新闻中对交易现场，作了如下的形象描写：

“昨天上午9点30分，‘当！’随着一声宏亮的铜锣声，我国唯一的拥有全世界24个国家和地区的230名‘股东老板’的电真空B种股票，在上海证券交易所开始首场交易。

在交易大厅内，闪烁着红绿灯光的电子行情显示屏，清晰地显示出发行价每股70.8718美元的电真空B种股票，开盘价每股为71美元。开市1分40秒，显示屏就开始频繁地出现海外客户要求买入B股的申报价：71.6美元、72.8美元、73.2美元、74美元、75.4美元……上海证交所总经理尉文渊告诉记者：‘这里的交易行情，早已通过路透社通讯网络，同步向世界各地发出，首次与国际证券市场接轨。’”

“不少海外证券专家昨天特意赶到上海察看B股上市的动静。这些西装革履的先生们，挤在交易大厅楼上贵宾室的窗前，目睹交易动态，情不自禁、不约而同地为每次成交拍手鼓掌。有一位先生动情地说：B股顺利发行只是成功的一半，交易成功才是真正成功。1992年2月21日上午9点30分，应该记入中国金融改革开放的史册。”

消息中对交易大厅现场的这些描写，如宏亮的铜锣声，闪烁着红绿灯光的显示屏，不断变换的申报价，西装革履的先生们的鼓掌和言语等等，都具有较强的画面感、现场感，有声有色，有景有情，引人入胜。读者在感受现场特有的氛围的同时，也获得了新的信息。

描写这种表现手法，在新闻报道中还常用来对人物进行形象的描绘和刻画，以便给人留下生动深刻的印象。这在分析新闻作品的表现手法时，也是值得注意的一个方面。

《大雪初降重灾区》(新华社1991年12月26日，沈祖润、陈先发)，报道的是安徽沿淮重灾区迎来了这年冬天的第一场大雪后，记者踏雪访问灾民的情景。报道中展现了灾区的雪景和灾民的精神风貌，并以典型有力的事实说明重灾区的人民群众，在党中央的领导和全国人民的关怀下，能顺利度过“寒冬关”。记者采用白描的手法，对现场的一些人物的动作、表现和语言作具体形象的描写，只寥寥几笔，使人物形象活现在眼前。这篇报道是这样开始的：

“12月24日夜，呼啸的北风刮来安徽沿淮重灾区的第一场大雪。一夜纷飞，遍地皆白。25日晨，记者雪地驱车，直赶淮河。越往北，风越寒，雪越大。一到瓦埠湖边的长丰县庄墓乡，好大雪！沟填平了，枝压弯了，有些碗口粗的树都被冰雪压断了。但一排排拱形的、尖顶的、平顶的各种窝棚、简易住房却平安无事，像戴着绒绒白帽子的雪娃娃，笑傲风雪。”

就在这雪后的灾区，记者在窝棚里访问了几位灾民。新闻中写道：“薛桥村孟凡珍翻开身上穿的棉袄、毛衣，说：‘首都亲人千里送寒衣，俺穿在身上暖在心。’66岁的谢克举老汉抖着身上的羊皮大衣，乐呵呵地说：‘全乡5万多件衣服中最好的一件发给俺了。看，这羊皮大袄多厚，羊绒多长，下磨盘大的雪，也冻不着俺。’”上述这些，记者既直录了人物发自肺腑的感人语言，又形象地描写了每人说话时的动作、表情，文字不多，人物的音容笑貌，却跃然纸上，真可谓神情可见，语言可闻，这比之干巴巴地单纯介绍人物说了些什么，现场感和画面感都要强得多。

有的新闻作品还为报道中的主要人物运用描写这种表现手法作文字画像，使之更具立体感。由于抓住了人物的特点，读者因而能观其形而识其人。

通讯《大老齐成了“香饽饽”》(《辽宁日报》1981年6月20日，孔祥君、崔中文》，报道农民尊重科学，渴望科学技术的新鲜事。原本不受重视的农业技术推广站的技术员“大老齐”在农村实行生产责任制后，如今却成了受农民欢迎的“香饽饽”了。它从一个侧面生动有力地反映了农村贯彻党的基本路线，落实党的政策，实行生产责任制后出现的深刻变化。

通讯一开头就介绍了这个人物：“大老齐名叫齐永臻，1968届沈阳农学院毕业生”，然后有这样一小段对人物外形的描写：“大老齐虽然也称得上个知识分子，可那身打扮却是个道地的庄稼人。头上一顶褪了色的蓝制帽，一条早已过了时的蓝裤子，裤管老是挽着。两只黝黑的大脚上穿着一双旧塑料凉鞋。加上他那平时哼哼哈哈、从不发火的憨厚脾气，真乃是貌不压众，语不惊人。”

这一小段描写，像一幅肖像画，能“瞻言而见貌”，让人们好像亲眼看到了长期坚持在农村从事科学技术工作的这个农村知识分子朴实憨厚的人物形象。记者虽然着墨不多，描述简洁，却以形传神，形神兼备。作品使读者一开始便如见其人，如闻其声，对人物有了一个较为明晰的印象。

运用细节，历来受到有经验的记者的重视，优秀的新闻作品中不乏动人的细节。细节看起来似乎是细微末节的东西，但是经过精心选择，恰当描写，却能细节不细，含蕴丰富，增强报道的思想性和可读性。所以，在分析新闻作品的表现手法时，对细节描写也是不容忽视的。精彩的细节描写，往往使新闻报道增彩添色，耐人寻味。

通讯《领导干部的楷模——孔繁森》（新华社 1995 年 4 月 6 日，何平、朱幼棣、陈雁、陈维伟、魏武、王世亮），通过一系列动人的事实，热情歌颂了具有坚强党性和时代精神的领导干部的典型形象。孔繁森的艰苦奋斗、无私奉献的崇高精神，令人崇敬。通讯中多处运用了具体的细节描写，试析其中之一例：

“1994 年初，正当孔繁森带领全地区人民为实现阿里发展的宏伟蓝图而奋斗时，一场罕见的特大暴风雪席卷了阿里高原。

漫天大雪，吞没了农田、牧场和村庄……”

“2 月 26 日，孔繁森来到受灾最严重的革吉县亚热区曲仓乡。这里海拔 5 800 米，是阿里最高的一个牧业点。”

“雪花在凛冽的寒风中狂飞乱舞。一会儿工夫，大家都变成了雪人。人们穿着大衣，还是感到阵阵发冷。脸、手和脚都被冻得失去了知觉。孔繁森看到一位藏族老阿妈把外衣脱给了在风雪中哀嚎的小羔羊，自己却在零下二十多摄氏度的严寒中冻得瑟瑟发抖，他的眼睛湿润了。他用手捂着脸，强忍着不让泪水流出来，猛地转身回到越野车上脱下自己一套毛衣毛裤，递给那位老阿妈。老阿妈伸出已经冻僵的双手，接过那还带着体温的毛衣，嘴唇颤抖着久久说不出一句话。”

这“送毛衣毛裤”的细节，读来朴实无华，却十分感人。它让人深切感受到这位领导干部一心为人民的高尚情操和对藏族人民的深厚感情。一个具体生动的细节，闪烁出人物的精神火花；一个无言的细节，却蕴含不尽之意。用细节描写表现人物，真可谓是“于细微处见精神”。

有的细节描写，寓意于细，小中见大，能服务于报道的主题。新闻《钢筋竟像玻璃棍儿》（《保定市报》1993年7月17日，栗克玉、刘宇青），报道保定市纺织站购物中心工程在施工中，发现所用的螺纹钢质量低劣，一敲就断。为保证工程质量，该工程只得暂停施工。新闻中有这样一个细节：

“昨天，记者在正在施工中的市纺织站购物中心看到：一人手持两根尺余长的直径22毫米螺纹钢互相敲击，便见钢材一截截落下来。负责该工程质量监督的市三建总工董良友说，他干了一辈子建筑业，也没见过这样的钢材。”

这是记者目睹的事实。这个螺纹钢一敲就断的细节，典型有力，以事实说明问题，产品质量伪劣到如此地步，令人愤慨，可见打假之必要，从而强化了这篇批评性报道的主题。如果没有这样的细节描写，而予以概括叙述，伪劣产品留给读者的印象就不会如此鲜明深刻。细节描写在这里发挥了它的作用。

细节描写在新闻报道中虽有其独特作用，但在分析新闻作品的细节描写时，要注意细节应真实典型，能说明问题，能反映事物的特征。只有真实典型的细节，才有说服力，才能以一当十。其次，还应注意细节描写要文笔简洁，力戒繁冗啰唆，体现新闻作品文字精练的特色。再次，细节毕竟是新闻作品中的“最小组成单位”，是个“局部”，因而在分析新闻作品时还需注意其局部和全局的关系。

议论和抒情也是常见的表现手法。

议论是指作者对新闻报道中的人物、事件、现象和问题等表达自己的看法、意见和态度，或夹叙夹议、叙议结合，以深入揭示事物的内在含义；或在叙述、描写事实材料的基础上，以画龙点睛的议论，点明主题。

抒情是指作者在新闻作品中表达、抒发思想感情。在新闻作品中，抒情常常和叙述、描写或议论结合起来运用。

议论和抒情在通讯中较为多见。然而通讯中的议论和抒情毕竟不同于其他文体，它应有自己的特色。

以人物通讯来说，穆青同志曾经指出：在采写人物通讯中，我们时常感到仅仅是用客观事实的描述，还不足以充分表达出感情，也不能满足读者感情上的需要。因此，为了使读者和记者一样地动感情，在必要时就需要用蕴含哲理的抒情描述和议论。他又指出：人物通讯中的议论和抒情不可滥用，要掌握得恰到好处，起“画龙点睛”的作用。人物通讯不是说理文，因此其中的议论不能像理论文章那样论述、演绎、推理。通讯中的议论和抒情，要努力做到缘事而发，情景交融。

可见，我们分析新闻作品的议论、抒情，需注意它们是否得体，是否恰到好处。

说明，这种表现手法常用来对新闻报道中的新闻事实或人物的有关背景材料进行介绍和解说，以便使读者容易理解新闻内容。

1991 年 10 月，贵州省晴隆县地方交通部门修筑的从晴隆县城到花贡的县内公路竣工，至此，全省告别了最后一条农村马班邮路。消息《贵州告别最后一条马班邮路》(《贵州邮电报》1992 年 1 月 24 日，杨煜光、张启飞)，报道了这件新鲜事。消息在导语之后这样写道：“晴隆县位于乌蒙山脉南坡，山岭连绵，沟谷纵横。从县城到花贡、中营，要翻越海拔一千七百多米的两道大山，涉过三条大河。这里两个邮电支局服务范围内九个乡镇、五十六个行政村以及省属重点茶场、铅矿的邮件报刊，从来都靠人力背挑，50 年代末才添置四匹马驮运，在山间小道上跑起‘邮政马帮’。80 年代中期曾一度利用委办汽车运邮，但由于公路要绕道普安县城和六枝特区，多走一百多公里，往返一班要三四天，仍然还得靠马班辅助。中营区的群众说：从晴隆寄到中营的信，比寄到联合国的时间还长!”接着，消息中又写道，这一条新修的公路竣工后，“晴隆县局及时利用客车委办邮运，早晨从县局交发的邮件，三个半小时可到花贡，再经自行车班衔接，当天到达中营支局。中营区读者原来要一周之后才能读到的《贵州日报》，现在第三天就可以见到了。”

上述前一小段，说明了这条新公路修通之前，这条邮路的自然地理环境特点、所担负的邮政任务的范围，以及原来运邮的方法和群众的反映等，解说清楚明白，交待具体实在，有助于人们深入认识这件新闻事实的意义。

又比如消息《直升飞机代替了马拉爬犁》(《解放军报》1979年9月22日，李慎明)，报道的是位于祖国西北边陲的扎玛拉什山边防站，那里过去用马拉爬犁作为运输工具，1979年9月21日起由直升飞机代替了。当边防站的战士们看到直升飞机第一次在边防站降落时，无不欣喜若狂。

这篇消息的第二段这样写道：“扎玛拉什山边防站地处阿尔泰山麓，四周是一千多米高的雪峰，夏有洪水阻隔，冬有大雪封山，交通极为不便。每年10月下旬到来年5月，地面积雪，有时深达一米多，唯一的交通工具是马拉爬犁。往返山下一趟，就要用六七天时间，遇到暴风雪，交通完全中断。边防战士经常一个多月看不上报纸和家信，整整一冬看不上电影，开会、出差、接送紧急病号都有很大困难。”这一小段是有关这个边防站的地理环境、自然气候和生活条件等背景材料的说明。读了这些具体说明，人们对如今用直升飞机代替马拉爬犁，给战士们带来的无比喜悦，就理解得更深刻了。如果没有这些说明，其报道效果显然就会不一样。

消息《〈甲骨文合集〉十三册全部出齐》(《国际广播电台》1983年1月22日，金羿)，报道的新闻事实并不复杂，它主要是告诉听众，我国一部最完整的精装《甲骨文合集》十三册，已全部出齐，并开始在国内外发行。但是在消息中，作者还写了这样一段：“甲骨文是公元前17世纪到公元前11世纪，中国商王朝的史官用刀镌刻在龟甲和兽骨上的文字，是现行汉字的雏形，也是迄今世界上最古老的文字之一。”这是一小段有关甲骨文的历史起源的说明，它既丰富了新闻的内容，又增进了读者的知识。

在新闻作品中运用说明这种表现手法，一般说来，需注意简明扼要，清楚明了，简练流畅。上述这三篇报道都具有这些特色。

对比，这种表现手法在新闻作品中是经常被运用的。正如俗话说的：“不怕不识货，只怕货比货。”不同的事物在相互对照、比较中更能显示它的特点和意义。新闻报道中运用对比，要恰当、鲜明、有力。

在通讯《醒来，铜陵!》的“同处一江景不同”这一部分里，多处运用对比的表现手法，让人们“在辉煌中看到不足”。有的是将1990年与1985年的全市的主要经济指标进行纵向对比，“不仅没有上升，反而惊人的下降了”。有的是将本市与邻近的繁昌县作横向对比，“1985年该县与铜陵县还处于同一个发展水平，而如今他们的工农业产值已超出铜陵县一倍。即使剔除一些不可比因素，我们也难以和他们平起平坐。一江春水向东流，同处一江景不同”。通讯中还有其他方面的对比。通过多方面的鲜明对比，提出问题，发人深思，正如这一部分最后指出的：“铜陵为什么不能发展得更快一些？……怎样才能……以健壮的体魄，去创造铜陵更辉煌的明天?!”通讯中的这些鲜明对比，显然有助于深入有力地表现通讯的主题。

80年代初期有一篇获奖新闻《从邮局看变化》（新华社1980年1月17日，顾月忠)，在运用对比手法方面也颇为成功。消息从头至尾几乎都贯穿了对比，而且对比强烈，很有说服力。

记者在消息一开头就写道：“春节将到，记者在新疆维吾尔自治区邮电管理局里，看到了跟一年前大不相同的情况：过去忙于分拣从内地寄来的大批副食品包裹，而今天却忙于收订大量报刊。”

在概括对比之后，接着列举事实进行具体对比：前几年春节期间，人们“把钱寄到关内，委托亲友帮助买吃的东西。于是，从关内邮寄香肠、猪肉、糖、花生米等的包裹猛增。单是花生米一项，最多的时候一天就寄来16吨。开往乌鲁木齐的列车不得不加挂车皮，邮局货场包裹堆积如山。邮局分拣的同志一天干十来个小时还分拣不完。邮电学校的一百多名学生到邮局帮忙，还是忙不过来。这样，机关只好关门，从局领导到职工都去帮助分拣包裹。”

那么，今年春节的情况怎么样呢？紧接着，记者笔锋一转，说到今年在邮局的所见所闻：“今年，自治区邮电管理局接运包裹的

‘旺季’突然不旺了。据初步统计，去年12月和前年同期相比，寄往关内的汇款减少了6.4万多元，即减少了50%；从关内邮来的包裹减少了1.2万多件，即减少了1/3。原来新疆的市场上，香肠、大肉等都可以买到，核桃、瓜子很多，食品商店里的沙糖、糖果和糕点也很丰富。过节需要的副食品，这里大体都有了……”

消息最后写道：“尽管邮包减少了，但邮局里的干部和职工还是够忙的。几十名机关干部又开赴第一线，帮助办理订阅报刊业务。”

这篇消息就这样通过先后具体事实和数字的强烈对比，从邮局这个“窗口”，小中见大，生动有力地说明了由于贯彻落实党的十一届三中全会以来的路线、方针、政策，我国的经济形势发生了可喜的变化。对比这种表现手法在这里直接为突出新闻主题服务。

对比在新闻作品中还可用来描写和刻画人物，用来表现人物的精神面貌。分析前文提及的通讯《大老齐成了“香饽饽”》，即可见它具有这样的特色。

大老齐是一个农业技术推广站的助理农艺师，过去眼看自己的那一套科学技术并不受人们欢迎，还“被人瞧不起”，感到“怀才不遇”，心底里常常“升起一股淡淡的哀愁”，哀叹自己成了个“窝囊废”。如今，农村落实了党的十一届三中全会以来的路线、方针、政策，实行生产责任制，农民渴望科学技术，大老齐有了用武之地，他“咧开嘴乐了”。起初，他刚担任农业技术员时，骑自行车“跑一圈就是一百好几十里路”，可是渐渐地他那股高兴劲儿没有了，“自行车也蹬得没有先前那样欢了”。如今，大老齐成了“香饽饽”，“他的自行车轮子转得更欢”了。

除了上述这些描述外，通讯中还写到：过去，大老齐讲农业技术课时，人们“除了睡觉、唠嗑，没有多少人认真听”，大老齐耳朵边听到的尽是公社机关里的人叫他去喂猪、煮饭的喊声；而如今，听大老齐讲课的人，屋里挤满了，“院里的人还往里涌”，大老齐现在耳朵边听到的却是一声声关于农业技术的问语……”

这篇通讯在叙事中始终注意写人，通过对比，表现了人物的思想感情的变化发展，反映了人物的内心世界。由于对比具体生动，因此既有真实感，而且还富有感染力。

我们在阅读新闻作品时，有时还可感受到有的新闻作品能给人以悬念。设置悬念也是一种表现手法。

有的新闻作品由于所报道的新闻事实较为曲折或具有一定的戏剧性，作者在写作时，从新闻内容的实际出发，在作品中设置悬念，以引起受众的关注和兴趣，然后用事实予以解释，揭示结果，解除悬念。这种表现手法运用得好，能引人入胜，能激发起读者阅读完全文的欲望。

比如前文提及的消息《美日汽车贸易高级谈判开始》一开头，就这样写道："美、日汽车贸易高级谈判今晚在日内瓦以坎特向桥本赠送一把竹刀的戏剧性场面开始。"

人们读了这一段导语，自然会提出这样的问题：美、日两国汽车贸易举行高级谈判，为何要以一国代表向另一国代表赠送一把竹刀开始呢？赠送竹刀又有何含意呢？这一戏剧性的场面确实引人注目，从而引起读者要读完全文以寻根究底的欲望。

又比如前文提及的消息《从邮局看变化》，它的导语是这样写的："春节将到，记者在新疆维吾尔自治区邮电管理局里，看到了跟一年前大不相同的情况：过去忙于分拣从内地寄来的大批副食品包裹，而今天却忙于收订大量报刊。"

这个导语里所概括的今昔对比，反差强烈。那么这个变化的具体情况是怎样呢？这个变化的缘由又是什么呢？这鲜明对比令人惊奇，于是形成悬念，吸引读者阅读下文，以便从中获得明确的答案。

又比如通讯《举报人的命运》（《光明日报》1993 年 6 月 1 日，唐湘岳），是这样开头的：

"5 月 22 日，记者从有关部门调查获悉，湖南省衡山县不久前破获一起印制淫书大案。奇怪的是，有关责任人未得到及时惩处，而举报人李锦州、旷爱日夫妇却遭受严重打击报复。举报人处境艰难，向上级求救……"

这篇通讯报道的是群众举报一起印制淫书大案，在查处过程中，举报人却屡遭威胁和围攻，受到打击报复，以致举报人不得不东躲西藏。但是最终有关责任人受到处理，举报人得到表彰。通讯一开头先将令人震惊和愤慨的事实摆在读者面前，这究竟是怎么一回事呢？从而激起读者的悬念，引起读者阅读全文的兴趣，追根寻源，了解此事的结果。

从上述各例可见，在新闻作品中如能处理好悬念这种表现手法，则可发挥它独特的作用，达到引人入胜的效果。但在剖析作品时，需注意设置悬念要符合新闻事实的实际情况，不能违背真实性原则；其次，所设置的悬念应与新闻事实相关；第三，要有答案，要揭示结果。总之，设置悬念要用之得当。

新闻作品的表现手法多种多样，而且各有各的特点和作用。但内容决定形式，形式为内容服务，表现手法是为准确、鲜明、生动地表现新闻作品的内容服务的，我们在分析时要正确认识这两者的关系。

（3）对新闻语言的分析

记者写新闻报道，离不开语言。语言运用得好或差，对新闻作品的成败有着密切关系。因而它是分析新闻作品得失的又一个需要注意的重要方面。

新闻报道的语言，总的说来，它要求：1. 准确严谨，即能恰如其分地反映所报道的客观事物；2. 鲜明生动，即具体明快，而不枯燥乏味；3. 简练明白，即语言凝炼，晓畅明了，通俗易懂。

消息《我三十万大军胜利南渡长江》在这方面为我们提供了学习的范例。这是毛泽东同志 1949 年 4 月 22 日为新华社写的消息。

这篇消息记载的是我国解放战争时期的一个重大战役，也是我国新民主主义革命史上具有重要意义的一件历史事件。全文气势磅礴，内涵丰富，生动形象，简洁精练，而且报道及时，是我国现代新闻史上的一篇新闻名篇。全文如下：

## 我三十万大军胜利南渡长江

（新华社长江前线二十二日二时电）英勇的人民解放

军二十一日已有大约三十万人渡过长江。渡江战斗于二十日午夜开始，地点在芜湖、安庆之间。国民党反动派经营了三个半月的长江防线，遇着人民解放军好似摧枯拉朽，军无斗志，纷纷溃退。长江风平浪静，我军万船齐放，直取对岸，不到二十四小时，三十万人民解放军即已突破敌阵，占领南岸广大地区，现正向繁昌、铜陵、青阳、荻港、鲁港诸城进击中。人民解放军正以自己的英雄式的战斗，坚决地执行毛主席朱总司令的命令。

这篇消息的第一句，言简意明地概括叙述了此文的中心内容，即我 30 万大军胜利南渡长江这个重大史实。何人、何时、何事等新闻要素交代得清楚明了，但只用了 24 个字，十分简练。消息的第二句，紧接着叙述了这场渡江战斗是在什么时间开始的，是在哪些地方首先进行的，这是对第一句的具体说明，这样就可使读者对这场战斗是怎样开始的了解得更清楚明白。消息的第三句，写的是国民党反动派军队在我人民解放军的强大攻势下的惨败景象。通过对战斗情景的生动描述，深刻揭露了国民党反动派军队的虚弱本质。虽用语概括，却扎实有力。接着第四句是写我人民解放军斗志昂扬、勇往直前的战斗场面和成果。“长江风平浪静，我军万船齐发，直取对岸”，读来气势雄伟，语言凝炼，并且叙事如画，富有形象感。我人民解放军精神抖擞，以排山倒海之势，奋起直追，“不到二十四小时”，即已“突破敌阵，占领南岸广大地区，现正向繁昌、铜陵、青阳、荻港、鲁港诸城进击中”。又以简洁的语言说明这场渡江战斗已取得的战果，并指明即将取得更大的胜利。这篇消息的最后一句又是高屋建瓴般的概述，表明我人民解放军坚决执行毛主席、朱总司令的命令，以英雄无敌的战斗气概，必将取得这场渡江战役以至解放全中国的最后胜利。

从学习消息写作来说，我们从这篇消息中可得到多方面的重要的启示。仅就新闻语言这方面来看，这篇消息语言的准确严谨、鲜明生动、简练明白是十分突出的，值得我们认真学习。

分析新闻作品中的语言，还需注意的是：一般说来，记叙事实要明快畅达，写人状物要生动形象，议论说理要精确严密，抒发感情要情真感人。新闻作品中人物的语言要符合人物的特点，要有个性特色。不同的新闻体裁对语言有不同的要求。

## 二、对新闻作品的综合性分析

所谓对新闻作品的综合性分析，指的是把不同的新闻作品按照一定的要求放在一起进行研究、分析。

对新闻作品进行综合性分析，也是常用的分析方法。这可使我们从不同新闻作品的比较、分析、研究中认识它们的各自特点和异同，从而博采众长，更好地掌握新闻作品的内在规律，提高新闻作品的评析水平和新闻报道水平。

下面，是对新闻作品综合性分析的几种方式：

一是分析同一题材同一体裁的不同新闻作品。比如把几家报纸报道同一新闻事件的消息放在一起进行比较、分析，从中评析哪家报纸的消息写得好，符合消息的特点和写作要求，哪家报纸的消息相比之下显得差些。

二是分析同一题材不同体裁的新闻作品。比如，把报道同一新闻事件或人物的消息和通讯等不同新闻体裁的新闻作品放在一起进行比较、分析，从中评析其报道内容和形式等方面的成败得失。

三是分析某一类专业报道的新闻作品。比如，对一个时期内某一类专业报道（或经济报道，或科技报道，或体育报道等等）的新闻作品进行综合性分析，研究专业报道有关问题，掌握专业报道的规律和特点。

四是分析某一位记者的新闻作品。比如，对某一位有显著成就的记者一个时期内采写的新闻作品，或是对其所有的新闻作品进行综合分析，研究这位记者的作品的特色和风格。

对新闻作品的综合性分析还可以有多种方式，多种层次。然而，具体分析一篇新闻作品，这是最基本的，其他方式与层次的分析都是以此为基础的。

## 自学提示

### 一、学习目的与要求

通过本章的学习，了解和掌握新闻作品评析的方法，并能正确运用这些方法来研究分析新闻作品。

### 二、思考题

1. 评析新闻作品的基本方法是什么？
2. 如何分析新闻主题？
3. 怎样分析新闻作品的表现形式？
4. 对新闻作品的综合性分析有哪几种方式？
5. 评析一篇新闻作品。

# 第四章　关于研究外国新闻作品

阅读和分析、研究外国新闻作品，可以使我们在改革开放的时代开拓视野，了解外国政治、经济、文化、科技等方面的发展情况，吸收人类文明中的优秀成果，借鉴外国的符合新闻传播规律的新闻表现形式，丰富我们的新闻表现手段，拓宽新闻报道领域，做到“洋为中用”，以促进有中国特色的社会主义新闻事业的蓬勃发展，满足人民群众对新闻传播日益增长的需求。

## 一、外国新闻作品的报道形式

外国新闻作品常见的有以下几种报道形式：

**1. 消息（电讯）**

消息是以简洁的文字，简明扼要的方式及时报道新闻事实的一种新闻文体，是最大量、最经常运用的一种报道形式。狭义的新闻便是指消息，又称电讯。消息常被称作“报纸的主体”、“报纸的主角”，以最直接最简练的方式迅速及时地告诉读者客观世界的变化发展。

现实生活的丰富多彩决定了消息的内容和体裁的多样性。按照不同的标准，人们将消息又划分为多种形式。目前国内比较通行的是以写作特点来划分，把消息分为动态消息、简讯、综合消息、评述性消息、人物消息、特写性消息等等。西方新闻界一般将其分为：硬新闻和软新闻。硬新闻指时效性强、比较重要的事情报道。软新闻则指时效性较弱、重要性不足，而趣味浓厚的报道，一般指一些社会生活、消费类报道。

消息的写作不同于文学创作，有其特殊的规律和特殊的要求，这是由新闻的性质决定的。例如，内容必须真实，要短小精悍，要迅速及时，还要用事实说话等。这些不仅是写作消息的要求，而且也是写作其他新闻作品的要求。

在长期的历史发展中，西方新闻界消息的写作已经形成一个比较固定的结构模式——“倒金字塔”结构。即以重要程度或受众关心程度依次递减的顺序，先主后次地安排新闻中的各项事实。美国密苏里新闻学院的《新闻写作教程》对这一结构模式形象地描述道：“像矿工从大量沙子里筛选出一点点金子那样，记者们把材料一点点过滤，以找出属于导语的那一块金子”，把它放在消息的开头。而在消息主体部分，各段内容也依照重要性递减的顺序来安排，较重要的往前放，次要的往后放，犹如倒置的金字塔，所以称为“倒金字塔”结构。

试举一例：

### 《巴西获得美洲杯赛冠军》

[法新社亚松森7月18日电] 在今天举行的美洲杯决赛中，巴西队以3:0大胜乌拉圭队，再次夺得美洲杯赛冠军。这是巴西在美洲杯赛中第6次夺冠。

上半场，巴西队中场队员里瓦尔多独进两球。下半场，罗纳尔多又进一球，为巴西队稳操胜券奠定了基础。里瓦尔多和罗纳尔多在这次比赛中每人以5个进球的纪录荣获美洲杯赛最佳射手称号。

巴西队的出色表现不仅使首次率队参加美洲杯赛的主教练卢森堡旗开得胜，而且也使罗纳尔多个人挽回了声誉。过去一年来，法国世界杯的噩梦一直缠绕着他，只是在这次比赛中，罗纳尔多才再次证明自己仍是一位世界级球员。

一心想在比赛中第15次夺冠的乌拉圭队开局不错，中场队员马加利亚内斯和科埃略非常活跃，开赛头10分钟在场上占了上风。但是巴西队的里瓦尔多随后一记远射，虽未进球得分，却让巴西队吃了个定心丸，稳定了军心。

比赛进行到21分钟，巴西队时来运转，里瓦尔多头球入门，首开记录。仅仅过了6分钟，里瓦尔多再下一城。下半场开球仅两分钟，罗纳尔多踢进了本次美洲杯赛的最后一个球。

（载《参考消息》1999年7月20日）

在这条消息中，导语报道了新闻，巴西队战胜乌拉圭队第6次获得美洲杯冠军。第二段交代了三粒进球的情况。第三段叙述了胜利对巴西队教练和著名球星罗纳尔多的意义。第四、第五段重新详细描述比赛进程。整则消息完全符合“倒金字塔”结构形式，导语交代了最重要的比赛结果，随后几段对导语作了补充和展开，并提供了相关背景，读者阅读了前两段就掌握了消息的基本的新闻事实。

尽管“倒金字塔”结构把最重要的事实首先告诉了读者，但它本身缺少悬念，所以在一些消息中也出现了“非倒金字塔式结构”，如悬念式、对比式、并列式、金字塔式等，使消息写作呈现多样化的趋势。但是，“倒金字塔”结构仍然在消息写作中占绝对主导的地位。

**2. 特稿**

特稿是西方新闻写作中的一种特殊文体。它是以形象生动的手法，将新闻事件、人物、场景、气氛等具体、生动地再现出来的报道形式。在广义上西方特稿包括除消息、评论外的所有文章。

早期的特稿，主要用于报道时效性稍弱，而趣味性、娱乐性较强的新闻。近半个世纪来，西方特稿写作呈现一个趋势，即在遵循客观性原则的前提下，描写新闻故事的现场气氛，刻画新闻人物的性格，安排新闻故事的情节发展，使读者在一种新奇、轻松的心态中接触文章所反映的一个个严肃的主题。

特稿通常不像消息那样采用“倒金字塔”结构，而是更多地采用“设悬念”的手法来开篇，显示出它注重趣味性、可读性的特点。一般来说，特稿切入角度都比较小，往往是在对现场情景的一个描写中进入故事，然后逐步展开情节、丰富材料、刻画人物，随之就显现了作品的社会意义。所以特稿最值得人们注意的特点是它将情节、文字的可读性和主题的严肃性相结合。因此它对记者采访的深入和细致的要求就非同寻常了。在《惊心动魄的脑科手术》一文中，作者把一次专业性极强的脑科手术写得通俗易懂又扣人心弦。

文章是这样开头的：

> 冬天，一个寒冷的早晨，大学附属医院高级脑外科专家托马斯·巴比·达克尔医生天没亮就起床了。妻子只给他端上华夫饼干，没有咖啡。咖啡会使他手发抖。
>
> 市里，附属医院第12层楼上，埃德娜·凯利的丈夫在和她告别。
>
> 57年来，妖怪一直躲藏在凯利夫人头颅里。这种情形决不能继续下去了。今天她胆战心惊，却横下一条心。
>
> 时针指向上午6时30分。

报道一开始就从医生、患者在手术前的准备渲染了即将进行的手术惊心动魄的气氛，吸引住了读者的兴趣。在向读者介绍手术进展的时候，作者着力刻画的是手术室里紧张的气氛。

> “肿瘤就在那里。”达克尔医生又站到显微镜旁，说：“到底是怎么回事，我们就是够不到它呢？我们试了有10次。”
>
> 12时53分，又一次接近。
>
> 怦，怦，怦，怦……怦……怦……
>
> 又一次尝试。
>
> 时间已是1时6分。
>
> 一次，又一次，再一次。

怦……怦……怦，怦，怦……怦

怦……怦……怦……

麻醉师警觉地猛一抬头，瞪着仪表上的数字。一个护士倒吸一口凉气，呆若木鸡。

“糟糕，糟糕，糟糕。”

达克尔医生从显微镜前移开身子，戴着手套的手高举在前面。整整有一分钟，他缄默无语。

随着文章中“怦、怦、怦……”的心跳的声音，读者似乎可以感觉到手术进行的紧张、艰辛和惊险，似乎可以想象医生、护士屏住呼吸，专心地和病魔搏斗。在这里，作者用心跳的急促声烘托出紧张的气氛，同时也使文章的情节在急促的节奏中发展。

这篇特写给人另外一个深刻的印象是作品中的人物，无论是医生和病人都活灵活现地出现在读者的面前。当手术进行了几小时，艰苦的手术使“达克尔医生精疲力竭。他抽出身，退到后面。他坐在凳子上，眼睛长时间怔怔地盯着前方”。手术失败后，沮丧的医生“独自慢慢地踱过大厅，手里拎着棕色纸袋。他坐到休息室桔黄色硬椅边上，打开纸袋，掏出花生酱三明治。眼睛却盯着对面墙”。作者细腻的笔法，描绘出了医生在不同状况下的神情和动作，特别是那双眼睛，入微地反映出医生的疲劳和失望之情。

### 3. 解释性报道

解释性报道是西方传统的客观报道发展到20世纪初而产生的一种新的报道形式。它是在交代了时间、地点、人物、事件的基础上，重点回答新闻事实为什么会发生以及将来如何发展的一种报道形式。

按照美国《底特律新闻》社论撰稿人杰克·海敦的说法，“解释性报道是一种作解释或者作分析的报道……它是一种加背景给新闻揭示更深一层意义的报道”。也可以这样说，解释性报道是一种背景性新闻，采写这类报道要求记者运用大量的事实，完整、清晰地交待必要的背景材料，揭示新闻事实的原因、实质、影响及发展动向。

美国新闻学者提出，构成所谓解释的，通常有以下五类事实：(1) 历史性事实。(2) 环境性事实。(3) 简历性事实。(4) 数据性事实。(5) 反应性事实。

请看下面这篇《欧洲金融界进入大竞争时代》的报道（《参考消息》1999年6月12日）

## 欧洲金融界进入大竞争时代
## [日本《每日新闻》6月8日文章]

(记者　松木健) 因今年1月欧洲单一货币欧元启动，欧洲金融界的重新组合开始进一步加速。这是因为，欧元区是一个人口约3亿、国内生产总值达6.3万亿美元的巨大舞台，要想在大竞争的时代取胜，需要有如此规模巨大的舞台。

欧元诞生刚刚5个月，欧洲金融界的纵横捭阖便以迅猛之势展开。西班牙的最大银行西班牙国际银行和西班牙中部美洲银行刚刚决定合并。在法国，法国兴业银行和巴黎银行这两家大银行也达成合并协议。进而，巴黎国民银行（BNP）又提议收购这两家银行，如果实现收购，那就将出现一个总资产居世界第一的世界级大银行。

因为欧元的诞生，在金融市场中，国家的壁垒不存在了，这正是银行间出现合并、收购热的最大原因。一位欧洲银行界人士说："因为启动欧元，在欧洲，对银行的要求是，要以整个欧元区为对象，而不是以单个国家为对象。"

本来在欧洲一直有许多国际金融界人士指出："在国家保护主义下，到处建银行、分店和银行的就业人数太多。"比如在西班牙，人均的银行数是美国的4倍多，德国也是美国的两倍。数量臃肿而效率很差，这是欧洲银行的一般状况。荷兰一家大银行的干部说："因为启动欧元，金融市场进一步透明化，不管愿意不愿意，银行都必须谋求经营的效率化。”

到目前为止，在欧洲金融界的重新组合动向中，除德意志银行收购美国银行信托公司及英国汇丰银行收购美国纽约公共公司等部分事例外，几乎全是国内银行间的合并和收购。但是，欧洲中央银行（ECB）的一位官员说：“国内的合并和收购是为跨国界的经营规模扩大打基础。”

德意志银行及荷兰通用—阿姆斯特丹—鹿特丹银行（荷兰）、巴克莱银行（英国）、汇丰银行（英国）等大金融机构也开始把手伸向欧洲的大银行和中坚银行，准备收购它们。巴克莱银行的首脑公开地说：“在3年以内，要进行大规模的合并。”如果法国、西班牙、意大利等已经结束了国内重新组合的助跑阶段的银行参与到这种动向中去，欧洲金融界争夺主导权的斗争无疑会一下子白热化。

这篇报道一开头就指出随着欧元启动，欧洲金融界的重组进一步加速。然后文章回顾了过去5个月，欧洲金融界重组的情形。接下来对重组加速的原因进行了分析：一是欧元诞生，国家壁垒不复存在；二是原有格局臃肿而效率低下。在报道的最后，分析今后一段时间内银行间合并的可能和趋势，进一步揭示该篇报道的主旨：欧洲金融界进入大竞争时代。

通过上面的分析，我们可以看出解释性报道的特点，重点在于对新闻要素中的“why”作出详尽而准确的分析，并提供宏观背景，揭示新闻事实的原因、实质、影响及发展趋势。

《藏匿的数十亿美元与社会动乱的征兆》（《圣何塞信使新闻》1985年6月25日，作者刘易斯·西蒙斯，获1986年普利策国际报道奖）就是解释性报道的一个范例。记者以所占有的大量事实材料分析了数十亿美元“为什么”会外流，勾勒出菲律宾马科斯政权的腐败形象。同时，记者又从马科斯政权各级官员“捞美元”，造成两极分化、资金外流的事实出发，成功地预测了8个月后在菲律宾爆发的社会动乱。这篇报道充分体现了解释性报道“以事实解释新闻，以事实预测未来”的内容特点。

#### 4. 调查性报道

又称揭露性报道，是一种在积累了充分事实的基础上，以系统、深入地揭露问题为主旨的报道形式。

早在20世纪初，美国《麦克卢尔》杂志上登载的林肯·斯蒂芬斯的《城市的耻辱》，揭露奸商和政客们狼狈为奸、贪污受贿，开“黑幕揭发”之先河。70年代，调查性报道在美国新闻界盛行一时，源于《华盛顿邮报》的两名记者伍德沃德和伯恩斯坦，他们在“水门事件”报道中抓住疑点，穷追猛打，终于迫使总统尼克松辞职。

调查性报道可分为两类：一类是针对某人某事进行的“单项揭丑式”报道，如“水门事件”报道；一类是针对某一方面存在的问题进行的“综合分析式”报道，揭露剖析政府和公共机构及整个社会体制中存在的弊端。

在西方新闻报道形式中，调查性报道既费时费力，又充满了风险。系列报道《法院的失序》的3名记者，花了3年时间，先后采访二百多人，于1986年1月，连续6天在《费城问讯报》头版刊载，以数万字的篇幅揭露了费城和宾夕法尼亚洲各级法院的严重失序，深刻指出最大的症结在于当地的法官遴选制度，它为党派政治毒化司法系统和阻碍相关改革打开了方便之门。

## 二、外国新闻作品的主要写作特点

“工欲善其事，必先利其器。”由于激烈竞争和时代发展的需要，西方新闻界总是积极地探索、改进新闻报道形式，在新闻作品的写作方法上不断推陈出新，如导语的创制，“倒金字塔”结构的产生，客观报道表现手法、特稿等的出现。从历史发展，更主要是从现状来看，我们可以概括出下面几个写作特点：

#### 1. 注重新闻报道的接近性，拉近读者与新闻的距离，引起读者的关注

接近性是传统新闻价值的要素之一，指新闻事实同受众在地理

上或心理上的距离与新闻受关注程度的关系，距离近则新闻价值大，距离远则价值小。接近性之所以成为新闻价值的要素，归根到底是由于具有接近性的事实同受众利害相关，引起了他们的注意和关心，激发起他们的兴趣。

西方新闻记者在发掘、判断、选择新闻事实时很注意接近性，甚至有细致的标准："（1）在差不多同样重要的事情中，发生在离读者最近的地方的事件最有新闻价值。（2）有些事情只有在人们生活所在地区才会引起读者兴趣，才有新闻价值。"同样，他们在写作新闻作品时，也特别注重报道的接近性，尽力拉近新闻与受众的距离，以期引起受众最大的关注。常用手法之一是点明事实与受众利害攸关的关系，如果事实牵涉到受众的切身利益，自然会引起他们的关心和关注。

接近性另一个表现手法是按照新闻事实最容易为受众接受的原则来写作。某些内容本来就是为受众提供生活、工作等方面的服务，以获取受众认同的。

在英国《卫报》一篇题为《欧洲贫富悬殊英国为最》（《参考消息》1999 年 7 月 24 日）的报道中，作者写道：

> 根据欧洲 6 月 24 日公布的统计数字，1/ 3 以上的英国家庭说它们甚至没钱离家去度一周的假期。这一数字（36%）与德国、丹麦和荷兰等国形成鲜明对比，在这些国家，只有 1/ 8 的人表示无钱出去度假。欧洲的平均数字是 30%。

> 英国人工作时间长，而收入水平却比大多数其他的欧洲大陆北部国家的工资水平低。英国 20% 的最贫穷人口的收入只占国民收入的 7%，而 20% 最富裕的人口的收入却占国民收入的 41%。欧盟国家工人一周平均工作 40 小时。英国工人平均要多工作 4 个小时，是西欧工作周时间最长的。

总体来看，欧洲差不多有1/5的家庭生活在贫困线以下，而英国这一数字接近1/4，可以与之相比的只有希腊、爱尔兰和葡萄牙。

作为一家英国报纸，在报道欧洲贫富悬殊的状况时着重报道英国的情况，本身就是以内容的接近性吸引读者的突出表现。不仅如此，该文还运用比较等方法，凸显英国贫富悬殊的严重性，进一步强化与读者利益相关的这部分内容，这就是写作方法为内容的接近性服务的一个例证。

**2. 重视使用背景材料，增加新闻作品所揭示内容的深度和广度**

新闻是新近发生的事实的报道，而新的东西人们往往是不熟悉的，这就需要在报道中增加一些必要的说明和解释，交代新闻事实的来龙去脉，揭示其与周围事实的联系和影响，从而便于读者理解和接受新闻事实。

西方新闻界历来重视新闻背景在新闻报道中的作用，新闻机构甚至投下巨资兴建"情报信息中心"或"资料库"，收集大量资料信息，不仅为本机构记者使用，而且向社会有偿开放。一般而言，西方记者使用新闻背景来说明新闻事实产生的具体条件和原因，或将一些记者不便作出的判断通过背景性事实揭示出来，从而显示出"用事实说话"的力量。

对一些比较深奥难懂的专业领域的东西，西方记者在新闻报道中一般要运用背景材料予以解释和说明，如科技成果的通俗介绍，技术性问题的释疑，名词术语的注释，帮助读者看懂新闻内容，增长知识和见闻，因此这类背景被称为注释性背景。请看下面这则报道：

科学家看见宝石中的原子

［（因特网）英国广播公司6月10日报道］科学家们已经拍摄到一颗宝石中碳原子的前所未有的照片。这些原

子间的距离不到1米的一百亿分之一。

这些非同寻常的照片是使用美国劳伦斯—伯克利国家实验所最新设计的电子显微镜拍摄到的。

电子显微镜能够看见用普通光学显微镜看不到的东西。这是因为一台显微镜的放大倍数取决于它所采用的探头的波长，而电子显微镜可以使电子似乎具有比光短得多的波长，因而可以看到像原子这样小得多的物体。这种先进的电子显微镜能够破天荒地看见氮化镓中位于质量更大的镓原子周围的氮原子。美国劳伦斯—伯克利实验所的克里斯蒂安·基谢洛斯基说："能够拍摄到可以辨出固体中诸如碳、氮和氧等较轻元素的原子照片，表明这项技术向前迈进了一大步。

（《参考消息》1999年6月12日）

为了让读者更好地理解新闻，报道以70%的篇幅介绍电子显微镜的工作原理和优越之处，因为这正是科学家能够发现宝石中的原子的关键所在。

**3. 着力将新闻报道写得生动易懂，有现场感，使新闻作品具有较强的可读性**

美国密苏里新闻学院《新闻写作教程》认为优秀的新闻作品具有5个特点，其中之一即为："对读者有感染力。"换句话说，就是可读性强，而且也正是西方新闻界首先提出了"可读性"这个新闻学名词，可见西方新闻界对此的重视。身兼作家与记者的海明威在写新闻报道时也是绘声绘色，妙笔生花。他在一篇稿件中是这样来报道西班牙内战的：

这里整夜都在交火。来福枪嗵吭嗵吭地响着，机关枪也不停地叫着。机关枪口径更大——哒哒哒、哒哒哒。

（引自《新闻写作教程》）

应该说，西方记者在写作时对可读性是很下功夫的，特别是他们在采访中总是不畏艰险，想方设法亲赴第一线，亲身经历、观察、体验新闻事件，挖掘出有声有色的情节，使写出来的新闻作品真切、逼真、现场感强，读来如临其境。《芝加哥论坛报》的记者威尔弗雷德·巴伯在《一座为帝王而建的肮脏城市街头即景》中，生动地描绘了埃塞俄比亚这个国家的街头一景：

> ……城市早早醒来，穿得破破烂烂的男男女女们开始了一天的劳作。尽管天气寒冷，他们只穿着布衣。女奴隶们背上大水罐，罐底靠在她们凸出的臀部上，罐颈高过她们下垂的双肩。“杰罗基”——搬运工的通称，但实际上是某个地区的真实人名——负载着他们的同胞所能想到的任何物品，开始了长途跋涉。床、三四棵沉甸甸的造房用木材、每只重达188磅的装咖啡的大麻袋、柳条筐、箱子——所有的东西都顶在头上。一个脖子上吊着一只活公羊的人走来了，他是那么轻松自如，就好像你穿一件夹克衫或者戴一条皮毛围巾一样，这种景象并不稀奇。

为了充分地突出现场气氛，记者有时也会在报道中写进自己的亲身感受。1975年美军撤离西贡，凯斯·比奇在写给《芝加哥每日新闻》的报道里描述了自己乘机匆忙逃离的危险情形和感受：

> 那时，我们只是为了逃命，爬呀，抓呀，尽量使自己离那堵墙近一点。我们像动物一样……
>
> 我们躺在一个铅皮屋顶上急促地喘着气，就像涸辙之鱼。接着我便摔倒在地面上。上帝保佑海军陆战队，在最后的这场战争的幸存者中，竟然还有我。
>
> （引自《新闻写作教程》）

**4. 注重进行式报道，及时将新闻报道出去，对读者较为关心的事件，还采用后续报道、跟踪报道等形式，揭示其发展变化的过程，给读者以完整的印象**

西方新闻界有句老话：新闻是易碎品。意指新闻是最新事实的报道，时间稍为滞后即成为明日黄花。因此，西方新闻界抢新闻的意识强，常以最快速度报道新闻。1964 年 10 月 15 日，法新社驻莫斯科记者以其高度的新闻敏感注意到莫斯科政治气候的异常，抢在塔斯社之前 25 小时 25 分发出了《赫鲁晓夫辞职》的报道。全文如下：

> （法新社巴黎 1964 年 10 月 15 日电）　据可靠消息说，赫鲁晓夫已辞去苏共中央总书记、苏联部长会议主席两项最高职务。
>
> 虽然今年早已出现某些传闻，可是，直到 16 时 05 分才首次证实此事。当时驻莫斯科的外国共产党记者被告知不要离开收音机，等候“重要消息”。
>
> 接着在 16 时 09 分，法新社驻莫斯科分社注意到，往常在下午出版的《消息报》没有出版。1 分钟后，一条电讯谈到了苏共中央领导机构将发生变动的传闻。这时，法新社记者注意到在莫斯科苏共中央委员会所在地前面停了许多黑色轿车。
>
> 大约半小时后，即 16 时 34 分，法新社记者注意到赫鲁晓夫没有出席在克里姆林宫为古巴总统多尔蒂科斯举行的午宴。到 16 时 47 分，莫斯科宣布，《消息报》到明天早晨才出版。
>
> 从 16 时 55 分起，情况更惊人了：人们看到赫鲁晓夫的名字从《真理报》上消失了。17 时 45 分，从赫尔辛基传来的消息说，赫鲁晓夫“可能辞去了他在苏联领导机构中担任的职务之一”。18 时 04 分，法新社从巴黎发出的电讯证实他已辞去了两个职务。

虽然赫鲁晓夫下台已经肯定了，可是，这时人们还不知道下台的原因。最后，在18时45分，从莫斯科传来了半正式的消息：赫鲁晓夫辞去了他在党和政府的两个职务。

4分钟后，即18时49分，据同一来源的同一人士说，继承者已确定：党的首领是勃列日涅夫，政府首脑是柯西金。

从那时起，从莫斯科传来了各种各样的传说。18时53分的消息说，接替赫鲁晓夫的决定是在一次中央委员会会议上通过的。赫鲁晓夫参加了这次会议，他谈到了自己的健康状况，提出了辞职。

稍后不久，即18时55分，法新社驻莫斯科分社宣布，据消息灵通人士说，赫鲁晓夫业已辞职。

连续报道是西方新闻记者对重大事件或正在发展进行的事件而作的追踪报道，由于连续报道的事件一般题材重大，曲折迂回，因此往往能够吸引住大量读者，并且为报社赢得荣誉。

下面这组关于某市行政官角逐的连续报道，从每篇报道的导语中就可以看出连续报道紧紧追随事件发展的特点。

第一篇：

斯普林菲尔德市行政官吉姆·汤姆森已申请担任伊利诺斯州皮奥里亚市的行政官。

两星期以后：

斯普林菲尔德市行政官吉姆·汤姆森仍在为得到伊利诺斯州的皮奥里亚市行政官之职而奔忙。

又过了三周：

在谋求担任伊利诺斯州皮奥里亚市行政官的活动中，斯普林菲尔德市行政官吉姆·汤姆森又胜利地通过了一轮筛选，虽然他的名次并不是头几名。

又三个星期以后：

谋求担任伊利诺斯州皮奥里亚市行政官职位的竞争有了令人吃惊的变化，据报道斯普林菲尔德市行政官吉姆·汤姆森已占据了领先地位。

三天以后：

斯普林菲尔德市行政官吉姆·汤姆森已经宣布辞去现职，即将就任伊利诺斯州皮奥里亚市行政官之职。几个星期来人们就此进行的种种猜测终告结束。

（引自《新闻写作教程》）

上面这组连续报道牢牢抓住了事件的发展的最新动态，及时作出了报道，整组报道步步跟进，系统、完整地反映事件发展的全过程。让受众了解新闻发生、发展和终结的全过程，这正是连续报道的魅力所在。

**5. 语言简洁明快，富有表现力**

西方新闻记者写消息似乎是“惜墨如金”，努力作到简洁明了、要点突出、短小精悍。

新闻作品语言的简洁明快，首先表现在西方记者写作新闻时多用简单句，以便使新闻事实一目了然。而且遣词造句注意长、短句交替使用，创造与内容相符的节奏。正如美国新闻学者所指出的：“在描写肯尼迪总统被暗杀的场面的时候，用许多简短的省略句刻画了那种狂乱的气氛。在描写送殡的场面的时候，句子的节奏慢了下来，好像那匹孤零零的黑马正在拉着被刺的总统的遗体沿着宾夕法尼亚大街缓缓行进。”

简洁明了并不意味着语言贫乏，与之相反，西方记者很懂得如何“炼字”、“炼句”，以求富有表现力。

美国海军为小肯尼迪举行海葬

（法新社华盛顿7月22日电）30年前，爱德华·肯尼迪埋葬了两位被暗杀的哥哥，今天，这位参议员又承担起一项重任：带领悲痛欲绝的家人经受住小约翰·肯尼迪遇难的打击。

今天，67岁的参议员带领约15名家人登上海岸警卫队的船只。小肯尼迪、他的妻子和妻姐的骨灰将从船上撒向马萨诸塞州伍兹霍尔附近的海里。三人的遗体是昨天火化的。

在这条百余字的报道里，似乎没有多少刻意描绘、烘托悲伤的文字，但读者仍然可以明显地感受到字里行间透露出来的伤痛之情，看似平常的文字蕴藏着较强的感染力和表现力。

## 三、外国新闻作品研究的方法和要求

研究外国新闻作品，可以采用多种方法，在多个层次上展开，或对某一类新闻作品进行分析研究，或对某一个国家一个时期的新闻作品进行综合研究，或对某一个外国记者新闻作品进行研究。而具体分析、研究单篇作品是最基本的方法，其他研究均是建立在这一基础之上的。

外国新闻作品的内容纷繁复杂，各个国家的新闻报道，记者有各自不同的立场、世界观和表达方式，所以，在具体研究外国新闻作品时，既要结合作品撰写的历史背景，又要注意不同的社会制度和政治倾向在作品中的反映，以便作出正确的分析和评价。

## 自学提示

### 一、学习目的和要求

通过本章的学习，了解和认识外国新闻作品的报道形式和写作特点，掌握外国新闻作品研究的方法和要求。

### 二、思考题

1. 外国新闻作品常见的报道形式有哪些？
2. 简述外国新闻作品的主要写作特点。
3. 评析一篇外国新闻作品。

# 第五章　新闻作品研究者的素养

新闻作品研究者个人各方面的素养，对研究、评析新闻作品有着直接的影响。研究者既是读者中的一员，又不能等同于一般的读者，他的阅读和鉴赏水平应当比一般读者高，分析和洞察能力应当比一般读者强，视野应当更加开阔。只有这样，面对各种各样题材内容、体裁样式、风格的新闻作品，他才有博大的心理容量，丰富多样的认识层次，见人之所未见，发人之所未发。基于这样的要求，新闻作品研究者应努力加强以下几方面的素养。

## 一、政治素养

社会主义新闻事业是党的喉舌，是强有力的舆论工具，必须立场坚定、旗帜鲜明、准确全面地宣传党的路线、方针、政策，服务于党的中心工作。新闻事业的这种性质和作用，常常通过具体的新闻作品体现和发挥出来。所以，从事新闻作品研究和从事新闻采写一样，都有着鲜明、强烈的政治性。新闻作品研究者应具有坚定正确的政治立场，在政治上和党中央保持一致。对党的基本路线，对党和政府的方针、政策要能深刻领会和掌握，坚持正确的舆论引导，坚持研究工作的正确方向。

党性原则是社会主义新闻事业的根本原则，它贯穿于新闻活动的各个环节。新闻作品研究者必须自觉加强党性修养，不断增强党性观念。

社会主义新闻事业的党性，是无产阶级的阶级性和马克思主义的革命性、科学性在新闻传播活动中的具体体现。它要求我们在研究评述新闻作品的时候，政治上，要坚持以马列主义、毛泽东思想和邓小平理论为指导，坚持社会主义政治方向，自觉同党中央保持一致，遵循和贯彻党的政治路线、思想路线和组织路线；思想上，努力掌握马克思主义的世界观和方法论，对新闻作品进行正确的观察、分析和判断，并作出科学的解释和阐明；组织上，要服从党的领导，遵守党的组织原则和新闻宣传工作纪律。

党性原则还要求我们在分析评价新闻作品的时候，无论在什么情况下，都要尊重事实，坚持真理，敢于讲真话、讲实话，避免研究、评价新闻作品时的主观性、随意性，真正做到对党负责，对社会主义事业负责，对读者和作者负责。

## 二、理论素养

新闻作品研究者要有较高的马克思主义理论水平和政策水平，要有较强的分析判断能力。

早在战争年代，邓小平同志就鼓励新闻宣传人员要加强学习。进入新时期以后，他在《党在组织战线和思想战线上的迫切任务》一文中指出：“思想战线上的战士，都应当是人类灵魂工程师。”“作为灵魂工程师，应当高举马克思主义的、社会主义的旗帜，用自己的文章、作品、教学、讲演、表演，教育和引导人民正确地对待历史，认识现实，坚信社会主义和党的领导，鼓舞人民奋发努力、积极向上，真正做到有理想、有道德、有文化、守纪律，为伟大壮丽的社会主义现代化建设事业而英勇奋斗。”为此，要努力学习马克思主义，“熟悉马克思主义的基本理论，从而加强我们工作中的原则性、系统性、预见性和创造性”。

马列主义理论作为一个完整的科学体系，综合了迄今人类一切优秀的思想成果，既有高度的革命性又有严格的科学性，既是世界观又是方法论，为人类更深刻地认识社会、认识自然、认识人的思维发展规律提供了锐利的思想武器。

邓小平建设有中国特色社会主义理论，是对马克思列宁主义、毛泽东思想的创造性发展，是当代中国的马克思主义。

邓小平同志针对我国国情，领导全党制定了“一个中心，两个基本点”的基本路线，提出了解放思想、实事求是等一系列基本理论观点。邓小平建设有中国特色社会主义理论不仅是全党和全国人民的行动指南、胜利保证，同样也是我们搞好新闻工作和新闻作品研究工作的指导思想。只有用马列主义、毛泽东思想和邓小平理论武装头脑，才能增强政治上的分析判断能力，更好地观察、分析各种复杂的客观事物，在分析研究新闻作品时，才能开阔视野、认清方向、审时度势、明辨是非、识别美丑、分清真假。几十年来党的新闻工作实践证明，一个新闻工作者能否发现问题、提出问题、解决问题，能否鉴别社会生活中的先进与落后、正确与错误、真善美与假恶丑，能否权衡所报道的事物对革命和建设是不是有意义，从根本上说，都取决于他的马列主义理论水平，以及在马列主义理论指导下，在实践中培养起来的分析能力和判断能力。一则有价值的新闻，发现它、认识它、写好它，要靠马列主义理论；正确地分析它、评价它，也要靠马列主义理论。新闻是客观事物的反映，而客观事物是错综复杂、瞬息万变的，有真相、有假象，有主流、有支流，有珍珠、有泥沙，许多矛盾交织在一起，本质往往掩盖在表象之中。离开了马列主义这个锐利的思想武器，单凭个人的经验、阅历、禀赋，去分析、研究新闻作品，是远远不够的。

理论素养的一个重要方面，是政策水平。党的路线、方针、政策，是马列主义基本理论同中国革命和建设的具体实践相结合的产物，是马列主义理论的具体化。党通过制定和贯彻正确的路线、方针、政策，实现对人民群众的政治领导，调动人民群众的积极性，推动革命和建设的发展。准确、具体、生动地宣传党的路线、方针、政策，并使之成为亿万人民群众的自觉行动，是社会主义新闻事业的一项基本任务。毛泽东同志从马克思主义基本原则的高度，阐明了宣传党的路线、方针、政策的重要意义。在《对晋绥日报编辑人员的谈话》一文中，他指出：“有关政策的问题，一般地都应当在党的报纸上或者刊物上进行宣传……报纸的作用和力量，就在它能使党的纲领路线，方针政策，工作任务和工作方法，最迅速最广泛地同群众见面。”而党的路线、方针、政策的宣传，又总是通过具体的新闻作品来体现的。所以，在分析、研究新闻作品时，必须吃透方针、政策的精神，努力做到准确而不是歪曲地、全面而不是片面地、深刻而不是肤浅地对它作出鉴别和评价。如有的新闻报道不顾国情民情，鼓吹脱离群众实际生活水平的高消费行为，助长了畸形消费和奢侈腐化的社会风气，造成社会心理失衡。有的新闻报道在宣传多子女家庭的小孩因家贫失学，得到社会救助的事例，只强调了一面而忽视了另一面，忘记了我国的计划生育政策，等等。

对于类似这样的一些新闻作品，如果我们不以马列主义、毛泽东思想和邓小平理论为指针，不用党的路线、方针、政策去分析、衡量，盲目作出评价，就有可能导致人们思想上的混乱，行动上的失误。

## 三、专业素养

丰富的专业知识是研究者不可缺少的素养之一。俗话说："外行看热闹，内行看门道。"没有必要的专业知识，在研究、评析过程中，就不会有什么章法，隔靴搔痒，言不及义，有时连入门都不可能，更无法取得研究、评析活动的"自由"，所以，新闻作品研究者应具有较高的新闻专业素养，熟悉新闻学基础理论，并能运用它来指导自己的实践；同时对新闻采访写作等专业知识，也应有广泛而深入的了解。

新闻学是研究新闻传播活动，新闻事业的性质、特点及其工作规律的科学。新闻理论是新闻学的一部分，即它的理论基础部分。学习新闻理论，有助于我们树立马克思主义新闻观，懂得新闻工作的普遍原理和基本规律，用辩证唯物主义观点分析各种新闻现象，研究历史的和现在的、中国的和外国的、正面的和反面的新闻实践经验，自觉按新闻规律从事新闻采写和新闻研究活动。学习新闻理论，虽然不能代替具体的新闻业务研究，但它对具体业务有指导意义，是正确有效地开展新闻工作和新闻作品研究的理论基础。

新闻业务知识包括采、写、编、播、摄、录等各方面，对研究、评析新闻作品来说，采访和写作知识尤为重要。

熟悉和掌握新闻采写业务知识，能帮助我们更好地了解记者是如何根据一定的报道目的，深入调查研究，认识客观事物，寻找和挖掘新闻题材的；能帮助我们认识各种新闻文体的特点和基本要求，新闻写作的基本规律以及各种表现手法和技巧等，更好地把握评价新闻作品的标准和要求；能帮助我们比较全面地考察一篇新闻作品从事实，经报道者的采访制作，到面向社会公开传播的全过程，从而减少研究、评析工作中的盲目性，增强自觉性，获得主动权，更好地按新闻规律、按新闻采写的基本特点和要求，做好对新闻作品的评析、研究工作。

在掌握新闻理论知识和新闻业务知识的同时，新闻作品研究者还应力求获得一定的新闻采写实际体验。

新闻工作是一项一刻也不能脱离社会实践的工作。新闻作品既是社会实践的产物，反过来又对社会实践产生巨大的指导作用。一篇新闻作品的产生，需经记者的采写实践，是一个复杂的实践过程。新闻作品研究者如果具有一定的新闻采写感性认识和切身体验，熟悉作品的采写过程，在许多问题上就容易和作者产生感同身受的接近感，对作者面对众多的客观事实，为什么要选择这个事实，为什么要提炼和确定这样的主题，为什么要选择这样的角度、运用这样的体裁等一系列问题，更容易理解；同时也有助于研究者不仅仅是从理论上，而且能从切身的经验体会中，去认识和鉴别新闻作品的真假优劣。

较强的新闻敏感，也是做好新闻作品分析、研究工作不可缺少的。新闻敏感是指新闻工作者在现实生活中，能迅速地辨别和捕捉事物变动的信息并衡量信息含有的新闻价值大小的能力。它是新闻工作者对客观事物的一种综合的考察和分析判断能力。新闻敏感不是先天性的，而是新闻工作者在长期新闻实践中锻炼和培养起来的一种职业能力。它主要表现在以下几方面：一是判断某一事物的政治意义以及它可能产生的政治效果；二是判断某一事实在全局中的地位以及是否会对全局产生影响；三是判断某一事实能否引起受众的广泛关注以及关注程度如何；四是判断同一新闻事件中的许多事实，哪一个重要，哪一个次要，并能迅速地进行取舍；五是从看来无关紧要的事实中，迅速判断其有价值的部分和方面；六是从新闻线索中，迅速预见是否可能导致发现重要新闻等等。

新闻敏感所包含的上述种种能力，贯穿于新闻活动的全过程，体现于新闻采访、新闻写作、新闻编辑和新闻作品研究等各个环节。记者面对形形色色的客观事物，迅速准确地决定报道什么，不报道什么，离不开新闻敏感；研究者面对具体的新闻作品，要深刻地感知它，认识它，判断它，评价它，有时甚至要由显及隐，由表及里，跳出就事论事的局限，从更深更广的背景上去发掘它的意义和价值，同样需要高度的新闻敏感。举一个大家熟知的例子，1978年11月15日，新华社编发了一条二百来字的短消息：《天安门事件完全是革命行动》，引起国内外的广泛关注。这一具有重大新闻价值的新闻，原来却包含在一条几千字的长消息中。这条长消息报道北京市委举行常委扩大会议，讨论和决定了一系列有关事项。为天安门事件彻底平反，只是其中之一。当时，有关编辑人员如果没有高度的新闻敏感，这条举世瞩目的新闻，就可能淹没在一大堆次要的事实之中。众多类似的事实说明，新闻敏感如何，评价判断事实新闻价值大小的能力如何，对记者采写新闻、编辑处理新闻、研究者分析评价新闻，都是至关重要的。

新闻作品研究者专业素养的另一个重要方面，是掌握分析比较的科学方法。

俗话说："不怕不识货，就怕货比货"，观千剑而后识器，操千曲而后辨音。分析比较是人类由此及彼，由表及里，全面深刻地认识事物，辨别事物的优劣、高低、美丑的重要方法。在当代社会，报纸、广播、电视等新闻媒介，几乎每时每刻都在不停地向社会发布新闻、传播信息，新闻作品不仅数量大，而且内容涉及到大千世界的方方面面，写作水平也良莠混杂，参差不齐。面对如此众多的新闻作品，只有在正确的立场、观点、方法指导下，从题材内容、表现形式、社会效果等各个方面，对它们进行科学的分析比较，才能发现那些题材重要，内容新鲜，表现手法新颖，既有普遍指导意义又有自己特点的优秀作品，引导人们去品尝这些高品位的精神食粮，从中受到教育和启迪，汲取精神力量。缺少这种科学的分析比较能力，就可能“有眼不识泰山”，让真正优秀的新闻作品失之交臂，或错把芝麻当西瓜。

对新闻作品进行分析、比较、研究，不能仅仅停留于新闻作品本身，仅仅停留于作品与作品之间的分析、比较，研究者应努力把见微知著的洞察力和站得高、看得远的宏观意识结合起来，善于从作品入手，从大局着眼，把微观的、局部的、个别的东西，把具体的新闻作品，放到宏观的大局中去衡量、评价。1987 年，《经济日报》开展的关于“关广梅现象”的报道，之所以荣获该年度全国好新闻特等奖，就是因为该报的同志对当时全国的大形势、大气候把握得比较准确，对企业界的思想脉搏摸得比较清楚，因而能跳出就事论事的圈子，把关广梅在全国率先实行租赁经营这一事件，与经济体制改革这个大局联系起来分析比较，问题抓得准，挖得深，因而在全国产生了轰动性的效应。这个例子，虽然说的是记者采写新闻，但对分析、研究新闻作品来说，也同样是可资参考和借鉴的。

具有扎实的语言文字功底，也是新闻作品研究者专业素养的一个重要方面。

新闻语言是与文学语言、政论语言、科学语言相比较而言的一种书面语言。文体样式不同，语言文字的特点也不同。新闻属于记叙文体，它客观地陈述事实，用事实说话，其语言文字以叙述为主，当然，也不排斥其他的表现手法，如议论、描写、抒情等。新闻作品研究者必须熟悉和掌握新闻语言的特点，才能对作品条分缕析、剀切精当，帮助人们更好阅读和鉴赏新闻作品。

## 四、知识素养

新闻工作以整个社会作为自己的工作对象和服务对象。报道范围的广泛性和服务对象的广泛性，使新闻作品从内容到形式，都千姿百态，丰富多彩。这就要求新闻作品研究者必须具备广博的知识。除马列主义理论和专业知识之外，丰富的社会知识、科学技术知识、政治经济知识、法制知识、历史地理知识、哲学、文学、文化艺术等各方面的知识，都应在学习掌握之列，范围越广越好。同时，新闻作品研究者要有广泛的兴趣，对新知识、新事物有高度的敏感和强烈的学习欲望。只有这样，在分析、研究新闻作品时，才能思接千载，视通万里，闻一知十，触类旁通，左右逢源，得心应手。综观中外新闻史上杰出的记者、编辑、政论家，几乎都是博学多才之士。资产阶级改良派的著名报人、政论家梁启超，是当时学贯中西的第一流的青年知识分子。我党优秀的新闻战士范长江、邓拓等同志，更是这方面的榜样。范长江涉猎广泛，博古通今，他有关中国西北角的通讯报道，内容涉及旧中国西北地区的政治、经济、军事、民族、宗教、文化教育、民风民俗的各个方面，几乎囊括了西北地区社会生活的全部，具体形象地反映了政治之黑暗，吏治之龌龊，灾祸之蔓延，民生之艰苦，构成了一幅旧西北极其形象的图画。邓拓的博学多才更是人所共知的。论历史，他是有名的明清史专家，是中国科学院哲学社会科学部的学部委员，23岁时就发表了专著《中国救荒史》；论新闻，他25岁当晋察冀日报社社长，三十多岁担任人民日报社社长，是著名的记者、编辑、政论家；论文学，他是诗人、散文家；他还是书法家、金石鉴赏家；他掌握两门外语，翻译过长篇小说。这样的记者写出的新闻作品，内容博大精深，是真正的人民生活的教科书。孤陋寡闻、知识浅薄的研究者，在分析、研究这样的新闻作品时，是难免不产生井蛙之见的。

在实际工作中，由于记者知识素养差而造成的差错，甚至闹出的笑话，可以说是屡见不鲜。常见一些新闻报道把“海拔高度”说成是从山脚到山顶的高度，而不知“海拔”是从海平面算起；描写警犬执行任务后，全身汗水淋漓，而不知狗没有汗腺，不会出汗，它是靠舌头散热的。如果新闻作品研究者也同样无知而又轻信，又岂能辨别新闻的真伪呢？

有的人将记者分成新闻型、作家型、学者型等不同的类型。比较而言，新闻作品研究者应努力使自己具备更多的学者素质和修养。他不仅要具有较高的马列主义理论水平、扎实的新闻理论功底和广博的知识面，还应力求在某个或某几个领域有较深的研究，较高的造诣，成为行家里手，形成专与博相结合的知识结构。这样，他就不仅能从新闻的角度对新闻作品进行分析、研究，还可以用自己的丰富知识对作品加以深刻的阐述和解释，提出深刻的而不是肤浅的，独到的而不是人云亦云的见解，使自己的研究给人以更多的教益和启迪。

## 五、道德素养

研究、分析新闻作品，是整个新闻活动中的一个重要组成部分。新闻作品研究者与记者、编辑、主持人、播音员等新闻专业人员，尽管分工不同，其目的都是为了通过独特的新闻手段，为社会主义服务，为人民服务，都肩负着以科学的理论武装人，以正确的舆论引导人，以高尚的精神塑造人，以优秀的作品鼓舞人的神圣责任。因此，他们都应当具有良好的道德素养。

恩格斯指出："每一个阶级，甚至每一个行业，都各有各的道德。"人们在各种职业的实践活动中，不断地认识自然的规律性和人与自然的关系，同时也通过各种职业实践活动认识人与人之间的道德关系以及人对社会的关系，逐渐形成与自己的职业密切联系的道德心理、道德观念、道德标准和道德理想，也就是职业道德。新闻道德是新闻职业范围内的特殊道德要求，是新闻工作者在长期职业活动中，基于新闻工作的特点而形成的行为准则规范，是一般社会道德和阶级道德在新闻工作领域的具体体现。社会主义新闻职业道德是一种新型的职业道德，它吸收了一般新闻职业道德的合理成分，形成了自己鲜明的特点。一是为人民服务的坚定的政治品德。毛泽东同志在《论联合政府》一文中曾指出："共产党人的一切言论行动，必须以合乎最广大人民群众的最大利益，为最广大人民群众所拥护为最高标准。"为人民服务是社会主义道德建设的核心，是社会主义道德的集中体现，也是我国新闻工作的根本宗旨。无论什么新闻机构，无论哪一级新闻机构的新闻工作者，都必须以全心全意为人民服务为根本宗旨，一切不利于人民最大利益的言行，都是有悖于社会主义新闻职业道德的。二是忠于事实、忠于真理的坚定的思想品德。真实是新闻的生命，社会主义新闻工作者必须坚定不移地维护新闻的真实性，任何弄虚作假的新闻，都是对人民群众的欺骗和愚弄，都应受到批评谴责甚至制裁。1991 年 1 月，中华全国新闻工作者协会第四届理事会第一次全体会议通过了《中国新闻工作者职业道德准则》，并于 1994 年 4 月和 1997 年 1 月连续两次作了修订。它要求中国新闻工作者在自己的新闻活动中，必须全心全意为人民服务，坚持正确的舆论导向，遵守宪法、法律和纪律，维护新闻的真实性，保持清正廉洁的作风，发扬团结协作的精神。自觉遵守新闻职业道德的这六条准则，是每一个有理想、有抱负、有操守和富于敬业精神的新闻工作者和新闻作品研究者对自己的基本要求。

鉴于研究新闻作品这一新闻活动的特殊性，研究者除认真按照上述职业道德六条准则的要求做好自己的工作外，还有两点是需要特别加以注意的。

研究新闻作品不是一种单纯的个人活动，其意义不仅在于通过对具体新闻作品的阅读，培养和提高鉴赏新闻作品的能力，学习成功的采写经验，更主要的是为了扩大优秀新闻作品的社会影响，促进有利于社会主义物质文明和精神文明建设的良好舆论环境的形成；同时也为了对新闻采写实践中出现的新情况、新问题、新经验，作出科学的分析和总结，传播成功的采写经验，推动社会主义新闻事业的发展。所以，研究者必须具有高度的社会责任感和正确的动机目的。研究者要从党和人民群众的根本利益出发，把社会效益放在首位，在研究、评价新闻作品时，不抱偏见，不徇私情，不屈从外界压力，不作无原则吹捧，好就是好，差就是差，对优秀新闻作品，要积极热情地予以肯定、宣扬，对一切违背四项基本原则，违反党的方针政策，不利于改革开放以及传播落后、淫秽、败坏社会风气、有害人民身心健康的新闻作品，要勇于抵制、批评，真正做到喜人民之所喜，憎人民之所憎，每一个字、每一句话，都要对人民负责，对革命事业负责。

江泽民同志 1996 年 9 月 26 日视察人民日报社时指出："新闻事业能不能办好，关键在有没有一支高素质的新闻队伍。"广大新闻工作者为了更好地担负起以正确的舆论引导人的任务，必须努力提高自己的思想政治素质和业务素质，打好理论路线根底，政策法律纪律根底，群众观点根底，知识根底和新闻业务根底；坚持发扬党的新闻工作的优良作风。一是敬业的作风，热爱党的新闻事业，献身党的新闻事业。二是实事求是的作风，报实情，讲真话。三是艰苦奋斗的作风，不怕苦、不怕累，有时还要不怕危险，不怕牺牲。四是清正廉洁的作风，自觉抵制拜金主义，恪守职业道德，坚决反对搞有偿新闻。五是严谨细致的作风，一丝不苟，精益求精，严防差错。六是勇于创新的作风，在坚持党的新闻工作的基本方针和原则的前提下，不断开拓新的报道领域，不断探索新的报道形式，不断用新的报道手法，不断写出富有新意的优秀作品。新闻战线的同志，既要志存高远，又要脚踏实地，老老实实地下一番真功夫、苦功夫，培养一支政治强、业务精、纪律严、作风正的新闻队伍。这是对新闻工作者的要求，也是我们新闻作品研究者不断努力的方向。

## 自学提示

### 一、学习目的与要求

通过本章的学习，明确新闻作品研究者应具备的素养，认识具备这些素养的意义。

### 二、思考题

1. 新闻作品研究者应具备哪些基本素养？为什么要具备这些素养？

2. 如何增强新闻作品研究者的政治素养、理论素养与专业素养？

3. 结合阅读分析新闻作品，阐述新闻作品研究者增强应具备的基本素养的重要性与必要性。

# Ⅱ　新闻作品阅读分析部分

本教材共选新闻作品范文 66 篇，其中中国新闻作品 50 篇，外国新闻作品 16 篇。所选中国新闻作品，起自抗日战争时期，止于 1997 年。这些作品，从不同侧面，真实纪录了半个多世纪来，我国革命和建设的历史，在思想内容和表现形式上，都留下了时代的印记，粗略地展示了我国新闻文体发展变化的轨迹。

所选作品，大都为各时期的新闻名篇，有一定的代表性，其体裁包括消息、通讯、特写、专访、新闻述评、深度报道等。通过研究这些作品，有助于学员了解和掌握各种新闻文体的特点和写作要求，提高分析研究新闻作品的能力。

所选作品分三部分：第一部分为消息，共 25 篇；第二部分为通讯等，共 25 篇；第三部分为外国新闻作品，共 16 篇。

要求自学应考者认真阅读分析研究作品。在自学时须注意：

准确把握作品的思想内容和表现形式的特点；

认识每篇新闻作品的体裁类别及主要文体特征；

联系新闻作品的时代背景，分析其主题思想，认识其新闻价值；

掌握新闻作品谋篇布局及表现手法的特点；

写出简明扼要的分析文章。

# （一）

## 延安庆祝日本无条件投降*

**本报特讯** 中国人民艰苦奋斗，忍受牺牲，坚持了八年抗战，最后胜利的日子终于到来了！昨日上午日皇宣布无条件投降的消息传出后，全市轰动，万人欢腾，街上张灯结彩，国旗飘扬，各处黑板报上都用大字报道消息。晚间东南北各区到处举行火炬游行，全市灯火辉煌，欢呼声从各处发出；霎时，鼓乐喧天，无数火炬照亮山岭河畔。机关与群众的乐队、秧歌队，纷纷出发游行。新市场的商人来回奔跑欢呼报信，寻找着柴棍，扎起火炬，参加游行。当实验工厂、联政宣传队、大众剧院、延大、完小等十余秧歌队在新市场十字街口汇合时，市民高呼："中华民族解放万岁！""苏联红军胜利万岁！""动员起来支援前线，保卫边区！""制止蒋介石发动内战！"声震山谷。斯大林元帅、毛主席、朱总司令的巨幅画像在熊熊火炬中高高举起，象征着中苏两国人民的大团结。在蜂拥来去的人群中，有一位拄着拐杖的荣誉军人被群众拥戴着。他十分感动而吃力地说："八年啦，我的血没有白流……"他是参加有名的平型关大战而光荣负伤的。今天他是亲眼看见胜利了！一个卖瓜果的小贩欢喜得跳起来，把筐子里的桃梨，一枚一枚地向空中抛掷，高呼："不要钱的胜利果，请大家自由吃呀！"群众报以热烈的掌声。庆祝的人潮水一样地继续涌来，秧歌队越跳越大，完全卷成一片人海了。人们唱着："前进！人民的解放军！解除敌人的武装，去恢复交通和城镇！坚决大胆，迅速向前进，谁敢阻挡，就把他消灭得

---

* 本著采用的新闻作品，除个别地方进行必要的技术处理外，均保持原貌。

干干净净！”欢欣鼓舞，达于极点。美军观察组闻讯后亦乘汽车随秧歌队致庆。街道行人，纷纷议论，人们都一致称赞说：“苏联才宣战两天，日本就要求投降；可见红军力量是在全世界伟大无比了！”昨晚，全市灯火彻夜未灭。中国人民在极度狂欢中，没有忘记摆在前面的紧急任务，把在华敌伪军全部解除武装，把八年来人民艰苦抗战果实紧紧掌握在自己手中。

（1945 年 8 月 16 日延安《解放日报》）

## 自学提示

（1）识记这是一篇新闻素描。对比这种新闻体裁和一般消息报道的异同。

（2）划分此文的段落层次，把握每个层次的中心内容和它们之间的内在联系。

（3）此文题材重大，场面热烈，报道及时。认知此文运用粗线条的概括叙述和典型事例相结合，由面到点，点面结合，既展示全貌，又刻画动人细节的表现手法。

（4）指出文中的概括叙述和典型事例部分。分析“一位拄着拐杖的荣誉军人”和“一个卖瓜果的小贩”这两个典型事例在文中的作用。

（5）此文后半部分有几处间接议论和直接议论。说明这些议论在当时的政治意义。

# 共产党员刘胡兰慷慨就义

**新华社晋绥一九四七年二月七日电** 文水县云周西村十七岁的女共产党员刘胡兰，在上月十二日被阎军逮捕，当众审讯。阎军问她是不是共产党员，她答“是”。又问“为什么参加共产党?”“共产党为老百姓做事。”“今后是否还给共产党办事?”“只要有一口气活着，就要为人民干到底。”至此，阎军便抬出铡刀，在她面前铡死了七十多岁的老人杨柱子等人，又对她说：“只要今后不给八路军办事，就不杀你。”这位青年女英雄坚决回答：“那是办不到的事!”阎军又说：“你真的愿意死?”“死有什么可怕!”刚毅的刘胡兰，从容地躺在切草刀下大声说：“要杀由你吧，我再活十七岁也是这个样子。”她慷慨就义了。全村父老怀着血海般的深恨，为痛悼这位人民女英雄，决定立碑永远纪念。

## 自学提示

(1) 识记这是一篇人物新闻。发表后在社会上产生了深远的影响，是新闻名篇。

(2) 理解此文运用人物对话的写作特色。说明文中的对话对表现主人公性格所起的作用。

(3) 简要概括刘胡兰的性格特征。

(4) 此文短而精。以此文为例，分别说明选材精练、叙述紧凑，对短新闻写作的重要性。

# 中原我军占领南阳*

（一九四八年十一月五日）

**【新华社郑州五日电】** 在人民解放军伟大的胜利的攻势下，南阳守敌王凌云于四日下午弃城南逃，我军当即占领南阳。南阳为古宛县，三国时曹操与张绣曾于此城发生争夺战。后汉光武帝刘秀，曾于此地起兵，发动反对王莽王朝的战争，创立了后汉王朝。民间所传二十八宿，即刘秀的二十八个主要干部，多是出生于南阳一带。在过去一年中，蒋介石极重视南阳，曾于此设立所谓绥靖区，以王凌云为司令官，企图阻遏人民解放军向南发展的道路。上月，白崇禧使用黄维兵团三个军的力量，经营整月，企图打通信阳、南阳间的运输道路，始终未能达到目的。最近蒋军因全局败坏，被迫将整个南部战线近百个师的兵力，集中于以徐州为中心和以汉口为中心的两个地区，两星期前已放弃开封，现又放弃南阳。从此，河南全境，除豫北之新乡、安阳，豫西之灵宝、阌乡，豫南之确山、信阳、潢川、光山、商城、固始等地尚有残敌外，已全部为我解放。去年七月，南线人民解放军开始向敌后实行英勇的进军以来，一年多时间内，除歼灭了大量的国民党正规部队以外，最大的成绩，就是在大别山区（鄂豫区）、皖西区、豫西区、陕南区、桐柏区、江汉区、江淮区（即皖东一带）恢复和建立了稳固的根据地，创立了七个军区，并极大地扩大了豫皖苏军区老根据地。除江淮军区属于苏北军区管辖外，其余各军区，统属于中原军区管

---

* 这是毛泽东为新华社写的消息。这条消息发表不久，毛泽东写信给胡乔木指出要加强综合报道，“其办法是借着一个适当的题目如象占领南阳之类去写”。

辖。豫皖苏区、豫西区、陕南区、桐柏区现已联成一片，没有敌人的阻隔。这四个军区并已和华北联成一片。我武装力量，除补上野战军和地方军一年多激烈战争的消耗以外，还增加了大约二十万人左右，今后当有更大的发展。白崇禧经常说，“不怕共产党凶，只怕共产党生根”，他是怕对了。我们在所有江淮河汉区域，不仅是树木，而且是森林了。不仅生了根，而且枝叶茂盛了。在去年下半年的一个极短时间内，我们在这一区域曾经过早地执行分配土地的政策，犯了一些策略上的“左”的错误。但是随即纠正了，普遍地利用了抗日时期的经验，执行了减租减息的社会政策和各阶层合理负担的财政政策。这样，就将一切可能联合或中立的社会阶层，均联合或中立起来，集中力量反对国民党反动统治势力及乡村中为最广大群众所痛恨的少数恶霸分子。这一策略，是明显地成功了，敌人已经完全孤立起来。在我强大的野战军和地方军配合打击之下，困守各个孤立据点内的敌人，如象开封、南阳等处，不得不被迫弃城逃窜。南阳守敌王凌云统率的军队是第二军、第六十四军以及一些民团，现向襄阳逃窜。襄阳也是国民党的一个所谓“绥靖区”，第一任司令官康泽被俘后，接手的是从新疆调来的宋希濂。最近宋希濂升任了徐州的副总司令兼前线指挥所主任去代替原任的杜聿明。杜聿明则刚从徐州飞到东北，一战惨败，又逃到了葫芦岛。王凌云到襄阳，大概是接替宋希濂当司令官。但是从南阳到襄阳，并没有走得多远，襄阳还是一个孤立据点，王凌云如不再逃，康泽的命运是在等着他的。

根据一九八一年七月九日《人民日报》重新发表的文稿刊印。
（选自《毛泽东新闻工作文选》）

## 自学提示

（1）这是解放战争时期毛泽东同志为新华社撰写的一篇消息。作者不仅报道了事实，而且深刻揭示了敌败我胜的必然趋势。认识此文高屋建瓴，纵览全局，善于从本质上、总体上、发展趋势上把握事物的鲜明特色。

（2）背景材料是此文重要的有机组成部分。分析消息中历史典故、地理环境等背景材料对突出事件的新闻价值，烘托深化主题，增强新闻的知识性的作用。

（3）此文内容丰富，一气呵成，自成一段。划分此文的层次，领会此文结构严谨，环环相扣，层层深入，首尾贯通的写作特点。

# 我三十万大军胜利南渡长江*

(一九四九年四月二十二日)

**【新华社长江前线二十二日二时电】** 英勇的人民解放军二十一日已有大约三十万人渡过长江。渡江战斗于二十日午夜开始，地点在芜湖、安庆之间。国民党反动派经营了三个半月的长江防线，遇着人民解放军好似摧枯拉朽，军无斗志，纷纷溃退。长江风平浪静，我军万船齐放，直取对岸，不到二十四小时，三十万人民解放军即已突破敌阵，占领南岸广大地区，现正向繁昌、铜陵、青阳、荻港、鲁港诸城进击中。人民解放军正以自己的英雄式的战斗，坚决地执行毛主席朱总司令的命令。

根据手稿刊印。

(选自《毛泽东新闻工作文选》)

## 自学提示

(1) 这是毛泽东同志为新华社写的消息。它记载了我国新民主主义革命史上一件重大史实。

(2) 理解这篇消息所具有的新闻价值。

(3) 体会这篇消息精练扼要、气势雄伟的特点，联系全文作简要分析。

(4) 把握并具体剖析此文既有事实的清晰叙述，又有情景的

---

* 这是毛泽东为新华社写的消息。

概括描写的写作特色。

(5) 分析此文层层紧扣的布局安排，并说明其结构的内在联系。

# 上海严寒

**新华社上海一九五七年二月十二日电** 这几天上海街头积雪不化，春寒料峭，最低温度下降到摄氏零下七点四度，上海人感到了有气象记载的八十多年来罕见的严寒。十日和十一日，这里出现了晴天下雪的现象。晴日高照，雪花在阳光中飞舞，行人纷纷伫足仰视这个瑰丽的奇景。

“前天一夜风雪，昨夜八百童尸。”这是诗人臧克家一九四七年二月在上海写下的诗篇“生命的零度”中开头的两句。这几天要比十年前冷得多，但据上海市民政局调查，到目前并没有发现冻死的人。民政局已布置各区加强对生活困难的居民特别是孤苦无依的老人的救济工作。为了避免寒冷影响儿童的健康，上海市教育局已将全市幼儿园的开学日期延至十八日。

## 自学提示

(1) 此文报道1957年初春，上海遇到80年来罕见低温严寒的情况。同样是严寒，10年前的那一次和10年后的这一次给上海人民带来的影响迥然不同。分析此文是如何通过典型事例，对新旧两个社会进行鲜明对比的。

(2) 短消息的导语，通常很少有景物描写。指出此文导语写作的特点，说明导语中的景物描写在整条消息中的作用。

(3) 认识此文行文简洁洗练、用事实说话、作者尽量不发或少发议论的写作技巧和表现特色。

(4) 分析名诗人臧克家的诗句“前天一夜风雪，昨夜八百童尸”在消息中的作用。

# 分清主流与支流
# 莫把“开头”当“过头”

**本报讯**　《辽宁日报》记者范敬宜述评辽宁省农村形势：最近一段时间，经常听见这样的埋怨声：“生产队自主权强调过头了，现在下面都不听指挥了……”

说这类话的，不仅有县社干部，也有城里的机关干部，有的还列举了许多当前农村中出现的问题，似乎这一切都应该归罪于生产队有了自主权。

事情果真是这样吗？为了弄清这个问题，我们走访了一些社队。

在采访过程中，我们向许多农村干部和社员提出这样一个问题：“今年农村最大的变化是什么？”普遍的回答是：“活起来了！”这个“活”字，很形象地概括了生产队有了自主权以后，在政治、经济、生产、生活上出现的生动局面。人们对“活”字感受如此深刻，绝非偶然：过去十多年，在林彪、“四人帮”极左路线干扰下，生产队自主权遭到肆意践踏、剥夺和侵犯，生产队不用说因地制宜地确定合理的经济结构和生产布局，就连种一亩土豆、一亩谷子都成了犯罪，生机勃勃的千村万户被弄得万马齐喑，死气沉沉。党的三中全会以后，随着发展农业的两个文件深入贯彻，生产队自主权重新摆到了它应有的地位，人们哪能不由衷高兴！但是，不能设想，林彪、“四人帮”在十多年中造成的影响，可以在短短几个月消除净尽。在贯彻尊重生产队自主权政策的过程中，阻力还是很多的。从目前来看，在不少生产队，自主权还仅仅意味着在作物地块和品种的选择上有了一点余地，其他还谈不上；而有些生产队，连这点权利还没有得到。有的队干部和社员对我们说：“我们只有劳动权，没有自主权。”这种现状告诉我们：尊重和保护生产队自主权的工作，现在只能说刚刚开头，没有理由可以认为已经“过头”。

那么，有了自主权的生产队是不是都“不听指挥”了呢？我们还是多看事实吧！有一个县，也曾被人描绘成自主权多得“乱了套”，可是一调查，今年高产作物和经济作物面积都不折不扣地完成了国家计划。天下哪有这样“不听指挥”的生产队！后来我们渐渐摸到了一个“窍门”：遇到埋怨下面“不听指挥”特别厉害的干部，就叫叫真，请他提供一个“最不听指挥”的典型，一下子就“将军”了，因为这样的典型确实很难找。这说明，有些干部，特别是上面的干部，并没有亲自调查研究，而是道听途说，人云亦云。绝大多数生产队都是懂得如何正确行使自主权的，坚定不移地走社会主义道路的。那种企图摆脱党的领导、不顾国家计划、不听正确指挥的生产队虽然也有，应当做好他们的工作，处理好自主权同党的领导的关系，但这样的生产队只是极少数，我们不能以偏概全，把支流当作主流。再说，对于“不听指挥”，也要作具体分析：究竟是正确的指挥，还是错误的指挥、瞎指挥？事实上，凡是指挥受阻的地方，一般都事出有因。我们问过一位县委书记，今年在哪些问题上卡过壳，他很坦率地举了三件事：第一件是某项县办水利工程继续平调生产队的劳力；第二件是不经试验就大面积推广某种作物；第三件是在播种时间上不顾实际情况又搞了“一刀切”。他说：“这不能怨下面，应该从上面来检查。过去生产队遇到这种情况，都忍气吞声，现在他们敢说话、敢抵制了，这应该说是好事，不是坏事。”可惜能够这样严以解剖自己的领导干部，现在不是很多。

尊重生产队自主权既然是这样一件大得人心的好事，为什么会遭到这么多非议？通过调查，我们感到，一个很重要的原因是，十多年来有些干部受林彪、“四人帮”极左路线的影响较深，思想完全从禁锢中解放出来需要有一个过程。有的老干部忘记了群众路线的老传统，也习惯于那种官僚主义、强迫命令的手段了；有些比较年轻的干部，从当干部那一天起，就没有听说过生产队还有什么自主权，接触的就是“挖修根”“拔修苗”以及“一声雷”“一刀切”那一套，以为这是天经地义的事情。现在看到原来唯命是从的基层干部居然敢于提出不同意见，就认为大逆不道，“乱套了”，甚至对党的政策也产生了怀疑。这恰恰从反面说明，各级领导干部解放思想，是保证生产队自主权正确行使的关键。

尊重和保护生产队自主权是党的三中全会确定的发展农业生产的重要政策，我们一定要坚定不移地去继续贯彻落实。大量工作在等待我们去做。这里最重要的是领导干部对客观形势有一个清醒的、正确的估计，分清主流与支流，千万莫把“开头”当作“过头”。这是正确贯彻党的政策的前提。否则就会左右摇摆，贻误工作，甚至象毛主席讽刺过的那位好龙的叶公那样，天天念叨生产队自主权，等到自主权真正来临的时候，又惊慌失措，迷失方向了。

（载 1979 年 5 月 16 日《人民日报》）

## 自学提示

（1）识记这是一篇新闻述评。了解新闻述评有述有评、评述结合的特点。

（2）领会此文的主题。联系 1979 年我国改革开放刚刚开始时的政治形势和社会背景，认识这一主题的重要性和深刻性。

（3）指出此文为了帮助人们分清主流与支流，莫把开头当过头，主要抓住了哪几个问题进行评述，它们之间的联系和作用如何。

（4）说明新闻述评中，事实与议论的关系，新闻述评中的事实与一般新闻报道中的事实、新闻述评中的议论与一般评论文中的议论的异同。

# 阿西、亚妮当众挥毫妙趣横生

**本报讯**　在十二位著名美术家的帮助下，两个广西少数民族孩子阿西（毛难族）和亚妮（壮族）最近在上海复兴公园举行画展。两个小画家当场作画表演，博得了观众一片赞赏声。目前，已有十余位国内外画家贴上红纸条定购展品。

北京和上海的美术家张仃、李可染、黄永玉、朱屺瞻、关良等，给阿西、亚妮的画作了不少题词、评语：大胆、简练，富有天趣，对生活有独特的感受。老画家还说，看他们的画不只是一种艺术享受，还能从中得到有益的启示。

十一月六日上午，在上海画院的大厅里，这两个来自美丽的漓江边的小画家，给大画家作了一次精采表演。四岁的亚妮，穿着袜子爬到一张乒乓台上，看一看四尺长的宣纸，便从笔筒中选了一支大号斗笔（笔头有她三个拳头大呢），她饱蘸水墨，稳稳地握着大笔，在宣纸上迅速地边爬边画，瞬息间，一座比她人体还高的大假山一挥而就。画家们一片叫好声。接着，亚妮在假山上画了六个姿态各异的顽皮小猴子，她每画一个还先扮一扮小猴子的模样，就象画自己一样，妙趣横生。轮到七岁的阿西画画时，他脱掉鞋子，站到椅子上，大大方方地作起画来。他大处大胆落笔，小处小心收拾，一会儿就画成一幅《桂林山水》，博得了热烈的掌声。

后来，上海画院画师俞云阶给他俩作画示范。他刚画好一只雄鸡，阿西忽然提议说："我们家里的猫总喜欢捉小鸡，你再画几只小鸡逃跑，我画只猫捉小鸡。"当阿西画猫扑小鸡的时候，亚妮已在动脑筋，说："我也要画猴子抓鸡！"就这样，一老两小合作的水墨画完成了。孩子的丰富想象力和有趣的构图、笔墨，引得大家哄堂大笑。

阿西和亚妮的父亲都是广西桂林地区文化馆的美术工作者，家庭环境对孩子有很大的影响。他们三四岁时就学父亲的样，东涂西画了。同时，这两个孩子又受到几十位画家的关注和辅导，特别是，曾留学日本的老画家李骆公教授，更是为扶植幼苗花了不少心血。他是阿西的邻居，发现阿西喜欢画画，就对阿西的父亲说："你这个小孩可以培养画画。"以后，阿西每天晚上捧着几张自己的画，请爷爷看。李老总是细心指点，循循善诱。由于阿西受到正确的引导，自四岁以来坚持不懈地画了六千多张画。亚妮的父亲获悉李老如此热心为阿西授画，也不远百里把亚妮的画带到李老那里诚心求教。李老一看，十分欢喜，对亚妮父亲说："世界上还很少有三岁孩子画这样的画，你要特别注意。要鼓励她画，孩子的眼睛太宝贵了！"他后来还提议要给亚妮买只小猴子，培养她的观察能力。画家们有时还带阿西或亚妮去参观动物园，外出写生。现在，两个小孩竟要和老画家赛画，真是初生牛犊不畏虎！

（原载 1979 年 11 月 10 日《文汇报》）

## 自学提示

（1）识记这是一篇人物新闻。此文写得妙趣横生，生动活泼。简要分析第三、第四两段对刻画人物、烘托气氛的作用。

（2）指出此文背景材料部分，认知它对表现人物成长、深化主题的作用。

（3）此文详略得当。分别指出并分析其详写与略写的地方。

（4）说明此文以作画为线索，贯穿全篇的结构特点。

# 从邮局看变化

**新华社乌鲁木齐1980年1月17日电** 本社记者顾月忠报道：春节将到，记者在新疆维吾尔自治区邮电管理局里，看到了跟一年前大不相同的情况：过去忙于分拣从内地寄来的大批副食品包裹，而今天却忙于收订大量报刊。

新疆维吾尔自治区邮电管理局副局长张勇在他的办公室对记者说："往年这个时候，你在这间屋子里准找不到我。机关的全部人马都帮助分拣包裹去了。"

前几年，由于林彪、"四人帮"极左路线的干扰破坏，新疆副食品供应十分紧张。每年新年春节期间，人们只好把钱寄到关内，委托亲友帮助买吃的东西。于是，从关内邮寄香肠、猪肉、糖、花生米等的包裹猛增。单是花生米一项，最多的时候一天就寄来16吨。开往乌鲁木齐的列车不得不加挂车皮，邮局货场包裹堆积如山。邮局分拣的同志一天干十来个小时还分拣不完。邮电学校的100多名学生到邮局帮忙，还是忙不过来。这样，机关只好关门，从局领导到职工都去帮助分拣包裹。

今年，自治区邮电管理局接运包裹的"旺季"突然不旺了。据初步统计，去年12月和前年同期相比，寄往关内的汇款减少了6.4万多元，即减少了50%；从关内邮来的包裹减少了1.2万多件，即减少了1/3。原来新疆的市场上，香肠、大肉等都可以买到，核桃、瓜子很多，食品商店里的沙糖、糖果和糕点也很丰富。过节需要的副食品，这里大体都有了。人们把这一变化同贯彻党的十一届三中全会精神和中央的两个农业文件联系起来，说："政策开了花，经济结了果。"

尽管邮包减少了，但邮局里的干部和职工还是够忙的。几十名机关干部又开赴第一线，帮助办理订阅报刊业务。因为在各个营业门市部，经常有许多人排队，渴望订到自己喜爱的报纸、杂志。据统计，去年年底与前年同期相比，全疆的报刊订户增加了 20%以上。现在，新疆平均每 4.7 人就有一份报刊。邮电局的同志说："现在党的工作着重点已经转移到四化建设上来，各族人民学科学、学文化的劲头越来越足了。"

## 自学提示

（1）概括这篇消息的主题，认知其角度独特、构思巧妙、小中见大的特色。

（2）把握此文通过对比事实、突出主题的写作特色。

（3）指出此文中背景材料部分，说明其在新闻中的作用。

（4）简要分析此消息所运用的对比式导语的特点及作用。

# 经济学家赶集

**本报讯** 3月4日下午，经济学家薛暮桥到北京北太平庄农副产品市场赶集。

这位75岁高龄的老人，兴致勃勃地挤进人群，东瞧西看，问这问那。见到卖鲜鱼的，便问是怎么运进城里来的。有几个顾客正和卖主讨价还价，最后达成协议：一元二角一斤。薛暮桥同志高兴地说："好，我也买一条。"卖鱼的拣了一条又大又肥的活胖头鱼，一称，五斤重。薛暮桥一边付款，一边说："看来还是两个市场好。"买完鱼，又买了一条擀面杖。这时，一个老头在叫卖挖耳勺。他赶忙过去花三分钱买下一个，说："我很早就想买这么个小东西，总买不着，今天算是盼着了。"

赶完集，来到市场管理所。薛暮桥对管理所同志说："这样的市场多开辟几个，分散一些就更方便了，是不是可以让那些较富裕的社队自己投资建市场呢？"管理所同志说，也有个别人搞投机倒把。他说："我看要进行教育，做到公买公卖。我们以国营市场为主，农贸市场作为补充，提倡社队集体卖货，也保留少数商贩。"

（冯国熙）

（1980年4月25日《市场报》）

## 自学提示

（1）此文是党的十一届三中全会之后国内较早的一篇关于市场经济的报道。联系当时国内政治经济形势，认知它以小见大，反映深刻而且有重大意义主题的写作特点。

（2）记者从我国著名经济学家薛暮桥同志赶集这一典型事例中发现了有价值的新闻。领会记者具有较强新闻敏感对搞好新闻采写的重要意义。

（3）分析此文中所描述的薛暮桥同志在市场上的看、问、买等活动，对表现新闻主题的作用。认知写活经济新闻与写人的关系。

（4）动词的成功运用是本文主要写作特点之一。指出文中运用了哪些动词，使这篇新闻具有较强的现场感。

# 运载火箭飞越万里长空

**本报发射场5月18日电** 记者王建国、侯业扬、钱钢自某发射场报道我国第一枚运载火箭发射情景称：

今天，发射场晴空万里。上午九点多钟，发射工位进入了"一小时准备"，发射架的多层工作平台上和发射控制室里，各专业的工程技术人员投入了对火箭起飞前的最后测试。随着准备工作一件件地最后完成，拥抱着箭体的各层工作平台陆续收回了臂膀，地面工作人员一批一批撤离现场，发射场上静无一人，巨大的乳白色的火箭，静静地耸立在发射台上。

地下发射控制室里，气氛严肃紧张。调度电话中不断传来各系统简短有力的报告："遥测转电好！""控制转电好！"进入"一分钟准备"后，控制室里每个人，只能听到仪器的蜂鸣和自己心脏的跳动声。随着最后几秒钟的到来，场区上的各种跟踪测量设备开机，高速摄影机、磁带记录仪等记录设备启动。

"点火！"发射控制台上年轻的操纵员沉着果断地按下了按钮。顷刻，排山倒海般的隆隆巨响震憾了大地，巨大的火箭拔地而起，冉冉上升，速度越来越快，尾部拖着长长的火舌和疾风般的轰响，扶摇直上，直刺蓝天。

几秒钟后，垂直上升的火箭开始拐弯。尾部的火舌此刻变成了一条白色的航迹。从地面望去，只见无垠的湛蓝天幕上，一条细小的白色缎带疾速地向东南方向延伸。刚才还是一个有十多层楼高的庞然大物，渐渐地变成了蓝天中的一个很小的亮点。

突然，缎带中断，亮点逐渐隐去——火箭穿出了大气层。

**本报测控中心5月18日电** 记者张友谦、吕宝亮、刘波、杨学泉报道：我国发射的第一枚运载火箭，在高空顺利地完成了级间分离、关机等一系列程序，精确地沿着预定轨道飞完了全程。

今天，从我国本土到远洋测量船队，几百套我国设计制造的现代化测量通讯设备，参加了对运载火箭的跟踪、测量工作。从火箭起飞开始，各种测量设备，便一批一批地对准了飞行中的运载火箭，精确地测定并记录下它在每瞬间的速度、位置和姿态。每一秒钟都有成百上千的测量数据，从四面八方汇集到测控中心。这里的电子计算机系统和数据传输系统的大批设备紧张运转；一排排指示灯欢快地闪烁；各种示波器上的信号，有的似闪电，有的如流萤，有的异峰突起，有的纹波荡漾，美妙奇幻。

总控制室的调度电话里，不断传来全国各地“跟踪良好”、“工作正常”的报告。一排排电视屏幕上，频频变换着五颜六色的数码，自动记录仪在显示板上轻轻地描下了火箭飞行轨迹的曲线。这条曲线，与事前标上去的理论弹道曲线紧密地吻合在一起，它形象地向人们显示：运载火箭内部仪器工作良好，火箭飞行正常！

**本报南太平洋测量船队5月18日电** 记者罗同松、何德来、王文杰报道：从我国本土发射的第一枚运载火箭，飞越万里长空，今天在这里准确地落入预定海域。

今天，南太平洋火箭落区附近波光粼粼，海空白云朵朵。飘扬着五星红旗的一艘艘测量船、打捞船，按照预定时间，在湛蓝色的海面上展开队形。千百名参加试验的人员严阵以待，只等我国第一枚运载火箭开始发射。

“起飞！”通过电子设备从祖国发射场传来了火箭精确的起飞时间。各条战线的专业人员顿时忙碌起来，人们屏息静气，全神贯注，精心地操纵着各种设备，以获得火箭再入大气层后的各种参数。机房里，各种仪器一齐运转；舷旁，玻璃钢工作快艇启动了马达；空中，直升飞机轮番盘旋，注视着落区洋面。

“雷达、遥测、经纬仪发现目标！”喜讯传来，人们不约而同地跑上甲板，站在驾驶台上，靠在舷梯旁，目不转睛地朝着船队的西北上空看去。下午二时三十分（北京时间上午十时三十分），南太平洋上空出现了奇丽的景象，一个亮点拖着长长的白烟从西北天空飞来。穿过一团烟雾之后，亮点越来越大，变成了一个火球，呼啸而至。随着一声巨响，火箭头部在预定区域准确入海，激起冲天的水柱，象是从海底钻出一条白色的飞龙。接着，水柱又从晴空徐徐下落。那浩大的气势，使人想起“飞流直下三千尺，疑是银河落九天”的诗句。这时，火箭头部落水前抛出的记录着火箭飞行中各项参数的仪器仓，带着红白相间的彩色降落伞，徐徐降落在洋面。桔红色的漂浮气囊自动充气，染色剂把海水染成澄荧光黄绿色，象一条数百米长的锦带漂浮在海面上。

“火箭落入预定海域!”“测量回收任务完成!”这鼓舞人心的好消息，通过测量船上强大的通讯电波，迅速地传到祖国本土上的各个测控台站，传到发射场，传到首都北京。

这时，扩音器里传来了中央领导同志对参加试验人员的祝贺。顷刻，船队汽笛长鸣，彩旗飘舞，远离祖国的人们在甲板上争相握手，热烈鼓掌。

**本报南太平洋测量船队 5 月 18 日电**　记者何德来、王文杰报道：当我国第一枚运载火箭在这里重返大气层距离海面三千米至四千米高度时，装有火箭飞行重要参数的仪器仓，自动从弹体弹射出来，打开降落伞,发出无线电定向信号,穿过云层,向洋面飘落。正在这里作业的我打捞船只和飞机立即出动。辽阔的洋面上,一艘艘工作快艇如离弦之箭向落区开进。某部一七二、一七九机组,驾驶直升飞机,穿过无雨云层,飞临目标上空,看见仪器仓在和风暖日下随波逐流。荧光染色剂把蔚蓝色的洋面染成一条形如翠绿色的飘带。一七二机组垂直悬停在离洋面 30 米的空中。潜水战士沿着悬梯，跳入海洋,勇敢敏捷地在水中抓住仪器仓,仅用五分二十秒就打了一场打捞仪器仓的漂亮仗。直升飞机载着仪器仓，安全返回打捞船的飞行甲板上。在甲板上等候的人群蜂拥而上，伸出一双双热情的手向英雄的机组人员和潜水战士祝贺，热烈鼓掌欢迎从祖国飞来的仪器仓。

（1980 年 5 月 22 日《解放军报》）

## 自学提示

(1) 这是由四篇短消息组成的连续报道。

(2) 这组消息报道的是我国第一枚运载火箭发射试验成功这一举世瞩目的重大事件。理解其新闻价值，把握这组报道的全局及各篇的侧重点。

(3) 体会将这一重大事件写成四篇连续性的消息的作法与新闻短小精练的关系。

(4) 这组新闻都是现场报道，具体分析其现场感强的写作特色。

# 枫桥兴会扶桑客　子夜钟鸣百又八

**本报苏州 1 月 1 日专电**　今晨零点，专程从日本赶来中国的 500 多位旅游者，在香烟缭绕的苏州寒山寺里屏息聆听了新年钟声。

日本民间相传，除夕之夜敲钟 108 下，就能除尽人世烦恼，迎来锦绣前程。由于唐代诗人张继的诗《枫桥夜泊》在日本广为流传，“姑苏城外寒山寺，夜半钟声到客船”的诗句蜚声扶桑，许多日本人梦寐以求能在除夕聆听寒山寺钟声。从去年 12 月下旬开始，来自日本各地的“日本寒山寺除夕听钟声访华团”等 15 个旅游团体的日本朋友，就陆续来到苏州，等待聆听除夕钟声。

除夕晚十点正，日本朋友一批批来到寒山寺。午夜十一点四十分，寒山寺性空法师步上钟楼，撞响了新年钟声。当钟声响到第 108 下的时候，正是元旦零点正。顿时，日本朋友欢呼雀跃，和在场的中国僧侣和工作人员亲切握手，互致新年问候，洋溢着中日人民的深情厚谊。

（阳言　良耳）

（1981 年 1 月 1 日《文汇报》）

## 自学提示

（1）这是一篇有关外事活动的动态新闻。认知此文题材新颖，内容富有情趣的特点；概括此文的主题。

（2）此文运用了一些背景材料。分析此文背景材料的写作特色，指出它们对表现中日两国人民源远流长的友好往来与突出新闻主题的作用。

(3) 分析此文以听寒山寺新年钟声这件事为中心的结构特点。

# 学习南京市绿化经验要注意三点不足之处

**新华社南京1982年2月18日电** 记者周俊增报道：南京市的绿化工作搞得比较好，近来到这里学习绿化经验的人越来越多。怎样对待南京的绿化工作？南京市园林设计研究所一助理工程师杨万金最近对记者说："学习南京市绿化经验，要注意避免三点不足之处。"

南京市目前有大小400多条街道，有树木20多万株，为解放前的100倍，城市绿地面积达9万多亩，全市已基本绿化，并以"绿色城市"而闻名中外。但是，杨万金指出，从城市建设发展的要求看，南京市在绿化建设上暴露出一些缺点。了解这些问题，对于前来参观取经的人富有教益。

第一，50年代60年代绿化的街道，树干定高一般为二米五，太低了，影响交通安全。1978年一年，光是为行道树碰坏的车辆涂漆就花了4万多元。公共汽车为了避免与行道树相撞，不得不在离路边三米远就停车，这不仅有碍交通安全，也降低了道路利用率。杨万金说，今后大中城市行道树定干应在四米高左右为宜，最低也不能少于三点五米。

第二，行道树在栽植时打洞普遍偏小，由于打洞小，树根扎得浅，在大风袭击下南京市发生过四次大面积倒树。行道树的倒伏又造成了停电、停水，中断交通，给生产和人民生活都造成很大损失和不便。实践证明，今后打洞以长宽各两米，深一米为好。

第三，树的品种单一，悬玲木（法国梧桐）太多。全市几百条街道绝大部分种的是法国梧桐。这种树有树冠大、遮荫好的优点。但由于新叶长出后，每半个月就脱一次绒毛，在空气中飘散，造成空气污染，形成了公害。这也是应该注意的。

## 自学提示

(1) 识记这是一篇经验性消息。记者没有一般化地报道南京市绿化建设的成就，令人耳目一新。学习记者实事求是、辩证地观察问题、分析问题的采写作风和思维方式。

(2) 据实、写实是这条消息的写作特色。指出文中具体、实在介绍南京市绿化工作的事例与数据，并领会其深刻的现实意义。

(3) 经验性消息的价值在于有普遍的指导意义，实用性、可借鉴性强。分析文中能体现可借鉴性特点的事例和文句。

# 一本充满自我批评精神的新书

——《临床误诊100例》

**新华社长沙1982年6月22日电** 新华社记者刘诗训报道：有些医生对于自己在诊断上的失误是秘而不宣的。但是，湖南医学院第一附属医院传染病学教研组却编写了《临床误诊100例》，把自己的失误公之于众。他们这种勇于自我批评的精神，受到医学界和出版界的称赞。

这本书收集的100个病例，小部分是外单位误诊后转入这家医院的，而大部分是自己误诊的病例。这些病例中，有误诊后死亡的，有误诊后又经过确诊而痊愈的，也有因误诊而以后复发或带后遗症的。书中从常见的发热、黄疸、肝肿大、慢性腹泻四种症状入手，对每一病例的误诊在医学科学、思想方法、技术条件和医疗规章程序上的缺陷，进行了分析总结。此外，对诊断每类疾病还提出应注意的要点。编者在前言中指出："愿这本小册子对于广大临床工作者和医学院校师生起到一点'前车之鉴'的作用。"

湖南医学院第一附属医院，前身是著名的湘雅医学院教学医院，它在国内的声誉较高。现在，要写一本"宣扬家丑"的书，是不是有损学院的荣誉？学院领导和教研组同志认为，在真理与面子之间，我们追求的是真理。再高明的医生，失误也是难免的，问题是怎样对待失误。把失误的教训总结出来，使更多的人减少失误，威信将会更高。

这本书是一些中青年医生在教授张铮、熊宏恩和副教授郭若楠指导下，用了两年多时间写出来的，已由湖南科技出版社出版。

## 自学提示

(1) 了解这篇消息的内容，概括其主题。

(2) 此文从一个新的角度来体现常见的新闻主题。通过分析全文，说明为什么新闻写作要重视角度新颖。

(3) 分析此文中有关把失误公布于众，勇于自我批评的事实部分，对深化新闻思想内涵的作用。

# 金山同志追悼会在京举行

**新华社北京1982年7月16日电** 鲜花、翠柏丛中，安放着中国共产党员金山同志的遗像。千余名群众今天默默地走进首都剧场，悼念这位人民的艺术家。

“雷电、钢铁、风暴、夜歌，传出九窍丹心，晚春蚕老丝难尽；党业、民功、讲坛、艺苑，染成三千白发，孺子牛亡汗未消”，悬挂在追悼大会会场的这副挽联，概括了金山寻求光明与真理，为人民鞠躬尽瘁的一生。人们看着剧场大厅里陈列的几十幅照片，仿佛又重睹他的音容笑貌。他成功地塑造的爱国诗人屈原的形象，他在电影《松花江上》的拍摄现场，他为演《风暴》与“二七”老工人谈心，他在世界名剧中饰演的角色，他在聆听周总理的教导，他与大庆《初升的太阳》剧组在一道……他1911年生于湖南。1932年加入中国共产党，自此献身革命，始终不渝。

哀乐声中，人们默念着他的功绩。30年代，他在严重白色恐怖中参加中国反帝大同盟和左翼戏剧家联盟。抗战爆发，他担任上海救亡演剧二队副队长，辗转千里，演出救亡戏剧，尔后接受周恩来同志指示，组织剧团远赴东南亚，向海外侨胞作宣传。解放前夕，又担负统战工作。他事事以党的利益为重，生前曾对他的亲人说：“我首先是一个共产党员，演员是我的第二职业。”

解放后，他将全副心力献给党的艺术事业，不断进取、探索、求新，被誉为人民的艺术家。

他遭受过“四人帮”的摧残，但对自己的信仰坚贞不移。近年致力于戏剧教育，并以多病之身，担负起繁荣电视文艺事业的重任。

夏衍在悼词中称金山的不幸辞世，是我国文学艺术界的重大损失，高度评价他几十年来的革命、艺术活动，号召活着的人们学习他对党的事业的忠诚，学习他在艺术创造上认真刻苦，精益求精的精神。

他半个世纪前便结下革命情谊的挚友阳翰笙在追悼会上的讲话中说，是党造就了金山，是党把他培养成革命的、杰出的人民艺术家。

与金山一起工作、生活过的大庆人，惊闻噩耗后，派代表星夜兼程，来和他的遗体告别。在今天的追悼会上，他们说，金山是人民的艺术家，人民将会怀念他。

文化部长朱穆之主持追悼会。参加追悼会的有习仲勋、王任重、胡愈之、邓力群、周扬、贺敬之、周巍峙、冯文彬、罗青长、唐克、吴冷西、李一氓、傅钟、刘导生、赵寻、荣高棠以及文艺界人士林默涵、陈荒煤、司徒慧敏、艾青、吴作人、李可染、江丰、吴雪、袁文殊、周而复、张君秋、戴爱莲、陶钝等。

（郭玲春）

（1982年7月17日《人民日报》）

## 自学提示

(1) 对比模式化的追悼会消息，认知此文的创新性。

(2) 简要分析这篇消息的导语在写作上的鲜明特色。

(3) 指出此文第二段开始引用的一副挽联对表现主人公的作用。

(4) 此文避开常见的冗长、呆板的悼词，运用灵活多样的笔法，对金山同志的生平业绩进行了介绍和评价。联系文中内容，分析此文散文式的结构特点。

# 京郊出现“科学热”

**本报讯** （记者刘连枢）在北京农业大学采访，有机会看到水稻专家廉平湖教授一个星期的工作记录，经本人同意，摘录如下：

3月21日（星期一）与市农业局水稻顾问团谈水稻高产问题；

3月22日（星期二）去海淀区东北旺讲授水稻泡沫塑料育苗技术；

3月23日（星期三）到房山县石楼讲水稻育秧，有300个农民听课；

3月24日（星期四）应邀赴河北省涿县研究制订如何提高粮食产量的措施；25日晚回京；

3月26日（星期六）上午到朝阳区讲水稻育秧，下午审研究生考卷。

廉教授对记者说，不仅我一个人这样。今年以来，京郊各区县纷纷与我们农学系粮食作物栽培教研组联系，邀请讲授农业技术知识，培训农村科技人员，应用推广新技术，简直踢破了门坎，使老师们应接不暇，仅3月7日这天上午，就有海淀区永丰公社、朝阳区农科所和西郊农场三个单位派人派车来校商谈关于技术咨询的事宜。

64岁的廉教授说：“解放30多年来，北京郊区从来没有出现过今年这样学科学、用科学的热潮。作为我们来说，尽管忙些、累些，但心情是非常愉快的。”

（1983年4月7日《北京日报》）

## 自学提示

(1) 这是一篇立意巧妙，报道角度新颖，表现手法别开生面的消息。概括此文主题，认知主题的表现与报道角度选择的关系。

(2) 此文用廉教授一周的工作日程作为新闻主体，简要分析这种主体形式的独到之处。

(3) 此文点面结合，重点写廉教授，同时也兼顾了“面”上的情况。分析说明后者这一段文字对增加新闻的广度和深度的作用。

(4) 掌握尾笔点睛、深化主题的方法。

# 滦河水向天津奔来

## 引滦工程昨日全线试通水

### 三大水库依次开闸　分水枢纽送水顺利　万米隧洞畅通无阻

李连春　吴炳晶

**本报讯**　昨日上午，引滦入津工程全线试通水。我市人民朝夕盼望的滦河水向天津奔来。

十时整，潘家口水库、大黑汀水库同时按动提闸电钮，顿时，水流直泻，瀑声如雷，白雾升腾。

在大黑汀水库前，清澈的滦河水如离弦之箭，通过五百四十米长的渠道，射向分水枢纽闸门，激起巨大的浪花；水头在闸门出口处卷起无数旋涡，转眼间奔入十二点三九公里的隧洞。

此时，分水枢纽前彩旗飞扬，人头攒动，解放军指战员有的挥舞双手，有的晃动草帽；从鬓发斑白的首长到生龙活虎的战士们，都在尽情地欢呼、跳跃。他们的嗓子喊哑了，他们的眼里噙着晶莹的泪花。一年多的艰苦奋战结出了胜利果实，引滦战士向天津人民奉献了最珍贵的礼物！

这次试通水的目的，是全面检验引滦工程中的各水工建筑、闸门、隧洞、河道的工程质量和测量水文水利数据，为正式通水做好充分准备。试通水从十五日起，到月底前完成，分成上游、下游两段同时进行。上游段由潘家口水库开始，经大黑汀水库、分水枢纽、隧洞、瀿河，进入于桥水库；下游段自于桥水库开始，经州河、输水明渠、四大输水泵站、尔王庄水库，穿越市区输水暗管，把水送入本市自来水厂。试通水的水流量自每秒四十立米、每秒六十立米（设计流量）、每秒七十五立米（校核流量）依次递增。试通水期间，有一百名有关人员在沿线测量数据。

为了一睹滦水奔出隧洞口的精彩场面，记者乘车和看不见的水头赛跑，于十一时十三分到达隧洞出水口。刚下来，就听见干部战士们高声欢呼：“来啦！来啦！”转瞬间，奔腾的滦河水翻着浪花从隧洞中泻出，扑进了宽阔的瀵河。一位年过六旬的老大爷捧起滦河水就喝，连说：“甜、甜！”干部战士纷纷跳入水中，合影留念。

于桥水库也在中午十二点放水，放水过程顺利，设备运转正常。晚八点，水头已流过杨津庄闸。

（原载1983年8月16日《天津日报》）

## 自学提示

（1）识记这是一篇现场新闻。了解现场新闻的特点和采写要求。

（2）分析此文运用语言文字的特点。指出文中生动明快、富有动感的形象化词语和对不同状况下水流态势的生动准确的描写。认知它们在增强消息的真实性、现场感和感染力方面的作用。

（3）此文按时间顺序安排结构。作者追踪水流，全线采访，观察细致，事例典型。写水与写人紧密结合，场面生动，波澜起伏，主体突出，首尾呼应。认知此文谋篇布局，组织材料的特色。

（4）说明此文背景材料的内容与主要新闻事实的关系在全文中的作用。

# 抢　菜　记

**本报讯**　（记者王赤兵）昨天中午十一点五十分左右，丹东商场进来一拖车小白菜。拖拉机停在商场院内，菜还没卸。这时，记者看到有两个中年女同志，一个站在地上，一个站在拖拉机上，正往自己的提兜里装小白菜。她们已把提兜装得鼓鼓囊囊还觉得不够。

十二点，拖拉机从院内开出，停在商场大门对面的砖墙下，准备卸菜。此时，从商场大门走出来五六个身穿白大衣的男女营业员，有的拎着麻袋，有的拿着大筐、纸盒子和口袋，来到拖拉机旁，一不问价，二不说买多少，各自给自己装菜。一个戴眼镜的卖菜女营业员视而不见。不一会儿，他们个个满载而归，大摇大摆地回到商场蔬菜组。跟着上来几个人，大伙叽叽喳喳地在柜台下把菜分开。

这时买菜的群众已有20余人，按秩序排好了队。快要卖了，忽然队伍前面又出现三个中年妇女。尽管她们没穿白大衣，没戴标记，但记者认得她们是商场百货组、食品组的营业员。先是蔬菜组019号营业员自己装了一大筐放在墙边，之后又给那三个营业员各自叉了一份。在这期间，有一个大个子男营业员，趿拉着拖鞋，拿个小麻袋，到菜堆上装满一袋子，背回院内，不久，骑上自行车扬长而去。

由于营业员不按秩序卖菜，队伍乱了。这时又从商场大门里走来一些拿纸箱子、塑料口袋、筐、提兜的营业员来抢装小白菜。其中有个戴前进帽、穿棕色短袖上衣的小伙子先扒出一大堆，接着是卖豆制品的只穿个背心的小伙也装了一袋子，还有家具组的一个留着小黑胡子的营业员也装了半麻袋。一个佩带408证章的女营业员到菜堆前装了一水桶……030号和060号营业员还帮着他们装。

几名买菜的打起来了。记者因去拉架，暂时停止了观察。十二点四十分，菜已剩下不多了。记者也不想看下去了。

忽然，在商场院内墙上一张“营业员试题”的告示，吸引了记者。上面写道：

“什么是商业道德？

“柜台矛盾表现在哪些方面，产生这些矛盾的原因是什么？怎样处理这些矛盾？

“部组长的职责是什么？

“定于20日交卷。”

今天正好20日，不知这些抢菜的营业员怎样作答？领导者又用什么标准评卷？

（1983年8月20日《丹东日报》）

## 自学提示

（1）这是一篇现场新闻。通过记者在现场所见所闻，批评了生活中的某些不正之风。对比一般批评报道，认知新闻批评尤应注意真实准确，以增强其真实感和说服力。

（2）此文作者运用了现场观察的采访手段，理解并说明这对写好现场新闻的作用。

（3）指出此文的细节描写，并分别说明它们对表现人物和主题的作用。

（4）简要分析此文结尾耐人寻味的特色。

# 鄱阳湖出现世界上最大的白鹤群

**本报讯** （记者姜惠龙、严力报道）春节前来鄱阳湖候鸟保护区栖息过冬的白鹤数量，超过600只，最多的一群有409只。这是目前世界上最大的白鹤群。

一连多年在候鸟保护区观察候鸟来去的老人、退休干部何绪广说，1982年冬天到1983年春天，他在永修、星子、新建三县交界的鄱阳湖西岸的大汊湖、大湖池、蚌湖、中湖池、象湖、沙湖、塘湖观察，只有白鹤200只左右。从1983年10月8日开始到1984年1月10日，在上述地区发现白鹤多群，总数超过600只。发现300只以上白鹤群四次，400只以上的四次，百只以上的随时可见。在这些白鹤群的中间或是附近，还发现有大量灰鹤和少量白枕鹤（又称红脸鹤）、白头鹤、白鹳、黑鹳以及千只以上的天鹅群。1983年12月6日上午，何绪广和江西省自然保护区管理办公室的李新华，在中湖池发现一群白鹤共有409只，其中有近四分之一是幼鹤。这个数字大大超过了国际鹤类基金会所称目前全世界只有320只白鹤的数量，李新华在离鹤群百米左右的地方，按下了快门，拍摄了这些珍禽的照片。

记者于1984年1月26日在沙湖见到一大群白鹤和天鹅，近处有白鹤97只，远处湖中只见白花花一片，数不清楚。27日这一天刮着东北风，飘着大雪，我们在塘湖又见有数群白鹤冒雪觅食，还发现黑鹳7只，白头鹤2只。何绪广老人说：过去一到冬天鄱阳湖内枪声不绝，自1983年7月候鸟保护区建立后，保护区内33万亩湖区冬无枪声。今天能见到珍禽云集这样的壮观场面，是各级党组织和政府动员人民起来保护鸟类的结果。

（1984年1月29日《江西日报》）

## 自学提示

(1) 鄱阳湖出现世界上最大的白鹤群，这是有重大新闻价值的新闻事件。作者通过在现场的观察采访，迅速及时地写出了这条在国外引起强烈反响的新闻。认真阅读此文，学习作者高度的新闻敏感和争分夺秒、深入一线的采访作风。

(2) 此文从导语开始，几乎处处都有数字。分析此文运用数字的技巧以及数字在文中的作用。

(3) 简析此文把人物活动、现场情景、鹤类知识介绍紧密结合在一起的表现特色。

(4) 认知“这个数量大大超过国际鹤类基金会所宣称目前全世界只有320只白鹤的数量”这句话，在进一步突出事件的新闻价值，增强消息的可信性和权威性方面的作用。

# 我国选手获得奥运会第一块金牌

**新华社洛杉矶1984年7月29日电**　（记者高殿民）中国在奥运会历史上“零的纪录”的局面在今天十一时十分（北京时间30日凌晨二时十分）被中国射击选手许海峰突破。许海峰以566环的成绩获得男子自选手枪冠军，夺得了奥运会的第一块金牌。

中国体育代表团副团长陈先在许海峰获得金牌后对新华社记者发表谈话说，这对中国运动员是极大的鼓舞。这是中国在奥运会历史上得到的第一枚金牌，实现了“零”的突破，在中国体育史上具有深远的意义。他表示感谢运动员和教练作出的艰苦努力。

许海峰今年27岁，是安徽省供销社的职员。他在获得金牌后对新华社记者说，这还不是他最好的成绩，只不过是正常发挥技术，他最好的成绩是583环。他表示要不骄不躁，继续努力，争取今后取得更大成绩。

## 自学提示

（1）认知这是一篇体育快讯。

（2）此文具有强烈的时效性，是世界上最快播发的关于中国运动员夺得本届奥运会第一块金牌的电讯。联系此文，说明新闻时效对增强新闻价值的重要性。

（3）概括这篇新闻的主题，说明许海峰为中国夺得奥运会第一块金牌的重大意义。

（4）简要分析此文以“零的突破”贯穿全篇的结构特点。

# 陕北有煤海

**新华社西安1984年10月18日电** （记者冯森龄）记者新近去陕西北部的神木、府谷等地采访，所到之处几乎都见到了煤，简直像是走进了煤的海洋。

在许多村庄，我们看到农户门前屋后堆放着煤，大大小小的矿点放着煤，有些地方连院墙、猪圈、厕所也是用煤块垒的。

在乌兰木伦河等河谷，裸露在岸边的一条条煤层呈现在我们面前。同行的人目测了一下，有的煤层的厚度达七八米，比两层楼房还高。

在一些产煤的现场，更使我们开了眼界。其中店塔乡雁毛村的农民在河滩挖煤时，把河床表面薄薄的一层流沙和碎石清除掉，下面就是一大片平坦坦的煤田。人们在这里先挖下一尺多宽的深槽，然后就象切豆腐一样，用钢纤和榔头一块块地把煤切下来，搬上架子车运到河边。

神木县委顾问张凤翼告诉记者，当地洪水季节可热闹哩。河岸尚未开采的煤，附近已经开采、未及运走的煤，被冲得顺水而下。有一次，大约28立方米的大煤块给冲到了下游。沿河一些农村把发洪水当作捞煤的好机会，有的村子一次就捞到了4 000多吨煤。许多农户捞一次煤就足够烧一年。

因为煤多，据说逢年过节当地群众形成了一个传统习惯，就是家家户户在院里或门前垒成塔形的煤堆，高一二米不等，点燃起来煤火彻夜通红，人们围着煤火堆谈笑玩耍。

这里到底有多少煤？据正在进行勘探工作的几位工程技术人员介绍，他们经过近六年的普查，仅在神木、府谷县境内初步探明的地质储量即达数百亿吨之多。而随着勘查工作的开展，新的煤炭资源又在陕北其他地方陆续发现，因此有人说这一带煤藏多得估不透是有道理的。专家们还兴致勃勃地说，这里不仅煤多，而且埋藏浅，地质构造简单，容易开采，煤质也非常好。它所含的灰分、硫、磷的比例之小好于国家规定的标准和国际商品煤的要求，不用洗选就可以作为商品煤在国际市场销售；衡量煤炭质量优良的发热量为 7 000 大卡左右，在国内外同样是数得着的。

据了解，陕北的煤海把国际经济界人士也一批批地吸引来了。一位外国专家实地考察后，连连赞叹："绝妙！绝妙！"美国一位"老煤炭"说：我平生几十年去过好多国家，但还没有见过这样量大而质优的煤田。

## 自学提示

（1）这是一篇反映陕西北部神木、府谷一带煤藏丰富、煤质优良的新闻。对比一般有关矿产资源的报道，认知此文绘声绘色、形象生动的写作特色。

（2）指出主体部分哪些段落对导语中提到的"煤的海洋"作了进一步的具体描述。体会各个段落对煤的量大、质优、易采等特点的不同描写。

（3）根据新闻用事实说话这一特征，说明此文最后两段引述勘探工程技术人员和有关专家的见解，以及来实地考察的外国行家的评价，对增强新闻事实说服力的作用。

# 好啊！诚实永存

一位年轻的女售货员昨天来到本报，要求登一则广告，寻找她接待过的一位外国顾客。因她在卖给他酸奶时，少找了钱。

她叫张建华，二十六岁，是北京市东单大街祥泰义食品店的售货员。十一月三日，她错把一张五十元外汇券当成了五元。

“那位顾客看上去是欧美留学生。星期一下午六点左右，他来买酸奶。走后没多久，我就发现钱找错了。”小张说。

“我马上追出去找他，但他已经不见了。我一连两个晚上没睡好，担心我的过失会带来很坏的影响。最后，我决定在《中国日报》上登广告找人。”小张说。

“当时还有许多其他顾客，而且这也是我头一回见到外汇券。”她解释说。

虽然她每月的工资只有五十一元（约合 13.8 美元），但对于高于她工资两倍的广告费，这位妇女似乎并没有被吓倒。

广告部工作人员问她为什么不找她自己的单位报销广告费。她说：“因为这是我自己的过错。”

《中国日报》给她的广告（见本报今天第八版）以特殊优惠。商店领导得知此事后，决定给她经济补助。

（本报记者聂黎生、徐杰、姚翔）

（原载 1986 年 11 月 8 日《中国日报》）

## 自学提示

（1） 这是一条歌颂普通人的高尚的价值观的人物消息。认知此文深刻的现实意义。

(2) 消息实录人物语言，读来亲切感人，真实可信。具体分析对话在这篇消息中对叙述事件、表现人物思想所起的作用。

(3) 简要分析此文段落短小、节奏感强的结构特点。

26.94 米：六十年前三镇尽成泽国

看今日——

# 武汉百里长堤巍然锁大江

彭晓　汪洋

长江汉口水位站昨 21 时定时提供的水位记录说，江汉关水位此时达 26.94 米。

据历史记录，60 年前的 1931 年，江汉关水位在 26.94 米时，汉口溃堤。

眼下，武汉三镇 308 公里的沿江大堤牢牢护卫着面临长江大汛的这座城市。

10 日凌晨 2 时，江汉关水位突破了这里 26.30 米的防汛警戒线，三镇沿江的部分码头、闸口已开始填土封闸。

汉口滨江公园里雄伟的武汉防汛纪念碑巍然矗立。暴雨将碑上镌刻的毛泽东同志题词冲刷得更加铮亮：庆贺武汉人民战胜了一九五四年的洪水，还要准备战胜今后可能发生的同样严重的洪水。

经过 42 年的投资建设，目前武汉长江大堤的总长度比 1949 年增长近两倍，标高较 1954 年 29.73 米的最高水位高出 2.27 米。“七五”期间开始，国家又投资将武汉市区的部分土堤改建为钢筋混凝土防水墙。

汉口龙王庙水位观测点的钢筋混凝土防水墙上，分别镶嵌着显示这里 1931 年、1954 年、1983 年的最高水位标志牌。一位家住大夹街姓费的“老武汉”在黑色大理石标志牌前，向人们讲述民国 20 年（1931 年）“逃水荒”的情景。他说只有共产党建造的长江大堤，“才能使武汉人在大汛面前安居乐业”。

中共武汉市委书记郑云飞、武汉市市长赵宝江等近日冒雨巡查了南北两岸的长江大堤。他们在巡堤时认为，抵御长江大汛的真正屏障是武汉的百万军民。

武汉三镇目前已有数万军民上堤防汛。长江大堤上，每隔百来米即可见到填土封闸、巡堤查险的防汛人员。在武昌八铺街，市装卸公司九站司机杨立学驾驶一辆巨型铲土车将泥土填入闸口。他说，防汛是每位市民的应尽职责。

长江大堤的武昌八铺街、东西湖围堤、武惠堤古家头等险工险段，经过防汛军民的紧张奋战，已经得到加固。

昨日上午在汉口龙王庙堤段，插着黄色小旗的防汛指挥车辆频繁往来于大堤各个闸口之间。与此同时，毗邻的汉正街小商品市场生意依然红火；由上海驶来的客班轮准点靠上汉口码头。人们脸上虽然对长江大汛面带惊奇，却见不到一丝慌乱。

（1991 年 7 月 13 日《湖北日报》1 版）

## 自学提示

（1）这是一篇现场短新闻。认知现场短新闻的基本特点和写作要求。

（2）此文写到了 1991 年和 1931 年武汉遭遇洪水时的景状。分析此文是如何通过这两次洪水所造成的不同景状的对比，歌颂党的领导和社会主义优越性的。

（3）认知此文通过记者在抗洪大堤上的所见所闻，以实情实景实声，鲜明直观，真实具体地报道抗洪斗争，表现重大主题的特色。

（4）此文运用了不少动人的典型事例和细节，简要分析它们在文中的作用。

# 中国投巨资加快长江沿岸地区开发

陈　铭

中国在本世纪的最后八年内将在长江三角洲及长江沿岸地区动工兴建一大批重大工程，投资规模估计达一万亿元。

国家计划委员会的一位官员今天在接受本社记者采访时说："这项发展战略对于带动整个长江流域地区经济的新飞跃，乃至国民经济的腾飞，都具有重大意义和影响。这对外国投资者意味着千载一时的机会和巨大的市场。"

为了尽快建立起繁荣富庶的长江经济走廊，中央政府采取的是中央、地方、社会、外资一起上的方针。据悉，中央政府将为此投入一千一百亿元，约占总投资的十分之一；其余将依靠地方政府的力量以及国际资本的投入，估计外资起码达一百亿美元。

据政府官员透露，在这一揽子计划方案中，投资两亿元以上的骨干项目有一百多个，其中包括投资规模达十三亿美元的上海金山六百万吨炼油工程、浦东国际航空港、上海年产三十万辆轿车工程、投资六亿元的上海醋酸标准工程、秦山核电二期工程、京沪高速铁路、攀枝花有色金融工程、湖北年产三十万辆轿车工程，以及铜陵—九江铁路、三峡工程等。

国务院副总理邹家华在谈到沿江地区经济发展的基本方针和制定经济规划的主要原则时特别强调："要更加大胆地走向国际市场，更多地利用国外资金、资源、技术和管理经验。"

世界第三大河长江被称为中国的"黄金水道"，沿江地区是沟通中国东西南北经济联系的纽带和桥梁，具有广阔的腹地和国内市场。这一地区已经形成了以加工工业为主体、原材料工业发达、轻重工业比例协调、工业技术基础雄厚的产业体系。

长江三角洲和长江沿江地区范围，东起上海浦东、西至四川重庆，包括上海、南京、武汉等二十八个大、中城市和八个地区，人口占全国总数的百分之十四点七，而国民生产总值约占全国的百分之二十。

长江发展战略是中国政府在去年六月提出的，中共中央总书记江泽民和国务院总理李鹏曾作出具体指示，要求加快长江三角洲及长江沿江地区的开放开发。据来自各方面的信息表明。近一年来这项发展战略开始有了实质性进展。

（新华社 1993 年 4 月 21 日）

## 自学提示

（1）这是一篇曾在海内外引起广泛关注的经济新闻。阅读此文并分析它所具有的重要意义。

（2）经济新闻离不开数字的运用，认知此文精选典型数字，为表现主题服务的写作技巧。

（3）简要分析此文用事实说话并穿插必要的背景材料的写作特色。

（4）此文有三处引用了国务院副总理等政府官员的谈话，分析这些谈话对增强消息的权威性、可信性和说服力所具有的作用。

# 美日汽车贸易高级谈判开始

**【新华社日内瓦 6 月 26 日电】** 美、日汽车贸易高级谈判今晚在日内瓦以坎特向桥本赠送一把竹刀的戏剧性场面开始。

美、日汽车贸易谈判延续已近两年，至今未获任何结果。美方 5 月 16 日宣布，若双方在 6 月 28 日之前仍然达不成协议，美国将从这一天开始实施制裁，对日本输往美国的 13 种豪华轿车征收百分之一百的惩罚性关税。这将给日本汽车制造商每年造成 59 亿美元的损失。

为了避免爆发贸易战，双方 4 位副部级官员自本月 22 日起在日内瓦紧张地展开了谈判，但进展甚微。双方于是决定提高谈判级别，由美国贸易代表米基·坎特和日本通产大臣桥本龙太朗直接晤谈，以作最后努力。

坎特与桥本的谈判于日内瓦当地时间晚 8 点半开始，开始前安排了一次简短的与记者会面、让记者拍照的活动。他们满面笑容地走向记者，站定之后，坎特出人意料地向桥本亮出了一把在日本剑道中所使用的很长的竹刀，说："这是我特意给您带来的。"坎特接着面对记者说："桥本大臣精通此道。剑道的精神就是勇敢、诚实、正直和耐心。"桥本应声答道："毫无疑问，和坎特先生晤谈是需要耐心的。我非常希望我们能礼貌地进行会谈。"桥本抓住竹刀的一头，对准自己的脖子，说："这可要使我损失惨重喽!"说完双方大笑。

有记者问，双方的谈判是否必须在 28 日前结束？桥本答道："美国定下的期限与我们毫不相关。我们不能在美国的法律约束下谈判。我们只想按照国际规则和世界贸易组织规则进行谈判。我也想告诉你们，这场谈判是非常艰难的。"

记者问坎特，最后期限定在哪一天？坎特说，6月28日。记者又追问："会不会延长？"已经转身退场的桥本扭过头来答道："这是'美国造'的期限。"

在坎特和桥本会晤之前，双方在日内瓦进行了副部级谈判，其主要内容是美国要求日本开放汽车市场，增加购买美国生产的汽车及零配件，并在国内增加销售美国汽车的网点。

（1995年6月27日　新华社中文稿　作者：杨起、班玮）

## 自学提示

（1）识记这是一篇国际新闻。着重报道的是美、日两国在汽车贸易问题上存在的深刻分歧。

（2）简要分析此文作者通过现场观察，运用具体、形象的事实体现新闻主题的采写特色。

（3）指出此文的背景材料，并说明它与新闻事实之间的关系。

（4）联系此文，领会细节描写在消息中的作用。

# 别了，“不列颠尼亚”

周树春　胥晓婷　杨国强　徐兴堂

在香港飘扬了150多年的英国米字旗最后一次在这里降落后，接载查尔斯王子和离任港督彭定康回国的英国皇家游轮“不列颠尼亚”号驶离维多利亚港湾——这是英国撤离香港的最后时刻。

英国的告别仪式是30日下午在港岛半山上的港督府拉开序幕的。在蒙蒙细雨中，末任港督告别了这个曾居住过25任港督的庭院。

四时三十分，面色凝重的彭定康注视着港督旗帜在“日落余音”的号角声中降下旗杆。根据传统，每一位港督离任时，都举行降旗仪式。但这一次不同：永远都不会有另一面港督旗帜从这里升起。四时四十分，代表英国女王统治了香港5年的彭定康登上带有皇家标记的黑色“劳斯莱斯”，最后一次离开了港督府。

掩映在绿树丛中的港督府于1885年建成，在以后的近一个半世纪中，包括彭定康在内的许多港督曾对其进行过大规模改建、扩建和装修。随着末代港督的离去，这座古典风格的白色建筑成为历史的陈迹。

晚六时十五分，象征英国管治结束的告别仪式在距离驻港英军总部不远的添马舰东面举行。停泊在港湾中的皇家游轮“不列颠尼亚”号和邻近大厦上悬挂的巨幅紫荆花图案，恰好构成这个“日落仪式”的背景。

此时，雨越下越大。查尔斯王子在雨中宣读英国女王赠言说，“英国国旗就要降下，中国国旗将飘扬于香港上空。150多年的英国管治即将告终。”

七时四十五分，广场上灯光渐暗，开始了当天港岛上的第二次降旗仪式。156 年前，是一个叫爱德华·贝尔彻的英国舰长带领士兵占领了港岛，在这里升起了英国国旗；今天，另一名英国海军士兵在“威尔士亲王”军营旁的这个地方降下了米字旗。

当然，最为世人瞩目的是子夜时分中英香港交接仪式上的易帜。在 1997 年 6 月 30 日的最后一分钟，米字旗在香港最后一次降下，英国对香港长达一个半世纪的殖民统治宣告终结。

在新的一天来临的第一分钟，五星红旗伴着《义勇军进行曲》冉冉升起，中国从此恢复对香港行使主权。与此同时，五星红旗在英军添马舰营区升起。两分钟前，“威尔士亲王”军营移交给中国人民解放军，解放军开始接管香港防务。

零点四十分，刚刚参加了交接仪式的查尔斯王子和第 28 任港督彭定康登上“不列颠尼亚”号的甲板。在英国军舰“漆咸”号及悬挂中国国旗和香港特别行政区区旗的香港水警汽艇护卫下，将于 1997 年年底退役的“不列颠尼亚”号很快消失在南海的夜幕中。

从 1841 年 1 月 26 日英国远征军第一次将米字旗插上港岛，至 1997 年 7 月 1 日五星红旗在香港升起，一共过去了 156 年 5 个月零 4 天。大英帝国从海上来，又从海上去。

（新华社香港 1997 年 7 月 1 日）

## 自学提示

（1）这篇消息报道的是香港回归祖国这一重大事件，概括此文的主题，领会此文主题的重要性。

（2）体会此文运用现场描写与历史背景相结合的叙事特色。

（3）简要分析此文安排有序又繁简得当的结构布局。

（4）领会此文语言严谨精练、叙述紧凑的特色。

## （二）

# 华美窗帷的后面

韬　奋

记者上次曾经谈起伦敦一般居民的住宅，除贫民窟的区域外，都设备得很清洁讲究，在马路上就望得见华美的窗帷。但在这华美窗帷的后面究竟怎样，却也不能一概而论。像记者现在所住的这个屋子，从外面看起来，也是沿着一条很清洁平坦的马路和行人道，三层洋房的玲珑雅致，也不殊于这里其他一般的住宅，华美的窗帷也俨然在望，但是这里面的主人却是一个天天在孤独劳苦中挣扎地生活着的六十六岁的老太婆！她的丈夫原做小学教员，三十年前就因发神经病，一直关在疯人院里；她有两个儿子，一个女儿。大儿子二十岁的时候就送命于世界大战，第二个儿子也因在大战中受了毒气，拖着病，于前两年死去了，女儿嫁给一个做钟表店伙计的男子，勉强过得去，于是这个老太婆就剩着一个孤苦伶仃的光棍。这个屋子她租了二十年，房屋依然，而前后判若两个世界。她还得做二房东以勉强维持自己的生活，租了六个房客（中国房客就只记者一个），因租税的繁重，收入仅仅足以勉强糊口。每天要打扫，要替房客整理房间，要替各个房客预备汤水及早餐，整天地看见她忙得什么似的。她每和记者提起她的儿子，就老泪横流，她只知道盲目地怨哀，她的儿子给什么牺牲掉，她当然不知道。处于她这样前后恍然两世的环境中，在意志薄弱的人恐怕有些支持不住，而她却仍能那样勤苦地活下去，我每看到这老太婆的挣扎生活，便觉得增加了不少对付困难环境的勇气。

房客来去当然是不能十分固定的，遇有房客退出，她的租税仍然是要照缴的，于是又增加了她的一种愁虑。记者搬入居住的时候，她再三郑重地说，如果住得久，她要把沙发修好，要换过一个钟，我听了也不在意；第二天偶然移动那张老态龙钟的唯一的长形大沙发，才知道不仅弹簧七上八下，而且实际仅剩了三只脚，有一只脚是用着几块砖头垫着的，至于那个钟，一天到晚永远指着九点半！地上铺着的绒地毯也患着秃头或瘌痢头的毛病。她三番四次地问我住得怎样，提心吊胆怕我搬家，我原是只住几个月，便马马虎虎，叫她放心。至今那张老资格的沙发还是三只脚，那个钟还是一天到晚九点半！她往往忙不过来，索性把我的房间打扫整理暂时取消，我一天到晚忙着自己的事情，没有工夫顾问，也不忍多所顾问。有一次有一位中国朋友来访我，刚巧我不在家，她对这位朋友把我称赞得好得异乎寻常，说她的屋子从来没有租给过中国人，这是第一次，现在才知道中国人是这样的。后来这位朋友很惊奇地把这些话告诉我，我笑说没有别的，就只马虎得好！这几天有一个房客退租了，她便着了慌，屡次问我有没有朋友可以介绍（这位老太婆怪顽固，不肯租给妇女，说不愿男女混杂，并说向来不许有“女朋友”来过夜）。在资本主义发达特甚的社会里，最注重的是金钱关系，一分价钱一分货，感情是降到了零度，没得可说的。

我曾问她为什么不和女儿同住，免得这样孤寂劳苦，她说如果她有钱，尽可和女儿同住，一切关于她的费用，可由她照付，如今穷得要依靠女婿生活，徒然破坏女儿夫妇间的快乐，所以不愿。在现社会里，金钱往往成为真正情义的障碍物。

附近有个女孩子，十四岁，她的父亲是在煤炭业里做伙计的，平日到义务学校就学，每遇星期六及星期日便来帮这老太婆扫抹楼梯及做其他杂务，所得的酬报是吃一顿饭，取得一两个先令。人虽长得好象中国十六七岁的女子那样大，但因贫困的结果，面色黄而苍白，形容枯槁，衣服单薄而破旧。她每次见到记者，便很客气地道早安，我每看到她那样的可怜状态，未尝不暗叹这也是所谓“大英帝国”的一个国民！

当然，记者并不是说这一家“华美窗帷的后面”情形便足以概括一般的情况，不过在社会里的这一类的苦况，很足以引起特殊的注意，尤其是在经济恐慌和失业问题闹得一天紧张一天以后。由此又令我联想到另一件事。前天我在伦敦的一个中国菜馆里请一位朋友同吃晚饭，谈得颇晚，客人渐稀，不久有一个妙龄英国女子进来，坐在另一桌上，金发碧眼，笑靥迎人，沉静而端庄，装束也颇朴素而淡雅；从表面看去，似乎无从疑心她不是“良家妇女”，但这位朋友却知道她的身世凄凉，因受经济压迫而不得不以“皮肉”做“生产工具”。我为好奇心所动，就请认识她的这位朋友把她请过来，请她同吃一顿饭，乘便详询她的身世，才知道她的父亲也是参加世界大战而送命的，母亲再嫁，她自己入中学二年后，便因经济关系而离校自食其力，在一个药房里的药剂师处当助手，做了两年，对此业颇具经验，但后来因受不景气的影响，便失业了；忍了许多时候的苦，才在一个商店里找到一个包裹货品的职务，小心谨慎地干着，不久又因经济恐慌而被裁，于是便加入失业队伍里面去了。多方设法，无路可走，除求死外，只得干不愿干的事情。她此时虽在干不愿干的事情，但因青春美貌还能动人，所以对“男朋友”还能作严格的选择。我说，青春易逝，美貌不留，不可不作将来打算，不择人而嫁，便须极力寻业。她说，嫁人不能随便在街上拉一个，很不容易，寻业已想尽方法，无可如何，并说比她更苦的女子还多着哩，有不少女子终夜在街上立着候人，直到天亮无所获而垂头丧气，甚至涕泪交流的，所在多有。据记者所见，她的话并非虚伪的。平日我夜里十点后总不出外，最近因参观几个大规模的报馆，往往深夜始归，那样迟的时候，公共汽车及地道车都没有了，另租汽车又贵得厉害，只得跑腿，上月三十日夜里参观泰晤士报馆（The Times），走过日间很热闹的大街叫做“Charing Cross”的时候，已在夜里两点钟后，果见两旁行人道上，每隔几家店门便有女子直立着等候什么似的，因怕警察干涉，仅敢对你做媚眼，或轻声低语，这类“站班小姐”大概都比较的年大而貌不扬，找不到“男朋友”，只有“站班”的资格了！

（选自《韬奋文集》第2卷《萍踪寄语》〔初集〕，
三联书店1955年版）

## 自学提示

(1) 识记这是我国著名新闻工作者邹韬奋在20世纪30年代旅欧时写的一篇风貌通讯。此文透过现象看本质，深刻揭示了华美窗帷后面的资本主义社会的“脓疮”，至今对认识资本主义社会仍有意义。

(2) 此文集中笔墨写了3个小人物的境遇，深刻揭露了华美窗帷后面的社会现实。认知此文选材典型、因小见大的表现特色。

(3) 此文文字具体生动，平易近人，带着辛酸的幽默写资本主义社会的世态炎凉，对劳苦大众寄以深切的同情。细读此文，认知作者的这种语言风格。

(4) 说明此文标题的特点及其寓意。

# 祁连山北的旅行（节录）

范长江

## “金”张掖的破产

每一个到西北游历的人，最容易听到本地人所谈的俗谚之中，总短不了“金张掖，银武威，秦十万”这一条表示甘肃最富庶地区的语句。他们的意思是说：张掖，武威和天水（即秦州）是甘肃省首屈一指的财富地方，特别是张掖，要算第一。

就是从历史上看，张掖在西北民族关系上，也曾有过重要地位。两千年以前，这里还是突厥族的匈奴占领的地方。汉武帝时，霍去病赶走了祁连山北的匈奴，汉民族才扩张到弱水流域来，设立武威，张掖，酒泉，敦煌四郡，把这地方改为内地。张掖一郡，特别重要。所以取名“张掖”的意思，是“张”中国之“掖”，西通西域，以断匈奴与藏族的联合。

不过，汉民族以后，并没有把这个地方巩固发展下去，唐朝时回纥占了张掖一带，宋朝中叶，藏族的西夏又代替回纥入据这块地方。一直到明朝，汉民族在这里的社会基础，才算巩固，树立了健全的军事政治组织。明代防御蒙古民族，从西北到东北造成一条长城，又把长城分为七段，设七个边镇，任防守之责。另设两个策应的边镇，共为九镇。其最西的一镇叫“甘肃镇”，镇地就在张掖。

清代的疆域远比明代为广，蒙古新疆尽入版图，张掖在军事上的地位，已丧失其“西北重镇”之资格。一方面突厥族之回族自明末已与汉族混居至复杂之程度，而且在军事上回族已取得相当力量，距今约三百年前清顺治时代，回籍军官米剌印以张掖为根据，联络西北回民暴动，满洲人费了很大的力量，才算平定下去。自此以后，张掖在军事上政治上再没有表现过重大的关系。

如果我们离开张掖城十数里路，再来纵览张掖的风光，我觉得明代郭登的“甘州即事”一诗，形容得非常恰当：“黑河如带向西来，河上边城自汉开；山近四时常带雪，地寒终岁不闻雷。牦牛互市番氓出，宛马临关汉使回；东望玉京将万里，云霄何处是蓬莱?”他这首诗有点代表东方人怀慕乡土之思。

本来中国内地乡间流传着一句俗语说：“天下无水不朝东。”照内地的经验看来，所有的河流都大体以东的方向流到海里，然而内陆的河流却并不一定是这样，张掖的弱水（即黑河）就是向西流的。所以他说：“黑河如带向西来”了。

记者一月十日到张掖，初被美丽的野景和壮丽的城池所刺激，内心里深觉“金张掖”之名不虚传。稍过几日之后，原来幼稚的愉快印象，逐渐换为惨痛幻灭的凄凉。

记者在张掖所得的第一印象，是没有裤子穿的朋友太多了！十四五岁以下的小孩，十之七八没有裤子，有家的人还可以在家里避寒，整天坐卧在热土坑上，偶尔出外走走，又逃了回去，倒还可以勉强过得去，有许多根本无家的孩子，只好在大衙门和阔人们的公馆背风的墙下过颤栗的生活。他们的上身披着百孔千疮的破衣，或者原来就是没有做成衣服形式的烂布块和麻布袋，胡乱裹在身上，从绅士阶级们的“卫生”观点来观察，对于他们简直无从说起了。中年以上的妇人，在街上流落的，比孩子们少些，不过，随地也可看到。她们的外观上有一个不同的地方，就是她们无论上身单薄破烂到什么程度，如果裤子上半截实在遮不着她们认为非遮不可的地方，那么她们总在自己腰部的下面围着一圈污烂的麻布或布块，最低限度得挂一块在小腹的前面。

这里已是海拔五千尺的高寒地带，盛暑的夜间，人们都得用棉被。而且这时正是三九的寒冬，无论怎样穷苦的朋友，缺了皮衣，实在难于活动。然而这班孩子和女人竟破落到如此惊人的地步！我们如果在北风怒号的寒夜，闲步街头，不挡风的墙角巷湾，常常发出一团团的火光，这就是他们白昼拾来或偷来的木片柴枝，在实在难支的夜间，正在作他们暂时对抗残忍寒冷的工作。

每日到了午前十时以后，太阳的热力，慢慢浸暖了地面的空气，他们的肢体才渐渐从屋角墙边舒展起来。小摊上，小店铺门口，是他们经常光顾的地方，大衙门和大公馆的厨房抬出来的残羹剩饭，尤其是他们大宗而上等的食料。

青年的男子和女人，他们破落以后的出路，又另是一样，男子可以逃亡，女子可以走去作明的或暗的卖淫的生活。女孩子之出卖，成为司空见惯的事情。某次有一个妓馆的老鸨告诉记者："王大的女孩子，我给他六元，他还不卖，张家只给他五元啦。"记者因问她："王大的女孩子今年多大了？""十二岁。"这是她平淡的答复！

要论张掖的街道，宽敞整齐，和内地的二等城市相比，并不见得很差。保定的市面颇近于张掖，而张掖的街市建筑却还在徐州之上。不过，这样大的城，这样宽的街，这样多的商店，到了实际活动起来的时候，这些商店很少开门，宽宽的马路上面却没有多少商业的来往。据经济界朋友们的告诉，张掖各方面崩溃的趋势，现正在加紧期中，张掖的"金"帽子，无论如何再难勉强戴上去了。

## 张掖的破产，是人懒的过？

许多朋友告诉记者："河西的人太懒，抽大烟，所以穷得如此厉害。"然而记者经相当研究之后，觉得他们的话还不是正确的看法。人都是愿意生活得更好些的，饥寒交迫的日子，谁也知道不好受的，一两个人的堕落破产，我们还可以说是他自己的"无知"和"不长进"，整个的社会崩溃，却不是由于大家的"懒"了。难道大家都是天生来就是懒的天性，自己早已自觉地去甘于饥寒吗？如果大家表现了懒的现象，一定有使大家不得不懒的原因。

清代以后，张掖在军事政治上的地位已经没落，新疆与内地交通阻滞以后，张掖向有的"商业过道"的资格也根本取消。陇海路通到西安，西兰公路又畅行以来，原来由包头经草地到张掖，转发兰州各路的货物，也不再走这里，因此张掖的商业地位的没落，乃为不可挽救的事实。但是以张掖土质的肥美，灌溉的便利，出产的丰富，如果有合理的政治与社会组织，张掖的人民尽可以非常优裕地生活下去；现在的事实，张掖的生活不但不优裕，而且没落到饥寒线以下。这里我们不明白使张掖破产的根本原因。

张掖全县只有十万稍多的人口，从军队到县政府区村公所直接向民间所征发的米麦柴炭，我们暂且不谈，建设这个，建设那个，向民间摊的款项和物料，我们也无法统计，虽然这些负担，已经叫张掖民众“叫苦连天”。钱粮赋税，各地都有，张掖也不能算特别。我们只就“烟亩罚款”一项来说，已经使张掖农民非走到破产的道路不可。

甘肃省政府财政厅规定要张掖每年缴将近二十万的“烟亩罚款”，不管你种烟不种烟，政府非要这笔款子不可。并且给作县长一种“提成”的办法，就是县长经收罚款，可以有百分之五的报酬，收得多些，提成的实数也随着大些，自然当县长的乐于努力。我们首先用不合实际的书呆子算法，每年二十万元摊派在十万人身上，每人每年两元。十万人中有五万是女人，不能生产，于是每个男子每年负担四元，又五万男子中有二万五千人是老人和小孩，那么每个壮年男子每年要负担八元烟亩罚款了。有许多人不但没有种烟，而且根本连地也没有，这样的烟亩罚款仍然辗转转嫁到他们的身上。事实上亩款负担情形，还不是如此容易推算，黑暗的方面，还不在这里。

亩款的目的，并不在“禁烟”而在“筹款”，这是我们要首先认识的。而亩款摊派的方法，系随粮税附征。表面上看来，粮多的人，一定土地多些，他们的经济地位好些，所以叫他们多出点烟亩罚款，倒是公平的办法。然而，谁知张掖田赋情形，早已脱了正轨。张掖全年共粮四万石，历年“报荒”之结果，免去了二万七千石，现仅每年一万三千石。因为地方政权在绅士手中，绅士们的地，都是上等地多，他们得了报荒的机会，把自己的好地报了荒地，免去粮赋，而真正荒了田地，却仍然要按亩上粮。所以这一万三千石粮，十之六七还是由一般贫苦的农民负担。种植鸦片，必须上等地始能成长，而上等地大半在绅士们手中，故绅士们种烟最多，但是无情的烟亩罚款，却又随着粮税，不合理地把大部分落在贫苦农民身上。拥有二三等土地，种少量鸦片的中等以下的农民，负担亩款的主要部分，则他们每一个男子每年的实际的亩款负担，总在十五元以上。如果从租税负担能力的比例来讲，贫苦农民十五元之负担，往往比绅士们之三十元或六十元还要痛苦。收款的人员就是县区村的“公事人”，这些人又是绅士们自己充任，他们在收款时候，还在农民身上想办法，农民这些额外的当然负担，恐怕连农民自己也算不清楚！

种鸦片，该罚，农民不想种烟，当然该加以赞成。前二三年高台县的农民曾经请求政府，自动禁种鸦片，不再缴那种令人害怕的“烟亩罚款”，然而政府对于这种请求，却没有允许！这桩事情证明农民之不甘坠落，而政府硬要强迫收他们的烟亩罚款，其中道理，颇令人难以了解！

农民的收入，本来不像工商业者那样比较有伸缩性。他们收入既只限于农产品为主要，而收获的季节，又大大限制了他们。对于这种无情的强力榨取，实在没有支付的能力。但是“提成”制度奖励了县长的狠心，各种严刑重杖，在县政府中毫无顾忌地施用起来！张掖代人受杖一次的代价，是铜元两千文，约合大洋两角六七分。如果被衙门里当时活活的打死，这两千文的代价，仍不出被代替者的荷包！

政府一定要钱，农民没有，没有就打，那只好促成高利贷的产生了。农民最困难的时间是春天，张掖情形，一二三月借帐，五六月还帐，不到半年的时间，大致是这样的利率：

1. 借现金者　百分之五十的利率为最轻者！
2. 借鸦片者　百分之三百！
3. 借粮食者　百分之百！

农民在这种毫无希望的高度剥削情况下面，除了抽抽鸦片，苟安岁月而外，还有什么力量可以叫他们兴奋地从事工作？

（选自《中国的西北角》，新华出版社 1980 年版）

## 自学提示

（1）此两文（《“金”张掖的破产》《张掖的破产，是人懒的过?》）均选自范长江的通讯《祁连山北的旅行》。范长江的旅游通讯，题材重大，材料翔实，视野开阔，内容深刻。细读两文，领会范长江新闻作品的这种特色。

（2）此两文前文形象展示张掖破产的现状，后文深刻分析张掖破产的原因。分析两文各有侧重、互为因果的关系以及这种关系对从广阔的社会背景和事物的相互联系中揭示主题的作用。

（3）认知范长江通讯报道写景状物，具体生动；评人论事，舒卷自如，融叙述、描写、抒情、议论为一体的语言风格。

（4）范长江知识渊博，新闻作品中广泛运用诗词典故等背景材料。说明文中这类背景材料的特色和作用。

# 桌上的表

张　明

洛阳东城门里靠路南楼房上，当我们部队突进城后，少数敌人仍凭楼顽抗着。最后两个突击队的战士首先冲上了楼，敌人已经逃走了，房主人也吓得不知躲到哪里去了，楼上静悄悄的一个人也没有，房内放着漂亮的花被，崭新的皮包和许多衣服，在一张方桌上，还放着一只钢壳怀表，雪白的表面，漆黑的表针，在灯光下看去，还不到十二点钟，细小的秒针正在滴滴答答地走着。

战士们在楼上搜寻了一会，没有发现武器弹药一类的东西，就急忙出去了。之后，这个楼上来来往往的战士很多，楼上的东西仍旧原封不动的摆着。

巩固突破口的任务完成后，三连被命令停止在这楼上休息，只有那一只滴滴答答的表吸引了一部分同志的思想。三排副王保怀说："打仗就是需要表，要在三查前，我就要把它装起来了。"但是说了后，却没有动一动那只表。其余的同志也纷纷议论说："纪律是自觉的，楼上的东西少了，咱连要负责。"正议论时，副政治指导员庄建礼同志来了，战士们问："副指导员，你看这表好吗?"庄副指导员拿出小刀剥开表壳一看，崭新的表心镶着四颗宝石，的确是瑞士的好表，看完后，表又原样摆到桌子上。部队出发了，副指导员检查纪律，楼上的东西丝毫未动，那只钢壳表依然放在桌子上，滴滴答答地走着。

（载 1948 年 4 月 19 日《晋绥日报》）

## 自学提示

(1) 概括这篇通讯的主题，认识其由小见大、角度不一般化的特点。

(2) 简要分析此文有条不紊、叙事紧凑、首尾呼应的结构特色。

(3) 具体分析文中对“表”的多次描写的特点，及其对表现主题的关系。

(4) 这篇通讯有一个形象化的结尾，说明它所运用的表现手法及艺术效果。

# 访“葡萄常”

邓　拓

北京崇文门外花市大街有一条胡同，名叫下唐刀。胡同里住着一家姓常的手工艺人，外号“葡萄常”。

常家本是作料器玩具的家庭作坊，有一百年左右的历史，什么葫芦、果子都能作一些；而最拿手的是软枝的紫葡萄，作的象真的一样。“葡萄常”的名声就由此而来。

守着家传的特种手工艺的技巧，常家的姑侄姊妹们竟然都不出嫁。她们几十年来凭着自己灵巧的双手，辛勤的劳动，度着清寒的岁月；直到白发催走了青春，她们也不后悔。

现在，“葡萄常”的主持人常桂禄是六十岁的老姑姑，耳朵已经聋了，身体却很健壮。她说话时洪亮的声音和大踏步走路的姿态，使人自然而然地会想象到当年这位蒙古族的姑娘够多么倔强而豪爽。她有姊妹各一人。姊姊常桂福是身披袈裟的剃发女尼，猛一见面简直要把她误认做和尚。她说话的声音也和男人差不多，举止动作完全摆脱了女子的模样。虽然今年已经六十二岁了，她却还照旧参加劳动。妹妹常桂寿，五十六岁，在三个老姊妹中间，要算她是最精明能干的了。她的风度和两位姊姊有很大不同，这只要看她那瘦长的身材和有时在脸上泛起的红晕就可以知道。她们有两个侄女：常玉清五十岁，作风有点象她那位出家的大姑常桂福；常玉龄四十五岁，举动和谈吐同她的二姑常桂禄十分相象。这五个姑侄姊妹把手工技巧看得比什么都重要，作成一串串的葡萄比那园子里新摘下来的也差不多，深紫色的薄皮上覆着一层轻霜，柔软的枝干衬着几片绿叶，叫人望见它们嘴里就有酸甜的感觉。这些葡萄受到广大人们的称赞实在不是偶然的，这是常家姑侄姊妹的血汗和眼泪的结晶。

老辈子的生活象梦一样地消逝了，然而，这几位姑侄姊妹每次谈起来总还是历历如在眼前。她们几十年来相依为命，从旧时代黑暗的牢笼中走出来，一步步踏上了真正的解放之路。时常使她们感动的今昔生活的鲜明对比，怎么能叫她们忘怀呢？

“谁能想到我们已往的日子怎么过的！”当我问到常家过去的生活状况的时候，常桂禄感叹起来了。她们姑侄姊妹们围坐在中堂，你一句我一句地诉说着两代相传的往事。

那是清朝咸丰初年，太平军到了南京，全国震动，清朝政府加紧压迫和勒索，闹得在旗的下层人民也都不能生活了。常桂禄的父亲常在，从正蓝旗的蒙古营里搬出来，就开始作料器玩具，自作自卖，维持家计。有一年灯节，西太后派人搜罗各种手工艺品，在旗的人都知道常在的手艺高，就叫他往宫里送东西。据说西太后看他作的料器好，赏了他一个字号，叫“天义常”。后来常在去世，他的两个儿子，蒙古名是扎伦布和伊罕布，继续操这手艺。

伊罕布作活最辛勤，有一次他的作品参加了巴拿马赛会，得了奖状。可是，在那些时候，手工艺人总是受轻视的。伊罕布身体很弱，生活又苦，只四十九岁就死了。他的妻子现年七十二岁，随着常桂禄姊妹们过日子，也参加劳动。他的女儿常玉龄从小就跟着她的姑姑们学会了一手好工艺。

不久，扎伦布也死了。他的女儿常玉清也随着常桂禄姊妹们过活。他的儿子有的早死，有的出家了，留下三个孙子。从此常桂禄姊妹们就挑起了全部生活的重担。

“扎伦布和伊罕布去世以后，百事只好都由我们姊妹承当。”常桂禄谈起后来的生活，声音越来越低，有时就停住了。

她们过去生活中最痛苦的期间，是在日伪和国民党反动统治下的十二个年头。常家的手艺再好也经受不了那些苛捐杂税、额外勒索和其他种种的摧残。她们抱头痛哭了一场，终于含着眼泪，丢开家传的手艺，去烤白薯，炸油饼，充当卖零食的小摊贩。常桂禄说到当时的情景，脸色变得阴沉沉的，身上好象在打颤。

1949 年中华人民共和国的成立，首先使她们感受到的最重大的实际意义，就在于她们的家庭特种手工艺的恢复和发展。1952年在北京天坛举行的物资交流大会，也正是“葡萄常”姑侄姊妹扬眉吐气的新时期的开始，她们所作的葡萄在国内外的销路都打开了。人们称赞常家的手艺是“巧夺天工”，争先向常桂禄要求订货。

“我这二姊七岁就能作活，如今我们就把她的名子常桂禄作我们的字号。”常桂寿插进一段话，特别夸奖她的姊姊。果然，在印好的招贴纸和卡片上，我看见都是常桂禄的名字。原来她们从小没有机会读书，家庭的环境又封建、又迷信。常桂福年轻的时候没有出嫁，到了三十六岁的那一年索性就当了尼姑。常桂禄、常桂寿看见姊姊不出嫁，当然也就作同样的打算，还有两个侄女受了姑姑的影响，也都下定了不出嫁的决心。当尼姑的既然不便主持家计，于是常桂禄就不能不作一家之主了。

这使我不禁联想到中国历代手工业者用一切方法保守技术秘密的许多悲剧，我疑心这个悲剧在常家一直演到如今还没有终场。

“你们不出嫁不是为了保守家传手工艺的秘密吗？”我问。

“不是的。我们爱自在，才不想出嫁。”常桂寿很机智地抢先替她的姊姊作了这样的解释。她那瘦长的满是皱纹的脸上忽然又泛起了一层红晕。

“您怎么想当尼姑去了？”我转过来向着常桂福发问。

“我早年喜欢尼姑。……”她似乎早就准备好了一句答话，而临时又有所踌躇。

恐怕这样的对话多少会刺激她们，我赶快换了话题，继续谈论她们现在的生活和生产的情形。

去年（1955年）11月间北京手工业合作化运动还没有开始的时候，我看见常家这几位姑侄姊妹的劳动条件还不够好。在手工业合作化运动中，我又听说常桂禄有一些顾虑。她害怕合作化以后要取消老字号，要集中到合作社去跟别人一起劳动；她觉得一百年来的家底就要完了，心里难过。但是，事实并不是这样。她们的老字号仍然照旧，也没有集中到合作社去，劳动条件却有很大的改善，外边的订货增加了一倍多，生产规模随着扩大了。一种欣欣向荣的好光景出现在她们的面前。当我这次再来访问的时候，她们一见面都笑逐颜开，同声称赞合作化是再好不过的，并且表示愿意顺着这条道儿走到底。她们说："北京解放是我们手艺人的头一次解放，合作化是我们的又一次解放。"

我问了常家合作化前后的营业状况，可以看出来，区的领导机关对她们的特殊情况照顾得十分周到。她们在合作化的运动中相当如意，并且生产发展得很快。合作化以前她们每月平均流水是人民币八百元至九百元。合作化以后，今年二月份的流水就增加到一千二百元，最近的一个月增加到二千五百九十元。除了原材料、工资、税收等项支出以外，每月可以获得纯利百分之十五。她们五个姑侄姊妹，加上常桂禄的嫂嫂一共六个人，每人又都评定了工资，每月各七十元到八十元不等。为了扩大生产和提高劳动效率，区里帮助她们从通县调来了两个烧玻璃球的"点炉工"，还招收了四个女徒弟。

常桂禄总结合作化的好处是：一，原料不缺；二，周转方便；三，税率减轻；四，技术提高；五，销路扩大。现在她们的产品远销外国，供不应求。有的订货单一次就要五万枝葡萄，使她们又喜又愁。喜的是营业发展非常快，愁的是手工生产赶不上。这是新的矛盾。她们已经进一步认识，只有推广技术，扩大生产，更加紧密地依靠合作社，才能够解消这个矛盾。

离开常家的时候，我由衷地祝福她们，并且用"画堂春"的调子写了一首词送给她们：

常家两代守清寒，
百年绝艺相传。
葡萄色紫损红颜，
旧梦如烟！

合作别开生面，
人工巧胜天然；
从今技术任参观，
比个媸妍。

她们送出门来，临别时诚恳地表示，希望首都的美术家帮助她们，把她们所作的软枝葡萄的特点，用新的技术设计方法固定下来，并且使她们的手工技巧有更进一步的提高。

（载1956年7月28日《人民日报》）

## 自学提示

（1）识记这是一篇人物专访。了解人物专访的特点。

（2）此文通过软枝葡萄百年兴衰的历史，展示常家五姑侄的坎坷命运，具有很强的新闻性和历史纵深感。分析此文因人写事、缘事写人的技巧。

（3）指出常家五姑侄的性格特点以及复杂的经历、坎坷的命运在她们身上留下的烙印。

（4）认知此文行云流水、不事雕饰、朴实平易、娓娓而谈的语言风格。

（5）文中穿插的画堂春词，艺术地再现了常家姑侄和软枝葡萄的命运、经历。分析这首词的特色和作用。

# 春　夜

梅　阡

五月的夜风，飘着道边槐花的清芬，轻轻地吹拂着路人的面颊与发鬓，吹拂着人们的胸襟，温柔的慰抚，有如慈母的双手。

时间是十二日的午夜，一点钟。周恩来总理招待泰国艺术团的晚会结束了。周总理送走了晚会的客人们，又回来，和几个青年演员围在一起，谈得很热烈。忽然，他望了望酒阑人散的会场，转身向北京人民艺术剧院的演员刘华和狄辛说：

“你们住在哪里？”

“剧院的宿舍，在史家胡同。”

“远吗？”

“不太远。我们每天排戏都是走来走去。只要十五分钟。”

“走吧，到你们的宿舍去。”周总理含笑地说：“去看看。”

演员们一下子都愣住了。不知怎么来接待这位尊贵的客人，不知怎样来表示内心的激动和欢迎的心情，又考虑，时间很晚了，总理的身体不太累吗？正在踌躇，周总理却迈步领先走下了楼梯。

在首都剧场的大门口，汽车开过来了。总理却摆了摆手，问演员们：

“你们怎么走？”

“我们走着回去，您上车吧！”有个演员抢着说。

“不，我陪你们一道走吧！”

“不，我们每天走惯了，好象是锻炼身体。”

“我也锻炼锻炼，散散步。走吧！”

这样，在午夜里，静悄悄的马路上出现了一群人，年轻的演员们簇拥着一个心地更加年轻的人。他们象一家人，父亲和儿女们。

一边走，一边亲切地说笑，谈工作，谈演戏，谈生活，也谈到怎样开始正确处理人民内部矛盾的学习问题。大家压低着声音，怕惊吵了夜归的行人——在这一群人的后面，远远地尾随着一辆空空的汽车。

五月的夜风，飘着路边槐花的清芬，温煦地吹拂着每个青年人的心。

在宿舍里，演员们并没有完全入睡。有的在灯下阅读剧本，准备着明天要排的戏：是“北京人”里的愫芳，是“布谷鸟又叫了”里的萧甲，或是“名优之死”里的云仙……有的刚刚散戏归来，丢开方才扮演的四凤或是繁漪，点一支烟，坐下来闭目凝神，想把激动的心情宁静下来，准备入睡。

当周总理轻轻地敲开他们的房门，有的从床上跳起，有的从灯下抬起头来，但，差不多都是同样惊诧的神情，嗫嚅地说：“没想到……是您！”最有趣的是林连琨，坐在床上，睁大了朦胧的睡眼，半天说不出一句话来，引得大家发笑。他事后向人说：“我实在是不相信自己的眼睛，我以为是在做梦呢！”

在谈话中，周总理非常关心剧院企业化的问题。说：“你们要好好考虑一下：为什么你们常常客满，还不能企业化，而有些民营剧团，虽然上座率差些，却能自给自足呢？”

没有人马上回答。但每个人心里都在盘算着一笔账。终于还是周总理自己回答了这个问题：“你们全体二百四十多人，八十个演员，七十多个舞台工作人员，剩下的大概就是所谓行政人员了吧，是不是行政人员的比例太大了呢？剧院不要机关化。希望你们把编制名单送一份给我看一看。”

周总理走进了剧院新盖的排练所，它象个可容四五百人的小型剧场一样，空阔的舞台，油漆的地板，暖气的装备……周总理连连赞叹地说：“太好了，太好了！”

有位剧场经理，站在旁边得意地说：“在剧院后面，我们还在盖着两个更大的排演场呢。”

“是啊，怪不得魏喜奎她们有意见了！她们很艰苦，连排戏的地方也没有，你们的排演场比她们演出的剧场还要讲究些。”

总理继续说：“你们是否很好地利用了呢？你们空闲的时候，应该借给她们用，帮助她们，她们会感激的，你们要作一些团结的工作。”

有人也提到了国家剧团和民营剧团的演员收入不平衡的问题，在戏曲界里，差别更大，这是不公平的。周总理表示应该逐步地解决这个问题。我们国家还很穷，都往上提，没有那个力量，是不是高的应该向低的看齐一些呢？演员的生活，也不要和一般人民的生活水平太悬殊了。当周总理知道1953年从师大戏剧系毕业的青年演员王洪韬，每月工资七十多块钱的时候，就笑了笑，说：“是不是太多一些了？”

“你们年轻人，今天的条件太好了，什么都给你们准备下了，比起你们的前一代人来，你们很幸福，他们吃了很多苦。你大学毕业，可我还只是中学毕业呢。你们也应该多吃些苦，受一些艰苦的锻炼。”周总理说着，顺手指指室内的一盆花：“温室里的花草是经不起风雨的！你们将来还要建设共产主义，为着你们的下一代，你们要经受一些艰苦的锻炼！……”

这些话，他讲时是十分亲切而严肃的。大家都静了下来，深深体味着。在这些话里包含着多大的期望与多大的鞭策呀！

深夜两点了，周总理悄悄地离开了剧院，但他的声音和笑貌却深深地印在每个人的心里。

是的，有的人久久地凝视着地上放的那一盆花，那是一盆秋海棠，花开的挺鲜艳，但显得多么娇嫩柔弱呀。

有的人推开了窗子，窗外吹来的是温煦的春风，但也带有一些沁人的凉意，使人更清醒地思考着一些问题。

许多人经历了一个并不宁静的春夜。

（载1957年5月17日《人民日报》）

## 自学提示

(1) 这是一篇意境优美、隽永清新的新闻特写，也是一首动人的抒情诗。它记叙了周总理伟大一生中的一件小事。指出此文是通过哪些具体事例，突出表现周总理高尚的品格、博大的胸怀和平易近人的作风的。

(2) 此文既写了领袖人物的和蔼亲切、平易近人，又展现了领袖人物的高尚伟大。认知此文写领袖人物时另辟蹊径、独具匠心、不落俗套、别开生面的特色。

(3) 分析此文优美清新的语言，情景交融的描写，对人物言谈举止、音容笑貌的细致刻画等写作手法，对表现人物、创造意境的作用。

(4) 领会此文题目《春夜》及文中具有浓郁抒情性的景物描写的深刻寓意。

# 为了六十一个阶级弟兄

《中国青年报》记者

一滴水能反映出太阳的光辉，一件平常事足以体现我们时代最美好的思想、最高尚的风格。党的教育，在我们心里开出了多少最芬芳的共产主义鲜花？你数不清！这种思想使人们创造了多少共产主义大协作的奇迹？你数不清！但是这种平凡而伟大的事情，却每天都在你的身边发生。现在，就让我们讲一件给你听……

## 1960年2月3日，农历正月初七<br>现在，整整是下午四点钟

在首都王府井大街，车水马龙、热闹繁忙，商店穿戴着节日的盛装，人们满面春风地东来西往。就在这王府井北口八面槽的路东，有一家门市很小的国营特种药品商店。这时候，营业员们在笑盈盈地答对顾客，办公室里，算珠山响，快下班了，正忙着结账。忽然，有人兴致勃勃地拿来一大把红红绿绿的票子：

“同志们，今晚政协礼堂有精彩晚会，首都商业职工春节大联欢！”

“好哇！”大伙乐得嘴都合不上了。

原来，在春节放假的日子里，我们大家都休息，可商业职工却还忙在柜台上，为了让我们在假日里买到称心的东西，可真是忙得脚不沾地。所以，这个有首都著名艺术家表演、内容十分精彩的大联欢，只好推到正月初七才举行。大家分到了票子，更是欢喜地忙

工作，只等下班以后，带上全家老少，去尽兴欢度六十年代的第一个春节……

突然，办公桌上的电话，响起了十分急促的铃声，戴近视眼镜的业务员老胡，一把抓起听筒：

“喂，哪里？”

“长途！我是中共山西平陆县委，我们这里有六十一名民工发生食物中毒，急需一千支‘二巯基丙醇’，越快越好，越快越好！”听筒里的声音十分响亮而焦灼。

“我们立刻准备药品！”很怕对方听不清楚，老胡几乎喊起来了：“我们马上设法把药发到太原！”

“不行！太原距平陆尚有一千余里，而且要翻山越岭，交通极为不便，请设法空运……空运！！”

六十一个同志的生命，危在旦夕！一千支注射剂，非得空运！……每一个字，都好似一颗钉，颗颗钉在人们的心上！就在老胡抓耳搔腮地和对方通话时，大家已经都围上来了。商店里好一阵紧张，人们的心里，早已把“精彩晚会”丢得无影无踪。党支部立即召集紧急会议研究，决定全力以赴办好这件事。发动大家想办法，立刻请示领导。于是，全商店的人，把心拧成一股绳，把精力全都集中在这一连串的悬念、一连串的困难上了……

在我们的社会主义大家庭里，亿万劳动人民是一个亲密无间的整体。一根红线贯穿，颗颗红心相连，大家同呼吸，共甘苦……

事情原来是这样发生的：

## 2月2日，在山西省平陆县

一座新落成的红色大楼里，灯火辉煌。中共平陆县委扩大会议，照常进行着。与会者心神振奋，讨论的是1960年跃进规划。

七点钟时，县人民委员会燕局长匆匆奔进会议室，找到县人民医院王院长说：

“一小时前，风南公路张沟段有六十一名民工，不慎发生食物中毒，请立刻组织医务人员抢救！……”

他们的话还没说完，坐在主席位置上的中共平陆县委第一书记郝世山同志，也已晓得了这紧急情况。这位五十来岁的老书记，立刻站了起来，目光炯炯地把会场扫视了一遍，然后，果决地说：

“同志们，现在要全力处理一件急事，会议暂停！”

说完，郝书记一甩手，披起那件旧棉大衣，立即召集县委常委会议研究，当机立断，全力抢救。片刻，大卡车就载着负责同志，载着县医院全部最好的医生，在茫茫的黑夜里，翻山越岭，向我们的六十一个阶级弟兄身边奔去！

这平陆县与河南省的三门峡市，只隔一条黄河。县北五十里外张村一带，正在修建一条从芮城风陵渡到平陆南沟的省级公路，这条公路是山西全省支援黄河三门峡伟大建设工程的交通命脉。筑路民工都是人民公社社员，干起活来，真叫干劲冲天，有个叫侯永胜的，一个人一天就挑了几百担土。他们展开了对手赛，改革了一系列工具，工效步步提高。更在春节期间，自愿少休息，打了个开门红的大胜仗。谁想竟发生了这偶然的不幸！这是六十一个多么好的建设社会主义的积极分子，他们的生命有危险，我们能不心疼吗？

县里的汽车来到张沟工地以前，张村公社党委第一书记薛忠令，亲率公社医院二十多名医护人员，早已来到。他们正在忙着给病人洗身、洗脚、消毒。县里的医生跳下汽车，立刻插手诊断，立即治疗！

他们使用了各种办法：

给患者喝下了绿豆甘草水解毒，无效！

给患者又注射了吗啡，仍然无效！

……无效！无效！

紧张，无比的紧张！空气窒人，医生、护士挥汗如雨。县人民医院负责医生解克勤等同志，经过紧张详细的会诊后，断定：

“非用特效药‘二巯基丙醇’不可！必须在四日黎明前给病人注射这种药，否则无救！赶快派人去找！”

# 就在同一个时间内

县委会里，不安之夜。

我们的郝书记，不停地吸着烟，守在电话机旁，他嘴角上的皱纹，更加深陷了。参加革命二十多年来，他养成了这样一种习惯：自个生病（他现在还患着关节炎），好像没那么回事，可乡亲们一有个头痛脑热，他就记着放不下，非想个法帮你治好心里才舒坦。何况，现在这六十一个同志，有的是生命危险！郝书记更加坐卧不安了。……这时候，他们接到了患者急需“二巯基丙醇”的电话，马上就派人去找。县人民医院的司药王文明和张寅虎，这两个小伙子连厚衣服也没顾得穿，两步并做一步走，跳过一道道深沟险壑，到三门峡市去找药。你看，这才叫真正的“司药员”，药房里没有的，他愿意经历千辛万苦，跑遍天涯海角，也要给你找到！

他们来到了黄河茅津渡口，在微微的星光底下，只见那黄河翻滚着巨浪，只听那河水拍打岸头，声声震人心碎。这两个小青年，明明知道夜渡黄河容易翻船落水，极其危险，但是，为了挽救六十一位同志的生命，在这重要的时刻，就是天大的险，他们也心甘情愿去冒！他们毫不犹豫地去敲船工的门。船工从鼾睡中醒来：

“敲门干什么？”

“请摆我们渡河！”

“黄河渡口，自古以来，夜不行船，等天亮吧！”

“不能等！为了救人今夜非过河不可！”

当船工们听说是为了挽救六十一个祖国建设者，老艄工王希坚，不顾今晚正发喘，猛然从热乎乎的被窝里跳了起来，系上搭黻，吆喝一声：“伙计们，走！”后面王云堂等几个人紧紧跟上。来到岸边，二话不说，驾起船，直奔河心。凭着与黄河巨浪搏斗了几十年的经验，凭着一颗颗赤诚的心，终于打破了黄河不夜渡的老例，把取药人安全送到了对岸。

可是，三门峡市没有这种特效药！

这已经是2月3日的中午了。时间啊，你停滞一会吧！你为什么老是从人们的身边嗖嗖地急驰而过，想挽也挽不住你……

郝书记急切而坚定地指示："我们还是应该就地解决。向运城县去找！向临汾县去找！向附近各地去找！"

就在这时，张村公社医院又来了电话："如果明晨以前拿不到'二巯基丙醇'，十四名重患者，将会有死亡！"

找药的电话，不断头地回来了：

运城县没这种药！

临汾县没这种药！

附近各地都没这种药！

郝书记斩钉截铁地说："为了六十一位同志的生命，现在我们只好麻烦中央，向首都求援。向中央卫生部挂特急电话！向特药商店挂特急电话！"

于是，这场紧张的抢救战，在二千里外的首都，接续着开始了……

人心向北京，北京的心立刻和平陆的心一起跳动……

## 2月3日，下午四时多，在卫生部

在中华人民共和国卫生部的一所四合院里，药政管理局的许多同志，都停下了别的工作，忙办这件刻不容缓的事。药品器材处长江冰同志，在接到平陆县委打来的电话后，就一面叫人通知八面槽特种药品商店赶快准备药品，一面跑去请示局长和正在开党组会议的几位部长。徐运北副部长指示：一定要把这件事负责办好，立刻找民航局或请空军支援送药！

现在，处里胖胖的老吴同志，头上汗水津津，正在紧张地向特种药品商店催药，共青团员冀钟昌正在与民航局联系；电话里传来的是不均称地呼吸，显然对方也在焦急：

"明天早晨，才有班机去太原，那太迟了，太迟了！……对啦，请求空军支援！"

真急人，电话一个劲占线。当小冀接通了空军领导机关的电话时，空军已晓得了这件事。原来民航局先一步为此事打来了电话，这时，值班主任向小冀又进一步了解了卫生部的要求，立即跑去请示首长。首长指示：全力支援，要办得又快又好！于是，像开始了一场战斗一样，有关人员各就各位，研究航线，研究空投，向部队发出命令……这一切都办得十分神速，这一切都贯注着人民军队的光荣传统，都贯注着对人民极其深沉的爱！

阶级友爱，情深似海。在我们中间，一个人发生困难，就有上百、上千、上万个素不相识的人，热切地向你伸出手，不遗余力地帮助你……

## 现在，已经是下午五点多了

从首都广安门外到八面槽的遥远路途中，穿过熙熙攘攘的人群，穿过川流不息的车辆，走过大街走小巷，一位三十来岁的工人，正冒着数九天的寒风，拼命地蹬着一辆载货自行车飞驰。

“同志们，闪道，闪闪道！”

他不断地向行人呼喊着。这车上拉的就是“二巯基丙醇”。骑车的叫王英浦，是位先进工作者。你看，他把车轮蹬得飞转，三十华里的路程，一个小时多就赶来了。干嘛要从三十里外运药来？这其中还有段小故事：

这“二巯基丙醇”，原本是由国外进口的，算是一种稀有药品。可是去年“大跃进”中，我们的国营上海第一制药厂的工人，创造性地揭开了它的秘密，现在已能大量生产供应了。它再也不是什么稀罕玩艺，它的身价，已经从特种药品降为普通药品，所以特药商店刚刚把它送到库房去，准备发往各地普通医药公司经售。谁知现在又突然需要它，因此又拉了它回来。

且说王英浦这时正气喘吁吁地把药品搬进屋来，大家忽地围住他：

“老王，你真是两条神仙腿呀！”

## 就在同一个时间内

我们的特种药品商店里，党支部书记田忱和共产党员何思鲁，正拿着电筒，伏在地图上，照啊，找啊，他们干什么呢？屋里明明亮着太阳灯，往常，针掉到地上都可以找到，可是今天却怎么也不够亮，噢，他们在找：平陆在哪？他们在想：到底如何运送？这些，迄今还都是悬案！

正在这急死人的节骨眼上，卫生部又来了电话：

"空军已热情支援，保证今夜把药品空投到平陆县城！请你们快把一千支药品装进木箱，箱外要装上发光设备……"

有飞机啦！人们的心眼里，真象是久旱逢甘雨，兴奋得都跳起来了！但紧跟着又是一个困难：这发光设备可怎么解决呢？

## 就在同一个时间内

时间，一秒，一分，……一闪而过。现在距离四日清晨已经没几个小时了。

在张村公社医院里，空气仍然异常紧张！张村公社的社员们，给自己的弟兄送来了大量豆腐、粉条、蔬菜、糖、细粮……这些东西堆在那里，有谁能吃呢？我们的弟兄还在危险中！山西省人民医院、临汾人民医院在听到这项紧急消息后，也都迅速派来了医生。现在，四十多位医护人员，头上冒着一串串的汗珠，他们已经二十来个小时没阖眼，为了延续这六十一条生命，土法、洋方，各式各样的招，都使尽了，可是病人还不见有何好转!!

突然有人报告："同志们，县委来电话说，中央已决定今晚派飞机送药来！"

这是真的么？是真的！病人们那绝望的眼神，忽地亮了，人人的眼里，都饱含着无限感激的热泪……

## 现在，时间将近晚上七点

特药商店里，药品箱都快装好了，可是发光设备却还没个着落。这时，一个戴眼镜的姑娘，猛地把辫子一甩说：

“我找五洲电料行去！”这人名叫李玉桥。

她飞也似地来到了五光十色的五洲电料行。吓，这里真是顾客盈门，共青团员贺宜安在忙着给顾客拿这拿那。李玉桥简短地把情况跟小贺说完，问他：

“给你三十分钟，能不能办好？”

“放心吧，李大姐，坚决保证！”

李玉桥帮他搞营业，小贺抬腿就去找人。半路上正好碰见了王明德，小王是北京市的先进生产者，更是一位热心肠的小伙子。他俩急中生智，连跑带研究，真是一个踉跄一个智慧，他们想用四节电池焊在一起，接上灯泡，可亮半个多小时；又研究出用十六节电池、四个灯泡，把药箱的四面都装上灯，空投落地时，这一面的摔灭了，保险那几面的还亮着。说着说着，他们就干起来了。这时，正好门市部主任老杨从外面开会回来，一听说这是急事，也帮他们忙活起来。过了一会，李玉桥又来催：

“时间紧迫，不能超过三分钟啦！”

“我们保证两分半钟就弄好！”

果真，李玉桥头脚走回商店，小王就带着焊好的发光设备，一溜风地踩着她的脚跟，也钻了进来，真是二分半钟啊！

## 现在，是七点半钟以后

一辆胜利牌小轿车，从卫生部大门里急驰出来，奔向特药商店。

车子来了。这时候，正象老何事后所描绘的：也不知那一箱子药品，到底是怎么拿出去的。只见大家一拥而上，生怕误了一分一秒的时间，生怕有个拿不住摔到地上，许多只手擎着这一千支

“二巯基丙醇”，挤出商店的那狭小的门，轻轻地把它放在胜利牌小轿车最好的席位上！

胜利牌轿车载着一千支“二巯基丙醇”，正在灯火辉煌的大街上，在静谧的京郊林荫大道上，响着喇叭，箭也似地向机场疾驰。

## 就在同一个时间内

平陆县邮政局的电话铃声一阵疾响。从下午三点开始，平陆——北京的长途电话已经成为一条极为敏捷的专线。这电话又是空军领导机关打来的。亲自守护在电话机旁的邮政局长董鸿亮同志，忙把电话接到县委会。郝书记接过电话，只听见：

“请赶快物色一块平坦地带，要离河道远些准备四堆柴草。飞机一到，马上点火，做为空投标志！”

“好！立即准备！”

于是，书记、县长亲自指挥，有线广播站里传出来了最宏亮声音，向县城附近的机关、学校、人民公社，向几千几万群众，发出了县委、县人民委员会最紧急的号召。声音所到之处，正在学习拼音文字的干部们，撂下了书本跑出来，学生们从温课的教室里涌出来，老人们拄着拐杖走出来，新婚夫妇从温暖的新房中走出来，建设局的工人们，拖着废木碎柴往城外空地上跑；圣人涧那面的山坡上，又有一大群红旗公社的男女社员，抱着大捆大捆的棉柴芦苇，向这块平坦地势上奔来……

眨眼间，岗尖岗尖的四大堆柴草已经准备好了！

几千人林立在这块名叫“圣人涧”的空地上。人们满怀急不可耐的激动心情，向茫茫的夜空，向东北方向，不，向我们伟大的首都，了望着，了望着；人们的心早已经穿过了云层！曾经在部队上做过通讯工作的孙治勤同志，站在高高的山岗上，凭着他的经验，凭着他一双能听出十里以外的耳朵，倾听着飞机的动静……

这是一场共产主义风格大发扬的胜利战斗。舍己为人、友爱互相精神万岁！

## 现在，是夜里九点零三分

北京，繁星满天。一架军用运输机，满载首都人民的深情厚谊，冲向银光闪闪的夜空，向西南方向风驰电掣地飞去。卫生部的陈寅卿同志随机前往。

这是一次十分困难的飞行。夜间空投，在平陆空投场没有地面指挥和对空联络的情况下，加上地形复杂，山峦重重，空投的又是水剂药品，而且要保证做到万无一失。……部队领导对这次空投任务极为重视，政委、大队长、参谋长亲自研究，特别选派了最有经验的机长、领航长、通讯长和机械师，并且是一架飞机，派了两个机组同时前往。就在起飞之前，他们还选择了最好的降落伞，把药箱加了重，一切都筹划得最有把握，大家满怀着信心。

一个飞行员十分激动地请求机长："为了使药箱确保及时送到，我请求批准我跟着药箱一起下去！"

机长说："首长已经指示，人不要下去，我们要保证把药品准确投到！"

现在，我们的雄鹰正在高速航行。下面是茫茫大地，祖国到处是不夜城，繁星与万家灯火交相辉映，这时候，有多少人，还在辛勤地为祖国劳动着！

## 现在，是夜里十一点二十三分

"请平陆准备！准备！飞机再有七分钟就到你县，马上点火！"

董局长把这空军领导机关的电话通知，立刻传给守候飞机的人群，不知是谁，向每堆柴草上泼了一些煤油，火苗冲天而起，大火把天空和大地都照红了！

这时，飞机已越过黄河，来到平陆上空。现在飞机的高度是二千七百米，为了空投的准确，必须降低，越低越准！机长周连珊压了压操纵杆，飞机迅速下降，二千、一千五、一千……五百米，巍峨的山影从机身旁掠过，好危险哪！这是一场勇敢加技术的搏斗！

飞机上的全部人员，双眼睁得彪圆，心情极不平静！机长突然兴奋地命令：

“准备空投！”

保伞员、机械师还有小陈，早就把药箱上的电灯接亮了，只听电铃一响，他们嗖地一声准确地把药箱推出机舱，一千支“二巯基丙醇”带着降落伞，向预定空投地点坠下去，坠下去！……由县委打电话向北京求援，到神药从天而降，这其中牵动了多少单位，牵动了多少人，可是这全部复杂辗转的过程，却只用了八个多小时，这是多么惊人的高速度！

我们不是常说：“千里送鹅毛，礼轻人意重”么，这一箱从天而降的神药啊，盛满了首都无数人的最美好的感情，它比泰山还重！

## 就在同一个时间内

在平陆县城外的圣人涧，四大堆火越烧越旺。人流如春潮，数不清的手电光点缀着夜空，活象国庆夜首都天安门的探照灯光。郝书记、郭县长等都亲赴现场来了。

“看，天上有个亮灯下来了！”突然谁叫。

“那是降落伞，那是神药！”

几千双手高高地举起来，谁都想把这一箱药擎住！人们向飞机、向降落伞此起彼伏的欢呼！

降落伞带着闪闪的亮灯向下飘落！人流追踪着降落伞飘落，跑啊！跑啊！郭逢恒县长向降落伞跑去，劈面碰见了蒲剧演员杨果娃，这是个16岁的女孩，唱小旦的。她的脸上还抹着红红的粉，戏装也没卸，全是舞台上那个打扮呢！

“果娃！你怎么也跑来啦！”郭县长问她。

“看戏的人都来啦，我怎么不来，来接毛主席送来的神药哇！”说着她又赶快向降落伞跑去。

降落伞带着药箱安全地着陆了，安在药箱四角的电灯闪闪地亮着，寨头管理区的社员最先抱住了药箱！几千人簇拥着这一箱药，你刚扛了两步，他抢过去又扛在肩上……

交通局派来的一辆最好的汽车，和最好的司机沈宽亮，早已等在县委会门口。药箱放在车上，车就大开油门，向五十里外的张村医院飞奔。俗话说：平陆不平沟三千，这里的山路狭窄崎岖，极端难行，汽车随时都可能发生故障抛锚。沈宽亮早把汽车做了最好的检修，可是他还在想：

“万一出了毛病，我就扛着它送去!”

## 2月3日，深夜

盼！盼！——在张村公社医院的大门口，社员们，医护人员们正焦急地盼望着……

汽车开来了！——好！

马上拿下药箱，

马上注射。

注射剂十分灵效，立竿见影，病人立时止住了疼痛，恢复了神智。医生原来规定，药品不能迟于四日黎明找到，但这药品却在黎明之前就送到了。我们的六十一个阶级弟兄化险为夷了。他们新的更强壮的生命，是党给予的，是同志们用阶级友爱救活的。狂喜从人们的心底里迸发出来……

> 不仅仅是这六十一个死而复生的人，不，我们每个人都有两次生命。党用它思想的阳光，帮助我们消除旧时代遗留给我们的思想毒菌，抚育我们成为全新的人。

## 2月5日

红日高照，春光灿烂。

县委书记处书记兼县长郭逢恒及县里其他几位领导同志，代表县委会和全县人民，率领着县文工团，携带着慰问品，来到了张村公社医院。他们亲自到床边抚慰病人。郭县长见病人已恢复了健康，打心眼里高兴。民工们紧紧地拉住了郭县长的手，不知说啥是好。

民工周满禄，眼眶里噙满滚热的泪，他说：

“万恶的日本鬼子打瞎了咱一只眼，没人管；国民党阎老西杀了咱多少人，苦水往肚里咽！今天，咱这些普通民工闹点病，中央就派飞机救咱们，党和毛主席真是咱贴心的人哪！”

张店公社的老汉吴进喜，从八十里外赶来看他的儿子吴广新。这时他激动得混身抖动，拉着儿子：

“小子，在咱这偏僻山沟子里，我想你是没救啦！谁想毛主席在北京比咱老汉还关心我儿！小子，毛主席才真是你的亲爹娘！”

当场，大家都再也躺不住，纷纷爬起来，向郭县长请求：

“为了感谢党和毛主席，感谢首都人民的支援，我们明天就上工！”

郭县长慰抚他们说：“你们要听党的话，好好休息几天！”

第一连连长怎么也按不住心里的那股冲劲，攥着两只粗大的拳头，代表全连的民工向郭县长表示：

“我们一连全体向党和毛主席保证：鼓起最大干劲，把第三连的工全部包下来！”

紧跟着，大家在公社医院的里里外外，在工地上，贴出了几百张大字报表决心；写给党中央和毛主席的信，更象雪片般飞来……

民工们真是说到做到，他们一上工，就由过去每天挖十五方土，增加到挖三十方，工效提高一倍。有的人，更是一天干了三天的活！大家决心提前三个月修好这条支援三门峡伟大建设工程的公路！无数的奇迹在创造着！……

不仅仅是我们的这些筑路民工，不，十二万平陆人，不，六亿五千万中国人，人人心里都燃着一团烈火，这团烈火越烧越旺：对党和毛主席的深沉热爱，化做无穷无尽的力量，人们正在用它加速建设我们伟大的社会主义祖国！干劲冲天地、高速度地建设她吧，这是咱们的靠山，这是咱们永远幸福的保证！

（载 1960 年 2 月 28 日《中国青年报》）

## 自学提示

(1) 这是一篇事件通讯。概括此文的主题。

(2) 理清这篇通讯报道所涉及的时间、地点、人物，以及整个事件的发展脉络。

(3) 分析此文纵横式结合的结构形式的特点，并说明这种时空变换形式对报道这类重大突发事件的作用。

(4) 简要分析此文现场描述、于叙事中写人等写作特点。

# 英雄登上地球之巅

郭超人

在珠穆朗玛银色的山峦间，开始升起了浓密的白色云雾。绒布河上的冰层破碎了，奔腾而下的激流撞击着岩石，发出响亮的水声。冻土松软了，山坡上枯黄的野草丛中又吐出淡绿色的嫩芽。矫健的喜马拉雅高空鹰突然增多了，三三两两飞旋在珠穆朗玛山区的上空……

已是5月中旬，天气渐渐转暖。有经验的人都知道，不久，印度洋上的季风就要吹过珠穆朗玛山区，接着，连绵的雨季就要开始了。

珠穆朗玛峰下登山队的大本营里，气象工作人员们变得比任何时期都更加紧张而繁忙。红色的探空气球不断地升上高空。矗立在山坡上、岩石旁的各种气象仪表不停地运转。气象预报员们夜以继日地围聚在巨幅的天气图前，仔细观测各种气象因素的变幻。广大登山队员们怀着焦急的心情，等待着珠穆朗玛山区雨季之前最后一个好天气"周期"的降临，以便开始征服珠穆朗玛峰的最后一次战斗：夺取珠穆朗玛顶峰。

这个好天气的"周期"终于等到了。

根据登山队的第四次行军计划的安排，从5月15日起，一批批运输队员就陆续从大本营出发了。他们把大量高山技术装备和食品提前运送到海拔7 600米以上的高度，并在那里等待对突击顶峰的主力队员们进行必要的支援。

5月17日清晨，绒布河谷上空云雾迷茫。但是，勇敢的登山队员们却一个个精神饱满，整装待发。从今天起，艰苦的攻夺珠穆朗玛顶峰的战斗就要开始了。

在大本营帐篷外面，这几天来，突然增加了许多新的标语，充分显示出登山队员们坚决征服珠穆朗玛峰的雄心壮志：

“行军不落后，
受伤不叫苦。
只要心在跳，
决不往回走。”

北京时间上午 9 时，登山队员们在出发之前，在海拔 5 120 米登山队大本营广场上举行了隆重的誓师大会。

登山队把一面五星红旗和一尊白色的毛主席半身石膏像交给了突击顶峰的队员们。要他们克服困难，奋勇前进，让祖国的五星红旗在世界第一高峰——珠穆朗玛峰上飘扬。

登山队员们排着整齐的队列，在副队长许竞率领下，一个个都激动地举起右手，向庄严的国旗宣誓。

他们宣誓说：

敬爱的党，敬爱的毛主席，我们向您宣誓，不怕一切艰难困苦，在第四次行军中坚决征服珠穆朗玛峰。

敬爱的党，敬爱的毛主席，我们在您的教导下，有了智慧，有了力量，为党的事业树立了坚定不移的政治方向和雄心壮志，任何困难都阻挡不住我们胜利前进。一只脚伤了，还有另一只脚；一只手折了，还有另一只手。只要我们的心脏还在跳动，坚决为党的事业贡献出自己的力量，为攻克珠穆朗玛而奋斗到底。

敬爱的党，敬爱的毛主席，我们的毅力势不可挡，我们的团结力大无穷，我们全体队员向您保证，不拿下顶峰誓不收兵。

在震天响的锣鼓声和欢呼声中，登山队员们告别了大本营的战友，踏上了征途，向云雾重重的山岭间挺进。

为了争取在好天气的情况下登上顶峰，登山队员们用一天的时间以急行军的速度赶到了 6 400 米，第二天就登上了著名的北坳冰坡。

经过几天艰苦的行军，5 月 23 日上午，许竞带着十三名登山队员赶到了海拔 8 500 米的地方，并在这里把第三次行军建立在岩坡上的突击营地，改建在极其难得的一块倾斜度约三十度的雪坡上。突击顶峰的队员即将从这里出发，攻下耸立云霄的珠穆朗玛顶峰。当天晚上北京时间 10 点整，他们看到了从海拔 6 400 米营地上发出的气象预报信号弹："24 日为好天气。"这个讯息进一步增强了他们夺取顶峰的信心。

5 月 24 日清晨，阳光灿烂，珠穆朗玛尖锥形的顶峰耸立在蓝天之上，朵朵白云在山岭间缭绕不散。

北京时间上午 9 时 30 分，年轻的登山队员——运动健将王富洲、运动健将刘连满、运动健将屈银华和一级运动员贡布（藏族）四人，背着高山背包，扶着冰镐，开始向珠穆朗玛顶峰最后的 380 米高度进行冲击。其他队员们撤回到 8 100 米的营地，养精蓄锐，以便在需要的时候对突击顶峰的队员提供各种支援。

这是一个通过三次"适应性"行军的考验，被证明是最具有战斗力的"突击组"，是由登山队党委精心选拔而组织起来的。担任突击组组长的是二十五岁的共产党员、地质学院毕业生王富洲。在艰苦的地质勘探生涯中，王富洲锤炼了一颗为人民征服自然的红心，练就了一双翻山越岭的铁脚。他参加登山活动虽然不到两年的历史，但已跨进了我国优秀登山运动员的行列。在攀登珠穆朗玛峰的第三战役中，王富洲按照登山活动的总体计划，带领运输分队将突击顶峰需用的物资运往海拔 8 000 米以上的高山营地。在他们从海拔 7 007 米的北坳顶部出发以后，突然遇到了珠穆朗玛山区罕见的暴风雪。有的队员冻伤了，有的队员病倒了，王富洲便把他们的背包里的物资放进自己的背包。由于负重过量，体力严重消耗，当他到达海拔 7 420 米的地方时便一下晕倒了。在同志们的抢救下醒过来以后，他二话没说又背起背包继续前进了……

伐木工人出身的共产党员屈银华，个性乐天开朗，酷爱运动。还在西南原始森林里伐木时，屈银华每逢休息便爬山打猎，经常同山羊野兔赛跑。参加登山活动以后，他总是抢最重的背包背，找最累的事情干。加上他膀阔腰圆，力大无比，队员们都开玩笑地喊他"三吨半"，意思说他的力气只比载重四吨的"解放牌"大卡车小

"半吨"。藏族队员贡布出生于西藏一户农奴家庭，从小为农奴主无偿地种地、放牛、赶骡帮。他住过牛棚、睡过马圈，长期在饥寒交迫的死亡线上挣扎，是共产党把他从农奴制度的地狱里解放出来，让他参加了人民解放军，以后又让他参加了登山队。

在这个"突击组"里，共产党员刘连满算是登山资格最老的"老大哥"了。这个来自松花江畔的二十七岁的青年工人，在过去的五年中曾为我国的登山事业屡建奇功。在四川境内海拔 7 590 米的"山中之王"——贡嘎山上，刘连满冒着生命危险成功地通过了雪崩地带；在新疆境内海拔 7 546 米的"冰山之父"——慕士塔格山间，他为整个队伍的登顶开辟了前进的道路。在打通珠穆朗玛峰的"大门"——北坳的战斗中，刘连满站在一条"冰胡同"的顶部，用尼龙绳把后续的战友一个个拉上了北坳。当他把最后一个队员拉上"冰胡同"时，由于过度的疲劳，他全身瘫痪地昏倒在零下二十多度的雪地上……在刘连满的日记本上，人们可以看到这样两句话："把最后一口水让给战友，右手坏了用左手帮助同志!"这是他的战斗誓言，也是他的行动的总结。

现在，在这海拔 8 500 米以上的冰雪世界里，这四位优秀的中国登山队员在一根红色的结组绳的牵引下，齐心协力地朝着云雾茫茫的珠穆朗玛峰巅勇敢地迈进。为了尽可能地减轻背上的负重，他们一两一两地计算，抛弃了一切暂时不用的物品，只携带了氧气筒、防寒睡袋和登山队委托他们带到顶峰的一面五星红旗，一尊高约二十厘米的毛主席半身石膏像，以及准备写纪念纸条用的铅笔、日记本和电影摄影机。但即使是这样，他们前进的速度也是非常之慢的。因为从 5 月 17 日上山以来，他们已经经历了一个星期的艰苦行军，体力有了巨大的消耗。

突击顶峰的队员们走了大约两个钟头，才上升了约 70 米。这时，"第二台阶"拦阻着他们的去路。

突击队员们沿着第三次行军侦察的路线，冒着摄氏零下三十多度的严寒，在陡滑的岩壁上前进，他们穿着特制的镶有钢爪的高山靴，也很难使脚步踩稳。走在前面开路的运动健将屈银华，一连滑倒好几次。尽管他头晕眼花，腰酸背痛，两腿千斤重，但他仍咬着牙坚持前进。

在接近“第二台阶”顶部最后3米的地方，岩壁变得垂直而光滑。这时，运动健将刘连满走在前面开路。他用双手插进岩缝，脚尖蹬着岩面，使出全身力量一寸一寸地上升。但是，由于体力不济，身体稍为一歪，便又扑通一下跌落到原来的地方。刘连满一连爬了四次，跌落四次，累得他全身象散了架一样。

人们不得不停下来想办法。这时，刘连满突然想起自己在哈尔滨当消防队员期间，采用“人梯”的办法成功地翻过高墙的经历。他高兴地笑了起来。他毅然蹲到岩壁前，让别人踩在他的双肩上，然后再慢慢地站起来，使别人的双手能抓住岩壁顶端的支撑点攀登上去。在这样的高度上作任何一个细小的动作，都会给身体带来严重的反应。刘连满的眼睛里冒着“金花”，两脚颤抖，呼吸也变得沉重。但是，这个优秀的共产党员一直坚持着。他先把屈银华托了上去。然后又托贡布。最后，王富洲和刘连满借着上边放下来的绳子的帮助，也爬了上去。

登上“第二台阶”的岩顶，他们才发觉，由于体力减弱，他们攀登整个“第二台阶”，共花费了五个多小时，而攀登这最后的约3米的高度，他们竟用了三个小时以上。

天色已开始黑下来，寒风凄厉地呼啸着。

人们事先以为在天黑以前就能登上顶峰，现在看来，这种估计是显然不足了。黑夜，即将成为他们前进道路上的第二道难关。在这人类从未到达过的珠穆朗玛峰北坡最后二三百米的路途中，他们将要遇到什么困难，要走多长时间，预先确实很难精确估计。

勇敢的突击队员们还在一步一步地前进。但是，由于在前一阶段花费的时间过长，他们背上氧气筒的气压表指示，氧气的容量已经不多。继续前进，可能受到缺氧的威胁。这时，刘连满因为过度疲劳，体力已经非常衰弱，每走一两步就会不自觉地摔倒，但他缓慢地站起来仍然偏偏倒倒地坚持继续往前走着。

在体力虚弱和严重缺氧的情况下，还要摸黑进行高山行军，不仅是极其困难的，也是相当危险的。现在，他们每移动一步，在肉体上要承受多么巨大的痛苦啊！英国“埃非勒士委员会”的组织者扬赫斯班在《埃非勒士峰探险记》一书中曾这样写道："人类身体在任何地方所受的痛苦，未有甚于一个埃非勒士峰攀登者在登山的最后一天所受的……他可以有完美的体格，并正在精力最强之时，但是假如他的勇气不足忍受砭骨的大风雪，神经不敢履践崔巍悬岩的边沿，意志不能在死一样的昏睡病侵袭时奋勇前进，他仍将不能到达顶峰。"对于扬赫斯班的同事们来说，他的这番话确实颇有道理。然而，对于用共产主义思想武装起来的中国登山队员们来说，有什么样的困难和危险能动摇和困扰他们的勇气和神经呢？有什么样的困难和危险能滞留和阻挡他们前进的脚步呢？为了祖国和民族的荣誉，为了完成党和人民的委托，为了在喜马拉雅漫长的雨季到来以前最后一个好天气的周期内登上顶峰，四位勇士仍然勇往直前，继续行进在崎岖的山路上。

当他们四人来到海拔 8 700 米的高度时，氧气更少了，刘连满的行动也更加艰难。这时，王富洲、屈银华和刘连满这三名中国共产党员立即停下来，就在这被西方登山界称作"死亡地带"的山坡上，举行了党的小组会。

王富洲——这个临时党小组的组长激动地说："登上顶峰是党交给我们的任务，没有氧气也要前进！"

从小在高原森林里伐木养成一副倔强性格的屈银华说："如果现在就后退，我这个共产党员有什么脸回去见党呢？"

刘连满也坚决表示："不能走，爬也要爬上去！"

考虑到刘连满的身体，同时为了争取时间，党小组会决定刘连满留下来，其余三人以尽快的速度奔向顶峰。

在王富洲、屈银华和贡布迎着夜幕继续向顶峰进发的同时，刘连满正躺在一块避风的大石头旁边休息。严重缺氧使他的两耳在嗡嗡发响，眼前白一阵黑一阵地迸散着"金花'，他开始进入一种半昏迷的状态。不过他的心里还非常明白，他正在被人们称为"死亡地带"的高度上，窒息的危险随时都会发生。他习惯地拉过身旁的氧气筒，气压表上的红针表明还剩下最后几十个压力的氧气。但是，他的眼前出现了正在向顶峰冲击的战友们的背影。他知道他的战友们从顶峰胜利归来时，将比他更需要氧气的支援。他决定宁愿自己忍受窒息的痛苦甚至死亡的威胁，这最后一点氧气也必须留给战友。他毅然地把氧气筒放回原来的地方，自己昏昏地睡去……

时间在一分一秒地过去。昏睡中的刘连满感到四肢在严寒中愈来愈变得麻木了。心脏在缺氧下跳动得愈来愈急促了，他清楚地意识到死神正在一步步向他扑来。在这个时刻，多少往事象奔腾的江水一样涌上他的心头。他想起童年时代的苦难，解放以后的幸福；他想起党对他的教育、培养和信赖；他想起人民交给他们的征服珠穆朗玛峰的任务……刘连满多么想活下去啊！他从来没有象此刻这样强烈地感到，他应当想尽一切办法活下去。活着就是幸福，就是胜利，就是一切。然而他更加深刻地感到，三位正在同顶峰搏斗的战友比起他来更应当活下去，因为他们正肩负着一项多么光荣而又艰巨的使命啊！他们的安全，对于他来说是更大的幸福和更大的胜利……他担心自己在昏迷中停止了呼吸，战友们不知道他的氧气筒里还保存着氧气，他又挣扎着坐起来，用铅笔在日记本上给战友们留下了一封短信：

“王富洲同志：

我没有完成党和祖国交给我的艰巨任务。任务交给了你们三个人去完成吧！我这氧气筒里还有点氧，留给你们三个人胜利回来时用吧！也许管用。

你们的同志刘连满”

与此同时，王富洲、屈银华和贡布，正在苍茫的夜色中步履艰难地向前移动着。脚下的雪坡变得愈来愈陡也愈来愈滑。他们翻过两座石岩以后，又登上了一座雪坡。藏族队员贡布在前面开路，不到几分钟就累得连腰也直不起来。于是，屈银华上前开路，他经过很长时间才前进了两三步，但两腿一软，又滑回到原来的地方。最后，王富洲走到前面，他坚持着为大家开出一条前进的道路。

夜色浓重，珠穆朗玛峰山岭间朦胧一片。只有珠穆朗玛顶峰还露出隐约的轮廓。王富洲、屈银华和贡布三人匍匐在地上，依靠着星光和反照的雪光，辨认路途，每前进一步都变得更加吃力了。

夜更深沉，山上山下到处是一片漆黑，只有点点星光在空中闪耀。珠穆朗玛顶峰的黑影在他们面前开始变得非常低矮了。

到达 8 830 米左右的地方，王富洲、屈银华和贡布三人的氧气已经全部用完。但这时风也渐渐变小了，这对攀上顶峰十分有利。他们站在岩坡上沉默了片刻。王富洲首先开口说："同志们，我们三个人现在担负着攻克主峰的任务。氧气没有了，继续前进虽然可能发生危险，但是我们能后退吗？"

屈银华和贡布用斩钉截铁的语气异口同声地回答："继续前进！"

他们抛掉背上的空氧气筒，大胆而果断地开始了人类历史上从未有过的艰难而危险的历程。

现在，他们每前进一步，就不得不停下来休息很长的时间。由于高山严重缺氧，他们感到眼花、气喘、无力。他们的四肢更加沉重了，他们的行动更加迟缓了。甚至攀过一米高的岩石，也需要半个多小时。他们忍受着肉体上的巨大痛苦，互相帮助，互相鼓励地朝顶峰走去。

在越过东面一段雪坡以后，王富洲、屈银华和贡布向右绕至北面的岩石坡继续向上攀登，终于登上了一个岩石和积雪交界的地方。举目四望，朦胧的夜色中，珠穆朗玛山区群峰的座座黑影，都匍匐在他们的脚下。现在，在他们三人的头上，只有闪闪发光的星斗，再也找不到任何可以攀登的山岩了。他们终于登上了珠穆朗玛峰的顶峰，完成了人类历史上从北路攀上世界最高峰的创举。

这时，夜光表的指针正指着北京时间 4 时 20 分。这已是 5 月 25 日黎明前的时分了。

珠穆朗玛峰南面是一片白皑皑的积雪，北面是灰褐色的岩石。在积雪和岩石交界处的一块近乎椭圆形的地带，就是神秘而为世界各国登山家所向往的珠穆朗玛峰的顶峰。

经过了近十九个小时的搏斗，英勇的登山英雄王富洲、屈银华、贡布三人虽然已极度疲劳，但是，胜利的喜悦使他们变得异常的兴奋和激动。

藏族队员贡布从背包里拿出了登山队委托他们带上顶峰的一面五星红旗和一尊毛主席半身塑像，放到顶峰西北边一块大岩石上，然后用细石保护起来。

这时，王富洲摸着黑，拿出一本“体育日记”本，用黑色自动铅笔在上面写道：

“王富洲等三人征服了珠峰。

1960 年 5 月 25 日 4 时 20 分”。

因为天黑看不清楚，双手又被严寒冻僵，王富洲花了约三分钟时间才歪歪斜斜地写完了这行字句。

贡布走过来，帮他把这张值得纪念的纸条撕下来，放在一只白色羊毛织的手套里，然后也埋进了累累的细石堆里。

为了纪念登上顶峰的胜利，他们在峰顶拣了九块岩石标本，准备回来带给党中央和毛主席。

他们在山顶上停留了一刻钟的时间。北京时间 4 点 35 分，他们开始下山。在海拔 8 882 米的高度不使用人造氧气进行活动，这在世界登山史上是没有先例的。

不久，东方开始发亮，美丽的旭光首先欢迎他们凯旋归来。

他们看到自己攀登顶峰时在雪坡上留下的脚印，背包里一直放着一台轻便电影摄影机的屈银华立即停下来，用冻僵的双手拿出摄影机把它摄入电影镜头——这将是记录这次伟大登山事迹的影片中最宝贵的画面之一。

留在海拔 8 700 米的地方的刘连满，并没有被高山死神夺去生命。坚强的革命意志和对胜利铁一样的信心，使他的生命燃烧着不灭的火光。他再一次从昏睡中醒来以后，发现在通向顶峰的雪坡上留下了脚印。他知道王富洲等战友已经登上了顶峰。一股胜利的喜悦之情使他站了起来。当他看到王富洲等三人安全地回来时，第一句话就是让他们吸他冒着生命危险留下的最后几十个压力的人造氧气。王富洲、屈银华和贡布一面接过氧气筒，一面都不约而同地感动得流下了泪水。

直到当天下午北京时间 6 点钟，他们才回到了海拔 8 500 米的“突击营地”。这时，离他们 5 月 24 日从这里出发的时间，已经整整过去了三十二个半小时了。在这一天多的时间内，他们虽然没吃上一口饭、喝上一口水，但无坚不摧、攻无不克的毅力，终于使他们获得了最后胜利。

5月30日北京时间13点30分，他们四个人和全体登山队员一道，全部安全地回到了山下大本营，他们在世界最高峰上生活了两个星期。

中国登山队获得胜利的消息，通过无线电波很快就传遍了全国，传遍了全世界。苏联、保加利亚、尼泊尔、日本、印度、英国的体育组织或友好组织，以及国际和平人士等，纷纷打电报来，祝贺中国登山队完成了世界登山史上最光荣的任务——从过去一直被认为“无法超越的”北坡，登上了珠穆朗玛峰顶峰。

某些西方报纸尽管散布了种种怀疑气氛，但也不得不承认说：“中国人的成就是杰出的”，“荣誉被中国得去了”，“他们登上了过去被认为是登不上去的北坡”……

是什么原因使得这些年轻的中国登山队员们仅仅用了两个月的时间，就突破了人类登山史上几十年来没能突破的最复杂的难关呢？

这正如中国登山队队长史占春所说的：“因为我们有伟大的中国共产党的领导，有强大的社会主义祖国和全中国人民的支持。这些是我们攻无不克、战无不胜的力量的源泉；因为我们有着一颗对党的事业无限忠诚的赤诚的心，因而我们能够做到资本主义国家所不能做到的事。”

是的，答案非常清楚：因为我们是高举共产主义革命旗帜的英雄的中国人民！

（选自《时代的回声》）

## 自学提示

（1）联系当时的时代背景，认知中国登山队员征服珠穆朗玛峰的意义和影响。

（2）此文以重笔浓墨，写中国登山队员突破人类登山史上90年来未能突破的难关，为祖国争得荣誉的感人事迹。认知此文在矛盾斗争中展开事件，表现人物的写作特色。

(3) 此文在写登山队员的英雄事迹，展现他们的思想风貌的同时，深刻揭示了党的领导、祖国和人民的大力支持，是他们战无不胜、攻无不克的力量源泉。分析此文是如何正确处理英雄人物与党的领导、英雄人物与人 民群众的关系的。

(4) 指出此文景物描写部分。从描绘自然景色，渲染环境气氛，烘托人物等方面，分析此文景物描写的特点与作用。

# “一厘钱”精神

新华社记者　李　峰　余辉音

一厘钱，最勤俭的家庭也早已不放在眼里。可是却有手经百万元的厂长、会计、供销人员和长年给国家创造财富的工人，为少花一厘钱，给国家多积攒一厘钱，算盘打了又打，潜力挖了又挖。

这儿写的，都是工业生产中的这类一鳞半爪。但是，它闪烁着社会主义建设真理的火花。

## 一　厘　钱

用过高级“北京墨水”的人，也许以为，制造这种第一流墨水的费用，会比包装费用大得多。其实相反，包装墨水的费用比制造墨水的费用大三倍。因此，要当好墨水厂这个家，给国家多积累资金，大头是降低包装材料的成本。可是墨水不能不用瓶装，商标不能不贴，纸盒不能不用。而且还要分量准，包得牢，外观美。更难的是，这些包装材料，墨水厂不产，全靠外厂加工。一个小小的墨水瓶盖，去年是由北京、太原和淮阴等地的十一个工厂加工的，今年还要六个厂加工。墨水瓶盖里面的纸垫，也要由上海生产。如果北京墨水厂说自己无法降低包装成本，那也很难怪它。可是这家工厂的包装成本，去年减少了，今年又减少了。

他们是用珍惜“一厘钱”的精神减少的。

那是在去年春天，厂长李健刚提请党支部委员会讨论他打算在全厂提出的一个口号：每件包装材料降低一厘钱。

为什么提降低一厘钱呢？我们将在最后回答。

厂长的提议被支委会通过了，接着在全厂职工大会上正式提出。于是，全厂行动起来了。

管瓶盖的供应人员，把十一个制造瓶盖厂的代表请来，把十一个厂造的瓶盖摆出来，把天津造、上海造、美国造、德国造的墨水瓶盖也摆出来，同各厂代表一起，比质量，称重量，算成本，评美观。他们把十一个厂瓶盖的十七项费用指标排成队，逐项比较，精密计算，彼此取长补短。这些似乎是“份外”的工作，促使一些厂把瓶盖的成本降低了，全厂购买每个瓶盖就少花了四厘多钱。就在这小小的瓶盖上，去年节约了十万元！

管纸盒的孙树德，在自己的办公桌上，摊开一大张纸，拿一个印好未糊的墨水盒，左比右量。他眼前出现了希望：几年来只裁十五个盒的那种纸，有可能再多出一个。他抱着这种希望，到东家印纸盒的工厂，找工人商量；到西家印纸盒的工厂，向厂长“游说”。他的希望在四个月前终于变成了现实。原来每张纸裁十五个盒，要废掉一小块。经过他和工人们研究改了裁纸方法，每个盒盖插进盒里的那个“舌头”，比原先短一韭菜叶，一张纸就多出了一个盒。这样，每个盒的纸张费用就减少了一厘钱，全厂一个月节省了八令纸。不！还有。裁盒方法一改，印盒效率也提高了，每个盒的印刷费用又因此从刀缝里减少了一厘五毫钱。一年要用近两千万盒呢！

厂长也早在人们不注意的地方设了“关卡”。他告诉回收废瓶子的老人，发现废瓶中有好瓶，要立刻向他报告。一天，那老人果然在车间交回去的废瓶中发现有两个好瓶子，忙去报告了厂长。厂长立刻叫上班组长，叫上科室人员，来到现场。他拿起那两个瓶子说：“丢一个瓶子国家损失六分钱，没人拣，为什么自己掉个一分钱的小‘钢崩’就赶紧拣起来呢?”这种爱护国家财产的教育真能打动人心，从此瓶子的损失率大大下降了。

工人和参加辅助工作的工人家属也行动起来了！常用北京墨水的人，你也许没有留意，在瓶盖同盖里涂有蜡和蓝漆的纸垫之间，还有个小小的黄纸片。每个纸片才值一厘一毫钱。过去垫这个纸垫的工人家属和管理纸垫的人员，领发无数，丢多少不知，计成本照例按 10%的损失算账，现在，她们手缝里掉下一片，也要拣起来，遇到废片，也交回工厂。

“一厘钱”精神，使北京墨水厂改变了原来的亏本状况，为国家积累了大批资金。“一厘钱”精神，也在有关工厂发生了连锁反应。如果这种精神在全国每个企业都发生连锁反应，该能为国家积累多少资金啊！

## 一　分　钟

时间是财富中最贵重的财富。劝人们珍贵岁月的人，曾用古今中外伟人名家爱惜时间的范例和训导，写成过各种各样的“时间篇”。

我们在北京市制药二厂，看到了普通工人用社会主义的劳动热情写成的“时间篇”。这也可以说是利用工时的“一厘钱”精神。

这是一个原有二十七个人的包装组。如果说这些工人和最普通的工人也有点不同，那就是“罗索事”多。全组有二十五个是女工。她们之中有二十一人是一个至七个孩子的母亲。全组女工大部分是 1958 年前后参加工作的家庭妇女。她们的平均年龄是三十六岁，她们诙谐地自称是“老太婆”组。曾有一个时期，她们组的缺勤情况在全车间占优势。这算是这个“时间篇”的背景材料吧！

从去年四月开展创财富竞赛起，情况不同了。职工们算了个账，如果每人浪费一分钟，这一分钟不仅没有给国家创造财富，还给国家浪费三分钱（包括设备水电等各种消耗和工资开支）。这么一来，象一厘钱那样不被人放在眼里的一分钟，在工人们心里，同个人对国家对社会主义建设的态度发生了联系。

全组为充分利用每一分钟而动员起来了。

那位组长共产党员赵玉珍，同工人们商量，建立了工时利用账。她们用这个观测全组工时潜力的“显微镜”一看，全组每天占用非生产时间的名目有十几种。赵玉珍根据这种观测，改进了生产的组织工作。工人生产的潜力常和思想、生活相连。星期天，她又常出现在家务事多的姊妹们家里，谈谈私下里话，帮助安排安排生活，巩固小组的“后方”。

那位做事不吭声的李庆珍，家离工厂远，坐汽车也得走四十分钟。可是无论刮风下雨或奇冷天，她总是第一个到车间，把全组用的浆糊调拌好，把包装纸、说明书摆在每个人的工作台上，把地下扫干净，为的是每个人每天多利用几分钟。

那位七个孩子的妈妈江玉华，家庭收入少，家务事情多，可是她安排得巧，她每天也总是坐在工作岗位上听着上班的铃声响。

那位钉箱男工刘凤祥，任务是往装满药品的木箱上封口钉钉子。他钉完钉子，就给全组当义务服务员。这个要喝冷汽水，他去拿，那个要喝茶，他到茶炉上去冲，为的是让每个人多利用停工取水的三两分钟，印好字的药瓶供不上包装了，包装工人也不再等，主动给印字的人作辅助工。印字工人上厕所了，包装工人也赶紧接过机器，不让机器停。

一分钟长短对谁都一样，可是每人每分钟如何使用不相同，生产的产品数量和质量也不同，关键在劳动的态度和技能。从去年四月起，赵玉珍小组每月出勤率最低保持在95%，全组多数工人的技术也有了提高。今天，她们的每一分钟比过去的每一分钟就“长”多了。同样的设备同样多的任务，原来二十七个人干，现在十八个人干，多数人月月还拿超额奖。

如果说社会主义的大厦归根结底要靠提高劳动生产率盖起来，那么象赵玉珍小组，领导者用一分钟这个时间概念去组织生产，劳动者用一分钟这个概念计算自己的劳动，这该是提高劳动生产率的起点。

## 一根火柴

北京火柴厂第一季度有一个奋斗目标：每盒火柴里减少一根废火柴。这件事又是“一厘钱”精神在提高产品质量领域里的再现。

一根废火柴（工厂叫废支）的标准有八条：无头、小头、破头、双头、半支、牙签，等等。在北京火柴厂，一根火柴从它的母胎大树干里脱生出来，要经过三个车间、四十多道工序，走将近一里长的路程。机械化程度不高，木材又不理想，它每移动一步，每经过一道工序，都有出废支的可能。去年上半年，每盒火柴的废支曾达到10%左右。

于是，减少废支的严重斗争展开了。车间里，挂起了“为减少废支而奋斗”的大字标语，贴上了防止出废支的操作规程，时刻鼓舞和督促着工人。机器旁，增加了扫把，工人们不时地清扫脚下，以减少踩断的火柴梗。主要工序，设了关卡，警觉的质量检查员每小时都要抽查。下班了，工人们减少废支的心事还放不下，他们聚拢在一起，评比本班减少废支的成绩，检查生产中发生的问题。不利于减少废支的操作技术在改进，不利于减少废支的设备也在革新。

减少废支的斗争并不只限于技术领域。排梗工段长陈凤林说，他们干的活，是把火柴梗排立在一块块的加板上，排一块板，拿一块板的钱。在以往，有的加板上火柴梗倒一片也没人管，为的是多拿计件工资。现在，加板上那三千枝火柴梗倒几根，工人们就宁肯不拿这份工资，也要把整块板当“废品”剔出来，防止在下一工段沾不上药头，出废支。一百多个装盒的女工也是“拿计件”。她们装一盒（一百枝）火柴用五秒钟，剔出一根废支的时间同装一盒火柴的时间相比，当然就显得不太短。可是，每天下班时，她们手边那放废支的纸盒里，总是有五六百枝。可以看出，党的思想工作在这场减少废支的斗争中发生了巨大的作用。

这场斗争从去年七月持续到今年一月，每盒火柴的废支由十根左右减到了五根。这同轻工业部规定的两根半这个指标还相差一大段。厂里的干部也承认，他们还有不少工作要抓紧干。

斗争在继续着。二月中旬我们来厂访问的前两天，生产报表中统计每盒废支的那一格里写的数字，已接近四根。

斗争不能不继续。接待我们的副厂长说：“每盒火柴多一根废支，全厂一年等于把几百万盒废木棍卖给了人民，这就有个为人民服务的态度问题。拿国家的木材国家的钱，造出那么多废木棍，这又是个对国家资财的态度问题。”

何止是一根火柴？每个人生产的产品，每个人做的工作，何尝没有这个问题！

# 一个真理

平凡的事物常常包含着真理。正如北京墨水厂厂长李健刚所说："一厘钱，是个精神，因为工厂家业大，产品多，所以更要从小处打算盘。"是的，这是一种非常讲实际的精神，是能够动员所有群众行动的精神。这种精神，也可以说是我们的工厂、人民公社、商店和机关的理财之道，也是做好一切社会主义建设事业之理。不是吗？要实现党的多快好省地建设社会主义的总路线，就要有这种"一厘钱"精神，从节省一厘钱做起，从提高每一分钟的劳动效率做起，从提高每一件产品、每一项工作的质量做起。

"一厘钱"精神显示了一个颠扑不破的真理：伟大的事业要从最小的事情做起。

亲爱的读者，当你抱着雄心壮志要建设好我们伟大的社会主义祖国的时候，你就从自己经营的一厘钱、一个产品和自己的每一分钟做起吧！

（载1963年3月24日《人民日报》）

## 自学提示

（1）这篇工作通讯，不仅当时在全国引起了巨大反响，时至今天，仍有现实性和指导性。领会此文的主题，理解"一厘钱"精神的含义。

（2）此文属经济报道，但不拘泥于具体数字、生产过程、生产进度，不就事论事，而是着力写人，见物见人见思想，努力做到贴近实际，贴近群众。认知此文从日常工作和生活中选取题材、提炼深刻主题的采写特色。

（3）分析文中各小节的中心思想、它们之间的关系以及如何为表现主题服务的。

（4）此文以叙述为主，穿插了必要的议论。分析这些议论对揭示一厘钱、一分钟、一根火柴这三件事的意义及进一步深化主题的作用。

# 县委书记的榜样——焦裕禄

穆　青

1962 年冬天，正是豫东兰考县遭受内涝、风沙、盐碱三害最严重的时刻。这一年，春天风沙打毁了 20 万亩麦子，秋天淹坏了 30 多万亩庄稼，盐碱地上有 10 万亩禾苗碱死，全县的粮食产量下降到了历史的最低水平。

就是在这样的关口，党派焦裕禄来到了兰考。

展现在焦裕禄面前的兰考大地，是一幅多么严重的灾荒的景象呵！横贯全境的两条黄河故道，是一眼看不到边的黄沙；片片内涝的洼窝里，结着青色的冰凌；白茫茫的盐碱地上，枯草在寒风中抖动。

困难，重重的困难，象一副沉重的担子，压在这位新到任的县委书记的双肩。但是，焦裕禄是带着《毛泽东选集》来的，是怀着改变兰考灾区面貌的坚定决心来的。在这个贫农出身的共产党员看来，这里有 36 万勤劳的人民，有烈士们流血牺牲解放出来的 90 多万亩土地。只要加强党的领导，一时有天大的艰难，也一定能杀出条路来。

第二天，当大家知道焦裕禄是新来的县委书记时，他已经下乡去了。

他到灾情最重的公社和大队去了。他到贫下中农的草屋里，到饲养棚里，到田边地头，去了解情况，观察灾情去了。他从这个大队到那个大队，一路走，一路和同行的干部谈论。见到沙丘，他说："栽上树，岂不是成了一片好绿林！"见到涝洼窝，他说："这里可以栽苇、种蒲、养鱼。"见到碱地，他说："治住它，把一片白变成一片青！"转了一圈回到县委，他向大家说："兰考是个大有作为的地方，问题是要干，要革命。兰考是灾区，穷，困难多，但灾区有个好处，它能锻炼人的革命意志，培养人的革命品格。革命者要在困难面前逞英雄。”

焦裕禄的话，说得大家心里热呼呼的。大家议论说，新来的县委书记看问题高人一着棋，他能从困难中看到希望，能从不利条件中看到有利因素。

## “关键在于县委领导核心的思想改变”

连年受灾的兰考，整个县上的工作，几乎被发统销粮、贷款、救济棉衣和烧煤所淹没了。有人说县委机关实际上变成了一个供给部。那时侯，很多群众等待救济，一部分干部被灾害压住了头，对改变兰考面貌缺少信心，少数人甚至不愿意留在灾区工作。他们害怕困难，更害怕犯错误……

焦裕禄想：“群众在灾难中两眼望着县委，县委挺不起腰杆，群众就不能充分发动起来。‘干部不领，水牛掉井’，要想改变兰考的面貌，必须首先改变县委的精神状态。”

夜，已经很深了，焦裕禄躺在床上翻来覆去睡不着。他披上棉衣，找县委一位副书记谈心去了。

在这么晚的时候，副书记听见叩门声，吃了一惊。他迎进焦裕禄，连声问：“老焦，出了啥事？”

焦裕禄说：“我想找你谈谈。你在兰考十多年了，情况比我熟，你说，改变兰考面貌的主要问题在哪里？”

副书记沉思了一下，回答说：“在于人的思想的改变。”

“对。”焦裕禄说：“但是，应该在思想前面加两个字：领导。眼前关键在于县委领导核心的思想改变。没有抗灾的干部，就没有抗灾的群众。”

两个人谈得很久，很深，一直说到后半夜。他们的共同结论是，除“三害”首先要除思想上的病害；特别是要对县委的干部进行抗灾的思想教育。不首先从思想上把人们武装起来，要想进行除“三害”的斗争，将是不可能的。

严冬，一个风雪交加的夜晚，焦裕禄召集在家的县委委员开会。人们到齐后，他并没有宣布议事日程。只说了一句："走，跟我出去一趟"，就领着大家到火车站去了。

当时，兰考车站上，北风怒号，大雪纷飞。车站的屋檐下，挂着尺把长的冰柱。许多逃荒的灾民扶老携幼拥挤在候车室里。他们正等待着国家运送灾民前往丰收地区的专车，从这里开过……

焦裕禄指着他们，沉重地说："同志们，你们看，他们绝大多数人，都是我们的阶级兄弟。是灾荒逼迫他们背井离乡的，不能责怪他们，我们有责任。党把这个县 36 万群众交给我们，我们不能领导他们战胜灾荒，应该感到羞耻和痛心……"

他没有再讲下去，所有的县委委员都沉默着低下了头。这时有人才理解，为什么焦裕禄深更半夜领着大家来看风雪严寒中的车站。

从车站回到县委，已经是半夜时分了，会议这时候才正式开始。

焦裕禄听了大家的发言，最后说："我们经常口口声声说要为人民服务，我希望大家能牢记着今晚的情景，这样我们就会带着阶级感情，去领导群众改变兰考的面貌。"

紧接着，焦裕禄组织大家学习《为人民服务》《纪念白求恩》《愚公移山》等文章，鼓舞大家的革命干劲，鼓励大家象张思德、白求恩那样工作。

以后，焦裕禄又专门召开了一次常委会，回忆兰考的革命斗争史。在残酷的武装斗争年代，兰考县的干部和人民，同敌人英勇搏斗，前仆后继。有个地区，在一个月内曾经有九个区长为革命牺牲。烈士马福重被敌人破腹后，肠子被拉出来挂在树上……焦裕禄说："兰考这块地方，是同志们用鲜血换来的。先烈们并没有因为兰考人穷灾大，就把它让给敌人，难道我们就不能在这里战胜灾害？"

一连串的阶级教育和思想斗争，使县委领导核心在严重的自然灾害面前站起来了。他们打掉了在自然灾害面前束手无策、无所作为的懦夫思想，从上到下坚定地树立了自力更生消灭"三害"的决心。不久，在焦裕禄倡议和领导下，一个改造兰考大自然的蓝图制订出来了。这个蓝图规定在三五年内，要取得治沙、治水、治碱的基本胜利，改变兰考的面貌。这个蓝图经过县委讨论通过后，报告了中共开封地委，焦裕禄在报告上，又着重加了几句：

“我们对兰考的一草一木都有深厚的感情。面对着当前严重的自然灾害，我们有革命的胆略，坚决领导全县人民，苦战三五年，改变兰考的面貌。不达目的，我们死不瞑目。”

这几句话，深切地反映了当时县委的决心，也是兰考全党在上级党组织面前，一次庄严的宣誓。

## “吃别人嚼过的馍没味道”

焦裕禄深深地了解，理想和规划并不等于现实，这涝、沙、碱三害，自古以来害了兰考人民多少年呵！今天，要制伏“三害”，要把它们从兰考土地上像送瘟神一样驱走，必须进行大量艰苦细致的工作，付出高昂的代价。

他想，按照毛主席的教导，不管做什么工作，必须首先了解情况，进行调查研究。“没有调查就没有发言权。”要想战胜灾害，单靠一时的热情，单靠主观愿望，事情断然是办不好的。即使硬干，也要犯“闭塞眼睛捉麻雀”的错误。要想战胜灾害，必须详尽地掌握灾害的底细，了解灾害的来龙去脉，然后作出正确的判断和部署。

他下决心要把兰考县 1 800 平方公里土地上的自然情况摸透，亲自去掂一掂兰考的“三害”究竟有多大分量。

根据这一想法，县委先后抽调了 120 个干部、老农和技术员，组成一支三结合的“三害”调查队，在全县展开了大规模的追洪水、查风口、探流沙的调查研究工作。焦裕禄和县委其他领导干部，都参加了这次调查。那时候，焦裕禄正患着慢性的肝病，许多同志担心他在大风大雨中奔波，会加剧病情的发展，劝他不要参加，但他毫不犹豫地拒绝了同志们的劝告，他说：“吃别人嚼过的馍没味道。”他不愿意坐在办公室里依靠别人的汇报来进行工作，说完就背着干粮，拿着雨伞，和大家一起出发了。

每当风沙最大的时候，也就是他带头下去查风口、探流沙的时候；雨最大的时候，也就是他带头下去冒雨涉水，观看洪水流势和变化的时候。他认为这是掌握风沙、水害规律最有利的时机。为了弄清一个大风口，一条主干河道的来龙去脉，他经常不辞劳苦地跟着调查队，追寻风沙和洪水的去向，从黄河故道开始，越过县界、省界，一直追到沙落尘埃，水入河道，方肯罢休。在这场艰苦的调查中，焦裕禄简直变成一个满身泥水的农村“脱坯人”了。他和调查队的同志们经常在截腰深的水里吃干粮，蹲在泥泞里歇息……

有一次，焦裕禄从杞县阳楷公社回县城路上，遇到了白帐子猛雨。大雨下了七天七夜，全县变成了一片汪洋。焦裕禄想：“洪水呀，等还等不到哩，你自己送上门来了。”他回到县里后，连停也没停，就带着办公室的三个同志察看洪水去了。眼前只有水，哪里有路？他们靠着各人手里的一根棍，探着，走着。这时，焦裕禄突然感到一阵阵肝痛，不时弯下身子用左手按着肝区。三个青年恳求他：“你回去休息吧。把任务交给我们，我们保证按照你的要求完成任务。”焦裕禄没有同意，继续一路走，一路工作着。

他站在洪水激流中，同志们为他张着伞，他画了一张又一张水的流向图。等他们赶到金营大队，支部书记李广志一看见焦裕禄就吃惊地问：“一片汪洋大水，您是咋来的？”焦裕禄抡着手里的棍子说：“就坐这条船来的。”李广志让他休息一下，他却拿出自己画的图来，一边指点着，一边滔滔不绝地告诉李广志，根据这里的地形和水的流势，应该从哪里到哪里开一条河，再从哪里到哪里挖一条支沟……这样，就可以把这几个大队的积水，统统排出去了。李广志听了非常感动，他没有想到，焦裕禄同志的领导工作竟这样的深入细致！到吃饭的时候了，他要给焦裕禄派饭，焦裕禄说：“雨天，群众缺烧的，不吃啦！”说着，就又向风雨中走去。

送走了风沙滚滚的春天，又送走了暴雨连连的夏季，调查队在风里、雨里、沙窝里、激流里度过了一个月又一个月，方圆跋涉了5 000余里，终于使县委抓到了兰考“三害”的第一手资料。全县有大小风口84个，经调查队一个个查清，编了号、绘了图；全县有大小沙丘 1 600 个，也一个个经过丈量，编了号、绘了图；全县的千河万流，淤塞的河渠，阻水的路基、涵闸……也调查得清清楚楚，绘成了详细的排涝泄洪图。

这种大规模的调查研究，使县委基本上掌握了水、沙、碱发生、发展的规律。几个月的辛苦奔波，换来了一整套又具体又详细的资料，把全县抗灾斗争的战斗部署，放在一个更科学更扎实的基础之上。大家都觉得方向明，信心足，无形中增添了不少的力量。

## “榜样的力量是无穷的”

夜已经很深了，阵阵的肝痛和县委工作沉重的担子，使焦裕禄久久不能入睡。他的心在想着兰考县的 36 万人和 2 574 个生产队。抗灾斗争的发展是不平衡的，基层干部和群众的思想觉悟也有高有低，怎样才能充分调动起群众的革命积极性？怎样才能更快地在全县范围内开展起轰轰烈烈的抗灾斗争？

焦裕禄在苦苦思索着。

在多年的工作中，焦裕禄善于从毛泽东同志著作中汲取营养，按照他自己的说法，叫做：“白天到群众中调查访问，回来读毛主席著作，晚上‘过电影’。”他所说的“过电影”，主要是指联系实际来思考问题。他说：“无论学习或工作，不会‘过电影’那是不行的。”

现在，全县抗灾斗争的情景，正象一幕幕的电影活动在他的脑海里，此时此刻，他觉得毛泽东同志所倡导的深入群众，深入实际，调查研究的方法，是多么重要！他决定发动县委领导同志再到贫下中农中间去，集中群众的智慧寻求解决困难的办法。他自己更是经常住在老贫农的草庵子里，蹲在牛棚里，跟群众一起吃饭，一起劳动。他带着高昂的革命激情和对群众的无限信任，在广大贫下中农中间询问着、倾听着、观察着。他听到许多贫下中农的要求和呼声，看到许多社队自力更生、奋发图强的革命精神。他在群众中学到了不少治沙、治水、治碱的办法，总结了不少可贵的经验。群众的智慧，使他受到极大的鼓舞，也更加坚定了他战胜灾害的信心。

韩村是一个只有27户人家的生产队。1962年秋天遭受了毁灭性的涝灾，每人只分了12两红高粱穗。在这样严重的困难面前，生产队的贫下中农提出，不向国家伸手，不要救济粮、救济款，自己割草卖草养活自己。他们说：摇钱树，人人有，全靠自己一双手。不能支援国家，心里就够难受了，决不能再拉国家的后腿。就在这年冬天，他们割了27万斤草，养活了全体社员，养活了8头牲口，还修理了农具，买了7辆架子车。

秦寨大队的贫下中农社员，在盐碱地上刮掉一层皮，从下面深翻出好土，盖在上面。他们大干深翻地的时候，正是最困难的1963年夏季，他们说："不能干一天就干半天，不能翻一锨就翻半锨，用蚕吃桑叶的办法，一口口啃，也要把这碱地啃翻个个儿。"

赵垛楼的贫下中农在七季基本绝收以后，冒着倾盆大雨，挖河渠，挖排水沟，同暴雨内涝搏斗。1963年秋天，这里一连九天暴雨，他们却夺得了好收成，卖了8万斤余粮。

双杨树的贫下中农在农作物基本绝收的情况下，雷打不散，社员们兑鸡蛋卖猪，买牲口买种子，坚持走集体经济自力更生的道路，社员们说："穷，咱穷到一块儿；富，咱也富到一块儿。"

韩村，秦寨，赵垛楼，双杨树，广大贫下中农自力更生的革命精神，使焦裕禄十分激动。他认为这就是在毛泽东思想哺育下的贫下中农革命精神的好榜样。他在县委会议上，多次讲述了这些先进典型的重大意义。他说："榜样的力量是无穷的，我们应该把群众中这些可贵的东西，集中起来，再坚持下去，号召全县社队向他们学习。"

1963年9月，县委在兰考冷冻厂召开了全县大小队干部的会议，这是扭转兰考局势的大会，是兰考人民自力更生、奋发图强的一次誓师大会。会上，焦裕禄为韩村、秦寨、赵垛楼、双杨树的贫下中农鸣锣开道，请他们到主席台上，拉他们到万人之前，大张旗鼓地表扬他们的革命精神。他把群众中这些革命的东西，集中起来，总结为四句话："韩村的精神，秦寨的决心，赵垛楼的干劲，双杨树的道路。"他说：这就是兰考的新道路！是毛泽东思想指引的道路！他大声疾呼，号召全县人民学习这四个样板，发扬他们的革命精神，在全县范围内锁住风沙，制伏洪水，向“三害”展开英勇的斗争！

这次大会在兰考抗灾斗争的道路上，是一个伟大的转折。它激发了群众的革命豪情，鼓舞了群众的革命斗志，有力地推动了全县抗灾斗争的发展。它使韩村等四个榜样的名字传遍了兰考；它让毛泽东思想的伟大红旗，在兰考36万群众的心目中，高高地升起！

从此，兰考人民的生活中多了两个东西，这就是县委和县人委发出的“奋发图强的嘉奖令”和“革命硬骨头队”的命名书。

## “当群众最困难的时候，共产党员要出现在群众面前”

就在兰考人民对涝、沙、碱三害全面出击的时候，一场比过去更加严重的灾害又向兰考袭来。1963年秋季，兰考县一连下了13天雨，雨量达250毫米。大片大片的庄稼汪在洼窝里，渍死了。全县有11万亩秋粮绝收，22万亩受灾。

焦裕禄和县委的同志们全力投入了紧急的生产救灾。

那是个冬天的黄昏。北风越刮越紧，雪越下越大。焦裕禄听见风雪声，倚在门边望着风雪发呆。过了会儿，他又走回来，对办公室的同志们严肃地说：“在这大风大雪里，贫下中农住得咋样？牲口咋样？”接着他要求县委办公室立即通知各公社做好几件雪天工作。他说，“我说，你们记记：第一，所有农村干部必须深入到户，访贫问苦，安置无屋居住的人，发现断炊户，立即解决。第二，所有从事农村工作的同志，必须深入牛屋检查，照顾老弱病畜，保证不许冻坏一头牲口。第三，安排好室内副业生产。第四，对于参加运输的人畜，凡是被风雪隔在途中的，在哪个大队的范围，由哪个大队热情招待，保证吃得饱，住得暖。第五，教育全党，在大雪封门的时候，到群众中去，和他们同甘共苦。最后一条，把检查执行的情况迅速报告县委。”办公室的同志记下他的话，立即用电话向各公社发出了通知。

这天，外面的大风雪刮了一夜。焦裕禄的房子里，电灯也亮了一夜。

第二天，窗户纸刚刚透亮，他就挨门把全院的同志们叫起来开会。焦裕禄说："同志们，你们看，这场雪越下越大，这会给群众带来很多困难，在这大雪拥门的时候，我们不能坐在办公室里烤火，应该到群众中间去。共产党员应该在群众最困难的时候，出现在群众的面前，在群众最需要帮助的时候，去关心群众，帮助群众。"

简短的几句话，象刀刻的一样刻在每一个同志的心上。有人眼睛湿润了，有人有多少话想说也说不出来了。他们的心飞向冰天雪地的茅屋去了。大家立即带着救济粮款，分头出发了。

风雪铺天盖地而来。北风响着尖利的哨音，积雪有半尺厚。焦裕禄迎着大风雪，什么也没有披，火车头帽子的耳巴在风雪中呼扇着。那时候，他的肝痛常常发作，有时疼得厉害，他就用一支钢笔硬顶着肝部。现在他全然没想到这些，带着几个年轻小伙子，踏着积雪，一边走，一边高唱《南泥湾》。

这一天，焦裕禄没烤群众一把火，没喝群众一口水。风雪中，他在9个村子，访问了几十户生活困难的老贫农。在许楼，他走进一个低矮的柴门。这里住的是一双无儿无女的老人。老大爷有病躺在床上，老大娘是个瞎子。焦裕禄一进屋，就坐在老人的床头问寒问饥。老大爷问他是谁？他说："我是您的儿子。"老人问他大雪天来干啥？他说："毛主席叫我来看望您老人家。"老大娘感动得不知说什么才好，用颤抖的双手上上下下摸着焦裕禄。老大爷眼里噙着泪说："解放前，大雪封门，地主来逼租，撵得我串人家的房檐，住人家的牛屋。"焦裕禄安慰老人说："如今印把子抓在咱手里，兰考受灾受穷的面貌一定能够改过来。"

就是在这次雪天送粮当中，焦裕禄也看到和听到了许多贫下中农极其感人的故事。谁能够想到，在毁灭性的涝灾面前，竟有那么一些生产队，两次三番退回国家送给他们的救济粮、救济款。他们说：把救济粮、救济款送给比我们更困难的兄弟队吧，我们自己能想办法养活自己！

焦裕禄心里多么激动呵！他看到毛泽东思想象甘露一样滋润了兰考人民的心，党号召的自力更生、奋发图强的精神，在困难面前逞英雄的硬骨头精神，已经变成千千万万群众敢于同天抗、同灾斗的物质力量了。

有了这种精神，在兰考人民面前还有什么天大的灾害不能战胜！

## “县委书记要善于当‘班长’”

焦裕禄常说，县委书记要善于当“班长”，要把县委这个“班”带好，必须使这“一班人”思想齐、动作齐。而要统一思想、统一行动，就必须靠毛泽东思想。

他是这样想的，也是这样做的。

县人委有一位从丰收地区调来的领导干部，提出了一个装潢县委和县人委领导干部办公室的计划。连桌子、椅子、茶具，都要换一套新的。为了好看，还要把城里一个污水坑填平，上面盖一排房子。县委多数同志激烈地反对这个计划。也有人问：“钱从哪里来？能不能花？”这位领导干部管财政，他说：“花钱我负责。”

但是，焦裕禄提了一个问题：

“坐在破椅子上不能革命吗？”他接着说明了自己的意见：

“灾区面貌没有改变，还大量吃着国家的统销粮，群众生活很困难。富丽堂皇的事，不但不能做，就是连想也很危险。”

后来，焦裕禄找这位领导干部谈了几次话，帮助他认识错误。焦裕禄对他说：兰考是灾区，比不得丰收区。即使是丰收区，你提的那种计划，也是不应该做的。焦裕禄劝这位领导干部到贫下中农家里去住一住，到贫下中农中间去看一看。去看看他们想的是什么，做的是什么。焦裕禄作为县委的班长，他从来不把自己的意见，强加于人。他对同志们要求非常严格，但他要求得入情入理，叫你自己从内心里生出改正错误的力量。不久以后，这位领导干部认识了错误，自己收回了那个“建设计划”。

有一位公社副书记在工作中犯了错误。当时，县委开会，多数委员主张处分这位同志。但焦裕禄经过再三考虑，提出暂时不要给他处分。焦裕禄说，这位同志是我们的阶级弟兄，他犯了错误，给他处分固然是必要的；但是，处分是为了达到治病救人的目的。当前改变兰考面貌，是一个艰巨的斗争，不如派他到最艰苦的地方去，考验他，锻炼他，给他以改正错误的机会，让他为党的事业出力，这样不是更好吗？

县委同意了焦裕禄的建议，决定派这个同志到灾害严重的赵垛楼去蹲点。这位同志临走时，焦裕禄把他请来，严肃地提出批评，亲切地提出希望，最后焦裕禄说："你想想，当一个不坚强的战士，当一个忘了群众利益的共产党员，多危险，多可耻呵！先烈们为解放兰考这块地方，能付出鲜血、生命；难道我们就不能建设好这个地方？难道我们能在自然灾害面前当怕死鬼？当逃兵？"

焦裕禄的话，一字字、一句句都紧紧扣住这位同志的心。这话的分量比一个最重的处分决定还要沉重，但这话也使这位同志充满了战斗的激情。阶级的情谊，革命的情谊，党的温暖，在这位犯错误的同志的心中激荡着，他满眼流着泪，说："焦裕禄同志，你放心……"

这位同志到赵垛楼以后，立刻同群众一道投入了治沙治水的斗争。他发现群众的生活困难，提出要卖掉自己的自行车，帮助群众，县委制止了他，并且指出，当前最迫切的问题，是从思想上武装赵垛楼的社员群众，领导他们起来，自力更生进行顽强的抗灾斗争，一辆自行车是不能解决什么问题的。以后，焦裕禄也到赵垛楼去了。他关怀赵垛楼的2 000来个社员群众，他也关怀这位犯错误的阶级弟兄。

就在这年冬天，赵垛楼为害农田多年的24个沙丘，被社员群众用沙底下的黄胶泥封盖住了。社员们还挖通了河渠，治住了内涝。这个一连七季吃统销粮的大队，一季翻身，卖余粮了。

也就在赵垛楼大队"翻身"的这年冬天，那位犯错误的同志，思想上也翻了个个儿。他在抗灾斗争中，身先士卒，表现得很英勇。他没有辜负党和焦裕禄对他的期望。

焦裕禄，出生在山东淄博一个贫农家里，他的父亲在解放前就被国民党反动派逼迫上吊自杀了。他从小逃过荒，给地主放过牛，扛过活，还被日本鬼子抓到东北挖过煤。他带着家仇、阶级恨参加了革命队伍，在部队、农村和工厂里做过基层工作。自从参加革命一直到当县委书记以后，他始终保持着劳动人民的本色。他常常开襟解怀，卷着裤管，朴朴实实地在群众中间工作、劳动。贫农身上有多少泥，他身上有多少泥。他穿的袜子，补了又补。他爱人要给他买双新的，他说："跟贫下中农比一比，咱穿得就不错了。"夏天他连凉席也不买，只花四毛钱买一条蒲席铺。

有一次，他发现孩子很晚才回家去。一问，原来是看戏去了。他问孩子："哪里来的票？"孩子说："收票叔叔向我要票，我说没有。叔叔问我是谁？我说焦书记是我爸爸。叔叔没有收票就叫我进去了。"焦裕禄听了非常生气，当即把一家人叫来"训"了一顿，命令孩子立即把票钱如数送给戏院。接着，他又建议县委起草了一个通知，不准任何干部特殊化，不准任何干部和他们的子弟"看白戏"……

"焦裕禄是我们县委的好班长，好榜样。"

"在焦裕禄领导下工作，方向明，信心大，敢于大作大为，心情舒畅，就是累死也心甘。"

焦裕禄的战友这样说，反对过他的人这样说，犯过错误的人也这样说。

## 他心里装着全体人民，唯独没有他自己

县委一位副书记在乡下患感冒，焦裕禄几次打电话，要他回来休息；组织部一位同志有慢性病，焦裕禄不给他分配工作，要他安心疗养；财委一位同志患病，焦裕禄多次催他到医院检查……焦裕禄的心里，装着全体党员和全体人民，唯独没有他自己。

1964年春天，正当党领导着兰考人民同涝、沙、碱斗争胜利前进的时候，焦裕禄的肝病也越来越重了。很多人都发现，无论开会、作报告，他经常把右脚踩在椅子上，用右膝顶住肝部。他棉袄

上的第二和第三个扣子是不扣的，左手经常揣在怀里。人们留心观察，原来他越来越多地用左手按着时时作痛的肝部，或者用一根硬东西顶在右边的椅靠上。日子久了，他办公坐的藤椅上，右边被顶出了一个大窟窿。他对自己的病，是从来不在意的。同志们问起来，他才说他对肝痛采取了一种压迫止痛法。县委的同志们劝他疗养，他笑着说："病是个欺软怕硬的东西，你压住他，他就不欺侮你了。"焦裕禄暗中忍受了多大痛苦，连他的亲人也不清楚。他真是全心全意投到改变兰考面貌的斗争中去了。

焦裕禄到地委开会，地委负责同志劝他住院治疗，他说："春天要安排一年的工作，离不开！"没有住。地委给他请来一位有名的中医诊断病情，开了药方，因为药费很贵，他不肯买。他说："灾区群众生活很困难，花这么多钱买药，我能吃得下吗？"县委的同志背着他去买来三剂，强迫他服了，但他执意不再服第四剂。

那天，县委办公室的干部张思义和他一同骑自行车到三义寨公社去。走到半路，焦裕禄的肝痛发作，疼得蹬不动车，两个人只好推着自行车慢慢走。刚到公社，大家看他气色不好，就猜出是他又发病了。公社的同志说："休息一下吧。"他说："谈你们的情况吧，我不是来休息的。"

公社的同志一边汇报情况，一边看着焦裕禄强按着肝区在作笔记。显然，他的肝痛得使手指发抖，钢笔几次从手指间掉了下来。汇报的同志看到这情形，忍住泪，连话都说不出来了，而他，看来还是神情自若的样子，说：

"说，往下说吧。"

1964年的3月，兰考人民的除"三害"斗争达到了高潮，焦裕禄的肝病也到了严重关头。躺在病床上，他的心潮汹涌澎湃，奔向那正在被改造着的大地。他满腔激情地坐到桌前，想动手写一篇文章，题目是：《兰考人民多奇志，敢教日月换新天》。他铺开稿纸，拟好了四个小题目：一、设想不等于现实。二、一个落后地区的改变，首先是领导思想的改变。领导思想不改变，外地的经验学不进，本地的经验总结不起来。三、榜样的力量是无穷的。四、精神原子弹——物质变精神，精神变物质。

充满了革命乐观主义的焦裕禄，从兰考人民在抗灾斗争中表现出来的英雄气概，从兰考人民一步一个脚印的实干精神中，已经预见到新兰考美好的未来。但是，文章只开了个头，病魔就逼他放下了手中的笔，县委决定送他到医院治病去了。

临行那一天，由于肝痛得厉害，他是弯着腰走向车站的。他是多么舍不得离开兰考呵！一年多来，全县149个大队，他已经跑遍了120多个。他把整个身心，都交给了兰考的群众，兰考的斗争。正像一位指挥员在战斗最紧张的时刻，离开炮火纷飞的前沿阵地一样，他从心底感到痛苦、内疚和不安。他不时深情地回顾着兰考城内的一切，他多么希望能很快地治好肝病，带着旺盛的精力回来和群众一块战斗呵！他几次向送行的同志们说，不久他就会回来的。在火车开动前的几分钟，他还郑重地布置了最后一项工作，要县委的同志好好准备材料，等他回来时，向他详细汇报抗灾斗争的战果。

## “活着我没有治好沙丘，死了也要看着你们把沙丘治好！”

开封医院把焦裕禄转到郑州医院，郑州医院又把他转到北京的医院。在这位钢铁般的无产阶级战士面前，医生们为他和肝痛斗争的顽强性格感到惊异。他们带着崇敬的心情站在病床前诊察，最后很多人含着眼泪离开。

那是个多么令人悲恸的日子呵！医生们开出了最后的诊断书，上面写道：“肝癌后期，皮下扩散。”这是不治之症。送他去治病的赵文选同志，不相信这个诊断，人像傻了似的，一连声问道：“什么，什么？”医生怀着沉重的心情，低声说：“焦裕禄同志最多还有20天时间。”

赵文选呆了一下，突然放声痛哭起来。他央告着说：

“医生，我求求你，我恳求你，请你把他治好，俺兰考是个灾区，俺全县人民离不开他，离不开他呀！”

在场的人都含着泪。医生说：“焦裕禄同志的工作情况，在他进院时，党组织已经告诉我们。癌症现在还是一个难题，不过，请你转告兰考县的群众，我们医务工作者，一定用焦裕禄同志同困难和灾害斗争的那种革命精神，来尽快攻占这个高地。”

焦裕禄又被转到郑州河南医学院附属医院。

焦裕禄病危的消息传到兰考后，县上不少同志去郑州看望他。县上有人来看他，他总是不谈自己的病，先问县里的工作情况，他问张庄的沙丘封住了没有？问赵垛楼的庄稼淹了没有？问秦寨盐碱地上的麦子长得怎样？问老韩陵地里的泡桐树栽了多少？……

有一次，他特地嘱咐一个县委办公室的干部说：

“你回去对县委的同志说，叫他们把我没写完的文章写完；还有，把秦寨盐碱地上的麦穗拿一把来，让我看看！”

5 月初，焦裕禄的病情进一步恶化了。在这种情况下，县委的一位副书记匆匆赶到郑州探望他。当焦裕禄用干瘦的手握着他的手，两只失神的眼睛深情地望着他时，这位副书记的泪珠禁不住一颗颗滚了下来。

焦裕禄问道：“听说豫东下了大雨，雨多大？淹了没有？”

“没有。”

“这样大的雨，咋会不淹？你不要不告诉我。”

“是没有淹！排涝工程起作用了。”副书记一面回答，一面强忍着悲痛给他讲了一些兰考人民抗灾斗争胜利的情况，安慰他安心养病，说兰考面貌的改变也许会比原来的估计更快一些。

这时候，副书记看到焦裕禄在全力克制自己剧烈的肝痛，一粒粒黄豆大的冷汗珠时时从他额头上浸出来。他勉强擦了擦汗，半晌，问道：

“我的病咋样？为什么医生不肯告诉我呢？”

副书记迟迟没有回答。

焦裕禄一连追问了几次，副书记最后不得不告诉他说：“这是组织上的决定。”

听了这句话，焦裕禄点了点头，镇定地说道：“呵，我明白了……”

隔了一会儿，焦裕禄从怀里掏出一张自己的照片，颤颤地交给这位副书记，然后说道："现在有句话我不能不说了。回去对同志们说，我不行了，你们要领导兰考人民坚决地斗争下去。党相信我们，派我们去领导，我们是有信心的。我们是灾区，我死了，不要多花钱。我死后只有一个要求，要求组织上把我运回兰考，埋在沙堆上，活着我没有治好沙丘，死了也要看着你们把沙丘治好！"

副书记再也无法忍住自己的悲痛，他望着焦裕禄，鼻子一酸，几乎哭出声来。他带着泪匆匆地告别了自己的战友……

谁也没有料到，这就是焦裕禄同兰考县人民，同兰考县党组织的最后一别。

1964 年 5 月 14 日，焦裕禄同志不幸逝世了。那一年，他才 42 岁。

在他生命的最后时刻，中共河南省委和开封地委有两位负责同志守在他的床前。他对这两位上级党组织的代表断断续续地说出了最后一句话："我……没有……完成……党交给我的……任务。"

他死后，人们在他病床的枕下发现两本书：一本是《毛泽东选集》，一本是《论共产党员的修养》。

## 他没有死，他还活着

事隔一年以后，1965 年春天，兰考县几十个贫农代表和干部，专程来到焦裕禄的坟前。贫农们一看见焦裕禄的坟墓，就仿佛看见了他们的县委书记，看见了他们永远也不会忘记的那个人。

一年前，他还在兰考，同贫下中农一起，日夜奔波在抗灾斗争的前线。人们怎么会忘记，在那大雪封门的日子，他带着党的温暖走进了贫农的柴门；在那洪水暴发的日子，他拄着棍子带病到各个村庄察看水情。是他高举着毛泽东思想的红灯，照亮了兰考人民自力更生的道路；是他带领兰考人民扭转了兰考的局势，激发了人们的革命精神；是他喊出了"锁住风沙，制伏洪水"的号召；是他发现了贫下中农中革命的"硬骨头"精神，使之在全县发扬光大……这一切，多么熟悉，多么亲切呵！谁能够想到，像他这样一个充满着革命活力的人，竟会在兰考人民最需要他的时候，离开了兰考的大地。

人们一个个含着泪站在他的坟前，一位老贫农泣不成声地说出了 36 万兰考人的心声：

“我们的好书记，你是活活地为俺兰考人民，硬把你给累死的呀。困难的时候你为俺贫农操心，跟着俺们受罪，现在，俺们好过了，全兰考翻身了，你却一个人在这里……”

这是兰考人民对自己的亲人、阶级战友的痛悼，也是兰考人民对一个为他们的利益献出生命的共产党员的最高嘉奖。

焦裕禄去世后的这一年，兰考县的全体党员，全体人民，用汗水灌溉了兰考大地。三年前焦裕禄倡导制订的改造兰考大自然的蓝图，经过三年艰苦努力，已经变成了现实。兰考，这个豫东历史上缺粮的县份，1965 年粮食初步自给了。全县 2 574 个生产队，除 300 来个队是棉花、油料产区外，其余的都陆续自给，许多队有了自己的储备粮。1965 年，兰考县连续旱了 68 天，从 1964 年冬天到 1965 年春天，刮了 72 次大风，却没有发生风沙打死庄稼的灾害，19 万亩沙区的千百条林带开始把风沙锁住了。这一年秋天，连续下了 384 毫米暴雨，全县也没有一个大队受灾。

焦裕禄生前没有写完的那篇文章，正由 36 万兰考人民在兰考大地上奋力集体完成。在这篇文章里，兰考人民笑那起伏的沙丘“贴了膏药，扎了针”①，笑那滔滔洪水乖乖地归了河道，笑那人老几辈连茅草都不长的老碱窝开始出现了碧绿的庄稼，笑那多少世纪以来一直压在人们头上的大自然的暴君，在伟大的毛泽东时代，不能再任意摆布人们的命运了。

焦裕禄虽然去世了，但他在兰考土地上播下的自力更生的革命种子，正在发芽成长。他一心为革命，一心为群众的高贵品德，已成为全县干部和群众学习的榜样。这一切宝贵的精神财富，今天已化为强大的物质力量，推动着兰考人民在自力更生、奋发图强的大

---

① 这是焦裕禄生前总结兰考人民治沙经验说过的两句话。“贴了膏药”是指用翻淤压沙的办法把沙丘封住；“扎了针”是指在沙丘上种上树，把沙丘固定住。

道上继续前进。

焦裕禄同志，你没有辜负党的希望，你出色地完成了党交给你的任务，兰考人民将永远忘不了你。你不愧为毛泽东思想哺育成长起来的好党员，不愧为党的好干部，不愧为人民的好儿子！你是千千万万在严重自然灾害面前，巍然屹立的共产党员英雄形象的代表。你没有死，你将永远活在千万人的心里！

1966年2月4日

（本文与冯健、周原同志合写）

（选自《十个共产党员》）

## 自学提示

（1）识记这是穆青同志写的人物通讯，曾在社会上引起广泛而深刻的影响，是我国新闻史上的名篇。

（2）联系当时的时代背景，概括此文的主题，认知它真实地表现了时代的英雄，深刻地体现了时代精神。

（3）联系有关段落，简要分析此文通过各种矛盾冲突表现人物思想性格的写作特点。

（4）分析这篇人物通讯的语言特色，领会“吃别人嚼过的馍没味道”这句话的深刻含义。

# 水城威尼斯

穆　青

威尼斯是世界著名的水城，它的美是水和桥构成的。今天，它是世界上唯一没有汽车的城市。

我们从米兰到威尼斯的夜晚，一下火车，天正落着小雨，走出站台便听到水声拍岸，浪花就在我们的脚下飞溅。安莎社的朋友们开来一艘小汽艇，正在码头上等候我们。他们风趣地说："这就是我们威尼斯的汽车。"

船在弯弯曲曲的水道上行进，两岸闪烁着路灯，大片大片的雨丝在灯影里飘落着。从一些黑洞洞的建筑物里，偶尔也透出星星点点的灯光，在水面上摇曳着长长的光影。一路上我们只觉得头顶上闪过一座座小桥，但记不清数目，也看不清都是些什么形状。

我们住的欧洲旅馆，好象就在水里盖起来的，它在自己的大门口建造了一座活动的码头，当我们提着行李踏上这摇摇晃晃的码头时，我突然感到这不是在上岸，而是登上一艘更大的航船。

第二天一早起来，我推开窗子，只见窗下就是一条开阔的水道，大小船只不断地来来往往。这就是威尼斯著名的大运河。对岸是一个古老的教堂，建筑得很漂亮，阳光在它的塔尖上闪耀。几只白色的海鸥上下飞翔，三四个披着黑纱的修女，正在教堂的门口悠闲地散步……好一幅幽美的画图啊！

我兴致勃勃地跑下楼去，想站在旅店的码头上看看两边的风景，谁知清晨潮水上涨，码头已浸在海水里。旅店主人不得不在码头上又架起木板当作浮桥，让客人们上下船时通行。旅馆东西两侧的餐厅，因为突出水面，潮水涨上来，大部分桌椅都泡在水里，成了名副其实的水上餐厅。

按照当天的日程，上午我们要到圣马可广场参观，向导领着我们从旅店连接陆地的后门走出去。街上这里那里还积存有未退尽的潮水，人们都穿着长统皮靴走来走去。狭窄的街道上还到处搭着木板，看来这种便桥家家都有准备，一旦水漫过来，家家搭起木板，纵横相连，整个街道和城市又可通行无阻了。

当威尼斯最著名的圣马可广场第一次出现在我的眼前时，我完全被它出乎意料的美丽怔住了。这个古老的广场是由教堂、钟楼和其它相称的建筑物所组成，它们造型的优美、和谐，石雕的生动、逼真，可以说是古罗马建筑中少有的杰作。当时，蓝天白云，阳光灿烂，广场一半以上的地方还浸在潮水里。建筑物的清晰的倒影，加上周围咖啡馆的露天陈设，游人们鲜艳的衣着，五光十色，上下辉映，形成了一幅极其迷人的图画。广场上，母亲们带着孩子在水中嬉戏，年轻人脱去鞋袜来回奔跑；大群大群的鸽子，时而簇拥在地上觅食，时而又带着扑扑拉拉的振翅声，飞满整个广场的上空。

据当地向导告诉我，圣马可广场平时就很漂亮，很多人称它是威尼斯的明珠。但他认为最美丽的还是上潮的时候，一片潮水如同在广场铺上一面巨大的镜子，使所有建筑象镶嵌在水晶或玻璃中间，显得更加玲珑剔透，光彩照人。只是这种情景很难遇到，威尼斯虽然每天都有落潮涨潮，但出现水漫广场的景致，一年最多也不过几次。大家都认为我们运气实在太好，恰恰就在我们到达的第二天一早，威尼斯就以它最友好、最美丽的面貌接待了我们。

圣马可广场面临大海，是游人聚集的中心。1797 年拿破仑进占威尼斯后，垂涎这里的景色，赞叹圣马可广场是“世界上最美的广场”，因此曾下令把广场旁边的总督府改为行宫，至今人们还把它叫做拿破仑宫。广场上的圣马可教堂，也是意大利著名的建筑。它是为《马可福音》的作者，圣徒马可兴建的。据说威尼斯人把圣马可当作保护神，教堂内有圣马可的陵墓。圣马可教堂最引人注目的：一是内部墙壁上用石子和碎瓷镶嵌的壁画；一是大门顶上正中部分，雕有四匹金色的奔驰着的骏马。可惜我们去的时候，教堂正在修缮，四匹马只剩下一匹，其它三匹不知搬到哪里去了。

广场周围，开设有许多饭馆和咖啡店，桌椅就露天摆放在广场上。白天，游人们在这里用餐，夜晚更是喝咖啡、听音乐最好的场所。据说，每当夏季游人最盛的时候，广场上夜夜灯光灿烂，乐声四起，歌声笑语彻夜不息，使这个美丽的广场，更增加一层迷人的色彩。

我们在威尼斯访问了两天，曾多次乘船经过市区，饱览了这座水城大街小巷的特殊风光。有些水道比北京的小胡同还要狭窄，两条船不能并开，只能单行。街道两旁都是古老的房屋，底层大多为居民的船库。连接街道两岸的是各种各样的石桥或木桥。它们高高地横跨街心，一点也不妨碍行船。据说威尼斯一共有400座桥梁和170多条水街。纵横交错，四面贯通，人们以舟代车，以桥代路，陆地、水面，游人熙攘，鸽子与海鸥齐飞，形成了这个世界著名水城的一种特有的生活情趣。

威尼斯还有一种古老的游览船，名叫“贡多拉”，船身狭长，首尾翘起，最适宜在狭窄的水巷中行驶。这种船，大多漆成黑色。艄公身着黑白相间的传统服装，头戴有红色帽箍的草帽，他们用单桨划船，操作非常熟练。到这里来旅游的人，如果时间充裕，往往喜欢雇只这样的小船，穿街过巷，缓缓而行，听听艄公的歌唱，饱览水乡的景物，真是别有一番风韵。

有一次，我们乘船路过马可·波罗的故居，这是一所古老的黄色的小楼，门前一座很大的石桥，名字就叫马可·波罗桥，桥头上钉有牌子。向导告诉我，这里现在住着居民，没有对外开放，只能在外面看看。遗憾的是这里十分狭窄，我们在船上没有合适的角度，结果连张照片也没有拍上。

威尼斯前不久才和我国苏州结为姊妹城，因此他们对中国客人特别热情。在我们所接触的意大利朋友中，包括威尼斯市长和夫人，都一再向我们询问苏州的情况，想了解苏州和威尼斯有哪些相似，有哪些不同，他们都知道“上有天堂，下有苏杭”那句话，都希望有机会能到苏州去看看。市长说，他正在准备组织到苏州访问的代表团，为难的是，向他报名的人实在太多了。

在谈到对中国的友好感情时，许多威尼斯朋友都感到自豪。他们说威尼斯是马可·波罗的故乡，他就是从这里走向中国的，在意中两国之间铺设了一条悠久的友谊之路。中国朋友应该了解威尼斯人对中国这种特殊的感情。

这话讲得多么朴实亲切呵，至今它还在我心头萦绕。

1979年底

## 自学提示

(1) 这是一篇国际风貌通讯。

(2) 风貌通讯要努力抓住特点，展现不同的地域风貌。简要分析此文通过水、桥、船等典型景物，多侧面地描绘威尼斯这个世界著名水城的地方特色。

(3) 具体分析此文写景动静相衬的特点。

(4) 指出此文所穿插的历史、地理等方面的材料，并说明运用这些材料在风貌通讯中的作用。

(5) 对照作者国内题材的通讯报道，领会此文优美清新的语言风格。

# 写在绢帕上的诗

## ——访邓拓夫人丁一岚

柏　生

深秋的一天，我踏着街头萧萧黄叶，来到了丁一岚大姐家里。

在她客厅的东墙上，挂着邓拓同志的遗像，旁边是一幅隶书对联："又闻子规啼夜月，独骑骢马入深山。"一岚大姐对我说，这幅对联恰好描绘了战争年代的生活情景。那时，《晋察冀日报》的驻地大多在偏僻的山村，邓拓和编辑部、印刷厂的同志们总是工作到深夜，幽静的夜空中时常传来杜鹃宛转的啼声。老邓赶写或审查完稿件，往往到了凌晨，又一个人骑着青花色的战马，走上崎岖的山路，赶到党委办的干部学校去讲课。所以，一岚十分喜爱这幅对联。

邓拓同志及一岚大姐和我都很熟识，应我的要求，她送我一张他们夫妇两人的合影。她告诉我：

"这是一九四九年刚进北京时照的。时间过去三十年了，那时我们都还年轻呢！"

我仔细看着照片。邓拓一双神采奕奕、温和如春的眼睛仿佛活着一样，一岚大姐圆圆的脸上透着一片喜悦，两眼闪出温文的光彩。他们的背后是苍翠的古松。

四十多年前，丁一岚还是一个十几岁的少女，"一二·九"运动的浪潮推动她参加了挽救民族危亡的斗争。一九三七年，她从天津一个小资产阶级家庭中出走，到了革命圣地延安，接受了革命熔炉的锻炼。第二年，她随着大批参加敌后斗争的青年战友，来到太行山麓工作，在晋察冀根据地平山县妇救会任宣传部长。一九四一年，她在工作中了解到一个参加抗日工作的童养媳被封建公婆杀害的惨案，怀着满腔激愤写了一篇稿子《血的控诉》，投给《晋察冀日报》。总编辑邓拓看到了，觉得稿子写得很好，亲自修改发表了，还给作者写了一封信，对这位女作者表示谢意，并鼓励她继续写稿。一岚接信后，十分高兴。两个人的通信就这样开始了。经过一年的书信往来逐渐建立了友情，这可以说是文字缘吧！

当年冬天，他们才在平山县瓦口川内一位朋友家里见了面。那时邓拓还不满三十岁，他的个人生活是比较严肃的，但这次会面，激起了他感情上的波澜，他写的《初晤》诗，深情地表达了内心的激动：

山村曲水夜声沉，皓月霜花落木天。
盼彻清眸溪畔影，寄将深虑阿谁边？
矜持语短长悬忆，怅惜芜堤不远延。
待得他时行箧里，新诗绮札读千篇。

第二年春天，他们在滹沱河畔定下了终身的誓盟。邓拓是个诗人，诗句更能表达他炽热的爱情，他们分手后，他很快就给一岚寄去了一首诗——《心盟》

滹沱河畔订心盟，卷地风沙四野鸣。
如此年时如此地，人间长此记深情。

从此，他俩开始了几十年互敬互爱的共同生活。

谈到邓拓的诗，一岚大姐从内室里拿出两方已经裱在卷轴上的诗帕来。诗帕大约有一尺见方，颜色已经有些发黄。她说：

“这是邓拓同志写给我的《战地歌四拍》，你看看吧！”

我接过了卷轴。两方诗帕上面抄录了邓拓给一岚大姐的一封长诗形式的信和一首诗，有些字迹已经不那么清楚了。我感叹地说：

“这是多么珍贵的纪念啊！”

她微微叹了一口气，稍稍沉思后告诉我：

“这两方诗帕，珍藏好多年了。战争年代我们常常分居两地。

1944年秋季反‘扫荡’前夕，老邓在阜平县晋察冀日报社驻地，我在报社驻地南边平山县中央局党校学习。如果反‘扫荡’开始，音讯就要中断几个月。趁着战斗还没开始，他给我寄来了这封信。但是当时我并没有收到。那时关山阻隔，通信确实比较困难，有一段时间我没有给他写信。所以他在信中说‘北雁只南飞，望南来雁影无踪’，问我是否一心钻研马列经典，‘不着人间尘土’。”说到这里，一岚也笑了。

我仔细地读了《战地歌》，真是诗字双绝，字里行间，情长意深。得到一岚大姐的同意，我把它抄了下来：

一年又值秋风起，北雁只南飞，望南来雁影无踪，算不合关山阻？远水绕荒村，莫是枕经眠未晓？明镜菩提勤拂拭，不着人间尘土。

青丝依样似旧时。心血如潮，七度春秋销北地。数三十又三年，问后来岁月，还能几许？只如今抖擞旧精神，酬尽心头文字债，待取新衣上征途，好将身手试，长为孺子牛。

鼙鼓又声喧，打叠琴书无着处，缩地失长鞭，脚跟无线，咫尺吴头楚尾。想旦夕四野动烽烟，顾不得惊起伯劳飞燕各西东。漫负笈携囊早登程，且休回首，向莽莽平沙去处舞干戈，莫念那恒岳巍巍云里人！

别离滋味浓还淡，欲诉又笺残，想将心绪谱奇弦，弹与知音人不见；结伴同行重话旧，不识何时也！果不相逢时，强饭加衣好护持，独立西风里，珍重复珍重！

下款写着：

右录一九四四年秋季反扫荡前夕，遥寄一岚战地歌四拍，以为永久纪念。

云特手书

一岚大姐说，那次反“扫荡”没有大规模爆发，敌人在几个地方进行了一些骚扰，被我军打退了。事后她听说老邓寄过这样一封信而没有接到，感到很遗憾。她十分喜爱这首长诗，一九四八年春天，胜利的局势即将到来，边区人民生活安定并充满喜悦，在一个风和日丽的下午，她请老邓把这封没有接到的信抄在一方绢丝手帕上，所以落款的日期已经是一九四八年四月二十八日了。

“另一方丝绢上的一首诗，是老邓即兴写的。”一岚说，“那时我们已经结婚六年了，这首诗算是对我们六年同甘苦、共患难的战斗生活的自咏吧!”

诗句写在绢帕的中央，字体比《战地歌》稍大些，诗文是：

忆自滹沱河畔游，鹣鹣形影共春秋。
平生足慰齐眉意，苦志学为孺子牛。
久历艰危多刚介，自空尘俗倍温柔。
六年血火情深处，山海风波定白头。

邓拓同志的《战地歌》，寓豪情于缠绵悱恻之中，书壮怀于低回宛转之内。书体刚劲潇洒，纤波浓点，错落其间。“这么珍贵的东西保存下来了可真不容易啊!”我不禁感叹道。

“在‘十年动乱’中保存这两方诗帕，的确很不容易。”

一岚大姐说：“邓拓离开我以后，我想，别的东西我不能保存，这两方诗帕可不能丢。可是收藏到哪里去呢？收藏到哪里，都有被抄走的危险。后来，我就想了个办法，把冬天贴身穿的那件丝棉袄拆开，把这两方诗帕缝在里面。‘十年动乱’中，我先后到房山农场和河南淮阳干校劳动，寒风凛冽，我穿着棉袄劳动，汗水常常把棉袄浸湿了。直到‘四人帮’被打倒后，我才把它取出来。”

这两方对折的绢帕因为被浸湿，绢上的墨迹洇到另一面去了。看到这洇湿模糊的字迹，不难想象一岚大姐在“十年动乱”中度过的艰难岁月。我不禁想到，去年在为党的忠诚战士邓拓同志举行的追悼大会上，悬挂的那幅一岚大姐含泪奉上的挽联：“山海风波心盟永忆，万家恨雪云际长明。”表达了她对邓拓忠贞不渝的爱情。

一岚大姐今年五十九岁了，身体和精神都很好。她说的一口标准的普通话，音色那么纯正清朗。一九四五年张家口解放时，她曾在张家口新华广播电台，以铿锵有力的声音播出过许多胜利的战报。一九四九年十月一日中华人民共和国开国大典上，她和齐越一同在天安门城楼上作了实况广播。我告诉她，我听说她曾经是位出色的播音员呢！她谦虚地笑笑。

丁一岚现在是北京国际广播电台副台长。虽然工作很忙，但她工作之余，正在整理邓拓同志的遗著，交给有关部门陆续出版，把邓拓同志翰墨生涯的宝贵经验和高贵的革命情操留给后人。

夕阳西下，我告别了一岚大姐。在归途中，我又想起了那两方诗帕，深情的诗句，俊逸的字迹，又再现于我的眼前。

（1980 年）

（选自《柏生新闻作品选》）

## 自学提示

（1）识记这是一篇人物专访。

（2）此文以真挚的感情、动人的文字，表现了邓拓和丁一岚之间的文字缘、革命情。分析此文以诗为主线，谋篇布局、串联时空的结构特点。

（3）此文多处用邓拓的诗，分析这些诗的艺术特色，认知它们对叙事、寄情、写人的作用。

（4）联系此文认识人物谈话、现场情景、记者参与，对写好人物专访的作用。

# 并非鱼草之争

## ——从生态系统观点看多种经营的综合安排

陈晓微　周守瑾

前些日子，几位专家和科研工作者到德清去进行农业生态系统考察。谁也没想到，第一个缠住专家的竟是个“草”的问题。

德清县的外荡水面本来种菱而不养草。解放初期那阵子，德清还年产菱角28万担。弃菱而种草，这是70年代以后的事。年复一年，水面养草越来越多，以致许多宽阔的漾面，不见碧波闪光，倒成了水上草原。群众说，行船一条缝，用水打个洞，便是极生动的概括。那天专家们从县城乘小汽艇到公社去调查研究，船行未几，螺旋桨即被水草缠住，折腾了老半天才算解围。一位畜牧专家于是说了一句很风趣的话：“这是湖羊被蚕宝宝赶下水的结果!”

这句话，是有一段“潜台词”的。

我们知道，杭嘉湖地区素以产湖羊称著。特别是小湖羊皮进入国际市场以后，更是名闻遐迩。湖羊品质之佳，重要原因之一是喂以桑叶。因为当时习惯秋桑不养蚕，所以秋叶又称羊叶。以后随着养蚕业的发展，一年里已不是养两季、三季，而是养五季。这样，桑叶供蚕犹感不足，哪来的余叶喂羊呢？而湖羊又是传统“产品”，弃之不能。这时，又加上养猪、养兔业的迅速发展，草的需求量成倍增加。在这种矛盾极度尖锐的情况下，人们只好转而在非耕地上找出路，而面积宽广的外荡水面，自然成了首先被瞩目之处。这便是水草出现的原因及其背景。而各生产队为了管理上的方便，又将养草水面直接划给了社员，实行谁养谁有的政策，这就激发了群众养草的积极性。有人估算，现在至少有一半以上的水草并非真正是社员自己养羊的需要，而是当作商品草出售了，每亩水草可得款120到150元。眼前的利益又刺激着人们把草越养越多，有的漾面上，水草的领地竟占了百分之九十以上，以致到了妨碍交通、污染水质的地步。这就是这位专家说的“赶下水”的来龙去脉。

提到水，研究水产的同志说话了，也挺风趣：“羊下了水，这鱼米之乡可就只剩下一半了。”

这话也需要做点注解。

原来德清县水产资源相当丰富，仅淡水鱼即达42种之多。50年代鱼产量曾达11.7万担。因此，说德清为鱼米之乡是当之无愧的。但是，70年代以后，外荡的水草封锁了水面，使水中的藻类无法进行光合作用，浮游动物无以为生，螺蚌类也就逐渐少下去，鱼类的天然粮源便告匮缺。加上每到盛暑，水草根部腐烂，水质污染，这样的生态环境，对于鱼类的生长当然是极为不利的。因此，现在除人工饲养的花鲢、白鲢、草鱼等七个品种外，其余如鳜鱼、黄颡、鲶鱼、鳗鱼、赧鲅等大都已濒临绝迹。鱼产量1980年下降到6.5万担，其中外荡不到1.3万担，而1960年外荡鱼产量则为5.2万担。连水乡的群众也渐渐觉得吃鱼难了，搞水产的同志心里当然不好受，他们感到愧对“鱼米之乡”的称号。

其实，鱼草矛盾也好，羊桑矛盾也好，都不过是一种表面现象。专家们在尔后的讨论中一致认为，从自然生态系统的观点看，实质问题是粮、桑、鱼、畜等多种经营的合理安排问题；也就是要使之组成一个良性循环互相促进，而不是互相排斥的问题。德清县过去水面养菱，水中养鱼，菱叶肥水，水肥多鱼，鱼多泥淤，淤泥肥桑，桑喂蚕、羊，羊粪、蚕沙壅田，多打米粮，六畜兴旺，这便是典型的良性循环。所以县志上记载说：“物产不贵珍异，求适民生，五谷蚕丝而外，蔬果鱼菱草木禽兽，莫非日常所见。”但是，后来由于生产的发展，把这种平衡给打破了。应当说，在历史的进程中，不断打破旧的平衡，这是正常的现象；问题在于，在一个相当长的时间里，人们忽视了重新建立新的相对平衡，以致某些方面出现了恶性循环。因为养殖水草，固然在一定程度上缓和了青饲料的矛盾，并可用作沤肥壅田，甚至还能获得一笔现金收入；但是过多放养的结果，却造成水域生态的平衡失调，外荡养鱼生产大幅度下降。鱼少则河泥亦不肥了。而且水草作为羊、猪的饲料也并不是理想的。因为第一，容易带来寄生虫为害。据调查，由于水草的传播，目前为害羊、猪的寄生虫病至少已有27种之多；第二，营养价值不高，使得湖羊体质普遍下降。过去100多斤重的湖羊并不为奇，现在要找八九十斤重的羊已非易事。因而湖羊皮的尺寸缩小，皮张薄，色泽差。1957年小湖羊皮达到甲级标准的占百分之十八点七，到去年已下降到百分之一点三。后果可见一斑。

于是，现实向人们提出了一个尖锐的问题：在发展多种经营中，怎样保持自然生态的平衡，从而形成良性循环，使各业相互促进，都得到发展？

专家们非常赞赏陆家湾大队的做法。他们搞多种经营，并不为市价的高低所左右而盲目发展。他们总是瞻前顾后，把每个项目都当作一个链节，上下左右都考虑到，然后才作出决定。这样就始终保持着生态平衡，始终占着主动地位。去冬种油菜的时候，因为油菜籽收入高，有的队拼命扩种，陆家湾却不这样干。他们知道，从孤立的看，种一亩油菜确实比种一亩绿肥收益高；但是从整个生态系统来看却未必。因为少种一亩花草，就要少收6 000斤到8 000斤绿肥；少种一亩春粮，就要少收600斤麦子，肥田、养猪都将受到影响，粮、桑、鱼的产量也会跟着发生连锁反应。然而他们也扩种了50亩，那着眼点也不在油菜籽本身，而是这样做了就能使队里的菜籽饼总数增加到3.5万斤，从而有足够的菜饼作猪、鱼的配合饲料，还可保证160亩桑园每亩施上200斤饼肥。你看他们想得多远！难怪陆家湾的粮食超双千，亩桑产茧过200。内塘养鱼亩产在千斤以上，而猪、羊的饲养量全大队平均每人已达到了11.8头。近几年来人均收入都在300元以上。

现在，德清的一些有识之士已经开始意识到：保持生态系统平衡，建立良性循环对于发展多种经营的紧迫性了。他们正在认真探索陆家湾的经验，有的并且已经采取政策的和经济的措施，首先来恢复水域的生态平衡。二都公社和勾里公社打破农业队和渔业队的界限，实行水域渔农联合经营，压缩水草放养面积，发展养鱼育珠生产，利润按股分红。这样做了之后，水边有草，水中有鱼，粮桑有肥，畜牧有食，生产发展，收入增加。专家们一致认为，这实在是明智之举。如果再能利用田边地角种植饲草，在杭嘉湖平原地区的农业生态系统中增加“草”这一环，使羊、兔、牛、鹅、猪、鱼都有高质量的青饲料，那么“水草危机”不也就到了结束的时候了吗？

（1981 年 9 月 3 日《浙江日报》）

## 自学提示

（1）识记这是一篇工作通讯，概括此文的主题。

（2）此文反映在多种经营中，如何保持自然生态平衡的问题。事情虽然较专门，较抽象，但写得不枯燥、不空泛。认知此文边叙述事实，边分析问题，边阐明道理的写作特色。

（3）具体说明此文由表及里、层层深入的递进式结构特点。

（4）指出文中从正、反两个方面说明主题，增强说服力的典型事例。

# 夜宿车马店

刘云山

内蒙古自治区土默特右旗今年获得历史上最好的收成，粮食总产2.2亿多万斤，比去年增长二成；油料总产4 000多万斤，比去年增长百分之七十多。全旗350多个穷队，今年面貌都有很大变化。农村的繁荣，给集镇也带来了兴旺。不久前的一个晚上，记者来到这个旗萨拉齐古镇的车马店投宿，生动地感受到了社员们丰收的喜悦。

记者在暮色苍茫中来到车马店的时候，老远就听到里面传出庄户人爽朗的笑声和牲口的叫唤声。进店一看，宽敞的院子被进城来卖粮卖油的车辆挤得水泄不通。店堂里灯火通明，满屋子的人拉呱得挺热火。

车马店的老炊事员周二旦一边飞动着菜刀，一边乐呵呵地说："俺在店里干了十多年，天天跟庄户人打交道。过去庄户人眉头上挽着疙瘩，如今，个个膘得脸上放光。那些年住店的，多数人拿的是红（高粱）黄（玉米）面窝头，舀两碗开水就着吃；现在可不一般了，拿着白面馒头还嫌不顺口，还要到街上买块豆腐割斤肉，打二两白干，人家就图那个美气哩！"

"那算啥美气！"坐在菜案旁的一位叫贾满贵的瘦高个老汉有点不服气地说，"上一次进城来卖公粮，俺把儿媳妇、小孙孙、老姑娘一齐拉了来，饭馆里的烧麦、馅饼、锅魁，娃娃们想吃的都尝遍了。服务员一算帐，俺一次掏给他十几块。俺今年一家打了1万斤粮食，8 000斤油料，光卖给国家的粮食油料就是1万斤，进钱3 500块，那场面才叫美气哩！"

"贾大个子，如今你肚圆了，兜鼓了，可前几年记得你进城拉返销粮时，在店里光吃点窝头。”车马店服务员丁大叔“揭底”了。

这时，来自黄河边上十六股村的青年后生高兴宽接上话茬：“过去队里年年不分红。有次俺爹进城，说要领俺去开开眼。到了街里，一不敢进商店，二不敢进饭馆，兜里空空，怕看了眼馋。这回俺进城，一次就卖了 3 000 多斤油料。”说到这里，高兴宽拍拍自己鼓囊囊的上衣口袋。

“小伙子买啥好东西了，叫众人看看。”不知谁这么说。

高兴宽倒实在。他打开一个大大的包袱，里边全是衣服，有媳妇的，有妹妹的，有老父亲老母亲的，什么涤纶、涤卡、弹力呢，都是时兴货。青年后生说他还打算买台切面机，给村里人加工切面，让庄户人也能吃上城里人吃的饭。

满屋子的人好象都是老熟人，越谈越起劲，越拉越高兴。车马店的火炕似乎也烧得分外热，更显得店堂里温暖如春。

（新华社呼和浩特 1981 年 11 月 30 日电）

## 自学提示

(1) 此文宏观着眼，微观落笔，通过投宿乡镇车马店的一夜见闻，反映党的十一届三中全会以来农村的可喜变化。概括此文主题。

(2) 找出通讯中的人物独具个性的语言，并领会这些生动形象的语言与文中透露出来的浓郁生活气息和欢乐的丰收喜悦的必然联系。

(3) 把握这篇通讯精心选材，巧妙构思，多侧面、多方位地表现主题的特色。

(4) 学习记者既“身入”，又“心入”的采访作风。

# 长沙市火柴脱销的原因何在？

熊先志

近来，长沙颇难买到火柴，名气很大的九如斋南食店也无货供应，该店负责人陈谷春给记者讲了个真实的故事，4 月 18 日，他的打火机坏了，到处买火柴，没有买到，以后只好每天讨火柴抽烟，直到 5 月 2 日打火机修好为止。像九如斋这样一个也捎带经营火柴的大商店的负责人，居然半个月买不到火柴，是何原因呢？旁边有人插话："火柴吃不得，买多了没用，说来说去，还是生产少了，一少就俏嘛！"那么，生产情况到底如何呢？

## 生产部门的同志说——货并不算少

记者随即走访了省一轻局，一轻局的同志提供了一个相反的情况：货并不算少，解放以来湖南火柴生产增长幅度很大，50 年代平均年产 10. 3 万件（每件 1 000 小盒），60 年代则为 24. 8 万件，70 年代为 53. 5 万件，1981 年更增至 93. 2 万件，今年计划生产 110 万件，将比去年的实际销售量增长百分之九，而且质量也在改进，去年全国火柴质量评比，湖南夺得总分第一名，有四家工厂并列全国第一。按全省火柴产量分配，城乡人平一年已达到 20. 7 小盒，一个月有 1. 72 小盒。当然，因为木材问题、运输问题，今年一季度火柴生产受到一些影响，但仍比去年同期增长了百分之十以上。如此看来，火柴生产是尽到了努力的。生产不算少而长沙市面很紧张，记者只好再向流通环节请教了。

## 省百货公司的同志说——我们没有“卡壳”

省百货公司主管火柴调拨的同志告诉记者：火柴生产的确不少。考虑到城市流动人口多，现在，农村是按人平一年16小盒调拨，城市按人平28小盒调拨，地区所在地、省辖市和省会长沙，分配数依次还更多些，从数量上看，超过了历史最高销售水平。今年头四个月，除了按生产部门提供的数量调拨外，还从省里的库存中多销了3.8万件。所以从省公司来说，火柴数量是按照收购情况及时调拨了的。用他们的话说：我们没有“卡壳”。

## 长沙百货批发部的同志认为——关键在零售

省公司没有“卡壳”，记者便来到了长沙百货批发部，先后登门五次，走访了负责人、业务主管、组长直至开票员。他们都说：省公司是拨足了货的，那没有话讲。但是他们又都表示：“我们也是如数拨给了零售单位，不信你看帐!”紧接着便是两本厚厚帐簿的翻动，电子计算器的运算。数字表明：今年1至4月，批发部下拨火柴给长沙市各基层零售单位，共计1.068万件，比去年同期增长了百分之三十七点八，人平每月有2.24小盒。记者又问：“这数字可靠吗?”回答是：“咯是精确统计的，上报的数字，不会错的。”说到这里，他们得出了结论：今年的批发下拨比去年增长三分之一还要多，市场上却看不到火柴，所以说，问题的关键就在零售环节了。

## 零售部门的同志反映——<br>我们没有收到那么多火柴

数字是不容怀疑的。记者带着百货批发部的“结论”，走访了市工矿贸易公司，市副食品公司所属的向群、伟业、中孚、江南、庆丰、大同、九如斋、又一村、南北特产等十多家商店，他们众口一词：下拨零售的火柴增长了百分之三十七点八，我们没有收到那么多！先说工矿贸易公司吧，这家公司是担负工矿区、大专学校生活物资供应的零售企业，网点上百，多在市郊，供应人口达32万。公司统计科的同志说："我们调进火柴的比重，占全市的百分之三十，如果说是增长百分之三十七点八，那我们今年头四个月就得调进3 204件，而实际只调入2 086件，差了一大截呀！"再说市副食品公司的十几家商店，有帐可查的六家：今年1至4月调进火柴与去年同期相比，三家略多于去年，两家少于去年，一家持平。六家总计，今年进货要比去年减少百分之十二点五。他们都摇着头说：哪来的增长三分之一还多呢？不对头！

## 回访长沙百货批发部——大家大吃一惊

"你们提供的下拨增长数字，是帐面上的，还是实拨的？如果是实拨数，零售单位为什么都不认帐？你们到底心中有不有数？"记者第六次访问批发部，见面就直截了当地提出了问题。批发部负责人这时着慌了，连忙组织三位同志，加班加点查进销帐和实物帐。经过一天的忙碌，情况突变：原先提供的今年头四个月下拨火柴1.068万件的数字，竟是一笔虚帐！真实情况是，按计划本应发放9 000件，实际只发6 529件，1月份少发512件，2月份少发601件，3月份少发652件，4月份少发706件，总计少发了4 471件。这样一来，1至4月的火柴下发数不是比去年增长百分之三十七点八，而是减少了百分之十八点六！"为什么会少发这么多呢？"批发部一位负责人听到记者提问，不安地说："讲句实话，直到现在查帐为止，我们还蒙在鼓里哩！管具体发放的是两位年轻女同志，他们对进货多少，发货多少，谁家已经发足，哪家还没有通知提货，也是'一锅粥'，更没有原始记录，结果便是一边市场上火柴脱销，一边仓库里火柴睡觉！""这2 000多件火柴该不是虚帐了吧？"记者又提出怀疑。这回批发部同志做扎实了，把组长、开票员几位同志一齐找来，帐面对实物，查出确实还有库存3 735件火柴，而正常的铺底库存只应该是800件！帐实相符了，批发部负责人也发出了感慨：“两位姑娘少发 2 400 多件，自作主张，也不报告，胆子真大。但更重要的是我们管理不严，帐目不清，心中无数，只满足于帐面下拨多的虚数，这是人为的出现脱销啊！”

## 采访后的一点感触——经营作风要改进啊！

应该及时下拨的 2 400 多件火柴被关在仓库里，等于全市人平少了三盒，这怎能不造成脱销呢？再说，少了几千件火柴，市面已经出现严重脱销，某些主管部门竟不闻不问，听任下面有货就卖，无货就算，这种经营作风，不改进怎么行！

改进经营作风，当然也包括零售单位在内，我们有些零售商店，有的嫌火柴金额小、利润少、麻烦多，经营不积极，喜欢大批量进，大批量出，一个月进一次货，七八件一天卖完，余下的天数便是脱销；本来规定一次卖一至二小盒，有的却卖 10 盒 20 盒，有的还把火柴当零钱找，还有的店子进货不及时，批发部一月发两次货，他们两个月不进一次货，个别的今年还未进货，这也是人为造成紧张的一个原因。

自然，火柴一时脱销也还有客观上的原因。比如全国供应偏紧，邻近省份有的已实行计划供应，特别是长沙市每天有 8 万流动人口，火柴外流也就多些；历年国家都要调拨 10 多万件火柴支援我省，由于省内火柴逐年增产，今年起商业部决定不再调拨。总之，火柴脱销，主要还是工作问题，经营作风问题。长沙百货批发部的同志告诉记者，5 月份，长沙市将下拨 3 500 件，6 月再拨 3 500件，供应情况是可以好转的。

（1982 年 5 月 20 日《湖南日报》）

### 自学提示

（1）简要分析这篇通讯揭示问题、剖析矛盾与解决问题而层层深入的写作特点。

(2) 此文作者深入实际调查研究，掌握大量的第一手材料。说明这种良好的采写作风对写好工作通讯，做好新闻工作的重要意义。

(3) 此文通过事实对比、数字对比，抓住矛盾，揭示症结。简要分析对比手法在这类通讯写作中的作用。

# 小城风光更迷人

## ——乐山五通桥龙舟盛会侧记

林 黎

素有“小西湖”美称的小城五通桥，以其独特的风姿，迎来了今年端阳的龙舟盛会。

佳节的茫溪河畔，人声鼎沸，笑语喧天，游人若织；碧波荡漾处，76只龙舟竞相媲美争艳，疾速奋进夺标，精彩场面层出不穷。

## 夜游别具情趣

端阳前夕，夜幕初降，习习凉风推细浪；人们信步来到河岸等待着。……

获得创新造型奖的15艘龙舟，徐徐驶来。它们摇头晃尾，千姿百态，以悠闲、文雅的格调拉开了激战前的序幕。各色龙舟的礼花光带与两岸万家灯火，同映江中，浮光掠影，使夜色更加迷人。

首先驶近人们的是竹根公社幸福四队的青龙：它由各种新鲜蔬菜编扎而成，龙颈上还坐着一位装扮得酷似哪吒的孩童，双脚踩着风火轮，十分招人喜爱。接着映入眼帘的是园艺场的龙舟：船上立着一株刚移植的五月红桔树，琳琅满目的红桔挂满枝头，在迎风招展的“花果山”旗号下，“齐天大圣”正活灵活现地眼观四路，耳听八方呢……最受人瞩目的还是盐厂用电路系统装配的黄龙：除子母灯遍及龙身、闪烁发亮外，更令人叫绝的是龙口不时张开，或喷吐团团浓焰，或放射颗颗珍珠……

难怪，三位年过八旬的老太太，不顾刚朝拜峨眉山后的疲乏，又赶来小城河边观赏。她们兴致勃勃地说：“今晚龙舟的夜游，使我们的老眼也大享其福了。”

## 夺标精彩纷呈

端阳凌晨五六点钟，小城就开始了一天的忙碌。人们扶老携幼，纷至沓来，及早在河岸占据最佳的视觉区域。

十发红绿信号弹划破晨空，200余羽鸽子比翼齐飞，扣人心弦的龙舟竞渡开场：每三五只龙舟为一组，不断从500公尺外的起点冲刺过来。领江挺立舟尾，稳健操舵；桨手动作整齐，奋臂划桨……只见条条龙舟破浪疾进，但闻击鼓声、号子声、喝彩声不绝于耳；两岸10万余名观众，人头攒动，情绪高昂，无比壮观。正如清代诗人李嗣沆所述：双飞画桨盈玻璃，仙子凌波别有姿。

## 抢鸭妙趣横生

午后，开始了水上运动会的压轴戏。在茫溪河和涌斯江汇合处的宽阔水域，三只快艇不断放鸭入水，全部龙舟一齐出阵，四处追逐惊鸭。抢鸭这一民间传统项目，惊险而又富有浪漫色彩。它不仅需要猎手水性的娴熟、反应的灵敏，更要依靠全舟的协同配合。看！条条龙舟机动灵活，破浪奋进，往来驰骋，寻找战机；每只船上那名水性极强的猎手，时而鹞子翻身，腾出水面，时而深潜入水，智捉惊鸭。这妙趣横生的精彩场面，被守候各处的摄影师摄入了镜头。不到一小时，近千只惊鸭全部被擒，个个猎手喜笑颜开，只只小舟满载而归。

（1982年7月2日《四川体育报》）

### 自学提示

（1）这篇通讯报道四川乐山五通桥的一次端阳龙舟盛会，简要分析此文在选材和结构安排上的特点。

（2）指出此文在哪些部分具有较强的现场感，说明这种表现手法对写好风貌通讯的作用。

(3) 联系此文有关段落，体会并分析此文语言较为凝练生动的特点。

(4) 说明“三位年过八旬的老太太，不顾刚朝拜峨眉山后的疲乏，又赶来小城河边观赏”这一细节在文中的作用。

# “飞天”凌空
## ——跳水姑娘吕伟夺魁记

夏浩然　樊云芳

她站在10米高台的前沿，沉静自若，风度优雅。白云似在她的头顶飘浮，飞鸟掠过她的身旁。这是达卡多拉游泳场的8 000名观众一齐翘首而望，屏声敛息的一刹那。

轻舒双臂，向上高举，只见吕伟轻轻一蹬，就向空中飞去。有一瞬间，她那修长美妙的身体犹如被空中托住了，衬着蓝天白云，酷似敦煌壁画中凌空翔舞的“飞天”。

紧接着，是向前翻腾一周半，同时伴随着旋风般地空中转体三周，动作疾如流星，又潇洒自如，一秒七的时间对她似乎特别慷慨，让她从容不迫地展开身体优美的线条：从前伸的手指，一直延续到绷直的足尖。

还没等观众从眼花缭乱中反应过来，她已经又展开身体，笔直地象轻盈的箭，“哧”地插入碧波之中，几股白色的气泡拥抱了这位自天而降的“仙女”，四面水花悄然不惊。

“妙！妙极了！”站在我们旁边的一名外国记者跳了起来，这时，整个游泳场都沸腾了。如梦初醒的观众用震耳欲聋的掌声和欢呼声，来向他们喜爱的运动员表达澎湃的激情。

吕伟精彩的表演，将游泳场的气氛推向了高潮。她的这个动作五一三六，从裁判手里得到了九点五分。

这位年方16的中国姑娘，赢得了金牌。

她的娇小苗条的女伴，17岁的周继红，以接近的分数赢得了银牌。

当一个印度观众了解到这两个姑娘是中国跳水集训队中最年轻

的新秀时，惊讶不已。他说："了不起，你们中国的人才太多了！"

（新德里 1982 年 11 月 24 日专电）
（1982 年 11 月 25 日《光明日报》）

## 自学提示

（1）识记这是一篇人物特写。它展现的是中国跳水姑娘在第九届亚运会上夺取桂冠的激动瞬间。

（2）落笔集中，突出一点是这篇特写选材的主要特点。分析记者如何在 1.7 秒的时间跨度里，极有层次地描绘出了一幅美丽的"飞天"画卷。

（3）此文文势有起有伏，动静穿插自如。找出文中几处静态描写，并体会其以静反衬动的作用。

（4）领会此文比喻、拟人等修辞手法对调动读者丰富想像力，增强作品形象性、生动性的艺术感染力。

# “妈妈教我放鸭子”

## ——记全国“三八”红旗手、湖北沔阳县彭场公社陈惠容的谈话

人民日报记者　刘　衡

我去访问陈惠容啦。她刚满18岁，是全国最小的妇女代表，又是全国最小的“三八”红旗手。我说：“鸭姑娘，你小小的年纪，一年收入五千元，本事真大！”她对我说：

哪里，哪里！我一只巴掌拍不响，这五千多元是我们一家5个劳动力合起来挣的。我的荣誉是妈妈转让的。没有妈妈，就没有我的现在。

1979年，我初中毕业，妈妈说：“现在党的政策好，不割‘尾巴’，不消灭‘海（鸭）陆（鸡）空（鸽）’，你跟着我养鸭吧！”我说：“姑娘伢跟着鸭屁股转，人家笑话！”妈妈说：“谁会笑话？我8岁就甩鸭篙子了。”我说：“你那是旧社会，‘饿得没法，就去放鸭！’”妈妈叹气了：“咱们家，吃的多，做的少，么时候才能不吃国家救济啊？”我见妈妈伤心了，赶紧说：“妈，我跟你去，我不怕丑了！”

说是不怕丑，走到荒湖野地看见同学来了，赶紧往草堆里躲。蚂蚁咬脸不敢动。时间一长，人们都知道了，我才不躲了。

我们全家搬到离村子四里开外的湖边，搭上棚子。天天，我手拿一杆金枪，脚踏一叶扁舟，当上了“鸭司令”。早晨，披着星光去；晚上，踏着月色回。一天三餐，由姐姐送来吃。夏天热冬天冷，苦楚是不少的。

妈妈告诉我：“鸭子虽小，浑身是宝，国计民生不可少。”鸭的蹼能制药，毛能做衣服、被子。这些过去我都不懂，只知鸭肉鸭蛋可以吃。

妈妈说："饿不死的鸡，撑不死的鸭。鸭子是直肠子，消化快，最贪吃了！一年 365 天，天天要把鸭子赶到老远吃野食，才能省下饲料。"

妈妈说："矮禾经不起鸭子拖，禾密过不了麻鸭婆。放鸭子，要做到'四不拖'。就是：禾苗没有稳蔸；田里无水；禾秆倒伏；谷子低头的时候，不能把鸭子放进稻田。还要掌握'四不踏'就是：在雨天、雪天、田泥不干、春天盛长期，不能把鸭子放进绿肥田，不然农民要生气骂人。其余的时间，农民都欢迎鸭子进田。因为鸭子进了田，能够松土壤，除野草，吃害虫，施肥料。省工，省药，不污染。"

真想不到，妈妈懂得这样多！妈妈说，养鸭要知鸭性。她还听得懂鸭子说话哩！

有一次，我把鸭子赶回家，它们又推又挤，乱吵乱叫，不肯进窝。妈妈听见了，对我说："鸭子叫：'懒姑娘，房里脏！'你有几天不锄粪了？"我回答："六天。"果然，等我把鸭窝打扫干净，鸭子就排着队，一步一摇地走进去了。

妈妈的眼睛也挺厉害，轻轻一扫，就能看出鸭子是好是坏，是公是母，是老是小，有病没病，肚子里有蛋没蛋。慢慢，我把妈妈的本事也学来了。

原来鸭子有好多地方象人。年轻的鸭子喜欢打扮，穿得五颜六色，花里胡哨；年老的鸭子灰不溜秋，老里老气。公鸭体格魁伟，毛色鲜艳；母鸭小巧玲珑，十分朴素。有蛋的鸭子象人怀了肚子，尾部拖下来，走得慢；没蛋的一身轻松走得快。有病的鸭子不想吃食不想动，没病的东咧咧、西咧咧，嘴巴不肯歇一歇。

鸭子不看表都知道钟点。到了钟点不给食，就围着我闹。有时把脖子伸得老长，呕气，装死相，动也不动一下。喂了食，就高兴了，一蹦几尺高，有时还能飞三丈远。

鸭子知道害怕，碰到陡坡，只要超过四十五度，不敢上，也不敢下，连忙弯路走。

鸭子还知道害臊，从来白天不在野地下蛋，都是夜里在窝里下。它们知道人们为它辛苦一天，不愿人们捡蛋麻烦，都是一个一个地轮流下在一个固定的地方。只有极个别的“懒婆娘”才就地下散蛋。

我到北京、到武汉开妇女会，一些姐姐、阿姨、奶奶都爱围着我问：“你一个人在野外，不害怕吗？不寂寞吗？”我回答她们：“我象鸭子一样，爱上了湖中水，石头打来也不飞！”“我怎么会寂寞、害怕呢？我又不是光杆司令，我有一千多名鸭兵！我爱它们，它们也拥护我。”

（原载 1983 年 12 月 12 日《人民日报》）

## 自学提示

（1）此文写的是放鸭姑娘日常的普通劳动生活，然而在记者笔下展现的却是一幅色彩斑斓、清新明快的放鸭图。认知此文新闻价值与审美价值和谐统一的特色。

（2）此文运笔独特，构思巧妙，采用第一人称自述的口吻，让人物与读者娓娓交谈，体会这一表现手法独特的效果。

（3）结合作品，具体分析此文“口语入文”的语言特色。

（4）记者采用通俗的民谚、民谣，使深奥、枯燥的专业知识，变得通俗明白、妙趣横生。领会此文融思想性于知识性、趣味性之中的表现技巧。

# 访　厕　所

罗祥兴

## 百觅不如一嗅

有位旅游外宾，在中国吃了一顿又一顿的佳肴后，俏皮地对主人说：我们都爱进餐厅，就怕上厕所。你们中国人的“入口”工作是世界第一流的；可惜“出口”工作实在太差。

这几年来，旅游点的厕所问题突出地摆到各级政府领导人面前。难道小小一个厕所，真是那么难解决吗？为此记者参观了北京不少公共厕所，访问了有关部门。

说得不客气些，北京市公共厕所的特点是：简陋、臭气大。坑位之间无隔板，坑位前面没有挡门。两行便坑相对，用厕人只好将眼光集中地面，否则周围的场面尽收眼底。地面纸屑、烟头、唾沫浓痰，随处可见。夏天蝇蛆蠕动也难免。最使人头痛的是臭气。难怪有人幽默地说：要找北京的公共厕所“百觅不如一嗅”。

粪便的恶臭气体含有硫化氢、氨、乙胺、甲硫醇、甲硫醚三甲胺、低级脂肪酸、吲哚等多种有害物。其中硫化氢能引起人的眼角膜炎，极易被肺和肠胃所吸收，当它进入血液后，部分与血红蛋白结合，生成不可还原的硫化血红蛋白，使人中毒。氨和乙胺也会损害人体的肺、肝等器官。长期被恶臭熏着，会发生头痛、失眠、喉炎、支气管炎、肺炎等疾病。

## 厕所臭气分六等

按国际惯例，厕所的臭气强度分六等：零度无臭；一度稍稍感觉恶臭存在；二度确认恶臭存在；三度极易感觉恶臭存在；四度恶臭明显存在；五度恶臭强烈存在。臭气的各种成分以 PPM（百万分比）为计量单位。目前许多国家制订法规，对厕所的臭气强度和各种成分含量的极限作出规定。日本规定为二点五度，氨为百万分之一，硫化氢为百万分之零点零二。超过上述极限的厕所不准使用。那么，北京市公共厕所的现状如何呢？

据北京市环卫局科研所 1983 年对几十座普通公共厕所抽样调查，1 至 4 月，臭气强度为三至四度，5 至 10 月，臭气强度为四至五度。1 至 10 月，氨含量是百万分之一点六至十九点一。硫化氢含量是百万分之零点一四至九点三。氨和硫化氢的平均含量分别比日本的极限含量高 9 倍和 230 倍。

北京公共厕所恶臭严重，关键是冲洗次数太少。长期以来，北京市环卫局所属的公共厕所每天仅清早冲洗一次。

## 北京也有干净厕所

这两年，北京市环卫局在一些主要大街新建和翻建了 13 座符合卫生标准的公共厕所，内部设施好，专人日夜值班管理，干净、明亮、无臭，与普通公共厕所有天壤之别。

这种厕所采用白磁水箱或集中自冲式水箱，便坑达到水封式的要求。大便蹲位有水磨石隔板，前面有挡门，一些挡门带插销。每个坑位的隔板上配备衣帽钩两个。厕内设洗手盆、梳妆镜。地面及蹲台面铺水磨石块、缸砖，室内有贴面砖的墙裙。窗口大，通风好。

这些厕所大部分外表美观大方，与周围建筑物比较协调。但是也有个别的设计似不够合理。如磁器口的那座，周围均是旧平房，而厕所外墙贴着耀眼的彩色磁砖。一眼望去以为是座别墅。记者进去一看，大便坑内反而没贴磁砖。若将墙外的一部分磁砖贴在便坑内，不是更方便于保洁吗？

与此同时，颐和园、动物园等游览区修建了一批提供服务的收费厕所，已竣工 12 座。这些厕所不但设备好，而且每天喷洒除臭剂，点熏香。无论外国人还是中国人，城里人还是乡下人，只要付一角钱，进去后享受同等待遇——领到一份“金鱼牌”高级手纸、一块消毒毛巾，还可以在盥洗室使用檀香皂。大热天，人们在这里擦擦身也挺舒服。这些厕所使许多中外游客感到方便，他们说：这样的厕所多一点才好呢。

不过个别收费厕所有待改善。据游客反映，天坛回音壁西侧收费厕所，进去时踏水，蹲下时滴水，冲洗时无水。既然收费，就应该按价服务才好。

厕所收费，也还有些人不理解。记者在颐和园的收费厕所内看到墙头题词：“颐和园穷疯啦，厕所也收钱。”实际上，目前设收费厕所，一年得贴上千元。这是为了维护我国旅游事业的威信才设的。因此，我们每个使用者都有义务爱护厕内各种设施。有的人拿烟头把尼龙绸窗帘烧几个洞；有的人顺手牵羊，离厕所时把香皂和毛巾带走；有的人比赛谁的腿抬得高，把一个个脏脚印留在墙上。据调查，各收费厕所都遭到了不同程度的损坏。

## 真正急煞人

话又说回来，对一个急需要方便的人，别说高级厕所，即使找到“茅坑”也如获至宝。可惜和平门至崇文门一带，虽然高楼林立，沿途不少商店和饭庄，路人川流不息，而且以外地人为多。可是，这条长达五华里的大街竟没有一座公共厕所。相反，沿途不少单位的大门上，居然写着醒目的五个大字：“院内无厕所”，可见向这些单位打听厕所或请求救急的人肯定不少。据这一带居民反映，一些过路人憋不住时，光天化日之下找个行人较少的角落就解手了；晚上有人只好在楼道随地大便。这，真是急煞人！

## 厕所扯皮战

据悉，规划中和平门至崇文门要建四座公共厕所，作为一系列大楼的配套工程，由现在的第一开发公司负责建造，大楼的施工单位负责施工。可是大楼一竣工，施工单位抛下厕所任务不管就走了。理由是：厕所这小玩艺儿，用不着他们正规的建筑公司。

在群众的强烈呼吁下，市政府于1982年召集有关单位开会，决定立即在泰丰楼饭庄东侧建一厕所。第一开发公司绘了图纸，领了施工执照，眼看马上动工，但因“一建”正在附近为一栋大楼施工，需要借厕所地皮作施工场地，厕所只好暂时让步。然而，这栋大楼早在去年夏天住进了人，而“一建”仍然占着厕所用地。这场厕所的扯皮战何日结束？且待有眉目时才得分解。

## 保温厕所

减少现有厕所恶臭，也有好办法。即采用定时或随时冲洗的水封式便坑。便坑内始终留有一定的清水，粪便受水冷却不易散发臭气。我国南方一些城市就是用此法除臭的。但北方冬天水管容易冻裂，采用水封式有困难。为此，环卫局科研所去年冬天做了保温厕所的试验。

如何试验？他们对宣武门饭店东侧的一座厕所采取三项措施：在朝北的男女厕门外各建避风阁，冬天西北风不易吹入厕内；厕所的北墙外贴两层保温性能好的铝铂纸，纸外砌砖墙作保护；窗户上装一张塑料薄膜。结果，去年冬天室外最低温度零下十四度时，厕内温度为零下二点五度，水管不冻。

近年来，北京市环卫局已经把1 200座公共厕所的死粪井改成活粪井，有利增加冲水次数。

采用活粪井，因粪便中大量的水从下水道排放，每个厕所的粪便运输量也可以比死粪井减少三分之一。如将具备改造条件的4 000个死粪井，改成活粪井，每年粪便运输费用，就可节省120万元，粪便质量提高，卖粪难的问题可以得到解决。

有了活粪井，并不是可以从此高枕无忧。若长期不抽粪，粪便超过一定厚度就会随水流入下水道，希望环卫局规定抽粪周期。否则，市政工人也得兼任掏粪职务，那就“热闹”了。

愿首都带个头，早日安顿好厕所问题，为全国做出榜样。

（1984 年 4 月 1 日《经济参考》）

## 自学提示

（1）此文材料丰富、翔实，不仅有对厕所现状的深入调查、细致观察，还有关于厕所的知识性介绍，说明这些材料对丰富报道内容，揭示问题的作用。

（2）抓准问题是写好此类通讯的第一步，但真正要使主题有深度，还必须善于分析问题，提供解决问题的依据和办法。阅读全文，找出有关分析问题的段落，并说明其对深化主题，增强通讯的普遍指导意义的作用。

（3）分析此文具体、生动、诙谐、幽默、可读性强的语言特色。

# 核弹元勋的“三子”

李春　王进昌

内地某些干部难过“三关”，往往为了房子、孩子、车子闹出事情来，遭老百姓指摘。邓稼先是中国的核弹元勋，功高位显，他的“三子”如何呢？

## 房子旧，满足了

邓稼先一家住在北京西北角的一幢破旧楼房里。屋里既没有在老百姓家已不属罕见的成套家具，更没有高干家里常有的高档“洋货”。除了几个书柜外，较引人注目的就是一对沙发了。邓稼先夫妇有一子一女，还有一个保姆，仅住三间房子。

“我们是五年前搬到这里来的，爸爸说，他已经感到满意了。”邓稼先32岁的女儿邓志典说。

在此之前，邓稼先住的是一套两居室。沙发、写字台等象样点的家具，还是1972年为接待邓稼先的挚友杨振宁博士有关部门临时搬来的。

再早些时候，邓稼先家只有一间房子，与其它两家共用厨房和卫生间。

有一个记者来邓稼先家采访，在院子里兜了几个圈没有找到邓宅，最后选了一幢最好的房子，一问，原来是幼儿园。

邓稼先自己对房子没有要求，对别的研究人员的住房却很关心。1984年10月16日，是中国爆炸原子弹20周年，胡启立来到了邓稼先所在的研究院。邓向胡汇报了一个副研究员住着没有窗子的房子的情况，引起了中共高层领导的重视。于是，四栋新楼先后在院子里盖起来了。别人搬进了新居，而邓稼先却还是住在原来的房子里。几乎没有人相信这套极普通住宅的男主人是中国功高盖世的核弹元勋，女主人是人大常委会副委员长许德珩的长女、北京医科大学教授许鹿希女士。

## 爱孩子，但从不溺爱

邓稼先夫妇都是事业型的人，无暇更多地照顾孩子。“文革”刚一开始，邓稼先家的保姆被轰走，老伴被揪斗，他自己工作忙，儿子和女儿很小就学会了做饭、炒菜。女儿至今还清楚地记得她做的第一顿饭是冷水煮面条，结果面条煮成了糊糊。

1969 年，14 岁的女儿去了内蒙古生产建设兵团。本来，凭邓稼先的贡献和社会关系，完全可以早些把女儿调回城，可邓稼先没有这样做，他的女儿是研究院干部子女中，最后一个回城的。

是邓稼先不爱孩子吗？恰恰相反，他把孩子视为掌上明珠。一次核试验完成之后，他本来可以坐飞机回北京好好休息一下，可舐犊之情使他坐了几天几夜火车，又步行 20 儿里到内蒙古乌梁素海去看女儿。

女儿赶上了“文革”，上学没有正经念几年书，邓稼先夫妇把提高女儿的文化知识当作一项特殊任务。女儿每次来信，他们总是把信中的错别字和病句改正，再寄回去。女儿参加高考时，父母教育她要凭自己的本事上大学。女儿基础很差，邓稼先白天开会，晚上约女儿补课，一补就到凌晨四五点。有人说：“中国科学院学部委员去教初中物理，真难为老邓了。”

## 坐车子，司机说他“好侍候”

按规定，邓稼先是可以坐专车的，但平时，他总是骑自行车上班，他夫人回忆说，有一次他边骑车边想原子弹，一跑神连人带车掉进沟里。

当然，为了赶时间，邓稼先也坐车。但他对车子从不挑剔，小轿车、吉普车、卡车都行，只要能送到。司机说：“老邓是个大好人，好侍候。”有一次他坐在卡车的驾驶室里去机场，机场警卫人员盘问了半天。难怪，哪有大首长坐卡车上机场的呢？

邓稼先还坐过牛车。1973 年，他去内蒙看女儿，回北京时，女儿找了一辆小牛车送他去车站，有人问他感觉怎样，他风趣地说：“很舒服，很自由。”

邓稼先平时不爱坐专车，病重时也是如此。1985 年春节前夕，邓稼先做完手术在家休息，医生绝对禁止他看书和工作。他把引流瓶藏在羽绒服里，挤公共汽车去图书馆查资料。其实，如果他非要出去的话，打一个电话就会有小车来接他。可邓稼先说：“乘公共汽车很方便。”

（中国新闻社北京 1986 年 8 月 27 日电）

## 自学提示

（1）识记这是一篇人物通讯。它像一面镜子，照出了核弹元勋邓稼先的高风亮节。概括此文的主题，说明其深刻的现实意义。

（2）这篇人物通讯角度独特，只选择了功绩显赫的科学家对待房子、孩子、车子这些平常事，从不同侧面表现人物。体会这种表现手法的特点及其作用。

（3）对比手法的运用，映衬出人物质朴而高尚的精神风貌。找出此文中对比反衬手法的具体内容，并作简要分析，说明其对刻画人物、深化主题的作用。

# 相思正是吐黄时

连锦添

到过闽粤沿海的人，一定迷恋那里的绿。多年前我在厦门大学读书，常常越过山坡到海里逐浪。对面朦朦胧胧的小岛是大担。海面像个硕大音箱，风顺时，国民党的广播麻麻地传过来。路边有一丛丛青翠的树，树叶实如鸭舌，光洁如洗，烈日里常在它的疏影下纳凉，或采几簇顶在头上，却一直没留意它的芳名。年前回母校，才听朋友见告：那是台湾相思。

我在香港也见到过很多这样的树。它靠海生长，嫩黄的叶子高高地翘起，在山坡上临风袅娜。西北风吹到南国的时候，才见它吐出一串串的小黄花。一位台籍青年朋友告诉我，它原是台湾之特有。多少年前，东风为媒，把台湾相思树种吹越海峡到了闽南沿海，从此落地生根，随风繁殖。闽台民间在战火离乱的年月，常常托物寄情，互相寄送，誓言相思，生死不忘。

当北国瑞雪初降的时候，香港秋风秋雨。从台海海峡彼岸传来讯号：台湾开放民众赴大陆探亲，将有成群结队的台胞，经香港走上回故乡之路。整整两天，我坐在尖沙咀中旅社的台胞接待室，认识了一副副陌生而又似曾相识的面孔，希望从这些风雨兼程的归乡客身上发现点什么。

## 38×365＝？

某天夜幕初落，我遇见一位匆匆从启德机场赶来的老人。透过陌生生的眼神，我发现他的瞳孔仍像燃烧着一堆火。当他巍巍颤颤的手指取出证件时，我的眼睛一亮：那因多少次折叠而磨损的信纸里，竟然夹着一束相思树叶！

那暌别40年的相思泪，也曾滴落在这枯黄的树叶上么？

没有人统计过台湾有多少原籍大陆的退伍军人。手头有个资料说：38年来台湾已发出75万张“授田证”给退伍的“荣民”。这数十万人中，部分因老病死，健在的仍占多数。这几年，好些人冒着坐牢的危险，辗转万里回故乡探亲。在岛内，有人穿上写着“想家”大字的衬衣沿街诉说；有人银幕目游大陆河山泪雨涟涟，有人在难以排解的思乡思亲中自尽。

38年的风雨沧桑，天若有情天亦老！往昔少艾，如今垂垂老矣！在香港中旅社这间小小的屋子里，我遇见的乡亲是回乡心情最迫切的一群。

他，张先生，这个湘西吊脚楼出来的人，长得壮壮实实。18岁被抓兵时，母亲正在病中。他一去台湾38载，从军中汰退，没有谋生技能，在小厂里打杂工，在高雄街头为人擦皮鞋，能赚几个台币？至今仍是响当当的光棍汉。想成家吗？年轻的时候没钱，年老了，哪个女子敢把终身托给这样的老兵？

张先生对我说：“就算我自己被嫁到台湾去，一嫁就是38年，这回是回娘家。”我赶紧对他说：“你回娘的家。”

或许久居高雄孤冷的逆旅楼头，独对残灯太久太久，他的眼神闪过一丛暖意，我的话竟引来他声泪俱下的叙述。

小时候家里很穷。他命里不好。在家乡的农舍里，母亲紧抱着眼眶溃烂的婴儿，整夜啼哭令她不安。看不起医生，邻人告诉她用盐水或许能治好。母亲不忍心用家里仅有的粗布去擦试孩子嫩弱的皮肤，就用舌尖一分分舔治婴儿的眼眶。孩子终于睁开了明亮的双眼，母亲张着久被盐水与浓血腐蚀而溃疡的口腔，咿呀着一个个向邻居倾吐着自己的喜悦！这情景，也就成了漂泊游子永久的记忆。

泪水从他苍老的眼眶里渗出来。我不忍心再问下去。中国的母亲，伟大的母性！可知你们各自怎样度过这么多年月？38个中秋夜，张先生都在自己简陋的居所备上小菜独酌，桌面上为母亲留下一双空碗和筷子，对皎皎空中孤月轮，一寸相思一寸灰！

他自言识字不多，从衣袋里摸出一支笔，伸开粗糙的左手歪歪斜斜写出个式子让我看：

$38×365=?$

朋友，你可知道这个式子的含义？在张先生的内心深处，家，从来就是渺不可及的幻想，如今，一下子变得近在咫尺了。

## 两位出家人

前来办手续的台湾同胞，表情各异，各想各的心事。有的早已跟亲人商量好重逢的日子，有的要回去看望正做手术的儿子，但彼此牵动的是同一根情弦：赶快回家！

没想到在这里遇见一位身披袈裟的僧人。他50多岁的年纪，一口粗重的东北口音，穿一双布巾鞋，在这衣香鬓影的人群中很引人注目。

他不苟言笑。一番对答，我始知他法号慧真，是台湾一家寺庙的和尚。他也曾是阿兵哥，后来遁入空门，一心念经，不问世事。台湾要开放大陆探亲了，寺里住持决定派人协助，慧真主动要求到香港来，协助那些平时极少出寺门的“难兄难弟”，为他们带带路，跑跑腿。他熟门熟路，已是这里的常客了。

不久又进来一位年轻僧人，风尘仆仆。一开口，才知是个尼姑。她帮助一位老人办手续，一僧一尼两个出家人随便交谈起来，彼此询问是台湾哪个庙的。原来他们互不相识，为了“普渡众生”，竟在香港不期而遇。

尼姑的健谈出乎我意料。一问，知她是台湾大学的毕业生。出家十几年了。她那个庙在台湾是个大庙，有1 000多出家人，全世界好几个地方有分庙，平常联络用的是电传机。

我正想问她台湾何以出家人这么多，却听她侃侃说道：“我们出家人也不愿当井底蛙。大陆寺庙和佛学院的情况我们知道很多。师兄弟有去过峨眉山和厦门南普陀的。大陆那么多名山大川、天下名刹叫我们好羡慕。我们中学第一节地理课，老师就叫我们填大陆地图，可是大陆是什么样子呢？至今不清楚。”

何不去亲眼看看？她说等帮完99个人归乡，一定去。

看来，出家人也并非不食人间烟火。也许，他们每人都有人生的重大变故和伤心旧事，但并非万念俱灰。两岸亲人隔绝几十年，这亘古未遇的尘世悲剧，感动得连庙里和尚尼姑都下山来！

## 梦中大陆

50多岁的方先生带着他的年轻妻子一进门槛，我首先留意到他那头白的头发。他，山西人，妻子是台湾出生。从装束看，颇有点像“夫妻双双把家还”。

“我现在还无亲可探，我来只是想打听一下，能否找到失散40年的叔叔。”

他是个商人，这几年生意虽好，却有一桩未了的心愿：找叔叔，这是他在大陆唯一的亲人。当周围人一个个为找到失散亲人雀跃时，方先生心里益发焦虑。

“请问没有找到叔叔前，你会到大陆观光吗?”

“我完全有条件去，但是找到亲人前我不会去。光到故乡旅游有什么意思？我要探亲。”

他的妻子每回都跟着他。她，喝台湾的泉水长大，从来不知道遥远的大陆是什么样子。当她决定嫁给一个举目无亲的外省人时，父母曾经反对。她祖上是从漳州去台，但丈夫的源头在哪里？那一脉相承的归宗观念已是根深蒂固。随着儿女的出生，她担心下一代要断了根，台湾人看重的族谱，不知要如何书写。

他父母早逝。唯一的资料是老家山西临汾城外东门，叔叔曾任国民党军医，1949年南京一别，各奔东西。

我建议他给当地政府写信询问，并答应为他在内地报刊登一个启事。他欣慰了。

## 两岸都是家

九龙机场的候机室里，天天挤满匆匆赶路的人。有的飞内地，有的回台湾，38年物事变化，感受因人而异。

王先生的一段心路历程：

“像我这样年龄的人，还能看到白发皤然的老母是幸运，今生今世不能够留下来奉养她，又不能接走她，流一场眼泪再回台湾也心甘!”

“回到家乡，每天都有很多人来问候，30多年不见，大家好像是一下子老了几十岁。临走时那个难忘的夜晚，兄弟们聊天到三点。躺在床上怎么也睡不着。约莫过了一个钟头，起床上洗手间，经过厨房时听到里头有动静，一靠近声音就没有了。再回睡房似乎又听到了响声。迷迷糊糊睡着了，第二天起来才发现，桌上有一盘热腾腾的饺子。原来我妹妹和弟媳们为了让我吃得饱饱的上路，好不容易等我们弟兄们上床后，才偷偷到厨房里剁馅、包饺子，一直忙到天亮。一边儿赶着弄，一边担心吵醒我，怕我知道了会阻止她们。近40年的乡愁换回这些细心的动作，已经够了。”

于微深处发现的真情，真是千金难买！在张先生的心中，则产生一种超越一切的力量：

“在这有生之年，只要我的腿还跑得动，我要不停地来去，因为海峡两岸都是我的家，假如跑断了腿是我此生的命运，我也认了，也总比作一辈子孤魂野鬼好些!”

当我随几位归乡客过罗湖到深圳去时，列车奔驰在风景如画的九龙半岛上，我又看见了那一丛丛临风婀娜的相思树。台湾相思，多美的名字！一张张新认识的面孔和熟悉的相思树，在我脑中交相叠印。地球上的植物当初衍生繁殖时，本无名字，人类把自己悲欢离合的故事赋予它，才使草木有情。斜风细雨打在它的树杆枝叶上，我想起了一个古老而又年轻的字眼——亲情。亲情是什么呢？当你们在一起的时候，它是欢乐；当你们分离的时候，它是辗转，是梦，是泪，是杜鹃啼血！它是“多么熟悉的声音”，它“从来不需要想起”，但“永远也不会忘记!”

远方的亲人，你听到了么？

（1987年11月12日《人民日报》海外版）

## 自学提示

(1) 这篇通讯通过记叙一群归乡心切的台胞真实感人的典型事例，突出了血浓于水，两岸一家的骨肉亲情。

(2) 通讯主题鲜明深刻，感情炽烈充沛，这与它精心选择有代表性的典型事例是分不开的。具体说明此文围绕一个“情”字，选材炼意的特点。

(3) 通讯将人、事、景、理、情自然糅合在一起，引起读者感情上的强烈共鸣。结合文中“相思树”的反复出现，重点分析通讯中托物寄情的散文笔法对烘托气氛、开拓意境所产生的作用。

(4) 及时捕捉富有人情味的细节，是此文写作特色之一。体会“38×365”这个算式所蕴含的意义。

(5) 把握通讯起笔自然、结句意味深长的结构特点。

# 华阳礁上补给忙

刘　冰　徐文良

11 月 7 日至 8 日，笔者乘南海舰队 155 号拖船，在南海华阳礁目睹了惊心动魄的海上补给场面。

启航前，记者在值班记录牌上看到，华阳礁守礁官兵已经 3 个月没吃到新鲜蔬菜了。

载着主副食和淡水的拖船一离码头，水天相连的南中国海风起浪涌，拖船像一叶小舟被大海随意抛上浪尖又甩进涌谷，使人顿觉天在旋转。

“枪帆分队前甲板就位，抢盖主副食！”警铃响过传来船长的命令。记者应声爬出船舱，抬头看天，南沙海面已被一片遮天盖海的黑云罩住。水兵在摇晃得站不稳的甲板上用帆布盖主副食。一场大雨随风呼啸而降。

海上补给战斗开始在落日时分。华阳礁从海面升起，礁沿处风急浪大，拖船靠近随时有撞礁的危险，船长命令放小艇实施补给。

18 时 10 分。记者乘坐 1 号艇登礁，从拖船到高脚屋，小艇要闯过 500 米风浪区和 1 000 米礁盘区，随时有艇翻物损的危险。小艇开足马力，在浪峰波谷间冲刺，宽 5 米的进礁口掀起 2 米多高的大浪，马达突然熄火。失去动力的小艇随浪左右倾斜约 40 度，记者作好了跳海准备。就在这时，一个大浪把小艇打上礁盘浅水区。

20 时 20 分。对讲机里传来 2 号艇遇险的声音：“船舵被浪打掉！船摇得厉害！王副艇长和电机长跳水推船。”30 分钟后，2 号艇被 6 名水兵推靠礁堡，艇上大米面粉安然无损。

21 时 45 分。记者身穿救生衣参加 3 号艇补给，早被夜幕捂严实的进礁口突然闪现一星亮光，小艇摸黑冒险进礁口。记者看见，一名水兵在涌浪翻滚的礁盘口用手电筒充当航标灯。

海上补给战斗持续到次日4时5分。当20吨主副食品和淡水、燃料一两不少全部补齐时，12名又累又饿的军工瘫坐在礁堡上，成为真正的“水兵”。

（1989年11月21日，《解放军报》）

## 自学提示

（1）识记这是一篇现场短新闻。

（2）联系此文，领会记者深入实际、不畏艰险的可贵的采访作风，并说明这对采写好现场短新闻的重要性。

（3）简要分析此文使人如临其境、如见其人、如闻其声的现场新闻的写作特色。

# 醒来，铜陵！

## ——谨以此文参加“理思路、抓落实、奔小康”大讨论

龚　声

当历史的脚步匆匆跨入本世纪最后十年的时候，每一个铜陵人是否清醒地意识到，我们必须重新审视我们脚下这片土地，必须重新审视我们自己。

## 十年磨“剑”锋自出

党的十一届三中全会以来，铜陵人以“开山取宝、凿石求金”这一锲而不舍的精神，为铜陵生存、发展开拓出颇为辉煌的新天地：

——1990 年与 1978 年相比，全市社会总产值增长 3.5 倍，国民收入增长 2.6 倍，国民生产总值增长 2.7 倍，工农业总产值增长 3.3 倍。1990 年与 1985 年相比，在省辖九市中，我市国民生产总值、国民收入、人均工农业总产值增长幅度分别居第 5 位、第 2 位和第 2 位，财政收入的增长幅度也居第 3 位。统计数字证明了一个铁一般的事实：铜陵在前进！

——“铜陵特区”已早为人们所淡忘，而淡忘的又岂止是这一名称：工业持续 22 年“单打一”采冶铜已被有色、化工、纺织、电子、建材五业并举、齐头奋进所取代；农业也不再是传统的种植业，而是农、林、牧、渔、工、商、运、建综合发展的大农业；铜官山下、天井湖畔，水、电、气管线密如蛛网，成片的厂房、住宅楼各呈风姿……这一切都表明：一个新的工业港口城市正在孕育之中。

每一个铜陵人、每一个熟悉铜陵的四方宾客，都会为铜陵的飞速发展而自豪。人们知道，这十多年是铜陵建市以来最辉煌的时期，经济发展最快，城市居民受惠最多……

江南古铜都，地灵人杰多。雄风今乍起，英姿自成歌！

## 同处一江景不同

然而，当我们拿起理性的放大镜，回顾我们所走过的每一个履痕时，便会在辉煌中看到不足，看到令人震惊之处：

1990 年与 1985 年相比，全市全民独立核算工业企业的产值增长了 31.9%，但销售收入利税率却下降 2.85 个百分点，资金利税率下降 2.28 个百分点，固定资产产值率下降 16.89 个百分点，留利水平下降 22%。无情的数字告诉了人们一个难以置信、却又不得不接受的事实，即在“六五”末期效益水平已经很低的基础上，经过 5 年的艰苦努力，我市的主要经济指标不仅没有上升，反而惊人地下降了。

高速度为什么没有带来高效益？而就这令一些人自豪的经济发展速度，与沿江地市县相比，也是“略输文采，稍逊风骚”。与邻近的繁昌县作比较：1985 年该县与铜陵县还处于同一个发展水平，而如今他们的工农业产值已超出铜陵县一倍。即使剔除一些不可比因素，我们也难以和他们平起平坐。一江春水向东流，同处一江景不同。这是为什么？！

我市是皖江开发开放四市之一，但与其它三市相比，差距又何等之大！1989 年全民独立核算工业企业的产值利税率、资金利税率、销售收入利税率，芜湖分别是 32.3%、33.4% 和 21.2%，马鞍山分别是 34%、21.2% 和 19.8%，安庆分别是 21.1%、22.8% 和 14.1%，而铜陵分别是 14.5%、9.4% 和 9.2%。1989 年全民独立核算工业人均创利税，全国是 3 851 元，全省是 2 501 元，而铜陵仅有 1 741元。在全省 9 个地级市中，我们“铜老八”的帽子为什么长期摘不掉？

我们还常常为铜陵“七五”的高投入而沾沾自喜，但殊不知，投入像一根“魔棍”，变化多端，既可以变为“宁馨儿”，又能够化为“丑八怪”。截至1990年底，市属地方工业企业固定资产债务总额已高达8.23亿元，其中外债3 058万美元。这些债务的61.2%（5.03亿元）要在1992年以前还清。而1990年实际只还了0.4亿元，其中还有0.15亿元是靠免税还的。按照现有企业的盈利状况推算，我市每年的债务利息都难以全部偿还。高投入为什么没有带来高产出？

除此之外，不足和差距之处还有很多很多：产业结构仍不合理，产品的结构层次和质量档次仍然偏低；农业的保障体系相当脆弱，生产力水平亟待提高；各项事业的发展很不平衡……

对这些，一些有识之士心中充满了困惑与焦虑。铜陵为什么不能发展的更快一些？为什么不能解决别人已经解决、或正在解决的问题？

逝者如斯夫，不舍昼夜。当我们站在21世纪的门槛边，倾听着大江东去拍岸的涛声的时候，不能不深深地思索：怎样才能医治好我们身上的“疾患”，以健壮的体魄，去创造铜陵更辉煌的明天？！

## 剔肤见骨找病根

透视铜陵这个既健康又染疾的肌体，不同识见的人们，可以从不同的角度作出不同的“诊断”。但是，一个最准确的诊断，已经由历史老人作出了，这就是：思想还不够解放，观念未及时更新，精神还不够振奋，商品经济意识淡薄。这些“病源”互相渗透，彼此诱发，产生了阻碍我们前进的一个又一个“病灶”——

以经济建设为中心的观念不强：有些部门和单位，以“自我”为中心，符合自身利益的事就办，不符合自身利益的事就推。外地进城劳动力的管理，与此沾点关系的部门都抢着伸手揽，而集资修路建桥等，有关单位就拼命往后退。企业兴旺的时候，各个部门都想去捞一把；企业困难的时候，不少部门都撒手不管。还有一些部门和单位，处理工作以文件为中心，以条条为标准。有个企业为了优化生产布局，曾经打算将企业的内部结构作适当调整，但有关部门却从条条出发，不给配套政策，使企业调整无法进行。一个外商很有兴趣的微波炉项目，本应在铜陵落户，但这个说资金不落实，不能批立项，那个说没有立项不能给资金。各用各的文件，各持各的道理，扯皮扯了一年半无结果，外商一气之下跑到大连，人家半天就立了项。不以经济建设为中心，还表现在其它工作与经济工作两张皮上。文化、教育、卫生、宣传、组织、统战等部门部署工作，有不少可以也应当与经济工作相结合而没有结合，就在自觉或不自觉中影响了经济建设。某厂党委一位领导，在一次和主管部门干部交谈时，竟说“生产上的事我们一概不管”。在这样的干部心中，哪还有“中心”的地位？

商品经济观念薄弱：在商品经济已占很大比重的今天，我们相当多的厂长和经理至今仍在迷恋产品经济的“温床”：争保护、要计划有门，闯市场、搞经营无术，全然没有效益观念。麻纺产品严重积压，就是不能进行有效的推销和处理。有些企业，舍得花钱搞基建、盖办公楼，却不愿花钱抓技改，与经济发达地区形成强烈的反差。就是抓技改，也是无头苍蝇瞎忙乎。某厂搞技改，投资几百万，试车几个月，产量上不去，成本下不来，报捷之声犹在耳边，却停止了生产。一查，原来是工艺、技术早已落后的项目。在农村，则有相当一部分人“种树怕吃亏、养鱼怕偷、办工厂怕倒、做生意怕骗”。这怕那怕，就是不怕挨穷受苦。商品经济的竞争，归根到底是人才的竞争，而我们的一些企业，愿意花钱买轿车、搞装潢，就是不愿花钱培养人才，不愿接收大学生。现有的人才不敢用、不会用，外面的人才不给进，企业靠什么求生存、图发展？发展商品经济必须最大限度地占领市场，但我们的一些经济主管部门和企业，市场观念十分淡薄。今年 5 月，《经济消息报》提供专版，要免费为铜陵介绍一批企业和产品，但所涉及到的大多数部门和企业，并没有将此作为做广告、搞公关的好机会，反而草草应付，或避而远之，或胡乱凑合。且不说在中央、省级的广播、电视、报纸上，难见到铜陵的商品广告，就在本市街头，广告也属凤毛麟角，直至第三届花卉博览会前夕，市府用行政命令的办法，铜陵才竖起了第一批永久性广告牌。多数企业的销售工作十分薄弱，中央的政策不敢用，省里的政策不会用，市里的政策不知道用。市府（90）50号文件对处理积压产品等问题，规定得很宽、很明确，可就是有那么一些经营者不学习、不研究，任其产品涨库积压。我市拥有的销售队伍数量，不说与江浙比，就同桐城县的10万销售大军比，也相距甚远。

精神状态不振作：从机关到企业，都有那么一些人，特别是少数领导干部，目标不明，任务不清，得过且过，不思进取。对于本部门、本单位在今后三年应该实现什么目标，今后五年能达到什么水平，采取哪些办法和措施，存在哪些问题和困难，心中无数，却泰然处之。什么共产党人的理想，什么市委市政府的战略部署，都统统抛在脑后，束之高阁。一些干部“过糊涂日子当太平官”：坐机关的，不知道要研究哪些问题，搞好哪些服务；办企业的，不了解市场如何变幻，不懂得新品种怎样开发；搞农业的，讲不清粮食产量多少，水利设施如何，多少人温饱没解决。有一些干部，整天长吁短叹，畏首畏尾：处理积压产品怕亏损，开发新产品怕没市场，进行技改怕缺资金，处理不合格工人怕遭报复。还有极少数干部，或浑浑噩噩，或谋私钻营，有的竟置党纪国法于不顾。

改革意识不浓：经济社会工作中的许多深层次问题，只有靠深化改革才能解决。但我们的不少同志，仅仅把改革叫在口中、写在纸上。大家都赞成住房制度改革，但适当提高房租、多住房子多拿钱，一些人就大叫大嚷受不了。公费医疗的漏洞众人有目共睹，但不少人又不愿承担改革的风险。在居民区进行安装有线电视的试点，受益者都说是件大好事，但一提要自己掏点钱，又说“这不能算是办好事”。都说分配不合理，但在企业实行质量工资制，又有人说技术低的工人吃了亏。“铁饭碗”都说要打破，但让违纪工人下岗，或作出处理，就有人四处说情。在他们的眼里，改革都必须对自己有利，个人不能作出任何一点牺牲。

对外开放观念差：铜陵位于长江黄金水道之旁，又是皖江开发开放四城市之一。可我们的一些部门单位的领导、职工又是怎样对待开发开放呢？今年初，当南京市一位副市长率团来铜考察时，在城外转了一个多小时方才摸进城，其原因就是本市入口处连个起码的标记也没有！一位外商结束访问离铜时，要用美钞兑换人民币去结账，但有关人员正在政治学习，还说："对不起，业务暂不办理！"一位意大利商人来铜陵住旅馆，面对积满灰尘的窗户、掉了螺栓的马桶盖和污迹点点的被套，他责问道："这像做生意的吗？"我市第一个较大的中外合资项目——金光延压加工有限公司，从立项到审查，从筹资到审批，前后费时近两年，盖了几十个公章，才得以上马。如果不是外商有耐心，这个项目早就告吹了。

以上形形色色的问题虽挂一漏万，却展露了相当一部分铜陵人的思想、观念、精神状态上的丑陋之处。可以这样说，正因为存在这些丑陋之处，而我们又没有及时正视它、解决它，才导致铜陵过去某些方面的落伍和现在某些事业发展上的裹足不前。

## 解放思想是先导

思想的解放常常是正确行动的先导。1978 年全国范围的关于真理标准的大讨论，赢得了人们思想的大解放，赢得了全国十多年的大发展。历史已经证明并将继续证明，经济要开放，首先思想要解放。开展"理思路、抓落实、奔小康"的大讨论，意在解放思想，更新观念，对此，每一个铜陵人都应积极参与。当然，思想的解放往往需要进行痛苦的反省。鲁迅说过："我常常解剖别人，然而更多的是无情地解剖我自己。"每一个有社会责任感的铜陵人，在大讨论中，都不应讳疾忌医，而应当勇敢地拿起时代的解剖刀，割除自己灵魂深处的一切毒瘤和病根。如果我们继续抱着僵化的思想、陈腐的观念、封闭的意识、萎靡的士气，那么，不是危言耸听，在迎接新世纪到来的十年接力赛中，我们铜陵将被别人抛得更远！

改革大潮澎湃。历史不允许我们再躺在产品经济上酣睡了。环顾神州，时不待人：沿海经济上去了，山东经济上去了，省内各地市也在你追我赶。每个有志的铜陵人都应该扪心自问：怎样才能无愧于脚下这块浸满烈士鲜血的土地?!

醒来，铜陵！

（1991年11月14日《铜陵报》）

## 自学提示

(1) 此文联系铜陵改革开放以来的经济建设实际，提出要进一步解放思想，转变观念，加速经济发展，加快改革开放步伐。此文从大处落墨，又开掘较深，既有宏观性又有深刻性。概括此文的主题，并说明其社会意义。

(2) 联系此文，认识新闻报道要“有的放矢”，要有针对性，与人民群众关心的问题贴得很紧的必要性和重要性。

(3) 简要分析此文用事实说明道理，叙议结合，寓情于冷静评述之中的写作特色。

# 菜价追踪

新华社记者　苏会志　王进业

近一个时期，京城菜价上涨，有些细菜比肉还贵。

为了搞清菜价上涨的原因，记者来到北京的大“菜园子”——山东寿光市，从源头开始，行程千余里，对蔬菜价格的变化作了一次全过程追踪。

## 产地菜价比去年没贵多少，菜农收入增加不多

4月2日凌晨，寿光蔬菜批发市场。

这是全国最大的蔬菜批发市场。每天早晨5时开秤交易，交易之前，这里就被运菜的车辆挤得水泄不通。记者抄录了当日每公斤蔬菜的批发价：菜花1.06元，小辣椒4.4元，洋白菜1.8元，韭菜0.6元，黄瓜2元，西葫芦2元，香菜1.3元。据介绍，上述价格与去年同期相比虽有提高，但涨幅不大。

上午10时，文家镇文家村。刚卖菜回来的菜农贾兴孝告诉记者：“这两年产地菜价涨了一点，但种菜所需的复合肥、农药、水、电的价格也不断上涨。算起来，今年种菜、卖菜挣的钱比去年多不了多少。”旁边几户种洋白菜、西红柿的菜农收入变化同贾兴孝的情况差不多。一位种小辣椒的姓贾的农民告诉记者：今年小辣椒当地收购价比去年低三成，光这一项，一季就少收入500多元。

## 长途贩运，一公斤菜净赚一两角，挣的是“辛苦钱”

4月2日下午3时，记者搭乘寿光市云生蔬菜购销公司的一辆

运菜卡车上了路。次日凌晨3时，当这辆卡车风尘仆仆地进入北京市的大钟寺时，这里已挤满来自各地的运菜车辆，菜贩开始讨价还价。

5点多钟，寿光市云生蔬菜公司运进京城的9吨洋白菜、黄瓜等顺利成交，每公斤成交价比产地收购价高0.4元。

货主给记者算了一笔账：这车菜，扣除给购销公司的代购费180元钱，刨去1 400元的租车费，一公斤菜也就赚一两角钱。

常往这里运菜的一个菜贩说，一般说来，我们赚的就是这个数。

## 相距4公里，菜价陡涨80%以上

4月3日早7时，记者随一辆刚从大钟寺批发完菜的三轮车，来到北京西城区新文化街农贸市场。千里迢迢运进京城的各种新鲜蔬菜，到了这条小街上身价倍增：每公斤菜花2.2元，小辣椒9元，洋白菜4元，韭菜1.4元，黄瓜3.2元，西葫芦4元，香菜3.6元，一般涨幅在80%左右，最高涨幅达125%，而大钟寺和新文化街这两个市场相距仅4公里。

一位来自河北沧州姓李的摊主对记者说："只要有人买，我就敢要价。"到中午11点，来文化街买菜的人渐渐多了起来，这位摊主又把香菜价格提到每公斤3.8元。

4日，记者跟着两辆三轮车，从大钟寺来到位于亚运村南侧的土城早市，两地相距也是4公里，但每公斤1.6元批发来的蘑菇卖到3.6元，每公斤2.2元批发来的洋白菜卖至3元。

6日，记者又到了盛产蔬菜的顺义县北务乡，随运菜车进城，展现水萝卜的产区与销区的价格差竟达250%。

## 五里一"炒"，十里一"倒"，蔬菜"批发"环节多达五六道

记者追踪菜价，听到"炒菜"一说：从产地到菜摊，一般要

经过三四道批发环节，有的要炒五六道，在西直门农贸市场，记者遇到一位河南省光山县的贩菜农民。他自称是“三道贩子”。这位农民把批发来的蒜苗批发给他在大钟寺的老乡，老乡又批发给零售摊贩，几经倒卖，每公斤不到两元钱的蒜苗，到零售时价格就涨到六七元了。

来自四川的一个菜贩，不久前在大兴县前大营村以每公斤1元钱的价格收购了8筐韭菜，他把菜运到石景山古城批发，每公斤1.6元；古城地区的菜贩又把韭菜零售价提到每公斤2元左右。也就是说，“二道贩子”、“三道贩子”联手把韭菜价格炒涨了一倍。难怪菜农说：“有的菜贩子太‘黑’，我们辛辛苦苦干一年，不如他们‘倒’几天。”

## 手续繁杂，菜霸横行，农民进城直销几多难

郊区菜农直接进城卖菜，环节少，价格低，不仅菜农的收入可以增加，居民的开支也可以减少，两全齐美。记者同一些菜农谈起进城直销的问题时，他们诉说了一些苦衷：一是种菜费工，家里活儿忙。很难挤出时间进城卖菜；二是有些市场上的商贩结伙欺行霸市，强买强卖，农民惹不起；三是进城卖菜手续繁杂，这个税，那个费，名目繁多，到集市上找个摊位也很困难。

大兴县西芦村农民郭宝来对记者说：“我们这些种菜的，都想早点卖完，早点回家，也不想把价格抬得那么高，可市霸不让。”

在海淀区四季青乡小煤厂村的塑料大棚旁，一个正在收购洋白菜的青年对记者说：“我们在附近的西黄庄卖菜，市场上谁的洋白菜价格定得比我低，我就立刻把他们打走。那些外地人，谁敢惹咱。”

当然，即便是上述问题都解决了，农民直销的数量也有限。因此搞好搞活蔬菜流通，正当的蔬菜运销商贩是不可缺少的，只是不能允许胡倒乱倒，想涨多少涨多少。

## “菜价落差”提出新课题：如何建立一套新的价格调控机制

记者采访商业行家时了解到，在市场机制较健全的国家，一般商品批发和零售环节的合理利润应是10%左右。蔬菜属于鲜货，损耗较大，差价在20%还算正常，30%就算是高利润了。但目前北京蔬菜从第一次批发至零售，差价多在100%左右，这就成为一个值得认真研究的课题。

追踪中记者了解到，北京市已对“菜园子”、“菜摊子”、“菜贩子”等诸多环节齐抓共管，并有了良好开端：专门组织从外地调运一批蔬菜充实到各个市场。市政府还拿出9 500万元生产基金，在去年53万亩菜地的基础上再发展10万亩；工商、物价、公安等部门已携起手来打击“菜霸”；物价部门在有些农贸市场每天公布主要蔬菜品种的批发引导价格，同时公布零售参考价格；反暴利的有关法规的研究制订工作也在加紧进行。

北京市工商局市场处处长张建设说，目前北京城中蔬菜销售网点偏少，500多个农贸市场的分布也极不合理。一般情况下，蔬菜销储网点的密度同菜价成反比，如石景山一带蔬菜销售网点较少，菜价就高；西直门一带农贸市场多，又有蔬菜批发市场，菜价就低得多。为此，北京市正通过新建一批市场，使网点布局渐趋合理。

随着综合管理措施逐步实施到位，特别是市场供给的增加，近两天，北京城区蔬菜价格已有所回落。当然，在市场经济条件下，要建立一种随时可以调控的，使生产者、经营者、消费者都能承受又都能得益的菜价宏观管理机制，尚需艰苦的努力和探索。

（新华社北京1994年4月12日电）

## 自学提示

（1）这是一篇经济报道，涉及与人民群众生活密切有关的菜价问题。把握和概括此文的主题。

（2）为弄清菜价变化的缘由，记者不辞辛劳，追踪采访。简要分析此文作者现场采访、上下结合、点面结合的采访特点。

（3）联系此文记者的采写过程，领会深入调查研究对新闻报道工作的重要意义。

（4）分析此文以追踪菜价变化的全过程为主要线索，依次推进，层层深入的结构特点。

# 领导干部的楷模——孔繁森

何　平　朱幼棣　陈　雁　陈维伟　魏　武　王世亮

也许，岁月能改变山河，但历史将不断证明，有一种精神永远不会失落。崇高、忠诚和无私，将超越时空，成为人类永恒的追求。

也许，时间会冲淡记忆，但人们绝不会忘记，20 世纪 90 年代，有这样一位共产党员，他的理想，他的信念，他的人格，他的情操，使千万人的心灵为之震撼。

他，就是原中共阿里地委书记孔繁森。他把自己的一腔热血洒在西藏高原。

**两次进藏，历时十载。在党的召唤面前，在人生的选择中，他的精神境界一次次得到升华**

1993 年 4 月 4 日，孔繁森告别拉萨赴阿里上任。

越野车载着他，向西急驶而去，车窗外，油画般的高原景色一幕幕掠过：清澈的拉萨河，奔腾的雅鲁藏布江，高耸的雪山，明镜般的湖水……孔繁森热爱西藏的山山水水，但此时却顾不上欣赏这高原美景，伸向远方的莽莽苍苍的路，多么像人生之路。回顾过去的路，思谋未来的路，他的心早已飞向了阿里。

孔繁森先后两次进藏，这时已在高原工作 6 年。按说，他现在应该东进返乡。然而，他却接受了一项更艰巨的任务，驱车向西，奔赴自然条件更恶劣的地区，挑起阿里地委书记的重担。

号称“世界屋脊”的西藏高原，高寒缺氧，气候恶劣，而阿里又是西藏最艰苦的地区。那里平均海拔 4 500 米，空气中的含氧量不足海平面的一半，最低气温零下 40 多摄氏度。民主改革前，野蛮的封建农奴制严重束缚了当地生产力的发展，藏族群众的生产与生活长期处于原始状态，民主改革后特别是党的十一届三中全会以来，阿里发生了巨大变化，但由于历史和自然的原因，当地的经济发展仍比其他地区缓慢，群众生活仍比较贫困。那里更需要像孔繁森这样年富力强的优秀干部，自治区领导同志征求孔繁森的意见时，他坚决而干脆地回答："我是党的干部，服从组织安排。"

像这样的工作调动，孔繁森经历过多次。每一次，他都把党和人民的需要作为自己的唯一选择。

孔繁森1944年出生在山东聊城一个贫苦的农民家庭。在党的培养教育下，他参军、入党，后来转业到地方工作。1979年，国家要从内地抽调一批干部到西藏工作，当时担任中共聊城地委宣传部副部长的孔繁森欣然赴藏。他并非不知道西藏天高地远，并非不知道那里生活艰苦，并非不知道远离家乡和亲人意味着什么。但他更清楚地知道，这是祖国和人民的需要，这是党的召唤。

从踏上西藏高原那天起，孔繁森就暗下决心：把自己的一切献给祖国这块神圣的土地，献给勤劳、勇敢的藏族人民，孔繁森进藏本来是作为日喀则地委宣传部副部长选调的，报到后，区党委见他年轻体壮、意气风发，决定改派他到海拔4700多米的岗巴县担任县委副书记。征询他的意见，回答仍很痛快："我年纪轻，没问题，大不了多喘几口粗气。"那时，党的十一届三中全会刚刚开过，为了在农牧区推广家庭联产承包责任制，带领群众脱贫致富，他亲自到一个乡试点，又把经验在全县推广。在岗巴3年，他几乎跑遍了全县的乡村牧区，每到一地就访贫问苦，宣传党的政策，和群众一起收割、打场、挖泥塘，与当地群众结下了深厚的情谊。有一次，他骑马下乡，从马背上摔下来，昏迷不醒。当地的藏族群众抬着他走了30里山路，把他送到医院抢救，当他从昏迷中醒来时，看到很多藏族群众守护在身边。1981年，孔繁森奉调回山东离开岗巴时，藏族同胞依依不舍地含泪为他送行。

在西藏工作3年，孔繁森深深爱上了这片壮丽、神奇的高原，深深爱上了这里的藏族人民。同时，他也深深感受到当地群众要求改变贫穷面貌的迫切愿望。回到山东后，他曾表示："我这条命，是藏族老百姓给捡回来的。如果有机会，我愿再次踏上那片令人终生难忘的土地，去工作，去奋斗！"

光阴似箭。1988 年，工作几经调动的孔繁森已担任聊城地区行署副专员。这时，又一次严峻的考验摆在他面前。

这一年，山东省在选派进藏干部时，认为孔繁森政治上成熟，又有在西藏工作的经验，便准备让他带队。组织上问他有什么困难，他还是那句话："我是党的干部，服从组织安排。"其实，孔繁森心里很清楚，家里确有不少困难。自己的身体状况不如从前了；年近九旬的老母，生活已不能自理；三个孩子尚未成年，需要有人照看；妻子动过几次大手术，体弱多病。自己一走，全家的生活重担又要压在妻子一人肩上。他不会忘记第一次进藏时家里的情景，里里外外都是妻子操劳。有一次，她去刨地瓜，五岁的儿子没人照看，掉进地窖里爬不上来……孔繁森觉得对不起妻子，对不起孩子。

一天，孔繁森对妻子王庆芝说："我带你和孩子们到北京玩几天吧！"妻子感到很奇怪。别说是去北京，就是在聊城，繁森也从来没闲空陪自己和孩子们出过门，这一次是怎么了？带着疑惑的心情，王庆芝和孩子们跟着他到了北京，游览了天安门和长城。途中，孔繁森话里有话地对妻子说："到了北京，就等于走遍了全国，以后我无论走到哪里就像到北京一样，你和孩子们别牵挂。"听了这番话，王庆芝似乎有了某种预感，从北京回到聊城后，孔繁森一直在想怎样对妻子开口，一天夜里，他终于鼓起勇气说："庆芝，组织上又安排我进藏了……"话还没说完，王庆芝的眼泪已像断了线的珠子滚落下来，看着妻子难过的样子，孔繁森的心里也一阵阵发酸，他动情地说：

"庆芝，我欠你的太多太多了！等从西藏回来，我一定会加倍地补偿。"

"你就放心去吧"，王庆芝抽泣着说，"一个人出门在外，好好保重身子。"在那些日子里，王庆芝一边为丈夫收拾行装，一边悄悄地抹泪。要走了，孔繁森默默地站在母亲面前，用手轻轻梳理着母亲那稀疏的白发，然后贴在老人的耳朵旁，声音颤抖地说：

"娘，儿又要出远门了，到很远很远的地方去，要翻好几座山，过好多条河。"

“不去不行吗？”年迈的母亲抚摸着他的头舍不得地问。

“不行啊，娘，咱是党的人。”孔繁森的声音哽咽了。

“那就去吧，公家的事误了不行，多带些衣服、干粮，路上可别喝冷水……”

想到也许这是同年迈多病的老母亲的最后一面，孔繁森再也抑制不住内心的感情，“扑通”跪在母亲面前：自古忠孝不能两全，娘，您要多保重！”说完，流着眼泪给母亲深深磕了一个头。

无情未必真豪杰。为了党的事业，孔繁森把对家乡、对亲人的爱深深地埋在心底，把博大无私的爱献给了祖国和人民。

1988 年，孔繁森第二次进藏后任拉萨市副市长，分管文教、卫生和民政工作。任职期间，他跑遍了全市 8 个县区的所有公办学校和一半以上乡办、村办小学，为发展少数民族教育事业殚精竭虑。1991 年，一次车祸把他摔成了严重的脑震荡，颅骨骨折，高烧昏迷。住院治疗期间，一天，他得知一所学校发生了问题时，便不顾高烧未退、眼睛充血，骑着自行车赶到学校现场处理。在他和全市教育工作者的共同努力下，拉萨的适龄儿童入学率从 45%提高到 80%。这一次，听说孔繁森要延长在藏时间到阿里工作，有的同志劝他：你是山东的干部，已经先后两次进藏，该吃的苦也吃了。凭你的政绩和能力，回去一定可以干得更好、进步得更快。听了这话，孔繁森的神情顿时严肃起来：”怎么能说我是山东的干部呢？我们共产党员无论在哪里工作都是党的干部，越是边远贫穷的地方，越需要我们为之去拼搏、奋斗、付出，否则，就有愧于党，有愧于群众。

从拉萨到阿里地委、行署所在地狮泉河镇，将近 2 000 公里坎坷不平的路程。孔繁森离开拉萨两天后，进入阿里地区措勤县境。藏北大草原那雄浑、壮美的景色展现在他面前。远方，绵延起伏的雪山在蓝天的映衬下格外壮丽，广袤无垠的草原一直伸展到遥远的天际。近旁，一座座用石块垒成的玛尼堆披挂着祈祷吉祥的五彩经幡，一堆堆高寒地带特有的红柳丛在阳光下像火一样耀眼；天空，时而白云朵朵，时而乌云密布；原野，时而大雪纷飞，时而风沙弥漫……

孔繁森是一个感情丰富、兴趣广泛的人，喜爱读书、写诗和摄影。眼前这一切，使他激动不已。为了祖国西南边陲这神圣的土地，多少先辈曾在这里奋斗拼搏、流血牺牲。如今，党把自己派到这里，这是多么光荣而又艰巨的使命。一种崇高的责任感和神圣的使命感在他心中油然而生。

进入阿里地界，孔繁森的调查研究也开始了。当天夜里，他风尘仆仆地到达措勤县委所在地。第二天上午，他不顾旅途劳累，召集县委、县政府的干部开会，听取汇报，并结合贯彻党的十四大会议精神，商讨如何发挥当地优势，探索适应社会主义市场经济体制的发展途径。随后，他又去看望和慰问驻当地的武警部队官兵。

经过对沿途措勤、改则和革吉三个县的实地调查，孔繁森透过这些地方贫困落后的现状，看到了当地蕴藏的巨大优势，即：丰富的畜产品和矿产品资源。他兴奋地对同行的同志说："随着社会主义市场经济体制的建立，我国的经济必将进入一个新的快速发展时期，对原材料的需求将进一步增长，这对有着丰富资源的阿里来说，无疑是一个极好的发展契机。我们一定要抓住这个有利时机，加快阿里经济发展的步伐。"

**为了寻找阿里的发展优势，全地区 106 个乡，他跑了 98 个，雪域高原上留下了他的深深足迹。风雪中，他把自己的毛衣脱给一位藏族老阿妈……**

孔繁森到阿里后，40 多封请求调离的报告摆在了他面前。这对人才奇缺的阿里来说，无疑是雪上加霜。

重重心事加上高山反应，使孔繁森彻夜难眠。他索性把住在近旁的地委秘书长叫了过来。没有电，两人就借着手电筒微弱的光亮聊了起来。

孔繁森说："要求调走的那些同志在阿里工作了多年，这本身就是一种奉献。现在，他们申请调离，主要是对阿里的前途缺乏信心。我看，问题的关键是要找到阿里发展的突破口。小平同志说过，发展是硬道理。只要我们用发展这个硬道理来凝聚人心，调动干部们的积极性，为他们提供施展才干的舞台，就一定能把阿里的经济和各项事业搞上去。"

这一夜，他俩谈地区的工作，谈当地的优势，谈阿里的未来，越谈越兴奋。电池用完了再换上一节，炉火不旺了再添上几块焦炭，一直到曙光初露。

4月25日，孔繁森主持召开地委、行署联席会议。他给大家布置的第一项工作就是：解放思想，转变观念，在原有基础上进一步寻找阿里发展的优势，从困难中寻找光明的前途。

会后，孔繁森和地委、行署其他领导成员分头带队到基层调查研究。

到阿里赴任前，孔繁森已把自治区的各有关部门跑了个遍，将阿里地区的自然概况和历年来经济统计数字都抄在笔记本上。为了进一步摸清阿里的情况 ，他一个县、一个区、一个乡地跑。从措勤到札达，从普兰到日土，实地考察，求计问策，寻找带领群众脱贫致富的路子。在阿里不到两年的时间里，从南方的边境口岸到藏北大草原，从班公湖到喜马拉雅山谷地，全地区106个乡，他跑了98个，行程8万多公里。

阿里地广人稀，面积30.5万平方公里，相当于两个山东省，而人口只有6万多。有时，开着越野车在空旷的荒野上奔波一天也看不到一户人家、一顶帐篷。饿了，他们就吃口风干的牛羊肉；渴了，就喝口山上流下来的雪水。旅途虽然艰苦，但孔繁森却风趣地对随行的同志说："高原上的水绝对没有污染，是世界上最优质的矿泉水，等开发出来得用美元来买呢！"他那乐观的情绪，常常感染着周围的同志。

有经验的人都知道，在高原生活，一场严重的感冒有时也会夺去一个人的生命。而孔繁森恰恰一到阿里就感冒了，咳嗽不止。为了不耽误工作，他就大剂量地服药，病情重了，就一边输液，一边工作。一个多月下来，体重减轻了14公斤。由于过度劳累，他的直肠纤维瘤复发，鲜血浸透内裤，可他一直瞒着别人。等大家都入睡后，他才把内裤换下，悄悄洗干净。

在广泛深入调查研究的基础上，阿里经济发展的思路在孔繁森的脑海中渐渐清晰起来，在地委、行署联席会议上，孔繁森列举了阿里发展的六大优势：畜产品优势、矿产品优势、旅游优势、边贸优势、政策优势、人口少的优势。

“率领群众致富，是我们的天职。每一个党员干部，都应当与人民同甘苦、共命运。这样，我们党才有威信，国家才有希望。阿里虽说偏僻落后，但发展潜力也很大。关键是要带领群众真抓实干。我有信心和全地区人民同舟共济、艰苦创业，共同建设一个文明、富裕的新阿里。”

孔繁森激情满怀的讲话，使在场的干部热血沸腾。

艰难困苦，对于弱者来说是可怕的，而对于坚强的共产党人来说，则往往是一种无声的召唤。沧海横流，方显英雄本色。

1994 年初，正当孔繁森带领全地区人民为实现阿里发展的宏伟蓝图而奋斗时，一场罕见的特大暴风雪席卷了阿里高原。

漫天大雪，吞没了农田、牧场和村庄。凛冽的寒风，把各县受灾的消息传到狮泉河。

“立即行动起来！到灾区去，到群众中去。组织抗灾，恢复生产，重建家园。”在孔繁森的带领下，地委、行署迅速组织了十多个工作组分赴各灾区。厚厚的积雪封死了道路，他们就用铁锹挖，用汽车碾。大家只有一个信念：尽快把党和政府的关怀送到灾区。

在革吉县和改则县，孔繁森目睹了暴风雪给牧民造成的严重危害：大片大片的牧草被冰雪覆盖，成群成群的牲畜因冻饿而死，许多群众陷入缺衣少粮的困境。

孔繁森的心在颤抖！

他挨家挨户地走访灾民，分发救济粮和救济款。风雪中，他高声地鼓励大家：“有党和政府在，再大的灾害也压不垮我们。我们一定能帮助大家渡过难关！”

2 月 26 日，孔繁森来到受灾最严重的革吉县亚热区曲仓乡。这里海拔 5 800 米，是阿里最高的一个牧业点。乡党委书记嘎玛钦尧愁眉不展地说：“大雪连续下了一个星期，最深的地方没到膝盖，全乡有 8 人被冻伤，牲畜大部分死亡。”

孔繁森心情沉重地把全乡每户牧民的损失情况一一记在笔记本上，然后用坚定的语气对嘎玛钦尧说：“现在的首要任务是保护人。先保人，再保畜，一定要把群众的情绪稳住，团结起来同灾害作斗争，尽量把损失减少到最低限度。”

雪花在凛冽的寒风中狂飞乱舞。一会儿工夫，大家都变成了雪人。人们穿着大衣，还是感到阵阵发冷。脸、手和脚都被冻得失去了知觉。孔繁森看到一位藏族老阿妈把外衣脱给了在风雪中哀嚎的小羊羔，自己却在零下20多摄氏度的严寒中冻得瑟瑟发抖，他的眼睛湿润了。他用手捂住脸，强忍着不让泪水流出来，猛地转身回到越野车上脱下自己的一套毛衣毛裤，递给那位老阿妈。老阿妈伸出已经冻僵的双手，接过那还带着体温的毛衣，嘴唇颤抖着久久说不出一句话。

顶风冒雪，孔繁森背着他每次下乡都随身携带的小药箱，走村串户，慰问受灾群众，给被冻伤的牧民们看病。他早年在部队医院当过兵，粗通医术。来西藏工作后，为了解决当地缺医少药的困难，他做了大量工作。每次下乡前，他都要买上几百块钱的药，为农牧民看病治病。一次，有位70多岁的藏族老人肺病发作，浓痰堵塞了咽喉，危在旦夕。当时，没有其他医疗器械可用，孔繁森就将听诊器的胶管伸进老人嘴里，又对着胶管将痰一口一口地吸出来，然后又为老人打针服药，直到转危为安。

雪越下越大，风越刮越紧。长时间的高山反应，持续不断的超负荷工作，使孔繁森本来就带病的身体更加虚弱。他感到眼前阵阵发黑，身上不住地冒虚汗，但还是坚持着给冻伤的牧民一一做了检查。尔后，又把解决曲仓乡受灾牧民的搬迁、转场和买牛的资金及口粮、油料等问题一一研究落实，直忙到凌晨2点多钟，才躺下休息。

夜，很深很深了。狂风仍在不停地呼啸。奔波劳累了一天的孔繁森躺在帐篷里，剧烈的头疼使他怎么也睡不着。凌晨3时许，他感到心跳加快，胸闷气短，天旋地转。有高原生活经验和医学常识的孔繁森，预感到死神正向自己逼近……

对孔繁森来说，生与死早已置之度外。在赴藏前，他就请人写过“是七尺男儿生能舍己，作千秋鬼雄死不还乡”的条幅。进西藏后，他又写下了“青山处处埋忠骨，一腔热血洒高原”的豪迈誓言。让他放心不下的，是那远在家乡的老母亲和妻子、儿女。昏昏沉沉中，他默念着亲人的名字……想着，想着，泪水挂满了脸颊。他强支起虚弱的身体，打开手电筒，在笔记本上给同行的小梁写下了这样的交代：

小梁：

不知为什么我头痛得怎么也睡不着。人有旦夕祸福，万一我发生了不幸，千万不能让我母亲和家属、孩子知道。请你每月以我的名义给我家写一封平安信。我在哪里发生不幸，就把我埋在哪里……

这一夜，孔繁森终于挺过来了。他，没有倒下。

经过两个月的艰苦奋战，阿里地区的各族干部群众在地委和行署的领导下，终于战胜了雪灾，全地区没有冻死、饿死一个人。但这场雪灾毕竟也给阿里造成了严重的经济损失。雪灾和连续几年的旱灾、风灾，使孔繁森深深感到：光靠救济不能从根本上消除自然灾害的威胁，只有尽快建立起抗灾防灾基地，才能使群众具有抵御自然灾害的能力。他在地委、行署联席会议上提出了这一想法，得到大家一致赞同。

这一年 7 月，孔繁森在北京参加中央召开的第三次西藏工作会议后，没有立即返回，他要利用这个机会当面向中央有关部门的负责同志陈述想法，争取支持。当时，他母亲正卧病在床，水米不进，家里几次催他回去，可为了阿里地区 6 万多群众，他只好在心里默默地为母亲祈祷、祝福。

7、8 月份的北京，正是酷暑季节，孔繁森顶着似火的烈日，一个部委一个部委地汇报灾情。中午实在热得不行，就到有空调的商店里避一避。饿了，就在附近的小摊上吃碗面条。次数多了，随行的同志难免有些抱怨：在摊上吃，既不卫生，也太简单，而且有失地委书记的身份。孔繁森很动感情地说："想想灾区那些还在饿肚子的群众，大鱼大肉咱能吃得下吗！"

在北京的 20 多天里，孔繁森先后跑了十多个部门，每到一处，他都把记录阿里灾情的录像带放给有关同志看，一边放一边讲灾区群众的困难，说那里条件的艰苦，谈建设防灾抗灾基地对阿里的特殊意义，人们无不为他的一片赤诚所感动。

阿里的灾情引起有关负责同志的重视，破例为阿里解决了一大笔救灾款和项目资金。资金落实后，孔繁森的心情却久久不能平静。他知道，西藏和平解放40多年来，中央对西藏的财政补贴和基本建设投资累计达200多亿元。这次西藏工作会议上，又确定了总投资23.8亿元的62个援藏项目。他感到肩上的担子更重了：中央对西藏这样关心和支持，如果自己做不好工作，怎能对得起党，对得起藏族群众？

返回阿里后，孔繁森向地委和行署干部迅速传达了中央第三次西藏工作会议和自治区党委四届六次全会的精神，他说："中央关心西藏，全国人民支援西藏，我们怎么办？"他和地委、行署一班人提出，要以"新的精神面貌，新的思维方式，新的工作思路，新的行动姿态，抓住机遇，加快发展，努力开创阿里工作新局面。"

在孔繁森等地委、行署一班人的带领下，阿里的经济有了较快发展。1994年，全地区国民生产总值超过1.8亿元，比1993年增长37.5%；国民收入超过1.1亿元，比上年增长6.87%，一幅全面振兴阿里经济的宏伟蓝图，正在这雪域高原上成为现实：

——2 000千瓦的朗久地热电厂重新发电，高原的夜晚不再漆黑，明亮的灯光同天上的星星交相辉映；

——年产值可达上亿元的山羊绒梳绒厂和鱼骨粉加工厂、硼矿脱水厂、水泥厂等相继在空旷的荒原上拔地而起，隆隆的机器轰鸣声打破了千年的沉寂；

——随着普兰、什布奇口岸的开通，至边境强拉山口公路的竣工，阿里高原向世界进一步敞开了开放的大门……

**三个藏族孤儿，900毫升鲜血。他向人民奉献的是比血还浓的炽热情感，是博大、深沉和无私的爱**

摆在记者面前的，是解放军西藏军区总医院血库一张献血证明，上面写着：

兹有孔繁森同志于1993年曾先后三次来我库自愿献血900毫升，已按医院规定付给献血营养费900元整。

在这张献血证明的背后，是一个催人泪下的故事——

1992年，拉萨市墨竹工卡等县发生地震，当时在拉萨任副市长的孔繁森立即赶赴灾区，在羊日岗乡的地震废墟上，三个失去父母、无家可归的藏族孤儿曲尼、曲印和贡桑哭喊着扑到他的怀里。孔繁森抚慰着三个孩子：党，就是你们的亲人，一定会让你们有饭吃，有衣穿，有房子住，还要送你们上学。他嘱咐当地干部务必要安置好这三个孩子。孔繁森紧张地忙于救灾，也一直牵挂着三个孩子。不久，他再次来到羊日岗乡，决定亲自承担起抚养这三个孤儿的责任。

一个人孤身在外，又要工作，又要带孩子，辛苦和劳累可想而知。晚上，工作了一天的孔繁森回到家，先要给孩子们做好饭菜，然后再教他们读书认字。夜里，就和孩子们挤在同一张床上。那时，曲尼12岁，曲印7岁，贡桑只有5岁，睡觉时经常把尿撒在床上，他就不厌其烦地换洗床单。节假日，只要有空，他总要带孩子们去商店、逛公园，给他们买衣物，陪他们玩，就像对待他自己的亲生儿女一样。

一天深夜，曲印突然肚子疼得“唉哟，唉哟”叫个不停。孔繁森从睡梦中被吵醒，他爬起来给曲印吃了药，可还是不行。孔繁森着急了，背起孩子直奔医院，整整忙了一夜，直到第二天早上才疲惫不堪地回来。

看到孔繁森一人抚养三个孩子负担太重，拉萨市市长洛桑顿珠领走了曲尼。

生活条件变了，曲印和贡桑吃东西也开始挑剔起来。孔繁森觉察到孩子的这一细微变化，就对办公室的小崔说：

“我想请你把孩子们带回羊日岗乡去看一看。”

“他们的父母都不在了，看个啥呀?”小崔不解地问。

“让孩子们走一走家乡的土路，看一看家乡的山水，再过几天家乡父老乡亲的生活。”说着，孔繁森把曲印和贡桑喊了过来，他抚摸着兄妹俩的头语重心长地说：“记住，永远别忘了自己的家乡，将来长大了，好好建设自己的家乡。”

兄妹俩回家乡生活了5天，回来后好像长大了许多。

尽管孔繁森自己的家庭负担比较重，但每次下乡，他总要把钱分给那些生活贫困的藏族群众，往往刚过半个月，工资就花得所剩无几，有时连交伙食费的钱都不够了。收养孤儿后，经济上更加拮据。过去他一个人，生活上能凑合就凑合，可他不能让孩子们受委屈。

1993 年春的一天，孔繁森悄悄来到西藏军区总医院血库，要求献血。护士看着他那已经斑白的鬓角，婉言劝道："您这么大年纪了，不适合献血。"

孔繁森连忙恳求道："我家里孩子多，负担重，急需要钱。请帮个忙吧！"

护士见孔繁森如此恳切，只好同意他的请求。

殷红的鲜血，从孔繁森的体内缓缓流进针管。这是一位共产党员的鲜血，是从一位日夜操劳的领导干部的血管里流出来的血！

孔繁森生活极其节俭，经常吃的是白饭就榨菜，工作一忙，开水泡馒头和方便面也是常有的事。他穿的许多内衣打着补丁，连块香皂都舍不得买。每次去拉萨回阿里，他总要买上一些价格低廉的生活日用品，因为有地区差价，这样可以省点钱。孔繁森对自己，就是这样节俭、吝啬，而对他人、对藏族同胞，却是那么慷慨大方。在西藏工作的近 10 年时间里，他几乎没有往家里寄过钱，省下的工资，大部分花在藏族群众身上，为此，他曾多次流露出对家人的内疚之情。但为了帮助那些有困难的藏族同胞，他只好委屈自己的家人。

孔繁森是清贫的，同时也是富有的。他拥有人世间最美好的心灵，最丰富的情感，最高尚的精神境界。

"太阳和月亮有着同一个母亲，她的名字叫光明；汉族和藏族拥有同一个母亲，她的名字叫中国。"——这是孔繁森非常喜爱的一首歌。他曾多次对人这样讲，每当看到藏族的老人，就会想到自己的父母；每当看到藏族的孩子，就仿佛见到自己的儿女。在拉萨当副市长期间，全市 56 所敬老院和社会福利院，他走访过 48 所，把党和政府的关怀、温暖送到孤寡老人和孩子们的心田。

在拉萨市堆龙德庆县桑达乡敬老院里，有个叫琼宗的老人，至今保存着孔繁森送给她的一双棉鞋。老人永远不会忘记那个隆冬的早晨，孔繁森副市长冒着寒风来到敬老院，发现老人的鞋子破了，脚被冻得又红又肿，便心疼地把老人的双脚抱在自己的怀里。第二天，他又托人给老人送去了一双新棉鞋。不久，他又给敬老院的老人们送去了半导体收音机。接过孔繁森自己掏钱买的收音机，老人们的眼睛湿润了，一个叫旺姆的老人激动地对孔繁森说："还是新社会好哇！要是在解放前，像您这样的崩布拉（当官的）连见都见不到呀！"离开敬老院时，老人们自动站成一排，依依不舍地为他送行。

有一次，孔繁森到拉萨市林周县阿朗乡敬老院看望孤寡老人。走进一个房间，他看到一位藏族老阿爸的脚因烫伤溃烂发炎了，便打开随身携带的药箱，为老人擦洗涂药，然后用纱布把脚裹好，还把自己穿的灰色风衣脱下来披在老人身上。临走时，他又掏出身上仅有的30多块钱塞到老人手里。老人感动得直掉眼泪，口中不住地念叨："活菩萨，活菩萨！"

孔繁森在阿里工作时，一天，他到噶尔县门士区检查工作，看到草滩上有几间土坯房，听说那儿住着两位孤寡老人，便走了过去。他推开门，借着火塘的光亮，看见一位藏族老阿妈有气无力地靠在墙上。"阿妈啦，党派我看您老人家来了！"说着，他随手摸了摸放在地上的口袋，糌粑不多了；又摇了摇一旁的酥油茶壶，也快空了。原来，政府给老人的这个月的生活费已经花光了。孔繁森马上掏出200元钱给随行的同志："快去给老人买些茶叶、食盐、酥油和大米来。"说着，他又转身走进另一位孤寡老人的家，只见老人病着躺在一张破羊皮上，孔繁森心情沉重地对区里的干部说："马上请医生来给老人看看病，另外再买块床垫来，要厚，要暖和。"从那以后，只要有人去噶尔县，孔繁森必定要托人给这两位孤寡老人捎些钱、粮食和衣物。

没人能说得清，像这样的事孔繁森做了多少件。有人说，他做的好事就像盛开的邦锦花，洒满草原。也许在有些人看来，这些事太普通，太平凡了。然而，就像那奔腾浩荡的雅鲁藏布江，最初的源头不过是阿里高原上的一条小溪，正是这点点滴滴的平凡小事，铸就了一个共产党员品格的崇高和伟大。

“冰山愈冷情愈热，耿耿忠心照雪山。”正如孔繁森在一首诗中所写，他把自己一颗火热的心献给了西藏高原，献给了党的事业。他对藏族同胞的爱、对祖国人民的爱，就像高原上的蓝天一样，那样的纯洁，那样的深沉，那样的博大。他始终在努力实践着自己最喜爱的那句名言：“一个人爱的最高境界是爱别人，一个共产党员爱的最高境界是爱人民。”

* * * *

令人痛惜的意外事情发生了。

1994 年 11 月 29 日，孔繁森在去新疆塔城考察边贸的途中，在一场车祸中不幸殉职，时年 50 岁。噩耗传到阿里，传到拉萨，传到山东，人们简直不敢相信。

“出师未捷身先死，长使英雄泪满襟。”

人们在料理孔繁森的后事时，看到两件令人心碎的遗物：一是他仅有的钱款——8.6 元；一是他的“绝笔”——去世前 4 天写的关于发展阿里经济的 12 条建议。

这就是孔繁森留下的遗产，这就是一个共产党员的高尚情怀！

雪山含悲，江河呜咽。

许多人站在孔繁森的遗像前泣不成声，泪如雨下。数不清的哈达敬献在他的灵前，堆得像洁白的雪山。

在阿里，在拉萨，在聊城……成千上万的人在呼唤着同一个名字——孔繁森。

“波拉，波拉（爷爷）！您不能走，我们舍不得您哪！”孔繁森收养的两个藏族孤儿，捧着他的遗像哭干了眼泪，哭哑了喉咙。

“孔书记，我的好书记，让我替您去死吧！”孔繁森身边的一位工作人员双膝跪地，两手深深插进墓穴的黄土，嚎啕大哭，悲痛欲绝。

一位藏族老人匍匐在孔繁森的灵前，大声哭喊：“孔书记，您不该去呀！您对阿里恩重如山，我们不能没有您啊！”

阿里的一个画家虔诚地跪在孔繁森的遗像前，一边落泪，一边为他画像。画了一夜，也哭了一夜，当画稿完成后，他将画笔折成两截……

“一尘不染，两袖清风，视名利安危淡似狮泉河水，二离桑梓，独恋雪域，置民族团结重如冈底斯山。”

——一幅幅低垂的挽联，诉说着人们的巨大悲痛，倾吐着人们的无限哀思和崇敬之情。

就像那许许多多把自己的青春、热血和生命都献给了西藏高原的先辈那样，党和人民的好儿子孔繁森，也把他那高大的身躯融入这片壮丽、神奇的土地，在无数人的心中树起一座不朽的丰碑。

（新华社 1995 年 4 月 6 日）

## 自学提示

（1）这篇人物通讯，站在时代高度，把握时代精神，为我们树立了一个时代英雄的光辉榜样，发表后在社会上影响巨大。这篇通讯曾荣获 1995 年中国新闻奖特别奖。

（2）概括这篇通讯的主题，认知这个先进典型的时代意义。

（3）简要分析此文是如何通过对主要情节和细节的刻画来再现人物的崇高精神的。

（4）分析此文在叙事写人、抒情议论等方面的特色。

# 师　魂

黄绍全　陈　朗

**教了 29 年书的民办教师田沛发，在学校因缺师资面临关闭当口，召回在外打工的大儿子，一起苦苦支撑起学校。当歹徒疯狂地抢砸学校时，父子俩挺身而出，儿子牺牲了，他也身负重伤。为了不让山里孩子辍学，他又召回了在广州打工的三儿子继续拿起教鞭。他说，这一切都是为了无悔的追求。**

这就是田沛发：就是他同大儿子田金定一起，为保护学校财产、群众财物，保护年幼学生和村干部，被丧心病狂的歹徒砍伤，儿子金定惨死刀下；就是他从昏迷中醒来，就喊人拍电报召回在外打工的三儿子，继承哥哥的事业。

5 月 25 日傍晚，记者在松桃自治县僻远的格老村，见到赤着双脚刚从田里回到家的村小学校长、苗胞田沛发。要不是黑黝黝的脸上赫然一道由耳朵到上唇的刀疤，简直无法置信眼前这单薄瘦弱的 51 岁老校长，怎样去凛然阻止狂徒的打杀。而田沛发谈起这一切时，没有“英雄的激情”，只淡淡地说：“办学校教书是我的追求，没有可后悔的。”

去年 10 月 14 日深夜，一阵抓强盗的呼喊，打破格老苗寨宁静的夜空。住校看守的田沛发，冲出寝室，与村民一起将盗贼田先成和被盗的生猪一并抓获。村支书决定猪暂存学校，待次日处理。

第二天，当村支书、村主任来学校时，盗贼田先成纠集了 6 个歹徒来学校抢猪被阻止，这伙歹徒大打出手，村支书被几拳打中头部倒地，村主任制止的话音未落就被打倒在水田里。然后歹徒们手舞铁棍、柴刀冲向学校。一瞬间，办公桌凳、课桌椅、教室门窗被砸得七零八落。闻讯赶来的田沛发高呼着“不许打人”，“不许砸学校”，冲进教室将 3 名歹徒奋力拉出，红了眼的歹徒，竟将田沛发砍倒在地，鲜红的血流了一地。

田沛发当然不会坐视学校被破坏，办所学校不容易啊。这所小学，原来一直是由村里借一间民房当教室。1980 年，作为民办教师、校长的田沛发，到村里一家家去动员、说服，终于集资建起了 6 间教室。为了苗家儿女上学不再自带凳子，他又用自己每月仅 30 多元的工资和自己家里的树木，为学校制作桌椅、门窗。为保护好得之不易的学校，他抛下家人独自住进学校看守，一住就是 8 年。

见田校长倒地流血，3 年级学生田应明抱住歹徒的腿哀求："田校长是好人，求你们莫打了。"可狠心的歹徒，一脚踢翻小田应明，高高地举起木棒。田沛发挣扎着站起来，护住田应明，木棒重重地落在田沛发的头上，田沛发又倒在地上。

爱生如子的田校长，决不可能让歹徒残害学生。1966 年，他成为全村唯一念完初中的人，回到这离县城 100 多公里，距牛朗镇 30 多公里，至今仍不通车的偏僻山村，接受当时大队的委派，当上民办教师，成了山村里知识的播火者后，全部心血就放在孩子身上。由他启蒙现在铜仁师专附中任教的曾必考吃惊地说：田老师太好了，怎么竟有人会杀他呢。这位中教一级、西南民院毕业的教师说：要不是当初田校长办起学校，我就不可能读下去了，田校长带我们采树种，打杉树球，为学校添置了电唱机和教学设备，还免了学杂费，学校获全县勤工俭学表扬，还拍了照呢。29 年里，经他启蒙的苗家儿女有 700 多人，其中近 10 人读了大学成为教师、工程师，考上重点高中、中专的 50 多人，升入初中的就更多了。

听说学校被砸、父亲被打，田沛发的大儿子、学校代课教师田金定赶紧来到学校，为抓住歹徒，赤手空拳展开了英勇的搏斗。当他抓住一名歹徒时，其余的歹徒围住田金定，木棒、柴刀雨点般落向他的头、背、腰、腿。终于，田金定倒下了，再没站起来。村干部和群众赶来，歹徒们仓皇逃窜。但是，由于他的牵制，学校保住了，学生保住了，村干部和群众财物也保住了。

田沛发谈起儿子田金定时，思念、自豪之情溢于言表。那是 80 年代中期，学校由两个班增到 6 个班，孩子们不出村就可以读完小学。可是，僻远山村条件毕竟太差，公办教师来了又走，连代课教师都先后离校而去，虽田沛发痴心不改，怎奈独木难撑啊。到1989年8月，眼看开学在即，教师不能到位，140多名学生面临失学厄运。无奈中，田沛发将学校面临的困境，写信告诉在广州打工的大儿子田金定，希望他能回到大山里。为了苗胞们视为圣殿的学校，田金定毅然放弃每月500元的工作，赶回村里当上了月工资几十元的代课教师，一干就是5年，直到出事前，年年村里不少青年外出打工邀他同去，他都以孩子们的课放不下为由而推辞了。

田沛发父子俩苦苦支撑着濒于关闭的学校，成了山村苗胞心中的圣贤。田沛发多次受到省、地、县的表彰，获得“教育先进工作者”、“农教先进工作者”、“优秀教师”等称号。1991年，教了25年书的民办教师田沛发，光荣加入了中国共产党。

干部、群众将田沛发父子抬进镇医院，负伤30多处的田金定，因伤势过重、失血太多而牺牲了。身中13刀的田沛发，5天后醒过来，除了失去儿子的悲痛外，想到的是学校没人上课，学生面临失学，忧心如焚的他，叫人发电报，让在广州打工的三儿子田金成回来代课。才5天，金成辞了月薪600多元的工作，回到村小学接过哥哥的教鞭。伤痛中的田沛发，又用自己那份民办教师工资，请了一位代课教师。学校书声琅琅依旧，没有一个学生辍学，他这才稍微安下了心。

为了治伤、安葬金定，田沛发卖了两头猪、200公斤大米，加上县政府补助的1 200元和金成带回的几百元钱，还背了近千元的债。

今年，有一贵阳老板看中田金成做雪糕的技术，出月薪600元请他帮忙，田金成没去，他说：我要帮父亲办好学校。

松桃自治县委、政府授予田沛发、田金定“见义勇为英雄”称号，并将田沛发转为公办教师。可是，因田金定生前只是代课教师，现在爱人孩子生活失去来源，子女抚恤更是没有着落。金定25岁的爱人龙自菊流着泪看着两个年幼的孩子，无望地抽泣着：政府有没有点政策呀，娃儿还小咋个抚养，今后的日子咋个办哟。

（1995年6月6日《贵州日报》）

## 自学提示

(1) 这是一篇人物通讯。通讯的主人公田沛发的先进事迹，受到全国广泛重视。认知此文主题的重要意义。

(2) 此文以田沛发父子为保护学校财产和年幼学生，与丧心病狂的歹徒展开英勇搏斗的经过为叙事主线，并穿插有关人物其他事迹材料。领会这篇通讯的结构特点。

(3) 分析此文用事实说话，以真情实事感动人的写作特色。

(4) 简要分析此文朴实无华、描述自然的语言风格。

# （三）

## 日本签字投降

〔**本报9月2日电　（发电地点：东京湾　美国“密苏里”号战舰上）**〕　今天上午9时05分，日本外相重光葵在无条件投降书上签字。日本终于为它在珍珠港投下的赌注付出了代价，失去了其世界强国的地位。

重光葵步履蹒跚，拖着木质假腿走到铺着粗呢台布的桌子旁，桌子上放着投降文件，等着他签字。如果人们不是对日军战俘营中的暴行记忆犹新的话，也许会不由自主地同情重光葵。

他把全身重量都压在手杖上，好不容易才坐下来。他把手杖靠在桌子旁，然而，在他签字的时候，这手仗倒在甲板上。

道格拉斯·麦克阿瑟将军致词后，作了一个手势要重光葵签字。他们两人没有说一句话。

麦克阿瑟代表对日作战的国家签字受降，乔纳森·温赖特中将和珀西瓦尔中将在他两旁肃立。温赖特中将在科雷吉多尔岛失守后被俘，长时期的战俘生活，把他折磨得憔悴不堪。珀西瓦尔中将在大战中另一个不幸的日子里放弃了新加坡，向日军投降。（编者按：科雷吉多尔岛是菲律宾领土，1942年5月失守；新加坡是1942年2月失守的。）

两位中将在场，使人们不由得想起，1942年上半年，我国处于几乎无可挽回的失败的边缘。

日本代表团由11人组成，他们衣着整洁，表情悲哀。重光葵身穿早礼服大衣和带条纹的裤子，头戴丝质高帽，双手戴着黄色手套。在“密苏里”号军舰上，参加整个仪式的任何一方都没有同日本人打招呼，唯一的例外是日本外相的助手，有人同他打招呼，是因为要告诉他在哪里放日本请求无条件投降的文件。

当重光葵爬到右舷梯顶端，登上“密苏里”号甲板时，脱掉了他的高帽子。

（原载1945年9月3日《纽约先驱论坛报》
记者：霍墨·比加特）

## 自学提示

（1）这是美国著名记者霍墨·比加特采写的反映重大历史事件的新闻名篇。

（2）此文通篇都是客观地叙述介绍，记者不直接发表任何议论。认知此文“寓观点于事实之中”的报道特色。

（3）此文对现场几个主要人物作了细致的描绘，写了一些有特点的细节。指出这些细节并分析其含义。

# 火葬——甘地永存

**〔本报新德里 1 月 31 日电〕** 在由于他的被害孟买再次发生骚乱的时候，圣雄莫罕达斯·甘地的遗体今天被火化。

这个古老的印度教仪式是在印度五大圣河之一的朱木拿河边举行的，是在举国上下共同哀悼的气氛中举行的。

被暗杀的领袖的长子德瓦达斯·甘地点燃起火堆，把这个伟大灵魂的躯壳付之一炬。

此时此刻，印度首都各派别由于共同哀悼甘地而暂时忘却了歧见。

人们抬着他的遗体穿过新、旧德里各条大街，送葬的队伍浩浩荡荡，这在印度历史上是前所未有的。在葬礼仪仗通过时，悲恸欲绝的人们纷纷起身加入送葬队伍，于是，在甘地身后逐渐形成了一条五英里长的蜿蜒长蛇。

在朱木拿河边，挥泪如雨、高声哭喊的人们聚集在新近用砖砌好的葬台四周，周围从葬台上望去，所见之处人山人海。

甘地的遗体被安放在柴堆上，遗体下面和周围堆满了干柴。

人们高呼“甘地！甘地！甘地！”在这呼声中，德瓦达斯揭开了仪式的序幕。

首先，人们把一种药膏——一种奶油和香料的混合物——洒在柴堆上。德瓦达斯开始面向东方，旋即向西方稽首，并开始吟唱印度教圣经中的古老经文。

经文的内容是愿甘地依附上帝膝下，并早日转生福地。

吟唱结束后，德瓦达斯从在甘地身旁点燃通宵的圣灯引燃火把，并把柴堆点着。

今天阳光灿烂，气候温和。数以万计的哀悼者赤足走在街上，掀起阵阵烟尘，使晴朗的天空为之变色。这烟尘凝集在从波拉宫到圣河岸边八英里大街上空，经久不散。

德里今天万人空巷，男女老幼聚集在这火葬柴堆旁向甘地致意。送葬者的队伍中既有患麻疯病的乞丐，也有货真价实的大富翁——他们头裹着用羽毛装饰起来的头巾，上面象鸽子蛋那样大的红宝石光彩夺目。

在火葬葬礼进行中，人们呼喊甘地，震天动地。他们一次又一次高呼："胜利属于甘地！甘地永存！"

人们目睹火焰从檀香木堆上冉冉升起，逐渐把甘地的遗体化成了灰烬。

（原载 1948 年 1 月 31 日美国《纽约世界——电讯报》）

## 自学提示

（1）识记这是一篇获得美国普利策新闻奖的新闻作品。

（2）认知此文语言凝练、传神的写作特色。

（3）具体说明此文以火葬为线索的结构特色。

（4）此文运用观察性报道方式，写得像一篇目击记。认知记者的观察对准确、简练、生动地报道新闻的重要性。

# 美国宇航员登上月球

**〔美联社休斯顿 1969 年 7 月 20 日电〕** 美国星际航行员阿姆斯特朗今天晚上格林威治时间 2 时 26 分成了第一个登上月球的人。

电视观众紧张地观看了从月球发回的实况景象。

阿姆斯特朗说："这对一个人说来是走了一小步，但对人类说来是跃出了一大步。"

接着阿姆斯特朗开始描述他自己留在月球表面"微小砂粒"上的脚印。

阿姆斯特朗说："看来移动并不困难……走路没有困难。"

阿姆斯特朗又说："我们这里基本上是一块非常平的地方。"

与此同时，阿姆斯特朗的伙伴奥尔德林在上面等着，接着走了下来。

阿姆斯特朗在到达舷梯之前必须从登月舱中爬出来。

电视图象立即被转播到休斯顿空间中心，再向全世界转播。

在阿姆斯特朗走下时，地球正好在他头顶上。

他说，他可以清楚地看到各种东西。

在阿姆斯特朗迈开具有历史意义的步子以及奥尔德林拍摄时，空间中心的医生说："数据表明，登月球人员情况良好。"

阿姆斯特朗一度说："这是非常令人感兴趣的，起先象是非常软的表面，后来又象是非常粘的。我想现在再试试另一种情况。"

后来，电视观众们再次听到他登上月球说的第一句话："对一个人说来是一小步——对人类说来却是跃进了一大步。"

他说："这里有些像美国西部，但却美极了。"

然后，在月球上行走的第一个人开始叙述他采集月球标本时的情况。

阿姆斯特朗在说到采集月球石头时还说："我感到弯腰很困难。"

在电视的屏幕上，人们清楚地看到阿姆斯特朗背着氧气包在行走。在月球吸引力较小的状态下行走，步履不免有些跳跃。

然后，在奥尔德林为成为历史上第二个登月人作准备时，阿姆斯特朗准备为他拍摄。他准确地告诉奥尔德林从登月舱的梯子走下来的方向。

星期一早晨，格林威治时间 3 点 15 分，奥尔德林也踏上了月球表面。

奥尔德林随即向全世界电视观众播发了他下降时每走一步的情况。

奥尔德林的第一句话是："美！真美！"

他说，他有生以来首次看到的这些景象，心中不免充满了"赞美的心情"。

两位登月行者在登月舱基地周围活动时，谈论了各自的感受。

奥尔德林说："由于月球地面质地松软，我有一些向后倾倒的感觉。"

人类有史以来第一次听到自己的同类在月亮上实地描述月球环形山和月球岩石。不断有消息说，在全世界许多地方，电视接收效果极为良好。

阿姆斯特朗说："顺便说一句，这些岩石都有一层十分细的粉状表面，相当滑。"

从地球上看他们，这两位宇航员象在作体操——作臂部运动体操。

他们说："在月亮上行走时，双脚陷下去不到四分之一英寸。"

阿姆斯特朗和奥尔德林之间不得不用无线电保持联系，这是因为他们身穿宇航服，头戴宇航盔帽，用别的办法是无法交谈的。

## 自学提示

(1) 人类首次登上月球，这是航天史上具有划时代意义的重大成就。美联社记者为了以最快速度报道这一事件，在一时无法实地采访的情况下，根据电视实况转播写出了这篇报道。注意此文的时效性和作者高度的新闻敏感。

(2) 认知此文导语的特点：开门见山，简洁明快，短短一句话便把新闻事件中最重要、最精彩、最引人注目的事实报告给读者。

(3) 此文多次引用两位宇航员的话。指出这些话所具有的新闻价值以及对增强报道的客观性、可信性、权威性的作用。

(4) 认知此文段落多、句子短、具体形象、富有动感和与画面节奏协调一致的写作特色。

# 周恩来总理逝世<br>北京沉浸在悲痛之中

〔**法新社北京1976年1月9日电**　（记者：比昂尼克）〕北京电台于今日清晨当地时间5时宣布周恩来总理逝世的消息，但是，大部分中国人还不知道他们的总理已经逝世。

当新华社的电传打字机于当地时间4时过一点儿发出这条消息时，中国几乎所有的街道都没有行人。

在法新社所在的那所大楼里，当记者把消息告诉开电梯的姑娘时，她顿时放声痛哭。

在对一位中国口译人员表示慰问时，他眼中含着泪，嘴唇颤抖地说："我们没有料到。我们非常爱戴他。他是一位杰出的革命家。"

中国人民对周恩来极其爱戴，这样说并不夸张，他们感到与周恩来非常接近。

预计全中国都将表现出巨大的悲痛，就象今天清晨听到这个悲伤消息的那位中国少女所表现出的那样。

## 自学提示

(1) 这是法新社前驻北京首席记者比昂尼克采写的一条短新闻。

(2) 将自己的观点巧妙地蕴含在事实之中，是许多西方记者擅长的表现方法。简要分析文中所描述的开电梯姑娘和口译人员这两个镜头对表现新闻主题的作用。

(3) 善于抓特点是此文描写准确、生动的主要因素之一。试比较记者在表现开电梯姑娘和口译人员听到总理逝世的消息时的不同情景描写。

(4) 认知记者强烈的抢新闻意识。

# 断电使纽约陷于一片黑暗

成千上万人陷在地下铁道内
破坏分子在一些地方闹事

**本报讯** 纽约市和韦斯切斯特县昨晚由于电力供应中断而陷入黑暗，打乱了将近九百万人的正常生活。

昨晚供电中断的情况虽然不象1915年11月在东北部发生，使几个州陷入黑暗的那次事故那样严重，但是在一些方面却使人感到其影响更为恶劣。在曼哈顿、布朗克斯和布鲁克林普遍发生了抢劫事件，在停电四小时后警察开始抓人，共逮捕了九百人。

几千名地铁乘客困在两个车站之间，但情况不象十二年前在上下班高潮期间使广大乘客呆在地铁里的事故那样严重。

另外还有成千上万的人昨晚被关在电梯里动弹不得。住家和公寓一团漆黑。人们跌跌撞撞、川流不息地走出剧场、饭店和关门很迟的商店及办公地点。在有些地区，人们在街上转来转去直到今天清晨。

布朗克斯拘留所的犯人在这座建筑物的四层楼放了火之后，曾经短时间地控制了警卫室。两家大医院的备用发电机出了毛病。该市不少地方发生了火灾。

肯尼迪国际机场和拉瓜迪亚机场都关闭了，飞机转到纽瓦克、波士顿和其他城市的机场降落。

虽然整整一夜直到清晨都陷于这场灾难之中，但没听说有人死亡或受重伤。

这个城市是昨晚九时半之后突然停电的，是在北韦斯切斯特一家重要的发电厂——爱迪生发电总厂的输电线路遭雷击之后陷入黑暗之中的。就象多米诺骨牌在韦斯切斯特和纽约市接连倒下去一样，后来负荷超载的输电线路也自动断路了。

昨晚断电之后，各医院都用应急发电设备供电，但是，位于曼哈顿闹事区的贝尔维尤医院和布鲁克林犹太医院的应急发电设备失灵。布鲁克林犹太医院负责安全的人员说，停电时医院“乱成一团”。

曼哈顿警察局开动备用发电设备照明，并继续办公。

在布朗克斯拘留所，犯人在第三、第四、第五和第六层楼上把床单点着放火。但没有扣留看守人员作为人质。现在还不清楚有多少犯人参加了暴乱。

布朗克斯监狱是该市唯一断电的监狱。其他教养感化机构的备用发电机都正常运行。

在全市各地重要路口，平民手拿手电筒同警察一道在没有路灯的大街上疏导行人。

有消息说，普遍发生了抢劫和破坏行动。警车的警笛尖声呼啸驶过纽约市漆黑的大街。人们纷纷拨警察局紧急电话 991 求助，使接线生应接不暇。依靠紧急情况下使用的警方联络系统，很难同别的地方，特别是远郊区的无线电巡逻车建立联系。

警察局长科德命令所有不值班的人员都向附近的分局或派出所报到，实际上是让他的全部下属两万五千人倾巢出动。在断电期间，约有三千名穿警察制服的人员值勤。

除了警察之外，所有消防队员和拘留所的看守人员都奉命立即报到，不值班的消防队员接到通知后到离家最近的消防站或派出所报到。

布鲁克林富尔顿大街在断电之后发生了“相当严重”的抢劫事件。商店门窗全部被捣毁，商店遭到抢劫。

在布鲁克林逮捕了许多人，多得把警官搞糊涂了。警官把犯人带到第 84 派出所，结果由于忘记签发逮捕证，犯人又陆续被放掉了。

抢劫似乎是危及安全的最大的问题。

后来有许多警察回来了，并逮捕了许多扔瓶子的人。其中有的被拘留的人在被抓进派出所时还随身携带着偷来的电视机和衣物。

据说在布朗克斯大广场也发生了抢劫，在哈莱姆区和布鲁克林闹市区发生了扔瓶子事件。至少有四名警察官员负伤并被送进医院。

这个城市的许多装垃圾的篮子被人放火烧掉了。

（原载 1977 年 7 月 15 日《纽约时报》
记者：罗伯特·麦克兰法）

## 自学提示

(1) 这是一篇关于纽约断电的突发性事件的报道。头天晚上断电，第二天即大范围、大面积地将断电造成的后果公诸报端。注意二者的时间距离，认知突发性事件报道尤应注意时效性。

(2) 划分此文的层次内容，指出此文是从哪些方面、运用哪些典型事例表现纽约断电后的黑暗和混乱的。

(3) 此文段落多，几乎每段都是一个相对独立的事实，但多而不繁琐、活而不零乱，层次分明。分析此文谋篇布局、组织材料的技巧。

(4) 认知此文用事实说话，作者基本上不直接进行评论的客观表现手法。

# 大平夫人看望“欢欢”，“长得多么可爱啊！”

**〔共同社北京 1979 年 12 月 7 日电〕** （特派记者松尾）“啊，新娘子，让我看看你的脸蛋吧！”正在中国访问的大平首相夫人大平志华子，7 日下午访问了北京动物园，看望赠送给日本的熊猫“欢欢”。

因为日本首相夫人要来参观，所以熊猫房的周围，在夫人到达前三十分钟就挤满了中国孩子。“欢欢”由屋内走到外面的运动场上，注视着这么多人，背朝着大平首相夫人，久久安静不下来。

陪同参观的邓小平副总理的夫人卓琳笑容满面地说：“‘欢欢’还害羞呢！”首相夫人说：“日本人在等待‘欢欢’的到来。”可能是理解了首相夫人的话，“欢欢”终于把脸转了过来，夫人非常高兴，说：“多么可爱啊！”并且眯着眼睛说：“今后务必生个小熊猫。”

约十分钟后，在向“欢欢”告别时，卓琳夫人问道：“新娘子，长得怎么样？”志华子夫人深深点了一下头说：“好极了。”

据北京动物园业务组长曾建珠说：“‘欢欢’何时去日本，还未定。冷倒不在乎，安排好专机就可以去。”“欢欢”嫁给上野动物园的“康康”的日子不远了。

## 自学提示

（1）记者抓取当时的日本首相夫人看望中国熊猫的现场情景，

把中日两国人民的友好关系表现得真切、细腻，富有人情味。认知外事活动，以至其他一些重要新闻题材，亦可从不同角度，采用不同风格，不拘一格进行报道，写出新意，写出情趣。

(2) 分析此文重现场描写、少过程叙述的写作特点。

(3) 指出文中对熊猫描写采用拟人化手法的作用。

# 圣海伦斯火山突然爆发

## 九人死亡，二十一人失踪

〔**合众国际社华盛顿 1980 年 5 月 19 日电**　（记者：罗伯特·阿尔里奇）〕圣海伦斯火山本星期日在其 1,300 英尺（396 米）的顶部突然猛烈爆发，使得炽热的泥浆、火山灰夹着各种气体顺坡咆哮而下。现已查明有九人丧生，官员们说，至少有二十一人失踪。

浓密的火山烟云扶摇直上，达到十英里(16,000 米)的高处，并于今日起向东飘游，使得晴空为之昏暗。又粗又硬的火山灰降落下来，在正东 500 英里（804 公里）处的蒙大拿和怀俄明公路上堆积起来。

国家气象局官员说，火山灰的微粒将被大气上层的风吹入平流层，这些微粒将随气流环绕世界飘游两年，这将可能影响地球的气候模式。

失踪的人中包括大卫·约斯顿，他是美国地质调查局的火山专家，还有雷埃德·布莱克本，此人正在执行《全国地理杂志》和范库弗《哥伦比亚人》杂志交给的任务。火山爆发时，他们恰好在山上。

火山爆发后的华盛顿州东部的公路和空中交通都中断了。

尽管这次爆发很猛烈，但至今没有岩浆从火山中喷发出来。据美国地质调查局专家鲍勃·克里斯蒂安森说，对这座火山的历史的研究表明，如果有岩浆喷出的话，其溢流范围将局限在山坡上。

星期日人们找到了九具尸体，当局说还有二十一人失踪，据信业已丧生。这些人中的一个是三十一岁的巴里·杜鲁门，此人生性倔强，他拒不撤离他在圣海伦斯山北坡斯皮里特湖边的住所。

## 自学提示

(1) 此文从读者最需要知道什么的角度出发，以精练的文字，报道读者最关心的正在发生的事件的信息。认知研究读者阅读心理，对写好新闻报道的重要性。

(2) 剖析记者笔下的现场描写所产生的视觉感。

(3) 成功的记者善于调动一切新闻手段，使读者对报道的事实产生信任感和真切感。方法之一是运用数据。指出文中哪些地方运用了确切的数据，并说明它们对增强新闻可信性的作用。

# 记 鲁 迅

〔美〕 史沫特莱

1930年中的一个炎热下午，一对当着教员的夫妇来拜访我，向我提出了两个要求：第一，要我为一本新杂志写关于印度的文章并捐钱，那杂志名字叫“大道”，是专门研究亚洲被压迫民族的问题的；第二，要我去租用一家小型的西餐室，以便在那地方给鲁迅举行五十岁寿辰庆宴。鲁迅是一位伟大的作家，有些中国人称他为“中国高尔基”，可是，依我看来，他实在是中国的伏尔泰(Voltaire)。

对于第一个请求，我立刻就答应了，但是第二个请求却正装满着危险，因为那天被请的一百个左右的男女正是“危险分子”的代表人物。我的朋友于是向我保证，说所有的客人都将口头邀请，并发誓保守秘密，同时，在领向餐室去的各马路交叉口将会有“哨岗”布置着。

在庆贺生日的那一天下午，我便和两个朋友站立在法租界一家小型的荷兰餐室的花园门口。在我们所站立着的地方，我们能很清楚地把这条长街全看在眼里，客人们将通过这条路来到这餐室。在我面前马路交叉地方，我看见有个穿着长袍的中国人，似乎正在等候公共汽车，而另一个中国人则坐在附近的一个商店的门槛上。

鲁迅，带着他的妻子和幼小的儿子，很早就到了，于是我便第一次的见到了他——一位在以后所有年月中成为我在中国生活中最有影响力的人物。他是短小而纤弱的，穿着一件乳白色的长衫，软底的中国式的鞋子。他没有戴帽，剪得短短的头发，象一把刷子似的直立着，在结构上，他的脸和普通中国人的脸并不两样，可是他在我的记忆中，却是我以前从未见过的能语语动人心弦的脸。一种富有生命的智慧和先知正从这上面流露出来。他不会说英语，可是，很能说德文，所以我们便用德文交谈。他的举止，他的语言，以及他的每一姿态，都放射出那种为最完整的人格所独有的一种无法解释的和谐的魔力。我忽然感觉到自己象一个呆子一样的局促不安和粗野笨拙了。

客人们几乎立刻便川流不息地到来，鲁迅这时就回花园里。我不断地转身去看他，为他那不时摆动着的纤弱的手所吸引。

当客人们一个个走过时，我的两个朋友便向我讲解，说：这些客人包括作家、大学教授、学生、演员、记者、研究工作者和二位上流人士。这最后二人，他们的所以光临，并不是由于他们分担着鲁迅的信仰，而是为了他们对鲁迅的完整、勇气和学问的赞仰。

这是一个复杂而令人兴奋的集会——一个知识分子革命的先锋队伍。第一个被介绍的小组，各人穿着得都很褴褛，显然还是在半饥饿状态中。他们代表着一种新式的现代美学派的剧团，正努力设法演出王尔德的“沙乐美”和“少奶奶的扇子”之类的剧本。另外一组样子比较丰盛，他们是复旦大学的学生：由洪深教授率领。他们曾演出了一些易卜生的剧本，和一二出他们教授所撰写的戏，洪深同时还是中国首创拍摄电影的一家公司的导演。第三个话剧团体是由一些年青左倾的演员、作家、译述者所组成。他们演出了一些罗曼罗兰、乌普登、辛克莱、高尔基，和雷马克的剧本。后来他们又曾演出“卡门”，可是在演出三场之后，竟受到了警察的突袭，好些人被捕，于是被迫停演，夹在观众中的侦探们不欢喜那最后的一景，唐·裘思把卡门刺死的一景：因为卡门把她的指环掷还给她已丢弃的爱人时，她所说的话，使他们想到国共分裂那件事上去了！

从我所站着的门口看去，我看见有些人正在走向我们这地方来。一个瘦长的青年人，急速奔跑着；同时还不断地向背后张望；很明显的他是一个学生，当他经过我们时，我的朋友便告诉我他是“上海报”的编辑，那报纸是一张共产党出版的地下报纸，正在这城市中进行新闻界中的游击战。不久之后又来了一个人，他的西服已很旧，头发也很蓬乱。他刚从监狱中释放出来，已经被拘禁了好几个月了，他被怀疑为中国红军后援会的代表人物；这罪状倒是真实的，可是钱的能力更为张大。他的家庭花了一大笔钱，方把这被捕者用贿赂买了出来。

花园中已经挤满了人，不再有客人来了，不过我的朋友和我仍站在外边守望着。当暮色开始下降时，一半客人已经走掉。另一些人走来代替我们放哨，于是我们便和其他的客人走到餐室里面去。

晚餐过后，演说开始。我的一个朋友便给我当译员。荷兰餐室的老板并不懂中国话，所以他并不使我们感到麻烦，可是那些中国侍者却立在一旁全神贯注的倾听着。当那个头发蓬乱的人报告监狱中的情况时，我们注意着那些仆役们的每一个动作。他之后发言的便是《上海报》的编辑，从他的报告中，我第一次听到了红军如何生长和农民们“秋收暴动”等事实的真相，这些农民们和地主们展开战斗，然后小溪汇入巨川似的大批大批地参加了红军。

接着，一位身材矮短而强壮，头发剪得很短的女子站起来，向大家指出发展普罗文学的需要，当演说结束时，她向鲁迅呼吁，希望他做左翼作家联盟及左翼艺术家联盟的保护者和盟主。发起这些团体的小组，后来结了中国文化同盟。

从头至尾，鲁迅一直小心的倾听着，每当有一新的演说者发言，他的注意便立刻转向于他，在所有这些时光中，他的食指便一直抚弄着他茶杯的边沿。一切都结束时，他便站起来冷静地说话了。他告诉大家作为他生活内容的半世纪以来思想上的骚动——一支中国的故事发掘出来了。

他出生在清代农村中一家贫苦的书香人家。在一个封建环境中长大。在那环境中，1911 年革命之前的那种现代思想已经在缓慢地渗透出来了。他没钱去西洋留学，所以他便去了日本。对中国的民族运动很同情。他学会过近代的医学，可是也读了托尔斯泰著作的第一个日译本。是托尔斯泰介绍了他一些社会思想，并使他认识了现代文学的力量。

他曾回到中国行过医，可是正同西洋的许多医生一样，他不久便发现大部分的疾病都根于贫穷和与贫穷俱来的愚蠢之中，只有富的人方能获得医药治疗。于是，由于俄国古典作家的影响，他便转向文学，把它作为向封建思想斗争的武器，开始照着俄国古典作品的风格，写一些短篇小说，渐渐地便把行医的事业完全放弃了。在中国文艺复兴的那段时间中，他便在北京当文学教授，那时的北京是新思潮的诞生地。

在以后的几年中，他更研究德文和俄文，并曾译了一些俄国的小说和论文。他说，他的目的是介绍给中国青年一些现代社会文学中最精彩的作品，他也曾开始收集西洋古典和现代的绘画，以及雕刻艺术的代表作品。并曾为青年的艺术家出版过一些画册。

他说，他现在被人要求出来领导普罗文学运动，并且还有一些年轻的朋友坚决请求他作一个普罗作家。他若真装做一个普罗作家的话，那将是非常幼稚可笑的事。他是根植在农村中、农民中，以及书生生活中的一个人，他也不相信中国的青年知识分子，没有经验过工人和农民们的生活、希望和痛苦，便能产生普罗文学。创作只能从经验中跃出来，并不是从理论中产生出来的。

可是不管这一切，他将继续把西洋文学及艺术中最优秀的作品搬置到中国青年的面前。他是愿意去帮助和领导中国的青年的，或是，正象旁人所请求的那样，作他们的盟主。可是，谁保护他们呢？即使是最温和的社会文学也被当作罪恶。在这种统治下，谁还能保护他人呢？作为一个盟主，他督促青年知识分子去和工人农民共享他们的生活，从他们的生活中提取材料，从西洋的文学和艺术中学取形式。

不久，我的生活便和鲁迅以及茅盾的生活交织在一起了。茅盾是鲁迅最近的一个同伴，中国的一个有名望的小说家。我们三人合力编印了一册德国民间艺术家凯绥·珂勒惠支的版画。并时时为西洋各国的出版物写文章，控诉压迫中国知识分子的反动政治。茅盾和我会常常在某个街角会晤，然后，仔细地巡视了一番鲁迅所住的那条街道后，进入他的住屋，和他共同消磨一个晚上。我们从附近的菜馆中点菜来一同进餐，一谈便是好几个钟头。我们三人中没一个人是共产党员，可是我们都认为：能把帮助并支持给与那些为穷人的解放而斗争和牺牲的人，是一种无上的光荣。

鲁迅所占有的光荣地位是古老的。他是中国青年知识分子的

"导师"或"盟主"。批评他们的写作，鼓励他们。在他所出版的杂志中，他的名字总是占着第一位。

他常告诉我说：他预备写一本以他生活做根据的历史小说，可是他那国家中翻卷着的社会反动使他似乎已无余暇来从事这项工作了。他对于"屠杀无辜"和"践踏人权"的仇恨是那么深刻，以致不久之后他把他的笔只当成一种武器——简直是一支匕首——用来批评政治。

在所有中国的作家中，他恐怕是最和中国的历史、文学和文化错综复杂地连结在一起的人了。他的政治批评中，有几篇几乎是无法译成英文。因为，由于不可能公开地攻击反动政治，他的作品常是用古代中国最黑暗时期的人物、事迹和思想来影射的镶嵌品。每一个有知识的中国人都知道他是在把当今的专制政治和古代的作比拟。通过这些政治批评，畅流着中国的和西方的二支文化巨流，它们的风格简直和雕刻一样优美。一本接一本的他把文艺杂志介绍给公众，一本接一本的这些杂志都遭到了摧残。他的这些结实优雅的介绍象骄傲的旗帜似的飘扬着。他认为思想自由和发表自由是人类全部成就的中心要素。他作品的风格是那么的与众不同，所以即使用了伪名也无法为他掩护，检查官常把他的文章删改得体无完肤，使它们不能再有任何意义。和他有联系的作家、编辑、艺术家开始一点影踪也不留的失踪了；是他自己的高龄和声望使他免于被捕。一连有好几年，只有日本的左翼知识分子能把他的作品未遭删改地刊印出来，在日本的知识分子中，他是最享盛名和最受人尊敬的中国作家。

鲁迅追随者的失踪和死亡象毒品一样的腐蚀着鲁迅的身体和心灵，他开始为疾病所侵害了。有时他病得无法起床。他觉得他的心脏正在日渐衰弱，他同意延请上海最优良的外国医生来诊治。检查过后，那医生把我拉往一旁，告诉我说："他将因肺病而死，只有在凉快干燥的气候中作长期的休养，方能把这疾病阻止。"那医生又说："可是他一定不会听从我的建议的。这种老派愚蠢的中国人不信任新式的医药！"

鲁迅的确没有听从他的建议，可是绝不是由于老派或愚蠢。

“你要我躺在床上躺一年，而任凭他人去斗争和牺牲！”他谴责似地问我们。当我们回答了他这一类的理由时，他又要我们不要忘了他的贫穷。可是当我们提议为他筹集需用的款项时，他还是坚决地拒绝。高尔基曾邀请他去苏联住二年，作他私人的宾客，可是他并不愿意去。他说：这样做的话，国民党一定会向全中国狂叫，说他收受“莫斯科的卢布”。

“不管怎样，他们总是那样说的！”我争辩着。

“他们不敢！”他大声地说。“每个人都知道他们是在说谎！无论如何，中国需要我。我不能走。”

我们不断地向他劝说，可是毫无用处，“没有人应该逃避！”他说，“必须有人出来坚持战斗”。

1930年的末尾，我去菲律宾休息了几个星期。在我上船的前夕，鲁迅和三个青年作家来拜访我，共同消磨了一个黄昏。其中有一个以前曾当过教员，名叫柔石，恐是鲁迅的朋友和学生中最能干的最受他爱护的了。当我在1931年3月回到上海的时候，我的秘书冯达（译音）在遇到我时便告诉我一个消息，二十四个青年作家、演员和艺术家已经被捕，且已被杀，在2月21日的晚上，（鲁迅的“为了忘却的纪念”内是2月7日夜或8日晨——译者注）他们在监狱中被提出来，被迫为自己挖掘坟墓，然后被枪毙了。有几个是被活埋在土里的。其中一人，便是柔石。

我立刻赶到鲁迅家中去，发现他正在他的书室中，面色灰暗，满腮胡髭，他的头发很是散乱，两颊深陷，一双眼睛中发着高热的光。他的声音里充满了一种可怖的仇恨。

“这便是我在那晚上写的一篇文章”，他说，并递给我一篇文稿，上面写满了他那雕刻的草体字。“我称它为‘写于深夜里’，把它译成英文设法在国外刊出吧。”

在他告诉了我那篇文章的用意后，我便警告他说：“如若刊印出来，你的生命一定便会有危险。”

“这有什么关系？”他激愤地说，“必须有人出来说话啊！”

在我离开他家之前，他和我一同起草了一份宣言，向西洋各国的知识分子控诉在中国发生的对作家和艺术家的屠杀。我把那宣言拿到茅盾那边。他把它修改了一下，然后同我把它译成英文。由于这一篇宣言，从国外传来了第一声抗议。五十多个美国的领袖作家，一致抗议对中国作家的屠杀。国民党当局很是吃惊，西洋各国也在非难他们了！

鲁迅的那篇文章，“写于深夜里”，即使是在外国也未能刊登出来，我手头现在仍保留着那篇文章。在所有我在中国看到的作品中，这一篇东西给我的印象最为深刻。他是一种激动的呼喊，是在中国历史上最黑暗的夜晚中写成的。它说：

“野地上有一堆烧过的纸灰，旧墙上有几个画出的图画，经过的人是大抵未必注意的，然而这些里面，各各藏着一些意义，是爱，是悲哀，是愤怒……而且往往比叫了出来的更猛烈。”

所谓“野地上有一堆烧过的纸灰”，他是指的中国人丧葬时烧纸给死者的灵魂的那种习俗。他接着便谈到那帧木刻“牺牲”，一幅珂勒惠支的作品。画中显示出一个瘦弱的母亲，正在交出她那垂死的孩子——一种平民百姓向死亡所交出的贡品——他把这孩子当作那廿四个被难者的象征。接下去那文章说：

“中国在革命以前，死囚临刑，先在大街上通过，于是他或呼冤，或骂官，或自述英雄行为，或说不怕死。到临刑时，随着观看的人们，便喝一声采，后来还传述开去。在我年轻的时候，常听到这种故事，我总以为这情形是野蛮的，这办法是残酷的，但现据我看来，古代帝王能给这种允许便证明了他们还有勇气，对自己的力量还有自信，这种设施似乎还包含着相当的仁慈，对于那些被判死罪的人还是一种恩惠。”

接着，他便把那匕首刺向洋洋自得的铢堂。后者在林语堂博士主编的“宇宙风”杂志中发表了一篇文章。在这篇文章中，他曾大胆地说：“对于死囚的喝采和同情，‘理想是不能不算崇高。然而在人群的组织上实在要不得’，因为‘抑强扶弱’便是永远不愿意有‘强’。”鲁迅用尖锐的讽刺回答了他，然后又谈到屠杀的暴虐，他写道：

“今天当我听到一个朋友或是一个学生的死讯时，并得悉并无人知道他们如何被害的详细情形时，我发现我的悲痛要比得悉他们如何被杀的全部详情时更要深重，我能够想象那种可怖的孤独，如何侵袭着那些囚徒。他们是被屠夫们在狭小的暗室中杀死的。我先前读但丁的‘神曲’时，读到‘地狱’篇，就惊异于作者设想的残酷。但到现在，阅历加多，才知道他还是仁厚的了。他还没有想出一个现在已极平常的惨苦到谁也看不见的地狱来。”

在那篇文章的末尾，他附了一封可能正是从地狱中走漏出来的来信。那信件来自一个十八岁的囚徒。他，连同二个学生，从上海的一所大学中被拖出来，说他们是共产主义的信徒，因为他们都属于一个鲁迅所发起的研究木刻的团体。他们犯罪的证据便是被搜得的一帧卢那察尔斯基的木刻像。根据一种荒谬的推论，木刻是被当作共产主义的东西。不敢抓鲁迅，政府便逮捕他的学生。

这孩子寄自牢狱的那封信是以“亲爱导师”作开端的，接着他便报告了他在受刑场中所身历的故事，从他被捕的日子起，一直到那晚上他贿赂了一个守卫，把这信送给鲁迅为止。这信中特别提到了一个农民所遭受的酷刑，那人被控为一个红军的指挥官，钉子敲进了他的手指甲，他默默地跪着，他的脸象泥土一样，血正从每一个手指头滴落。

“我亲爱的导师，当我想到他时，我的心便冻住了。”那信这样的呼喊着。

当茅盾和我翻译到这个地方时，他停下了手低声地说道：“真是写于深夜里的东西。”

“是的，正是深夜”，我说。

（选自 1950 年新华书店出版的《中国人民之友》一书）

## 自学提示

（1）这是美国著名记者史沫特莱写的一篇人物特写。史沫特莱是中国人民的朋友，在华居住多年，曾与鲁迅长期交往，所以能深刻写出鲁迅精神，使此文成为新闻名篇。

（2）联系作品简要分析鲁迅爱憎分明的性格特征。

(3) 此文从具体到一般，再到具体。认知这种写法有助于引导读者全面、深刻认识鲁迅。

(4) 找出文中人物外貌描写的地方，简要说明这些描写对表现人物的作用。

# 彭德怀印象

〔美〕 埃德加·斯诺

我在八、九两月访问前线的时候，一、二、四方面军统一指挥的工作还没有开始。一方面军有八个“师”当时驻守从宁夏的长城到甘肃的固源和平凉一线。一军团派出一支先遣部队向南向西移动，为当时领导二、四方面军从西康和四川北上，在甘肃南部突破南京部队纵深封锁的朱德开辟一条道路。预旺堡是位于宁夏东南部的一个古老的回民城池，现在成了一方面军司令部的驻地，我在这里找到了该军的参谋部和司令员彭德怀。

彭德怀的“赤匪”生涯是快十年前开始的，他当时在多妻的军阀省主席何键将军的国民党军队中领导了一次起义。彭德怀是行伍出身，先在湖南，后在南昌进过军校，毕业后，他因才能出众，迅获提升，1927 年年方二十八岁就已任旅长，在湘军中以“自由派”军官著称，因为他办事真的同士兵委员会商量。

彭德怀当时在国民党左派中、在军队中、在湖南军校中的影响，使何键极为头痛。何键将军在 1927 年冬天开始大举清洗他的军队中的左派分子，发动了有名的湖南“农民大屠杀”，把成千上万的激进农民和工人当作共产党惨杀。但是因为彭德怀极孚众望，他不敢贸然下手。这一迟疑，给他带来了很大损失。1928 年 7 月彭德怀以他自己的著名第一团为核心，联合二、三团部分官兵和军校学生，举行平江起义，又同起义的农民会合，成立了湖南的第一个苏维埃政府。

两年以后，彭德怀积聚了一支约有八千个兄弟的“铁军”，这就是红军五军团。他以这支部队攻占了湖南省会长沙这个大城市，把何键的六万军队赶跑——他们大多数都是鸦片鬼。红军守城十日，抵御宁湘联军的反攻，最后因受到日、英、美炮舰的轰击，才被迫撤出。

不久之后，蒋介石就开始对赤匪进行第一次“大围剿”。这些围剿经过，前文已有概述。南方红军长征时，彭德怀是打先锋的一军团司令员。他突破了几万敌军的层层防线，在进军途上一路攻克战略要冲，为主力部队保证交通，最后胜利进陕西，在西北苏区根据地找到了栖身之地。他的部下告诉我说，六千英里的长征，大部分他是步行过来的，常常把他的马让给走累了的或受了伤的同志骑。

彭德怀过去既有这样一种斗争历史，我原来以为他是疲惫的、板着脸的狂热领袖，身体也许已经垮了。结果我却发现彭德怀是个愉快爱笑的人，身体极为健康，只是肚子不好，这是在长征途上有一个星期硬着头皮吃没有煮过的麦粒和野草，又吃带有毒性的食物和几天颗粒不进的结果。他身经百战，只受过一次伤，而且只是表面的。

我住在彭德怀设在预旺堡的司令部的院子里，因此我在前线常常看到他。附带说一句，司令部——当时指挥三万多军队——不过是一间简单的屋子，内设有一张桌子和一条板凳，两只铁制的文件箱，红军自绘的地图，一台野战电话，一条毛巾，一只脸盆，和铺了他的毯子的炕。他同部下一样，只有两套制服，他们都不佩军衔领章。他有一件个人衣服，孩子气地感到很得意，那是在长征途上击中敌机后用缴获的降落伞做的背心。

我们在一起吃过好几顿饭。他吃的很少很简单，伙食同部下一样，一般是白菜、面条、豆、羊肉，有时有馒头。宁夏产瓜，种类很多，彭德怀很爱吃。可是，好吃惯了的作者却发现彭德怀在吃瓜方面并不是什么对手，但是在彭德怀参谋部里的一位医生面前只好低头认输，他的吃瓜能力已为他博得了“韩吃瓜的”这样一个美名。

我必须承认彭德怀给我的印象很深。他的谈话举止里有一种开门见山、直截了当、不转弯抹角的作风很使我喜欢，这是中国人中不可多得的品质。他动作和说话都很敏捷，喜欢说说笑笑，很有才智，善于驰骋，又能吃苦耐劳，是个很活泼的人。这也许一半是由于他不吸烟、也不喝酒的缘故。有一天红二师进行演习，我正好同他在一起，要爬一座很陡峭的小山。“冲到顶上去!”彭德怀突然向他气喘吁吁的部下和我叫道。他象兔子一般窜了出去，在我们之前到达山顶。又有一次，我们在骑马的时候，他又这样叫了一声，提出挑战。从这一点和其他方面可以看出他精力过人。

彭德怀迟睡早起，不象毛泽东那样迟睡也迟起，就我所知，彭德怀每天晚上平均只睡四五个小时。他从来都是不急不忙的，但总是很忙碌。我记得那天早上一军团接到命令要前进二百里到敌区的海原，我多么吃惊：彭德怀在早饭以前发完一切必要的命令后，下来同我一起吃饭，饭后他就马上上路，好象是到乡下去郊游一样，带着他的参谋人员走过预旺堡的大街，停下来同出来向他道别的穆斯林阿訇说话。大军似乎是自己管理自己的。

附带说一句，虽然政府军飞机常常在红军前线扔传单，悬赏五万到十万元要缉拿彭德怀，不论死擒活捉，但是他的司令部门外只有一个哨兵站岗，他在街上走时也不带警卫。我在那里的时候，看到有成千上万张传单空投下来要悬赏缉拿他、徐海东、毛泽东。彭德怀下令要保存这些传单。这些传单都是单面印的，当时红军缺纸，就用空白的一面来印红军的宣传品。

我注意到，彭德怀很喜欢孩子，他的身后常常有一群孩子跟着。许多孩子充当勤务员、通讯员、号兵、马夫，作为红军正规部队组织起来，叫做少年先锋队。我常常见到彭德怀和两三个“红小鬼”坐在一起，认真地向他们讲政治和他们个人问题。他很尊重他们。

一天我同彭德怀和他的一部分参谋人员到前线去参观一所小兵工厂，视察工人的文娱室，也就是他们的列宁室即列宁俱乐部。在屋子里的一道墙上有工人画的一幅大漫画，上面是一个穿和服的日本人双脚踩着满洲、热河、河北，举起一把沾满鲜血的刀，向其余的中国劈去。漫画中的日本人鼻子很大。

“那是谁?”彭德怀问一个负责管理列宁俱乐部的少先队员。

“那是日本帝国主义者!”那个孩子回答。

“你怎么知道的?”彭德怀问。

“你瞧那个大鼻子就行了!”

彭德怀听了大笑，看看我。“好吧，”他指着我说，“这里有个洋鬼子，他是帝国主义者吗?”

“他是个洋鬼子，那没问题，”那个少先队员说，“但不是日本帝国主义者。他有个大鼻子，但要做日本帝国主义者还不够大!”

彭德怀高兴地大笑，后来就开玩笑地叫我大鼻子。事实上，我的鼻子在西方人的社会中是正常的，并不惹眼，但在中国人看来，外国人都是大鼻子。我向彭德怀指出，当红军真的与日本人接触后，发现日本人的鼻了同他们自己的鼻子一般大时，这种漫画可能使他们感到极其失望。他们可能认不出敌人，而不愿打仗。

“不用担心!”司令员说。“我们会认出日本人来的，不管他有没有鼻子。”

有一次我同彭德怀一起去看一军团抗日剧团的演出，我们同其他战士一起在临时搭成的舞台前面的草地上坐下来。他似乎很欣赏那些演出，带头要求唱一个喜欢听的歌。天黑后天气开始凉起来，虽然还只八月底。我把棉袄裹紧。在演出中途，我突然奇怪地发现彭德怀却又脱了棉衣。这时我才看到他已把棉衣披在坐在他身旁的一个小号手身上。

我后来了解彭德怀为什么喜欢这些“小鬼”，那是他向我的再三要求让步，把他自己的童年的一些情况告诉了我的时候。他在自己的童年所受的苦，可能使西方人听来感到惊奇，但是却是够典型的背景材料，可以说明为什么许多中国青年象他那样投奔红军。

(选自 1979 年 12 月三联书店出版的《西行漫记》一书，董乐山译)

## 自学提示

(1) 此文选自美国著名记者埃德加·斯诺写的《西行漫记》一书。

(2) 作为外国记者的斯诺，将一位中国红军领导人艰苦奋斗、平易近人的崇高品质，刻画得栩栩如生，体会并说明这位记者深入细致采访的特色。

(3) 具体分析此文表现和刻画人物所采用的多种表现手法。

(4) 认知此文细节描写部分，剖析它们如何为表现人物思想性格服务。

# 巴黎陷落后的一个月

〔苏〕 爱伦堡

6月14日，德国军队开进了巴黎。在凯旋门旁边，举行了一次大检阅。机械化部队穿过了城，开向南方去。巴黎是空虚了：在城的四郊有一些老太婆，在香榭丽榭有一些盛装入时的女郎，此外就是些奉公守法的举手行礼的警察。这是一个新的幻想的城市，这不是巴黎，而是它的骨胳：房子关上了百叶窗，商店拉上了铁门，长而直的街道没有一个行人，垃圾箱里面装满了垃圾。静寂。猫儿在跑着，鸟儿在叫着。

马达的响声惊吓了猫儿和鸟儿；飞机是成天成夜地，在城市的上空低飞着。

我记得站在邮箱旁边的一个女人；她哭泣着，恳求能从邮箱里把她的信拿出来；她在信里写了一句不需要的话："我不晓得……"

德国人把时钟都改成柏林的时间了。其实巴黎在被占领之前，时钟就已经提前一个钟头了。按照新的时间在九点钟以后，这就是说在七点钟以后，禁止有人走到街上去。太阳高高地悬挂在死的城市上空。后来允许大家在街上走到十点钟，但是很少有人走。黄昏的时候，大家都成群地聚集在大门旁边交头接耳地私语着。忽然间扩音筒的叫声响起来了："走进房子里去！"这时候就只有巡逻兵的脚步声和飞机的响声划破寂静。

在头几天是没有报纸的。有一个叫做"民族觉醒"的谜一样的电台，报告了许多并不存在的部队的番号，报告了"复仇者"怎样逮捕共济会员①，还报告了关于迫害和枪杀的消息。

---

① 共济会是欧洲从中世纪起即流行至今的一种带有宗教性的秘密组织，以诚心互济为宗旨。

政府在这几个星期中飘泊着；没有人知道它究竟是在哪儿。巴黎在寻觅波尔多的电波，他们听见了主教的说教，这位主教总是固执于“神的惩罚”这一点；他们还听见了贝当上将的不容易明了的老年人的片言。德军占领了里昂、普瓦提埃、拉罗舍尔。每天总有很多的城市被毁灭掉。上将胡涂了，在那儿絮絮不休地唠叨着关于法兰西的“美德”和卫护他自己的投降权。

有一次，我沿着波尔特—罗雅尔林荫道在走着。在长凳子上面坐着一个衣服褴褛的喝醉了的流浪汉，他这样叫道：“给我一张有纹章的纸头，我立刻就可以签订和约！一、二、三！”

巴黎五天没有报纸了。6 月 17 日，《晨报》和原无政府主义者爱尔维的《胜利报》出版了。卖报的老头儿发着哑声地喊叫着：“《胜利报》！”很少的几个行人都笑起来了。有一个人说道：“好一个胜利！”过了两天，《巴黎晚报》（装上了一个冠冕堂皇的名称“新版”）、《劳动之法国报》和《最后新闻报》都出版了。文章上署名的是任何人都不知道的人，或者就完全不署名。买报纸的人是很少的。

6 月 17 日的《胜利报》写道：“巴黎是值得受到尊敬的。”6 月 24 日的《晨报》写道：“和约的条件，首先就是光荣的。”6 月 26 日，讲和的条件宣布了，《巴黎晚报》称这些条件是骑士式的。

巴黎的报纸写些什么东西呢？有一位新闻记者，提议法国人应该“回返到土地上去成为农民”。另一位记者则叫出了一个英雄的口号：“为了拯救法国，就得积蓄金钱！”第三个人这样写道：“在每一个法国人的心里，都隐藏着一个犹太人，我们应该首先杀死我们心中的犹太人。”

广告是比文章更能反映出这个城市的生活：“兹有工程师一人，通晓德语，愿担任店员或推销员。”“兹有作家一人，当讨论龚古尔奖金①时曾获得两票，愿接受任何工作。”“鄙人精于绘制家谱系统图，收费公道。”而最多的则是寻觅亲人的广告：寻觅孩子、丈夫、父母、士兵、难民和死了的人。

---

① 龚古尔奖金是纪念法国龚古尔兄弟的文学奖金。

在大街上，在行列里，在铺子中，在大门下面，大家都谈论着一件事："你的人在哪里！我的人是一点儿音信都没有。"自非占领区来的信，从 7 月中旬起才开始寄到：人们都不知道他们的亲人是在哪儿。整个的一条大街上，都讲着一件愉快的事情，面包妇的儿子找到了，他是被俘虏了。

在柱子上，悬着戏院的海报牌。6 月 14 日，"奥地安"戏院要上演《菲德尔》一剧①。继而，在戏院的海报上面，又粘上了德文的布告："放映电影，供兵士观看。"

看一看那些留在巴黎的巴黎人，你会觉得很奇怪的：老太婆拖着夜间穿的拖鞋，就象在垂危之前脱掉了鞋子似的，此外就是些孤独的爱整洁的老年人——佝偻的、跛足的、残废的，还有一些外国人。可是，我已经忘记了贾佩、皮内利和其他一些人了；这些人曾经是在巴黎的，但是在空虚的大街上，我却再看不见他们了。

早晨，大家都带着篮子上街去。这既是由于饥饿，也是一种运动，还充满了吵嘴和干涉，因为大家都想储藏起一切东西。大家把成罐的普洛望斯的牛油、洋山芋和葡萄酒拖到自己的家里去。在刚刚才开门的一家铺子门口，有一个喘息着的女人奔过来问道："有什么卖?"这是一块腐烂了的肉皮，里面生长出一条弯曲蠕动的象蛆虫一样的东西。商店里的人开始用粉笔在玻璃窗上写明，哪些商品已经卖完了；这类名单不断地增加着。

街上既没有公共汽车，也没有出租的汽车和私人汽车。这对于狗来说，简直是如入无人之境：在它们生活中能毫无顾虑地在奔跑了。

谁忽然想起来了，说巴黎是个大城市；但现在除去给行人指定的那些地点之外，其它街巷道路是禁止通行的。

在 7 月 1 日以后，难民回来的浪潮减低了：军事当局不允许有更多的难民从非占领区回来。

每天，从被占领的布列塔尼到巴黎，有两列装载难民的火车来往着。巴黎人在回来的时候，以为在车站门口会看见脚夫和出租汽

---

① 《菲德尔》是法国著名悲剧作家拉辛的作品。

车。可是等待他们的，都是拖着手推车的来自阿尔及尔的阿拉伯人。这些阿拉伯人抢过行李，就把它推走，行李的主人就得沿着人行道跟在他们后面奔走。

一切的指令，一切的禁令，都是由巴黎的地方行政官长签署的——这是一个法国人。法国的警察在逮捕藏匿在房子里面的法国士兵。在哥拜兰大道上，我看见一伙妇女包围在警车的周围：这是在逮捕兵士。我听见了这样的叫声："让妈妈走进去吧！"一个年老的女工，冲到被捕的人前面，和其中的一个兵士接吻。

差不多所有的商店（除去农产品的）都关了门：老板和店员都逃走了。当局命令百货商店开门。有几个大商店里的店员高兴起来了。生意还真不错：军人们买去了所有的东西。

德国人印了一种在占领区使用的纸币，这种纸币通行于法国、比利时、荷兰，但在德国却不通用。当局并且宣布，每一马克等于二十法郎。

小商人们尽一切可能在吸引着顾客们。在橱窗里面，出现了旅游指南、字典、风景明信片和各种各样的纪念品。谁知道这些商店，一共出卖了多少象爱菲尔铁塔和巴黎圣母院形式的文镇①？在几家小酒店，挂上了用德文写的"有上等啤酒出售"的广告。在巴黎被占领的头几天，有一家波兰书店开门了，大量出卖德文的巴黎指南。接着又有几家饭馆复业了，老板们用德文在报纸上登广告，推荐自己的各式名菜。在《晨报》上我读到这样一段东西："我们的新客人，已能鉴赏所有精美的法国菜了。"

巴黎同世界隔断了。在被占领的头几天，只接到寄自近郊的信。接着，邮件经过很多麻烦从其他的城市开始寄到了：有的是来自波尔多，有的来自图卢兹。电报不收。跟外国的邮电交通是完全停止了。禁止收听外国的无线电播音。法国的无线电静默无声了。巴黎是孤零零的，正象鬼岛一样。

在爱菲尔铁塔上，悬挂着德国国旗。同样的旗子，也悬挂在议会厅、政府机关和大旅馆的建筑物上。协和广场上的沙包都已经清

---

① 或称镇纸，是压纸用的。

除了。在这个广场上，举行过一次在希密特教授领导下的军乐演奏会。有一次我走过歌剧院广场，看见在戏院的台阶上坐着许多号手和鼓手，摄影师正在为他们拍电影。

有几家咖啡店里，悬挂着禁令，指明德国的军人及文官不应光临这些地方，例如“多姆”咖啡店，在从前是画家聚集之所；“德玛哥”咖啡店，有一个时期是法国作家们最心爱的地方；此外还有另几家咖啡店。这些禁令是由军事当局所规定的。

在城中心的许多咖啡店的外廊上，有许多卖淫妇。她们既是愉快的，又是盛装入时的。她们穿着夏季的凉鞋，光脚上的脚趾涂得血红。

玛育尔戏院加上了一个德文译名，正在上映《巴黎永远是巴黎》。其他许多戏院，则因为没有演员和观众，还没有开门。

出现了贩卖打火机的商人，火柴是绝迹了；他们修理打火机，夸奖自己的火石和火捻。

7月14日的前夜①，《劳动之法国报》上这样写道：“占领巴士底监狱的这一天，是共济会员们的盛节。”7月14日就在不知不觉中过去了。通常在这一天，大家是要在街上跳舞的。现在大家都在全城奔跑：找寻牛奶和牛油。

我遇见一个可怜的女人，她养着三个难童，她哺养他们，并且拿她最后的几个钱在报纸上登了广告：找寻孩子们的双亲。

有一位典雅的太太，在我面前这样讲道：“假如德国人在这儿再留十年那就好了，他们会把城市管理得有条不紊的。”我不想再叙述这些人所讲的话了。

《巴黎晚报》这样讲起巴黎：“法国的一个主要的地方城市，还象值得称为首都一样地生活着。”这个主要的地方城市……可是，巴黎是难符合这个定义的。虽然它的宫殿毫无损坏，但它已经很象皮拉内齐所描绘的死亡了的罗马城。蒂莱里方场上的长草（平常是用机器来推平了的）也并不能使我惊奇。这些包围着石像的野草，跟这个模糊的巴黎面影浑然一体了。

---

① 7月14日是法国国庆节。

巴黎四郊从前是工人的住宅区，被称为红色腰带。从前，这儿曾经传出过工厂的汽笛声和共青团员的《青年近卫军》的歌声。现在，这个区域空虚了：工人们知道，法国是要成为农业国家的。

7月14日之后，我在街上走着，象一个被迷惑了的人似的：我不能了解，我还是在巴黎走着。接着，我也习惯了。现在，我已很难再想起那已往的巴黎：街上挤满了人，充满了汽车的喇叭声和照满了灯光。在我的眼前，是一个庞大的空洞的城市。它好象变得更美丽了。现在可以一眼看遍了它：既没有行人、橱窗，也没有汽车会吸引你的注意。现在可以站在大街的当中瞭望着远方：所有的远景都横陈着，所有的大门、壁龛、浮雕都显露着。

也许它变成畸形的了——没有巴黎人的巴黎，这个古老肮脏的城市，有贫民窟，有被煤烟熏黑了的房屋，有贫穷的近郊四乡。现在是没有什么东西能重新活跃起这个城市，能掩饰它的衰老，来安慰它的贫困了。

不仅仅是眼睛，连耳朵都不能了解这种变化了。在尼伏里街上，在拱门下边，代替了那往常的骚音、报童的叫喊和汽车的喇叭声的，则是胜利的寂静。

在大林荫道上，有一个十岁左右的小孩子在卖画片。他叫道："旧巴黎风景明信片！"我心里想，他是在卖巴黎古迹的照片吧，但实际上这是些巴黎平常的风景明信片，就是那个还尚未被称为"主要地方城市"的巴黎。我看了一看这个小孩，这个巴黎的小麻雀，这个《孤星泪》中的加弗罗希的亲兄弟，他不知道从什么地方弄到了五张明信片，为了要养活母亲，就用尖锐的喊声来吸引偶尔的几个过路人——这个在死了的城市中的还活着的孩子。

（本文写于1940年9月，选自《爱伦堡政论通讯集》，戈宝权译）

## 自学提示

(1) 这篇通讯表现了法国首都巴黎在1940年被德国法西斯占

领后的种种情景，作者是苏联著名记者爱伦堡。

(2) 分析此文选材典型，以一当十的写作特点。

(3) 此文寓鲜明的爱憎于冷峻的叙述描写之中，简要剖析此文如何通过对具体有力的事实的描述来体现主题。

(4) 体会这位记者与众不同的写作风格。

# 水面下的桥梁

〔苏〕　西蒙诺夫

这是深秋的天气。在一块被初霜冻枯的森林中的空地上，工兵们正在完成着一个相当奇怪的构造。如果这里有一条河，它一定可以当做桥梁一直地通过。但是这里并没有河，仅仅是一块森林中的空地。它是七对突出地面的木桩，很象还没有铺上桥板的河里的桥柱一般。木桩中间的距离都是三英尺。普通人看来单是这种构造物的本身就已经奇怪了，但是更奇怪的是还有坦克向着它开来，坦克兵们目不转睛地用着批评的眼光注视着这个构造物。

师部工程师邵斯诺伏金同坦克队长叶伏列夫在这些木桩的周围缓缓地走着，并且对它们加以精密地检查。显然叶伏列夫对它所看的情形很满意，他命令第一辆坦克开进空场，通过这平行的两排木桩。这沉重的机器爬上了第一对木桩，于是又慢慢地从第一对木桩爬到第二对木桩，坦克旋转的履带便在两对木桩之间的三英尺的空隙上跨过。这样坦克继续在一对一对的木桩上向前移动，安全地通过到空地的另一端，好象通过普通的桥梁一样。第一部坦克通过之后，第二部坦克也用同样的方法通过，于是第三部，以及其余所有的坦克都接续着通过了。

整个情形都很可笑——木桩钉在森林空地的地面上；坦克爬着木桩，好象在这个战争中间没有别的事比这更重要了；尤其是标柱竖立在道路的两旁——同我们在良好的公路旁所看见的标柱一样——好象如果没有这些标柱，坦克兵就无法知道木桩到哪里完毕，哪里是空地的开始。

最奇怪的是，无论邵斯诺伏金同叶伏列夫，工兵同坦克兵，总而言之，所有参加这种奇特游戏的人，对于这全部情形都看得十分严重，而对于结果都好象非常满意。

坦克兵们对于这座地上桥梁商讨之后，再度加以检查，并且热烈地讨论着；于是他们登上坦克，一辆跟着一辆地开进到森林的深处不见了。叶伏列夫拍着邵斯诺伏金的背，声音里带着满意的样子说道“很不错”，接着又说道：

“如果你把你的一部分事情做好，你能相信我们也可以照样做好。”

十月最后干燥晴朗的日子快要过完了。前线是很安静的。在森林的空地里仅偶尔随风传来几声迟钝的大炮声音，向人们提醒着它的存在。

那天在森林的空地里一个将来进攻的障碍被满意地克服了。在中央战场的这一块阵地上，从八月以来就安定下来，苏军与德军之间隔着一条河流。在这时候，俄罗斯的一般河流都不十分宽，虽然如此，但是它的宽度及深度仍然可以阻止坦克的通过。这种困难必须克服，以保证一个顺利的突破。

当穆亨将军奉命准备进攻时，他把工程师邵斯诺伏金召来说道：

“你必须准备一个桥梁通过我们的坦克，但是……”这位将军意味深长地停顿了一下，“第一，这座河上的桥梁必须在我们开始进攻之前建造起来而不能等到进攻开始之后；第二，最好使德国人一点也不知道我们预备在什么地方过河，甚至根本不知道我们在计划着这件事。”

邵斯诺伏金要求让他在二十四小时以内想出一种办法来解决这种似乎无法解决的问题。这位师部工程师是有丰富经验的人，但是在他所有工程的业务上从来没有遇到过这样困难的事。在这二十四小时当中，有极多幻想的可能情形在他的心头飞过，但是他不能不把它们一一抛弃，因为它们是过于幻想了。最后，在第二天一清早，当他麻木的手指卷着大概是第一百支纸烟的时候，他突然想到一个办法，这个办法是他一刹那之间所想到的——啊，说起来是太简单了，简单得简直令人难以置信。

当向将军提出报告时，邵斯诺伏金宣布他已经想出一种办法，他将要建造一座桥梁，这座桥梁无论从哪方面看都是一座极普通的桥梁，但是有两个——仅仅两个——特点。第一，他的桥梁将不是连结在一起的，而是中间有很多空隙；第二，他的桥梁将不是架在河的水面上，而是架在水面下。他所设计的这座桥在各桥柱之间都隔着三英尺的空隙。虽然步兵在这上面不能通过，但是坦克在上面通过却并不困难。而且这种桥梁的存在将只有我们自己人知道，德国人将要为之吃惊。它是看不见的，因为桥柱的顶端低于水平面有半码。

邵斯诺伏金的建议被接受了，这种工作开始在森林中的两个不同地点积极地进行起来。木料被砍伐下来建造两座桥梁——一座是实验桥梁作坦克兵在森林中训练之用，一座是真正桥梁准备将来架设在河里。

当工兵们在森林里一心一意地把木料砍伐下来，计划着、测量着的时候，邵斯诺伏金便在防守这边河岸的一个营的前哨里住下来，计划中的桥梁就建筑在这里的对面。从这个有利的地点，师部工程师对于情况作了一个彻底的研究。我们军队所守的河岸，正如大多数俄罗斯河流的左岸一样，是低平的，仅有缓缓的斜坡。反之，在德国人所藏身的右岸则高耸而险峻，在白天的时候敌人对于红军防线的一切动作都看得十分清楚。

每天夜里德国人都严格地执行着他们经常的任务，从他们高耸的河岸上把曳光弹象雨一般地投射到左岸来。子弹在我们的战壕上呼呼地飞过，砰砰地打在我们河岸上，或落在水里发出嗞嗞的声音。德国人充分地利用他们优越的地形，使我们的河岸在他们经常的监视之下。白天在这里建造一座桥梁是根本谈不到，纵然在夜里建筑也不是一件容易的事——右岸是太高太险了，我们这边有任何活动的迹象，都要立刻引起敌人的注意。

但是怎样能够把木料运到河边去，怎样能够把他们送到需要的地方而不让敌人看见呢？邵斯诺伏金对于这个问题耐心地思索了很久，最后他想到了一个妙法。是的，当然德国人从他们河岸上对我们这边看得很清楚。那么在这种情况之下，必须把木料从他们的河边运下，而不从我们的河边运下。

对德国人直接有利的险峻而高悬的河岸，却遮住了他们的视线，使他们看不见正在他们面前——在他们那边靠河沿的狭长地带上——所做的事。

有一个地方河流有一个陡弯。而且正在这里我们这边有一个深谷一直通到河边。木料将来可以集中到这里而不被敌人注意，把木料运过河去，然后顺水漂到建筑桥梁的地方。是的，这就是所要做的事情——木料将来就在德国人面前，顺着他们自己的河岸漂过。只有这一种办法。

同时坦克兵则在森林的空地里试验着实验桥梁。邵斯诺伏金造了一座将来架在河里的桥梁的精确模型。它构造得十分精细：宽度，长度，一直到标柱——这种标柱将来在进攻开始的前一刻钟，他要亲自把它们插在桥梁两边的河床上。甚至在这个陆地上他还试验着一个很小的狡计，就是使他的桥成为“单行桥”——只能从东向西走，不能从西向东走。在桥的一端，有倾斜的石坡使坦克很容易爬上第一对木桩，但是在桥的另一端，木桩的尽头并没有引导上桥的斜坡，而是突立在那里。虽然这种情形并不妨碍坦克下到对岸去，但是没有斜坡的帮助坦克是不能爬到桥上来的，因此他也就不能够从西岸来到东岸。这样纵然德国人在事前偶然发现了这座桥，他们也不能够利用它。对于我们自己的坦克兵，则使只有一种思想盘据在他们的心头，就是渡过敌人的河岸去。他们一点也不会想到退回来的事。

工兵们花了两天时间准备木料，并且把它们做成大小合适的梁木。通常这种做支柱的梁木都要用铁扣钉在一起的。在目前情况下却谈不到这样。工兵们必须在夜里在河里不声不响地工作，任何敲打的声音当然都是绝对禁止的。邵斯诺伏金命令用铁闩同螺丝钉把梁木扣在一起，注意着这种工作要安静而精细。俄国优秀的木匠通常都是欢喜制造小巧精致的木工，正是这种技术在目前情形下需要着他们。

现在是十一月初，夜是极黑暗的，天空被浓厚的黑云所遮蔽，一点光亮或星辰都不见。

基本上的注意必须使最细小的事件都要详细地考虑到并且预先

准备好。例如，普通在梁木上画线是用铅笔，粉笔，或木炭，而在现在情形下都不能够用了。因为要在黑暗中可以看见这种画线使梁木安置得很合适，那么一盏灯或至少一根火柴必须点起来，但是这在距离德国人只有一百五十码远的地方，是绝对不能这样做的。于是全部线条必须细心地雕刻出来，这样他们可以利用触觉把各个梁木分清，并把它们安全放到适当的地位。

在第三天夜里，邵斯诺伏金同着工兵连长凯乌洛夫及连长助手毕科夫开始着手建筑桥梁。虽然是深秋而天气已经十分寒冷了，水面上开始结着一层薄冰。把梁木拖到水深及颈的对岸，然后再把它们顺水推到下游去，这是需要有非常的忍耐性，纵然是对于最冷天气已经习惯的人。

冰水象刀子一样的割人。人们心中所迫切希望的就是赶快把梁木运到目的地，然后再赶快转回来可以在火边至少烤一会儿。但是过分匆忙是严加禁止的。稍微有一点疏忽，激起了极小的水声，可能把全部事情破坏。两个人在水面管理着一根树木。后面跟着另外的人，他们沿着德国人的河岸同样小心地向下游移动，运着石块作固定桥基之用。运石块的人尤其要特别小心，绝对不容许有一块石子落在水里溅出声音。

第一夜的工作有两对木桩牢牢地安置在河床上。在白天的时候，这些木桩我们自己同德国人都看不见。第二夜又有两对木桩安上，第三夜安置了最后的三对。

在这些夜中，每夜都有子弹在人们头上呼呼飞过。德国人对这一段河流经常地扫射，正同对其它的河岸一样，“以防不测”。工兵中有很多人死伤。死的与伤的都被极小心地抬回来，如同对于其它的工作一样的慎重。

河水一夜比一夜更冷起来，现在的水面上所结的并不是零碎的小冰块了，而是连结在一起的一整片容易破碎的薄冰，这种冰割在人们的手上好像刀子一般。他们的脚已经冻得失去了知觉，早晨回到他们的地下室里，甚至麦酒也不能把这些冻得发抖的人们温暖起来。

但是，无论怎样，在第三夜终了的时候，所有七对木桩都安置在河床上了，它是坚固地，着实地，嵌入在石头里，而且——最重要的——一点看不见。最后一夜尤其寒冷，早晨整个河面结着一层坚固的冰。

“刚好”，师部工程师自己想到。“再过一天或两天我们就太晚了。”

期待着进攻的命令觉得时间过得非常慢。没有人能够知道究竟哪一天或什么时间开始进攻。河上结着冰。邵斯诺伏金看着逐渐降落的水面十分担心。当然他在计算当中对于这种情形已经留有余地，木桩比水位最低时候的水面还要低一点。但是如果河水空前地低落又怎么办呢？总之，自然界的情形是完全变化不定的。对于这种最坏的可能性，他仍然考虑到了。如果到了紧急时候水位继续下落，他所能够做的是把木桩的顶端削去。这在一夜之间就可以做到的。

最后等待了好久的命令终于接到了。夜里邵斯诺伏金带了一群兵走到河里去，把冰凿通，把事前所准备的标柱插到桥的两边。现在它变成了一条正规的道路，坦克车可以在上面一直的通过而不至于走错，正合乎进攻的需要。

天亮时候，我们的坦克象几百门大炮一样隆隆地响起来直开到河面上去，冰——使德国人大为吃惊——并不遵照物理学的一定理崩溃下来，这时在一些可怕的机器前面有一个矮矮胖胖的，穿着卡其军服的人领着路，这便是师部工程师邵斯诺伏金——水底桥梁建筑者。

（选自1952年上海文艺书店出版的《突破》一书）

## 自学提示

（1）这是苏联著名记者西蒙诺夫在卫国战争中写的一篇通讯。

（2）此文开头给人留下悬念，然后叙述事件过程，结尾言尽意不尽。理清叙事线索，简要分析此文结构方面的特色。体会叙事可有波澜，但叙事要清晰而不杂乱的要求。

(3) 此文以扎实的事实说明问题，体会并说明用事实说话也是通讯写作的基本方法。

# 墨索里尼悬尸米兰街头

〔美〕　米尔顿·布莱克尔

**本报米兰1945年4月29日电**　贝尼托·墨索里尼昨晚回到了他的法西斯主义诞生的那个城市。他是被一辆大篷货车载到这里来的——他的尸体躺在一堆尸体上，躺在同他一道被枪毙的他的情妇和十二个男人的尸体上。这一伙都是在昨天被意大利游击队员枪毙的。墨索里尼的垮台、逃跑、被捕和被处决构成了一出丑剧。今天上午，在洛莱特市场，这出丑剧的最后，也是最丑恶的一幕，终于结束了。

今天上午九时三十分，墨索里尼的尸体躺在一堆尸体上，人们从四面八方蜂拥而至，都想最后看一眼这个曾经在该城担任一家社会主义报纸编辑的人。人们推来挤去，又吵又嚷。游击队员试图把人流挡回去，但毫无用处。他们朝天连鸣数枪以示警告，人们也不后退半步。

死后的墨索里尼模样儿有些变了，但是人们仍能认出他来——他那刮得精光的脑袋和粗脖子就是确定无疑的标记。他的身材看来很小，似乎有点儿萎缩了——不过，他向来不是高个子。他的脑袋至少挨了一枪，子弹穿过脑部，从右耳后三英寸处钻出来。靠近他前额的地方有一个小洞，看来也是子弹打穿的。

至少有两个小伙子从人群中挤了出来，用脚踢墨索里尼的脑袋，似乎嫌他死得不扎实，丢丑还不够。其中一个小伙子踢了几脚就算了，而另一个则使劲踢墨索里尼的下巴，结果使墨索里尼生前趾高气扬的脸完全扭曲了，变得丑恶无比。

墨索里尼身穿民团制服——灰棕色上衣，灰裤子，从裤腰到裤脚镶着红黑两色条纹。他足登肮脏不堪的黑色皮靴，左腿的靴子脱出一半，看起来，腿象断了似的。他的小眼睛睁着。这个人生前拍正式照片时，爱把下巴挺出去。这一次，具有讽刺意味的是，有人用步枪枪托顶着他的下巴，把那张黄脸翻转过来，对着太阳，好让在场的仅有的两名盟军摄影师拍照片。

枪托撤出来后，墨索里尼的面部突然左歪。我赶紧把他的尸体向左搬了一下，使他的脸继续正对阳光。我们几个记者被一群热心的米兰人推到正中间，这些米兰人从未见过美国人。我们所见到的，是我们一生中所见到过的最令人厌憎的场面之一，然而，正是因为亲眼见到了，我们的报道才最有权威性。

墨索里尼的脑袋倚在他的情妇克拉拉·贝塔西的胸膛上，正是依仗墨索里尼的权势，她才得以在电影界平步青云。贝塔西的年纪比墨索里尼的女儿还轻，她同墨索里尼一道，在科莫湖边的科莫村外被枪决。现在，她躺在地上，身穿皱巴巴的短外套，黑头发卷曲着：即使死了，看上去也是那样年轻。

有人数了一下，说共有十八具尸体。如果是十八具的话，另外四具尸体又是谁呢？尸体堆成一大堆，即使处在象我这样的最有利的位置上，也难以数得清。

本报 1945 年 4 月 29 日又电（迟到）墨索里尼、克拉拉·贝塔西和其他法西斯党徒的尸体所遭到的侮辱，并不是在那条泥泞的街上结束的。

刚过上午十时，人们就用电线把墨索里尼、贝塔西等六具尸体的脚捆结实，拉到几码以外一个废弃不用的加油站，把他们倒吊在一根钢梁上。后来，人们把电线割断，把这六具尸体拖到陈尸所。于是，那里顿时又聚起许多人，男人、妇女和儿童纷纷爬到栏杆上看最后一眼。

（原载 1945 年 4 月 30 日美国《纽约时报》）

## 自学提示

(1) 此文以记者的现场见闻感受为题材，具体生动地报道了法西斯党魁墨索里尼悬尸米兰街头的可耻下场。阅读此文，了解墨索里尼其人，领会此文的主题。

(2) 墨索里尼悬尸街头的现场，场面大、事例多。认知此文以墨索里尼的尸体为主线，选择材料，安排结构，使行文简洁有序、内容集中鲜明的写作特点。

(3) 指出此文对墨索里尼外貌进行细致描绘的表现手法及其作用。

(4) 此文将介绍背景材料与报道新闻事件紧密结合在一起，说明此文运用背景材料的方法与通常介绍背景材料方法的不同之处。

(5) 分析此文是如何表现意大利人民对墨索里尼这个法西斯头子的无比憎恶和满腔怨愤的。

# 奥斯威辛没有新闻可写

〔美〕 A·M·罗森塔尔

波兰布热津卡——不知为什么，最可怕的事情竟是布热津卡那明媚和温煦的阳光，一行行令人赏心悦目的白杨和在大门口附近的茵茵碧草上玩耍的孩子们。

这好象不正常得令人吃惊，如同一场恶梦一样。在布热津卡，应该永远有阳光照耀，或者说，那里应该是光明的，那里应该是一片碧绿，应该有年轻人的笑声。但是，如果说布热津卡从来不见阳光，草地枯萎衰败了，这才是恰如其分的，因为这是一个无法用语言来形容的恐怖地方。

然而，现在每天都有来自世界各地的旅游者到布热津卡来，这地方很可能是世界上最令人心惊胆战的旅游点。他们来这里游览的原因很多——想来看一看这一切是否是真实的，提醒自己不要忘记这个地方，或者只是看一看人们受害的地方来向死去的人表示悼念。

布热津卡距著名的南部城镇奥斯威辛只有几英里之遥。奥斯威辛有居民 12 000 名，位于距华沙 171 英里的地方，地处狭隘通道东端被称为摩拉维亚门的潮湿和沼泽地区。

布热津卡和奥斯威辛共同组成了精心建立起来的酷刑和死亡工厂的一部分。纳粹称这个地方为奥斯威辛集中营。

现在，距离最后一批囚犯裸着身子，被成群地赶到由哨兵和警犬守卫的毒气室处死，已有 14 年了。人们频繁地谈论着有关奥斯威辛集中营的传说。某些幸存者已经写了一些即便是头脑健全的人也难以想象的回忆录。集中营的主要负责人鲁道夫·弗朗兹·费迪南德·霍斯在被处决以前，在他写的回忆录里详尽描写了大规模屠杀和对囚犯进行的活体试验。波尔斯说，在这里有 400 万人死亡了。

现在，关于奥斯威辛没有什么新闻可报道，仅仅是由于有着不可抗拒的冲动，才想写一些有关集中营的事。这种冲动是因为出自一种不平静的感情，到集中营参观后，如果对那里的情况不置一言，不写一字，就这么离开了，那将是对在那里死去的人们极为痛心的不敬。

现在，布热津卡和奥斯威辛很平静，再也听不到恐怖的尖叫声了，旅游者在最初只是默默地、匆匆地走过去，后来想起了牢房、毒气屋、地牢和鞭笞犯人的地方，于是，他们的脚步变得沉重了。导游也没有多说什么，因为他向游客指点了地方以后不必再多说什么了。

对每一个旅游者来说，都会产生一点独特的恐怖感，而这点恐怖感，他永远也不会忘记。某些人看见在奥斯威辛重建的一个毒气室，人们告诉他们这还是个小的毒气室。其他人竟看到这样的事实，在布热津卡，在几个毒气室的废墟上，在德国人撤退时炸毁的焚尸炉上，竟盛开着雏菊。

有些旅游者呆呆地盯着毒气室和焚尸炉，他们简直不能接受这些。目睹钢玻璃窗后边象小山堆似的人头发，一堆堆死去的婴儿留下的鞋，或者在进毒气室之前用来关押犯人的砖瓦结构的监狱，他们站在那里浑身发抖，毛骨悚然。

一位参观者惊叫了一声，因为他看见女牢房竟是 3 排大木头箱子，这些木头箱子约有 6 英尺宽、3 英尺高，每晚有 5 到 10 个人在木头箱子里过夜。导游带着游客很快穿过了牢房。在这里没有更多的东西要看了。

有一座砖瓦结构的建筑用来对女囚犯进行使之失去生育能力的试验。导游想把门打开，但门却是锁着的。游客们暗自庆幸他们没有去看，然后就羞得脸红了。

在一条长长的走廊里，一排排面孔从墙壁上向人们凝视着，那是几千张囚犯的照片。现在，这些人都已经死去了。男女囚犯们站在照相机前面心里都明白他们将走向死亡。

从这些死者的照片上看他（她）们脸上木无表情，但是在众多的照片中间，有一张照片吸引了游客的注意，令人不忍卒睹。这是一张22岁女孩的照片，她体态丰满、金发碧眼、容貌漂亮，她温柔地微笑着，好象头脑里掠过什么甜蜜的、值得珍爱的事情。当时在她年轻的头脑里想些什么呢？现在在奥斯威辛的死亡纪念墙上她又想些什么呢？

在进入令人窒息的地牢时，一位旅游者被带出来休息了一会，因为他感到憋得喘不上气来。另外一位旅游者进去了，又跌跌撞撞地出来了，他划起十字来。在奥斯威辛没有什么可祈祷的地方。

旅游者们相互恳求地对望着，他们对导游说："够了。"

奥斯威辛没有什么新鲜事可以报道。那里还是阳光明媚一片碧绿，孩子们在大门口玩耍。

（原载1958年8月31日《纽约时报》）

## 自学提示

（1）奥斯威辛是纳粹德国设在波兰的一个大屠场。在距离最后一批囚犯被毒死后的14年，记者参观了这个集中营，写下了这篇报道。分析此文的主题，领会题目的含义。

（2）指出此文通过哪些典型事例，揭露奥斯威辛集中营的阴森、恐怖、惨绝人寰，控诉纳粹分子大规模屠杀、残害囚犯的罪行。

（3）此文双线条展开，一方面写奥斯威辛集中营，一方面写参观者（同时也是作者）的见闻感受和心情，情、景、事融为一体，双线交织，气氛沉重。认知这种手法的特点和作用。

（4）此文多处穿插了明媚温煦的阳光、赏心悦目的白杨、茵茵的绿草、嬉戏的儿童、焚尸炉上的雏菊、墙上悬挂的金发女郎面带微笑的照片。认知这种对照、反衬手法的艺术感染力。

# 英迪拉·甘地（节录）

〔意〕 法拉奇

这是一位不可思议的女人：她统治着近五亿人口，甚至打赢了一场遭到美国和中国反对的战争；她通过民主的方式夺取了总理的宝座，据说，没有人能把她赶下台去；人们认为她将继续担任二十年印度总理，甚至可以终身担任这个职务，因为她刚刚满五十岁。她毕竟是当代唯一真正的皇后，或者是否可以说，她是在一个缺少伟大人物的时代中少数几个伟大人物之一呢？请好好看一看那些掌握着世界命运的领导人，他们当中除了两三个人之外，都是些毫无光彩的平庸之辈。相比之下，英迪拉·甘地却是一匹战无不胜的骏马，她已经习惯了这种顺境。难道她从来没有经历过坎坷吗？

了解她是一件令人烦恼的事。企图用单一的色彩或仅仅从一个方面描绘她的性格是不能成功的，因为构成她性格的因素太多，而且各不相同。许多人不喜欢她，说她骄傲自大、玩世不恭、野心勃勃、冷酷无情，指责她思想上的近似主义、两面作风，常常蛊惑人心。但也有许多人喜欢她，甚至爱上她，说她坚强、勇敢、慷慨和富有天才；赞扬她理智、公平、诚实。男人往往不喜欢她，喜欢她的多半是女人。事实上男人很难接受在印度流行的“她适合穿长裤”这句话，而女人不可能不由于她的巨大胜利而感到宽慰和扬眉吐气，因为这种胜利否定了任何为父权制和男人统治进行辩护的陈词滥调。孰是孰非？也许双方都有道理。就象历史上的某些大人物那样，即使在他们死后，对他们仍存在截然不同的评价。不管怎样，要统治一个国家，特别是要统治一个斗争如此激烈，如此复杂的名叫印度的国家，并不需要圣贤。不管亨利·基辛格怎样说（聪明不足以使人成为国家元首，对一个国家元首来说，必须具备的是魄力、是勇气、是狡黠和魄力），要统治象印度这样的国家，必须是聪明人。她的确不是一位圣人，因为她懂得享受人生的各种乐趣。但她是个聪明人，例如在我采访她时，她也表现了她的聪明，采访她要比了解她容易得多。这并不是因为约见她很简单，而是因为一旦她同意会见你，她就表现得出人意料地毫无傲气。无需别人的恳求，她便滔滔不绝地说起来。她甚至回答了那些她本来不可能回答或不应该回答的问题。在实在无法正面回答的情况下，为了回避问题，她只简单地对问题给予肯定或否定，就象神使传达深奥的圣旨那样。我指的是政治性的话题，对于个人问题她说起来倒是毫无拘束，什么也不隐瞒。她通过她那深情的、抑扬的、悦耳的声音把自己和盘托出。她的相貌也是动人的。她有一双淡褐色略带忧伤的美丽的眼睛，脸上挂着一丝奇妙的、高深莫测的、能引起人们好奇的微笑。她那卷曲的黑发左侧，夹着一绺奇特的灰发，犹如一支银色的光束闪闪发亮。就是这一点，她也不与任何人相象。她身材苗条又矮小。她只穿印度妇女穿的莎丽服，外面套着西式的小毛衣。在她身上有许多西方的东西，虽然有时她看来遵循古训，但骤然间表现出来的却是现代思想。请注意她是怎样回答我有关宗教的问题。在一个世界上最信仰宗教的民族中当领袖，表示他不信神而信人是需要很大胆量的。

听她谈话时得记住她不是一位有着一般命运和身世的普通女人。首先她是贾瓦哈拉尔·尼赫鲁的女儿，后来又是圣雄甘地的信徒。这是两位敢于向英帝国挑战并使它开始衰落的传奇人物。她在他们的影响下成长起来，得到锤炼，并不断成熟。如果说今天尼赫鲁作为英迪拉的父亲被提及，那么，昨天英迪拉则是作为尼赫鲁的女儿为人所知。如果说今天甘地的名字与英迪拉的姓混淆不清(她使用的是丈夫的姓，而她的丈夫并不是甘地的亲戚)，那么昨天英迪拉的名望部分还应归功于她姓甘地。无论昨天还是今天，她都是属于特殊情况下的特殊人物。尼赫鲁家族从事政治活动已有几代人。祖父是英迪拉所属的国大党的创建人之一。父母亲是该党执委会成员，还有她的姑妈名叫潘迪特·维贾雅·拉克希米。她是曾应邀主持联合国会议的唯一女人。英迪拉童年时不仅捋弄过圣雄的胡须，而且也捋弄过所有创建印度的重要人物的胡须。争取独立的斗争是她亲眼目睹的。警察深夜叩门逮捕人是生活的第一课。之后，再有客人来访，就由她打开门对他们说："很抱歉，家里没有人。爸爸、妈妈、爷爷、奶奶、姑姑都在监狱里。"也正因为如此，八岁时，她被送往瑞士读书。十三岁那年她重返印度，接着建立了一个小游击队员的组织，取名"猴子大队"。六千名孩子在她的领导下不仅当传令兵，有时还袭击英国军营。下面是当年尼赫鲁从监狱中给她的信："我的月亮，你还记得你曾深深地被圣女贞德所吸引，并希望自己能象她那样吗？在印度，我们正在创造圣女贞德时代的历史。我和你能生活在这个时代是很幸运的……"如今这类信件被编入两本教科书中。

她也坐过监狱，在那里呆了十三个月，而根据特别法庭的判决，她本来应该服刑七年。她是跟她的丈夫一起进监狱的。她在牛津大学的萨默维尔学院上学时，加入了工党，结识了一位孟买的年轻律师，名叫费罗兹·甘地。他也是一个热衷于搞政治的人。一九四二年二月，他们在德里举行了婚礼。六个月后，英国当局以颠覆罪逮捕了他们。这是他们的婚姻产生麻烦的开始，当然也是不幸的开始。一九四七年尼赫鲁当上了总理，英迪拉实际上和她的失去配偶但身边又需要一个女人的父亲生活在一起。费罗兹·甘地始终没有接受她的这种选择，直到一九六〇年因心肌梗塞而死去。但是他没有能说服她，据说这也是因为费罗兹向别的女人过分献殷勤而使她感到不满。十七年中，英迪拉更多地跟父亲在一起而不是跟丈夫在一起。人们称她为"印度第一夫人"，"民族的女儿"。她和她的父亲一起外出旅行，接见国家元首，召集会议。一九五六年她进入了国大党的执委会，一九五八年成为该党的主席。这以后，她把那些她自幼年起就尊敬他们的人物从党内清洗出去。一九六四年当尼赫鲁去世时，出现了不可避免地由她接替总理职务的局面。一九六六年选举时，她以三百五十五票赞成一百六十九票反对而获胜。一九七〇年选举时，她取得了更大的胜利。她的政治经历与果尔达·梅厄的政治经历有不少共同点，和梅厄一样也是通过参加政党活动而上台执政的。果尔达与英迪拉的共同点还不止这些。果尔达的婚姻也是不美满的；果尔达也是为了执政而牺牲了她所热爱的、并共同有过两个孩子的丈夫。她们的生活恰恰证实，一个有才能的女人既要实现事业上的抱负，又要保住家庭生活的幸福是多么的艰难，不仅是艰难，甚至达到不可能的可怜地步，荒唐的是妇女的这种艰难和所受到的不公平对待，恰好表现在其功名已达到金字塔塔顶的这两位女人身上。令人愤懑和痛苦的是，男人注定可以在不放弃家庭和爱情的情况下发挥自己的才能，而女人却不能。对女人来说，二者不可兼得，或者只能在悲剧中共存。

我在政府大厦她的办公室里见到英迪拉·甘地。这也是当年她父亲的办公室：一间宽敞、阴森、朴素的屋子。她长得又矮又小，坐在一张陈设简单的写字台后面。我进去时她迎着我站了起来，跟我握手，然后又重新坐下，没有任何开场白，只是凝视着我，好象对我说："快提第一个问题，别浪费时间，我可不能浪费时间。"开始时，她小心翼翼地回答问题，后来就象打开话匣子似的，谈话在互有好感的气氛中进行得很顺利。我们在一起谈了两个多小时。采访结束时，她和我一起走出办公室，一直把我送上了出租汽车。经过走廊和走下楼梯时，她一直挽着我的手臂，好象我是她的老相识似的。她一面跟我说这说那，一面漫不经心地回答着官员们对她的致意。那天她看来有点累，突然间我大声说："归根结蒂我并不羡慕您，我不愿意处在您的位置上。"她说："问题并不在于我有那些问题，而是在我的周围有那些白痴。"四十八时以后，我发现采访中还有些遗漏，希望再见她。没有经过任何繁文缛节，我就到了她的家。这是一所简朴的小别墅，她与儿子拉吉夫和桑贾伊一起住在这里。英迪拉·甘地在家时比谁都平易近人。当她早晨接见那些找她请愿、抗议和向她献花的人时，你便能发现这一点。我按了门铃，她的秘书出来开门。我问她总理能否再赐予我半小时的时间，秘书回答说："试试看。"于是她就进去了。当她出来时，英迪拉也一起走出来了。"请，请坐。咱们喝杯茶吧！"我们坐在面朝花园的起居室里又谈了一小时。除了回答我的问题外，她还告诉我，儿子拉吉夫已跟一个意大利女人结婚，在印度航空公司当飞行员。二儿子桑贾伊是汽车设计师，还是个单身汉。最后她又叫来了正在草坪上玩耍的、皮肤黝黑的漂亮的小男孩。她一边温柔地拥抱他，一边低声地说："他是我的孙儿，是世界上我最爱的人。"看着这样一位强有力的女人拥抱一个小男孩，会使你产生一种奇特的感觉，也就是上面曾经讲过的那种不公平。这就是使一个致力于维护自己命运的女人产生烦恼的孤独感。

我对英迪拉的报道引起了反响。布托读了采访记后很生气。出于妒忌，他要求我也到他那里去听听。但这是我以后在布托一章里要讲的。这只是故事中的一个小故事。事实上，重要的故事是英迪拉倒台。正当这位不可思议的女人深信她在一个个人已起不了决定作用的时代仍能发号施令的时候，她突然垮台了。在香蕉皮上滑行，不可避免地会有这个结局。

奥里亚娜·法拉奇（以下简称"法"）：甘地夫人，我有许多问题要向您提出，有涉及您个人的，也有涉及政治性的。涉及您个人的问题我后面再提出，等我弄明白了为什么许多人害怕您，说您对人冷淡，甚至冷酷、难处后，再向您提出。

英迪拉·甘地（以下简称"英"）：他们这样说是因为我直率，过分地直率。因为我不把时间浪费在娓娓动听的闲谈上，不象印度人通常所做的那样，让谈话的前半小时白白地在问候声中过去："您好吗？孩子们好吗？小孙孙们好吗？等等。"我不愿讲那些娓娓动听的空话，即使互相问候也应在工作结束之后。但是在印度，我的这种做法总是行不通的。我说："咱们来谈实质性的问题吧，快！"他们就不乐意，于是就认为我冷淡，甚至冷酷和难处。还有个原因，这与我的坦率也联系在一起。我从不演戏，我不会演戏。我总是表里如一，有什么样的情绪，就表现什么样的情绪。要是我高兴，就表现得高兴，要是我在生气，表现出来的就是生气，从不考虑别人会有什么反应。谁要是也有过象我那样艰难的生活，他也就不会再去考虑别人有什么反应的问题了。现在您开炮吧！您可以向我提出您愿意提出的任何问题。

法：好极了。我想从最糟糕的问题开始。您打赢了而且彻底打赢了一场战争，但是我们认为这是一次危险的胜利，而具有这种看法的人并不少。您认为孟加拉真能成为您所希望的盟友吗？

英：要知道，生活总是充满着危险，我不认为危险必须避免。

我认为只要看来是正确的事情就应该去做。要是在看来是正确的事情里包含着危险……那么，就应该去冒险。我一贯遵循的哲学是：从不考虑一个必要的行动会带来的后果。后果我总是事后才去检查。要是有了新的情况，那就去处理新的情况。仅此而已。您说这次胜利是危险的。我说今天谁也不能再说危险了，我也看不到你所指的危险。要是这些危险真的变成事实的话……我就会根据新情况来行事。我希望这番话听起来是积极的。我愿意从积极方面回答您的问题。我愿意肯定地说，在孟加拉和我们之间存在着友谊。显然，友谊不是单方面的，谁也不会一无所获，双方都会有所得失。要是我们给了孟加拉什么东西，孟加拉显然也要给我们一些东西。为什么孟加拉不该承诺自己的保证呢？经济上它资源丰富，可以重整旗鼓；政治上我认为它的领导人是训练有素的人。在这里避难的难民也正在重返家园。

法：他们真的正在重返家园吗？

英：是的。已有两百万人回去了。

法：一千万中的两百万，不算多。

英：不能这样说。不要着急。他们回去得很快，够快了。我已经满意了，比我所期待的要好得多。

法：甘地夫人，我说您的胜利中包含着危险，不仅指的是孟加拉，而且还指印度的西孟加拉邦，现在它吵吵嚷嚷地要闹独立。我听说在加尔各答发生了农民武装斗争。列宁曾说过："世界革命将席卷上海和加尔各答。"

英：不，这是不可能的。您知道为什么？因为印度正在发生革命。这里，事情正在和平地民主地起着变化。共产主义的危险是不存在的。如果不是我这个政府，而是右派政府的话，那就存在危险。事实上在印度，当人民认为我的党向右转的时候，共产党人才增加。人民是对的，因为面对向右转的威胁，它没有别的选择，只能投靠极左。但是目前人民看到了我们的努力，看到问题正在解决，共产党人就丧失力量。至于西孟加拉的农民武装问题，已完全被控制。我确信，就是孟加拉的农民武装也会被控制的。不，我估计不会发生什么遗憾的事。

法：遗憾的事已经在孟加拉发生一些了。在达卡解放后，我在那里看到了可怕的私刑。

英：这是在前五天发生的事，而且与其他人所进行的屠杀相比较，与杀了上百万人这种事相比较，杀的人还是少的。当然，这是不幸的事件，我们也想方设法去制止它。您可知道我们救了多少人！但是我们不可能什么地方都走到，什么事情都看到，某些疏忽是不可避免的。任何社会，都存在一些行为不端的人，即使对这些人我们也应该理解他们，当他们忍无可忍的时候，出于忿恨，他们会变得鲁莽。要正确地认识问题，不应该去考虑您在短短几天中所看到的事情，而应该去考虑多少个月来他们所看到的一切和所受的痛苦。

法：甘地夫人，您知道吗？人们指责你们印度人挑起这场战争，认为是你们首先发起进攻。您对这个问题作何回答？

英：我现在来回答。要是人们愿意把事情追溯到很远的过去，那么我们是援助过孟加拉解放军。如果考虑一切问题都从那次援助开始，从那个时候开始，那么我承认是从我们开始的。但是我们当时不得不这样做。我们不能在我们的土地上收容一千万难民；我们不能容忍一个无限期的不稳定局面。当时难民的涌入眼看不会停止，相反，还将源源不断，并可能触发爆炸性的事件。我们再也无法控制他们的涌入，但是为了我们的利益，又必须制止它。这是我为了避免一场战争而访问尼克松先生和其他国家元首时对他们说的话。可是，如果考虑一场真正战争的开始，那么并不难认识到，是巴基斯坦人首先发动进攻的，是他们派遣飞机向我们进行袭击。最初的几枚炸弹是在那天下午五点钟落在亚格拉城的。我可以用事实向您证明我们完全被他们搞了突然袭击。周末是我们这些政府里的人可以离开德里的唯一时间，恰巧那个周末，几乎没有人留在德里。我去了加尔各答。国防部长先去了巴特那，准备再去南方的班加罗尔。财政部长到孟买去了，正准备出发去浦那。武装部队司令也去了什么地方，我现在已记不清了。我们大家都必须赶回德里，因此，我们的军队不是在几小时后，而是等第二天，才开始反攻。也正因为如此，巴基斯坦人占领了一些地区。当然我们是有准备的，我们知道可能发生什么事。但是只有对空袭，我们真正做了准备。要是没有这样的准备，我们就只能留在外面了。

法：甘地夫人，您谈到了为避免冲突而去欧洲和美国旅行的事。今天您能谈谈那次旅行的真实情况吗？跟尼克松谈得怎么样？

英：决定作那次旅行时，我知道我是不会成功的，好象一个孩子想用手指去堵住堤坝的决口一样。有些事……我不知道……不可能……但却成功了。我跟尼克松先生谈得一清二楚。我跟他谈了我跟希思先生、蓬皮杜先生、勃兰特先生谈的所有情况。我毫不含糊地对他说，我们不能负担一千万难民，也不能再忍受这种一触即发的局面。对于这些，希思先生、蓬皮杜先生、勃兰特先生都很理解，而尼克松先生却不理解。事实上是其他人所理解的事情，被尼克松先生理解成另一回事。我怀疑他非常亲巴基斯坦，而且我知道美国人向来偏袒巴基斯坦。我持这种看法不仅是因为他们偏袒巴基斯坦，而且是因为他们反对印度。后来我曾感到他们似乎正在改变，但不是改变了亲巴基斯坦的立场，而是缓和了反印度的态度。我的印象是错误的。我对尼克松的访问并未能使战争得以避免，但却对我有用，因为经验告诉我，当人们干一些反对你的事情的时候，这些事情最终总是对你有利，至少你可以利用它使自己从中得利。这是生活中的一条规律。请检验一下，您就会发现，这是生活中随处都可以看到的规律。您知道为什么我在最近的选举中能获胜吗？因为人民热爱我，这是对的；因为我辛勤地工作，这也是对的，但也因为反对派对我的态度很坏。你知道我为什么能打赢这场战争吗？因为我的军队会打仗，这是对的，但也因为美国人站在巴基斯坦一边。

法：我不明白。

英：我来向您解释。美国一直认为它在帮巴基斯坦的忙。但是如果它不帮忙，巴基斯坦会成为一个比较强大的国家。支持一个连一点民主的影子都没有的军事政权并不是在帮助这个政权。使巴基斯坦失败的是它的军事政权，就是那个受美国人支持的政权。有时朋友是危险的。对于朋友的帮助必须特别留神。

法：那么中国人呢？当时中国人也站在巴基斯坦方面。要是我没有说错的话，中国是印度最强大的敌人。

英：不是的。我看不到为什么我们和中国人必须互为敌人。我们不愿意作他们的敌人。要是他们愿意的话，那我们没有办法。但是我不认为他们真的愿意成为我们的敌人，因为我不认为这样的结果会对他们有什么好处。至于在这场战争中他们所持的态度……怎么说呢？我认为他们比美国人高明。肯定地说，他们是比较温和的。要是愿意的话，他们本来可以为巴基斯坦做更多的事。对不对？把第七舰队开进孟加拉湾的是美国人而不是中国人。为了不冒险起见，当时我没有撤走驻扎在与中国交界处的军队。但是我从来不相信中国人会采取任何错误的步骤进行干涉。换句话说，我从来不认为存在第三次世界大战的危险。当然，要是美国人开了枪，要是第七舰队不仅停留在孟加拉湾而且还干了更多的事……是的，那就会爆发第三次世界大战。但是坦率地说，这样的担心甚至没有在我思想上掠过。

法：甘地夫人，跟您这样一位受过非暴力教育的人谈论战争，我有一种奇怪的感觉。我在想，在发生冲突的那些日子里，不知道您有什么感受。

英：您要知道这并不是我遇到的第一次战争，我还处理过其它战争。既然谈到非暴力，我给您讲个小故事。一九四七年印度独立不久，巴基斯坦入侵当时受印度土邦主掌管的克什米尔。土邦主逃跑后，克什米尔人民在酋长阿卜杜拉领导下请求印度援助。当时的印度总督蒙巴顿伯爵回答说，要是巴基斯坦不向克什米尔宣战，印度就不能向克什米尔提供援助。他似乎对巴基斯坦屠杀人民这一事实毫不关心。在这种情况下，我们的领导人决定签署一项保证与巴基斯坦交战的文件。非暴力的信徒、圣雄甘地也签了字。对，他选择了战争。他说他没有别的办法。在应该保卫别人或自己的情况下，战争是不可避免的。

法：问题是我坚持认为这场战争是兄弟之间的战争。我对奥罗拉将军和尼亚齐将军也都是这样讲的。他们都回答说："归根结蒂是兄弟。"

英：不是归根结蒂，而是彻头彻尾。印度人和巴基斯坦人确确实实是兄弟。占领达卡后，巴基斯坦的军官和印度军官在一起握手。我知道您对此会感到惊讶。但是您明白吗？一九六五年以前，在我们的军队和巴基斯坦的军队里您可以遇到彼此是兄弟的将军；他们是一个家庭里的兄弟，同父同母；或者一边是叔父，另一边是侄子；或者这里是一个堂兄，那里是一个堂兄弟。现在还有这样的情况。我再告诉您，有那么一段时间，巴基斯坦和印度驻瑞士的两位大使是两个亲兄弟。哎，英国人强加于我们的分治是多么地不近人情！分治只有利于肢解家庭，把它搞得四分五裂。令人悲痛的情景我还记忆犹新。当时移居他乡的人并不愿意移去……许多伊斯兰教徒不愿意从印度迁移到巴基斯坦去。但是人们宣传说，到了那边，他们将有更多的机会，于是就走了。许多印度人不愿意留在巴基斯坦，但是那边有他们的关系和财产，也就留在那里了。要他们成为我们的敌人，太荒唐了；尤其想到我们伊斯兰教徒和印度教徒进行争取独立的斗争的历史，就更会觉得事情是荒唐到愚蠢的地步。是的，在英国人的统治下这里也存在着敌对集团，也有过交锋。但是后来知道，这些交锋是由那些分治我们、毫不关心我们的和睦的人挑起的。外国人一直希望分裂我们，即使在印巴分治后也是如此。要是印度人和巴基斯坦人能团结在一起……我不是说要成立什么联邦，而是说例如象意大利和法国那样作为两个友好邻邦，那么双方都会进步得更快。但是看来，我们的进步并不是“某些人”所关心的。这些人关心的是如何让我们一直打仗，让我们互相折磨。我是愿意为巴基斯坦人开脱的。他们该怎么办呢？那些人唆使他们向我们进攻，并给他们武器，他们便向我们进攻了。

法：布托说愿意与印度建立联邦。甘地夫人，您认为怎样？

英：布托不是一个很有分寸的人。每当他说话，人们总是弄不清他究竟想说什么。这一次他想说什么呢？想说他愿意成为我们的朋友吗？很久以来我们就想成为他的朋友，我一直愿意成为他的朋友。这里有一个西方人不知道的特别情况。西方报刊一直强调印度是巴基斯坦的敌人，巴基斯坦也是印度的敌人；强调印度教教徒反对伊斯兰教徒，同时伊斯兰教徒也反对印度教教徒。例如，他们从来没有说过自从我们被肢解成两个国家以来，我的党一直在与这种局面作斗争。从那时起，我们就认为因双方宗教信仰不同而产生敌意是错误的、荒唐的。少数民族不可能被一个国家消灭，信奉不同宗教的人应该生活在一起。在当今世界，人们怎么可能由于宗教信仰不同而互相残杀呢？今天确有其他问题需要我们去关心！这些问题是贫穷、个人的权利、技术的发展向我们提出的要求。这些才是重要的问题，它们比宗教更重要！因为这是一些普遍性的问题，它们既是巴基斯坦的问题，同样也是我们的问题。对于那些头脑发热到叫嚷宗教危机或说类似的蠢话的人，我不理睬。糟糕的是印度也有人说这样的话。他们说什么“我们本不应该接受巴基斯坦的存在。现在它存在了，就应该摧毁它”。但是，他们只是少数几个疯子，群众并不跟他们走。在印度不存在反巴基斯坦的宣传。当然，战争期间，有过少量这样的宣传；但即使在战时，我们也能控制它。事实上，巴基斯坦人对此也感到惊讶。在野战医院里，巴基斯坦俘虏感叹地说：“怎么?！您是信奉印度教的大夫，愿意医治我的病?”请注意！对布托我只能回答说，要是他明白他说这话的意思，那是他讲了他唯一该说的话。要是他不这样讲，他的命运将会如何呢？但是据说布托是有野心的。我希望他是一个野心很大的人，因为野心能使他看清现实。

…… ……

1972年2月于新德里

（选自《风云人物采访记续集》）

## 自学提示

(1) 这是意大利著名女记者法拉奇写的一篇政治人物专访。法拉奇以善于在关键时刻采写世界政坛上风云人物而著称于世，被称为“政治访问之母”。

(2) 研读此文，分析其问答对话，认知法拉奇言辞泼辣、提问尖锐、不卑不亢的采访风格。

(3) 把握此文前言和谈话记录两部分的写作特色，理解二者之间内容上的联系与分工。

(4) 找出文中对人物外貌特征描写的地方，并作简要分析。

(5) 这篇访问记篇幅较长，本文是部分节录，自学时可研读全文。

# “老报童”罗伊去世了

〔美〕尼尔·夏恩

罗伊·迈尔斯的追悼会将于星期一举行。四分之一世纪以来，他是《自由新闻》大楼左近的一个近乎传奇式的人物，也是不管年岁多大都被人叫作报童的那号人当中的仅存者之一。

《自由新闻》的一整代记者、编辑和其他职员都只知道他的名字叫“罗伊”的迈尔斯先生，本星期早些时候在他度过一生最后几年的疗养所中死去，终年六十七岁。

直到几个月以前，由于健康状况恶化而终于无法撑持下去为止，他一直把《纽约时报》和其他外埠报纸送到订户桌上，并且在《自由新闻》大楼外的人行道上叫卖上述报纸和《底特律新闻》。

去年有一个月他尝试了一下退休的滋味，但不久又重操卖报的旧业。

他双目几乎失明，戴着一副象定量酒杯的底那样厚的眼镜，要把头往后仰起才能看得见东西。

他形容枯槁，白发苍苍，体弱多病，吃力地背着笨重的帆布报兜，背带深深勒进瘦削的肩头。然而，在他衰弱的外貌下，却隐藏着强烈的自立精神。他对工作极为认真，也能滔滔不绝地神聊一气。“罗伊，你今天干得怎么样啊？”一位打算买报的顾客会这样招呼他。

“要买份时报？”他会这样回答，声音粗得象是从沙石上崩出来的一样刮耳。

有一次，罗伊从《自由新闻》的电梯上走下来，正好赶上采编人员在那里开会。也许是由于他视力不佳，也许是由于他脾气倔强，反正他把报纸都分发给了在场的记者。会议只好中断，直到罗伊把报纸分完。

“两毛五?”一个记者有一次在罗伊对他说了《芝加哥论坛报》的价钱以后提出了抗议。“见鬼，罗伊，我花一毛五就能买到一份。”

“是喽，不过你得上芝加哥去。”

有些记者在收报费的日子没有钱付款就躲着罗伊，这是大伙都知道的。要做到这一点并不难，因为罗伊瞎得很厉害。只要订户的位子上有人坐着，他就去催讨，不管那人是谁。有一次罗伊误把一个女记者当作一个长着胡子的男记者，因为他往常就是坐在那张桌子后边的。

还有一个记者在刚参加《自由新闻》工作的时候，发现他桌上每天都有一 份《纽约时报》，感到很诧异，但他以为这是由于工作需要而发给他的。然而到了月底，他终于发现这是怎么回事。“一共六块二毛五。”罗伊粗声粗气地对他说。

罗伊死后留下一个女儿,德乐勒斯·塔尔曼夫人,还有一个姊妹和一个孙儿。追悼会将于星期一午后二时在红河区西杰弗逊街一〇七八三号格尔巴赫殡仪馆举行。他将安葬在河景区费恩代尔公墓。

(原载美国底特律《自由新闻》，选自1980年6月新华出版社出版的《怎样当好新闻记者》一书，伍任译)

## 自学提示

(1) 这是一篇人物特写。认知“老报童”这一人物形象的典型意义。

(2) 概括并分析“老报童”的性格特征。

(3) 结合此文有关段落，说明人物外形、对话描写对刻画人物的作用。

(4) 简要分析此文将叙事、写人、抒情融合在一起的写作特点。

# 世界最佳急诊室

〔美〕 乔恩·富兰克林
阿伦·多尔夫

“大多数的人并不死于意外或心脏病猝发，”考莱（R. Adams Cowley）医生道，“意外或心脏病猝发会产生休克，也就是血液循环迟缓或停顿，而休克才是真凶。”

考莱医生是马里兰州巴尔的摩市马里兰急救医药服务的创办人。通常大家称这机构为“休克猛烈创伤所”。他和他的同事在这全世界最先进的急诊室（叫作“猛烈创伤中心”）和休克英勇作战。考莱说：“人在生命最终的时刻是非常忙的，必须发生许多事然后才死。虽然如此，我们还是要尽快抢救。假使有人发生了意外，而我能在一小时之内为他止住流血，恢复血压，大概便能保住他的性命。这一小时我称之为黄金小时。”

距休克猛烈创伤所不远，在巴尔的摩环城公路上，有个年轻妇人驾着一辆蓝色跑车紧随在一辆送面包的货车后。她座位上的安全带松垂在下面，但她那七个月的儿子却稳坐在安全座中。突然她转进快车道，准备超越前面的货车。不料快车道上停着一辆抛锚的汽车，她看见时，已相距太近。她的跑车在路上只留下了三米长的刹车印，就撞上那辆老爷轿车。

那时是4时37分。黄金小时开始。

在美国大多数地区，因车祸而多处受重伤的人，有百分之八十死亡。但是在附属巴尔的摩市马里兰大学的休克猛烈创伤所，医疗人员已将死亡率减至百分之十八，其中包括大多数急诊室曾列为到院时已经死亡的伤者。

在环城公路上，一名州警设法从车中救出那失去知觉的妇人，一个路人把啼哭的婴儿抱过去。州警伸手到妇人颈项探索脉搏，喷出的血溅污了他的制服。

他终于摸到了脉搏，跳得快而微弱。死亡的过程已开始扰乱她的代谢机能。她深陷于休克之中。

一架州警的直升机停止搜索盗劫疑犯，以每小时一百九十公里的速度向车祸现场飞去。

那时是4时40分，进入黄金小时已三分钟。

这独特的急救机构是考莱医生在1961年创办的。他相信即使受了重伤，只要能止住休克，便有生存之望。主要关键在血压，血压与休克的关系是：

一个人在意识到意外即将来临时，那怕是极短暂的意识，也会将强力的化学物释入血液，改变血流的方式。血冲往头部，思索加快。据意外事件中生存的人说，当时时间变慢，各种事情的发展——冲面而来的汽车的颜色，道路护栏的详细形态——都会在急速动作的脑中留下不灭的印象。接着是撞击，血管破裂。动脉像爆了的车胎，顿失压力。脑细胞没有正常血液循环供应氧，四至六分钟内便死去。肾脏可以支持一小时以上。

在少妇遭遇车祸的现场，一名医护人员把担架推进直升机，自己也跟着跳进机内。直升机发动时驾驶员拿起麦克风。休克猛烈创伤所的各扩音器都播出了他的声音："八分钟内有一名伤者入院。"

时间是4时43分。

考莱根据研究休克的心得，建立了后来成为世界救护系统的模范。在马里兰州，直升机载着受过急救训练的州警总是将意外受伤的人直接飞送休克猛烈创伤所。在那专抢救治疗猛烈创伤者的五层楼大厦中，医生和护士迅速而彻底地救治最严重和最复杂的猛烈创伤。

4时53分。担架推进创伤中心二楼消毒的入院处，两名外科医生、两名别的医生和三名护士早已在那里等候，他们将满身血污的受伤妇人移到一座钢台上。

入院处的小组人员都过来环立在伤者的四周。

麦克阿伦医生说："传统的医疗程序，是纪录经过，检查伤者身体，做各种试验，作出诊断，然后治疗。"在休克猛烈创伤所创办的最初十年中，麦克阿伦医生差不多一直是考莱的主任麻醉师，他说："假使按照这方式照料伤者，手术未完，人便可能已经死了。休克创伤小组不同，他们一面作诊断，一面进行使伤者复苏和治疗的工作。"

4时57分。看护在塑胶病况牌上写下无名氏，女，第四十四号。一名资深医生迅速记下妇人的外伤，察看破损的脸和脱臼的膝。她腋下有许多气泡，显示肺已穿破。最险恶的征状是她的收缩血压，应该至少一百二十。但现在只有六十。她可能是血向胸腔或腹腔流。

麻醉师在她气管中插入一支塑胶管。现在他将管的另一端接连在呼吸器上。呼吸器立即代替她进行呼吸。

两分钟后，医生将一支大注射器的针插入妇人的右腹股沟，探寻深藏的隐静脉。这条静脉平时并不难找，但休克时会瘪下，不易找得到。后来注射管出现了一股血流。针管吸满血液后，医生拔出注射器，交给在一旁等待的化验师。化验师接过血样，就跑步而去。

一位医生将血压传感器插进妇人右腕，另一位医生将监视管插入静脉，通入心脏。在头的上方，仪表和阴极射线管开始记录心跳和血压。

钢台上挂着瓶盛的血和血浆，塑胶管插在伤者的手臂和腿里。血和血浆慢慢地注入妇人体内，她的血压开始上升。

"人并不死于灾祸，"考莱说，"他们是因为急救者在作战时忽略了一点小问题而死的。"

5时07分。注入的液体那么多，照理血压应快速升高得快些才对。可能是她正在内出血。外科医生说："要做刺腹放液检查才行。"

他在肚脐下切开一个小口，插进一根塑胶管。把一瓶清盐水全从管中注入，然后将空瓶放在地上，让盐水流回瓶中。如果她内出血，流回去的液体会是红色的。

1970年初期，刺腹放液检查曾引起很多争论，因为那要在诊断还未作出之前便先洞穿腹部。考莱不理会这一点，照样作刺腹放液检查，因为此法准确省时。后来，附近的约翰霍普金斯医学院所做的研究终于证实他的做法正确。因为由于没有及早发觉内出血而枉死的车祸受伤者太多了。

5时15分。入院处的扩音器宣布已与伤者的丈夫取得联系。护士把病况牌上写的“无名氏”擦去，改写上伤者的姓名年龄。

她上星期刚满二十八岁。

考莱称创伤为“年轻人的病”。在美国，大多数受伤的人年龄都在四十岁以下。虽然死于心脏病和癌症的人较多，但死者的年龄较大。

5时20分。外科医生跪着看鲜红的液体滴入地上的瓶中。他道：“快办手续。”

在入院处附近，护士向伤者的丈夫解释必须立刻做手术。她把同意书推到他面前。他迟疑了片刻，签了同意书。

“她醒过来后，”他对护士道，“请告诉她孩子平安。”

在手术室中，医生用刀从胸骨至盘骨割了一长条切口。

在黄金小时只剩两分钟时，医生夹住了喷血的动脉，血压即刻上升。

很多在休克猛烈创伤所入院处救活的伤者，在移入普通加护病房后，会因休克的续发影响而死亡。但是休克猛烈创伤所自有一个十二张床的复苏室，是个人造子宫，能将生命维持到伤者能自行恢复。

在加护复苏室中，护士开动呼吸器，准备那位从手术室推来的妇人使用。这时，休克猛烈创伤所的播音器响了。

“十分钟内将有一名伤者入院。”

（原载美国《读者文摘》1981年6月号）

## 自学提示

(1) 这篇特写的显著特色是结构新颖，采用的是双线式布局方法：一条线是描述这个急诊室的一次抢救活动的工作过程；一条线是介绍这个“猛烈创伤中心”的现实情况和背景材料。两条线交叉并进，互为补充。简要剖析这种结构形式的特点及其作用。

(2) 认知此文中的背景材料，说明它在此文中的任务。

(3) 简析此文结尾的内涵以及与主题的关系。

# 附　录

全国高等教育自学考试指导委员会

高等教育自学考试

# 中外新闻作品研究
# 自学考试大纲

新闻学专业

# 出版前言

为了适应社会主义现代化建设事业对培养人才的需要，我国在20世纪80年代初建立了高等教育自学考试制度，经过近20年的发展，高等教育自学考试已成为我国高等教育基本制度之一。高等教育自学考试是个人自学，社会助学和国家考试相结合的一种新的高等教育形式，是我国高等教育体系的一个组成部分。实行高等教育自学考试制度，是落实宪法规定的“鼓励自学成才”的重要措施，是提高中华民族思想道德和科学文化素质的需要，也是造就和选拔人才的一种途径。应考者通过规定的考试课程并经思想品德鉴定达到毕业要求的，可以获得毕业证书，国家承认学历并按照规定享有与普通高等学校毕业生同等的有关待遇。

从80年代初期开始，各省、自治区、直辖市先后成立了高等教育自学考试委员会，开展了高等教育自学考试工作，为国家培养造就了大批专门人才。为科学、合理地制定高等教育自学考试标准，提高教育质量，全国高等教育自学考试指导委员会（以下简称全国考委）组织各方面专家对高等教育自学考试专业设置进行了调整，统一了专业设置标准，全国考委陆续制定了几十个专业考试计划。在此基础上，各专业委员会按照专业考试计划的要求，从造就和选拔人才的需要出发，编写了相应专业的课程自学考试大纲，进一步规定了课程学习和考试的内容与范围，有利于社会助学，使自学要求明确，考试标准规范化、具体化。

全国考委根据国务院发布的《高等教育自学考试暂行条例》，参照教育部拟定的普通高等学校有关课程的教学大纲，结合自学考试的特点，组织制定了《中外新闻作品研究自学考试大纲》，现经教育部批准，颁发试行。

《中外新闻作品研究自学考试大纲》是该课程编写教材和自学辅导书的依据，也是个人自学，社会助学和国家考试（课程命题）的依据，各地应认真贯彻执行。

**全国高等教育自学考试指导委员会**

2000 年 3 月

# 目　　录

# I　课程性质与设置目的

中外新闻作品研究课程是高等学校新闻专业的一门基础课，也是全国高等教育自学考试新闻学专业本科段的一门必考课。

设置本课程的主要目的是：使自学应考者比较系统地掌握新闻作品研究的基本理论知识，初步掌握并能实际运用剖析新闻作品的方法，通过阅读分析新闻作品，培养和增强正确剖析各种新闻报道作品的能力，以便毕业后能较好地适应新闻工作的需要。

中外新闻作品研究课程属于新闻学专业中的应用学科，实践性较强。自学应考者不仅要认真学习本课程的基本理论知识，还要重视新闻作品评析训练，勤于实践，巩固学习成果，提高分析问题和解决问题的能力。

中外新闻作品研究课程是在新闻采访写作课程之后开设的，这两门课程，既有联系，又有区别。学习本课程时要求学员联系新闻采访写作学的基本理论知识与基本技能，以达到融会贯通的目的。

# Ⅱ　课程内容与考核目标

中外新闻作品研究课程内容分为新闻作品研究概论与新闻作品阅读分析两个部分。这两个部分的课程内容与考核目标如后。

# 新闻作品研究概论部分的课程内容与考核目标

## 第一章　新闻作品研究的原则

### 一、学习目的与要求

通过本章的学习，了解和掌握新闻作品研究的基本原则，并能遵循这些原则来研究分析新闻作品。

### 二、课程内容

（一）要有正确的指导思想

作为社会现实最新反映的新闻作品，其报道内容繁杂多样。而一篇新闻作品，从采集制作到面向社会公开传播，又是一个复杂的系统工程。因此，研究新闻作品，必须要有正确的指导思想，这是新闻作品研究的一项重要的基本原则。

我们要以马克思列宁主义、毛泽东思想和邓小平理论作指导。邓小平理论是马克思主义在中国发展的新阶段。深入学习邓小平理论，对我们研究新闻作品具有十分重要的意义。

有了正确的指导思想，才能使我们在研究和评析新闻作品中保持清醒的头脑，也才能给读者阅读新闻作品以正确的引导。如果没有正确的指导思想，那么，我们分析、研究新闻作品，就会迷失方向，难以对新闻作品作出正确恰当的认识和评价。

学习马克思主义理论，贵在深刻理解和善于应用。我们在研究新闻作品中，必须弘扬理论联系实际的学风。要运用马克思主义的基本原理（包括新闻理论），对新闻作品和新闻工作者的采写实践进行认真的分析思考。要解放思想，创造性地开展研究工作。

（二）坚持实事求是的科学态度

研究新闻作品要遵循实事求是的思想路线。无论是对新闻作品思想内容的分析，还是对新闻报道表现形式的评判；无论是对记者采写实践的考察，还是对作品社会效果的认识，都要坚持马克思主义的认识论，采取实事求是的科学态度。

对新闻作品的评析，必须从新闻作品本身的实际出发。要实事求是，恰如其分。因此，在研究新闻作品时，还必须努力克服一些心理因素的影响，不能迎合别人意图，随声附和，陷入盲从，不能搞唯心主义，形而上学，以主观框框代替对新闻作品的客观分析。

（三）坚持正确的舆论导向，掌握新闻作品特点

研究新闻作品，首先要把握好“以正确的舆论引导人”，做到政治敏锐，旗帜鲜明，坚持正确舆论导向。

作为一种独立的文字样式，新闻作品有其本身的特点。了解和掌握这些特点，对新闻作品的分析研究才能做到有的放矢，切中要害，恰到好处。

1. 真实。新闻是新近发生的事实的报道，是对存在于社会生活中和自然界的各种客观事实的如实反映。先有事实，后有新闻。真实是新闻与生俱来的属性，是新闻的生命和力量所在。

2. 新鲜。新闻所报道的事实是新近发生、发现的，新闻要及

时捕捉生活中的新鲜事物以及事物的新发展、新变化，为群众提供富有新意的事实和信息。

3. 迅速及时。新闻不同于历史，它对事实的报道必须迅速及时，讲究时效性。

4. 重要性。新闻的重要性，是由它所蕴含的意义决定的。新闻的社会作用和意义，是我们分析研究新闻作品时所必须重视的。

以上侧重对新闻作品的内容而言。在表现形式和表现手法上，新闻作品也有自己的特殊要求，而不同的新闻文体又有各自的不同特点。这些也都是在分析研究新闻作品时，必须熟悉和掌握的。

（四）了解和把握新闻作品产生的时代背景

研究新闻作品，在认真剖析每篇具体作品的同时，还应尽可能把它放在广阔的时代背景下分析、比较、衡量，做到既有“点”上的了解，又有“面”上的把握。

新闻是时代的产物，与它所产生的时代有最密切、最直接的联系。优秀的新闻作品，大都在不同程度上，从不同的角度、不同的方面记录了它所产生的那个时代的生活和斗争。了解和把握新闻作品所产生的时代，对我们研究新闻作品，是大有裨益的。

联系时代背景研究新闻作品，一要从新闻作品的社会内容、社会影响方面，考察它与时代的关系。二是不同时代、不同社会，有不同的价值观念、审美情趣和社会需要。新闻作品对事实的评价取舍，自然也有不同的时代特征。三是时代对新闻作品的影响，不仅反映在内容上，也反映在它的表现形式上。新闻文体不是一成不变的，为了更好地适应社会的需要，它处于不断变化发展之中。不同的时代，不同的社会，对新闻作品的表现形式等，有不同的要求。各种新闻体裁正是在这种发展变化之中不断丰富完善起来的。

（五）将新闻作品作为一个整体系统加以考察

一篇新闻作品的成功与否，既受其内部构成因素的影响，也受许多外部因素的影响和制约。因此，在实事求是地研究新闻作品本身的同时，把视野扩展到与之有关的其他方面，如采制者、采写过程、传播效果等，把它作为一个整体系统加以考察，是完全必要的。

在这个整体体系中，新闻作品是研究的中心和主体，而新闻作品本身又是内容与形式的统一体。研究新闻作品，既要胸怀全局，又需剖析其各个局部是如何为表现全局的主旨和目的性而结合成一个整体的，这样才能深入把握其中的内蕴，作出确切的评价。

新闻作品的作者的政治态度、思想观点、业务修养等都会对新闻作品产生影响，因而尽可能深入地认识作者及其采写实践，对研究新闻作品是有益的。研究新闻作品，还应顾及它的另一个重要方面，即它的客观传播效果。

## 三、考核知识点

新闻作品研究的原则

## 四、考 核 要 求

1. 识记：新闻作品、用事实说话。

2. 领会：(1) 要有正确的指导思想；(2) 坚持实事求是的科学态度；(3) 坚持正确舆论导向，掌握新闻作品特点；(4) 了解和把握新闻作品产生的时代背景；(5) 将新闻作品作为一个整体系统加以考察。

3. 应用：根据新闻作品研究的原则，分析一篇新闻作品。

# 第二章　新闻作品研究的思维特点

## 一、学习目的与要求

通过本章的学习，了解和掌握新闻作品研究的思维特点。

## 二、课 程 内 容

（一）感性与理性

研究新闻作品是一种思维活动，因而它要遵循思维活动的一般规律。它的认识过程包括从感性到理性的两个认识阶段。感性认识阶段，就是通过对新闻作品的阅读，具体感受其从形式到内容的阶段。理性认识阶段，就是对新闻作品的分析、评判阶段，它是感性认识阶段的继续和深化。

研究新闻作品先要具体感知作品的内容和表现形式，但又不能以感性认识为满足，必须经历由表及里，“从感性认识跃进到理性认识”的过程，以加深对它的认识。如果没有这样的理性思考，只是停留在一般的直感上，就难以把握事物的本质，难以获得恰当的判断。然而，感性和理性这两个认识阶段，并非是截然分开的。它们往往相互交叉，前后往复。研究者常常是在具体感受时，又有思考；而在思考时，又夹杂着具体的感受。

（二）个性与共性

分析新闻作品是要从个别具体作品中探索新闻采写的普遍规律，从而提高新闻实践的能力。在分析过程中，离不开认识事物的一般原理：由个别到一般，再由一般到个别，亦即由个性到共性，再由共性到个性。由于个性之中包含着共性，共性存在于个性之中，人们可以通过把握个别典型，从中找出共同的带有规律性的东西，以指导一般。个性，就是此事物不同于他事物的独特而鲜明的特性。个性最突出之处就是它的特殊性、个别性。共性，就是事物的普遍性、一般性，是同类事物共同的本质属性。

任何事物都可以说是个性与共性的统一体。新闻作品也同样如此。如果新闻作品只有共性，没有个性，那么新闻报道就失去了丰富多彩、色彩斑斓的面貌，就会陷入千篇一律、固定化、僵化、套化的模式。

在分析新闻作品时，我们不但要分析、研究新闻作品的共性，尤其重要的是要研究其个性。优秀的新闻作品具有比较明显的个性特点。

新闻作品的个性特点，一般表现在以下几个方面：

1. 个性表现在鲜明的时代特色中；
2. 从作品中的人与事的特殊性中发现新闻作品的个性；
3. 从表现形式的求新性中发现新闻作品的个性；
4. 从作品语言运用的特色中发现新闻作品的个性。

（三）主观性与客观性

研究新闻作品必须要有客观条件，即新闻作品；还要有主观条件，即研究者本身的各方面的修养等。这就说明，研究新闻作品既具有客观性，又有主观性。

客观性：作为研究对象的新闻作品是不以研究者的意志为转移的客观存在，研究、评析活动不能离开新闻作品这个客观条件而毫无根据地信口开河。

主观性：研究者由于立场观点、理论水平、感情取向、生活经历、文化修养、审美趣味以及对新闻作品的时代背景及其社会效果的认识等主观条件的不同，研究新闻作品时，对于同一新闻作品，必然受其主体认知因素的制约而有不同的认识、理解和评判。

研究者各异而产生对新闻作品认识的差异性，但对优秀的新闻作品，往往也能取得基本一致或完全一致的肯定；反之，低劣的作品也会得到人们的否定。新闻作品研究中的一致性与差异性正是对立统一的关系。我们要达到对新闻作品的确切评价，就要力求使主观认识符合客观实际，以达到主观与客观的统一。

（四）运用多种思维形式

思维是人的认识的高级阶段，研究新闻作品成功与否，往往与所采取的思维形式有密切关系。我们在研究活动中应恰当采用多种有效的思维形式，如认识和掌握创造性思维、立体思维、宏观思维、求异思维等思维形式的特点，以深化认识，深化研究，使我们的研究活动具有创新意义。

## 三、考核知识点

新闻作品研究的思维特点

## 四、考 核 要 求

1. 识记：主观性、客观性。

2. 领会：（1）感性与理性；（2）个性与共性；（3）主观性与客观性；（3）创造性思维、立体思维、宏观思维、求异思维等思维形式的特点。

3. 应用：结合评析新闻作品，认识体会新闻作品研究的思维特点。

# 第三章　新闻作品评析的方法

## 一、学习目的与要求

通过本章的学习，了解和掌握新闻作品评析的方法，并能正确运用这些方法来研究分析新闻作品。

## 二、课 程 内 容

（一）对新闻作品内容与形式的具体分析

研究、评析新闻作品要从内容和形式两方面进行具体分析。对于具体情况作具体的分析，是马克思主义的最本质的东西、马克思主义的活的灵魂。应避免那种空泛笼统和主观武断的简单化的方法。

1. 分析新闻作品内容

分析新闻作品内容，要遵循前文所述的新闻作品研究的原则，对新闻内容进行认真具体的剖析。要考虑它是否符合新闻报道的基本要求和特点。

新闻主题是新闻作品的中心思想，是记者认识和提炼新闻事实的结晶，是它所具有的新闻价值和宣传价值的体现。

我们分析新闻主题，要注意把握它的舆论导向和社会意义，看其是否正确和深刻。

新闻主题是新闻作品的统帅和灵魂。“纲一举而万目张”，因此，分析新闻主题，还要注意它是否鲜明和集中。

分析新闻主题还可以与新闻作品所选择的角度联系起来进行研究。有些新闻作品反映同一新闻主题，但由于他们各自具有不同的新闻角度，而未让人们感到千文一面，相互雷同。

2. 分析新闻作品形式

新闻报道具有多种体裁，如消息、通讯、特写等。不同的新闻体裁，在报道新闻事实时，其表现主题、选用材料、安排结构、运用表现手法和新闻语言等方面，都有各自的特点。因此，分析新闻作品形式时，要先准确认清其属于哪一种新闻体裁，要根据不同的新闻文体作具体分析，才能作出中肯的评价。

（1）对新闻结构的分析

写文章讲究谋篇布局，写新闻也要重视结构安排。新闻结构是表现新闻内容、体现新闻主题的重要表现手段。

分析新闻作品的结构时，要注意其是如何遵循新闻结构安排的原则和要求，根据新闻作品的具体内容，安排一个既能恰当反映新闻事实，又能充分显示新闻主题，符合新闻体裁特点，并易于读者理解的结构形式。把握它在上述这些方面的主要特点和成败。

（2）对新闻表现手法的分析

新闻作品的表现手法有多种多样，不同的新闻体裁所运用的表现手法有各自的特殊要求和方法。

常见的基本表现手法有叙述、描写、议论、抒情、说明等。这些又可由于反映的目的和对象的不同而细分为多种表现手法。如叙述，有顺叙、倒叙、插叙；描写，有人物描写、细节描写、景物描写、场面描写等。而写人物，还可对人物的外貌、行动、心理、语言等方面进行具体描写等等。为了生动地表情达意，还常用对比、衬托、悬念等表现手法。我们要注意分析、研究新闻作品的作者运用各种表现手法表达新闻内容时，有哪些特色和得失。

（3）对新闻语言的分析

记者写新闻报道，离不开语言。语言运用得好或差，对新闻作品的成败有着密切关系，因而它是分析新闻作品得失的一个重要方面。

新闻报道的语言要求准确、鲜明、生动、简练、明白。一般说来，记叙事实要明快畅达，写人状物要生动形象，议论说理要精确严密，抒发感情要情真感人。新闻作品中人物的语言要符合人物的特点，要有个性特色。不同的新闻体裁对语言有不同的要求。

（二）对新闻作品的综合性分析

把不同的新闻作品按照一定的要求放在一起进行分析，也是常用的分析方法，这可使我们从不同新闻作品的比较、分析、研究中认识它们的特点和同异，以开阔眼界，博采众长，掌握新闻作品的内在规律，提高新闻报道的水平。

下面，是对新闻作品综合性分析的几种方式：

(1) 分析同一题材同一体裁的不同新闻作品。比如把几家报纸报道同一新闻事件的消息放在一起进行比较、分析。

(2) 分析同一题材不同体裁的新闻作品。比如，把报道同一新闻事件的消息和通讯等不同新闻体裁的作品放在一起进行比较、分析。

(3) 分析某一类专业报道的新闻作品。比如，对一个时期内某一类专业报道（或经济报道，或科技报道，或体育报道等等）的新闻作品进行综合性分析，研究专业报道有关问题。

(4) 分析某一位记者的新闻作品。比如，对某一位有显著成就的记者一个时期内采写的新闻作品进行综合分析，研究他的作品的特色和风格。

对新闻作品的综合性分析可以有多种方式，多种层次。

## 三、考核知识点

新闻作品评析的方法

## 四、考核要求

1. 识记：新闻主题、新闻结构。

2. 领会：（1）对新闻作品内容和形式的具体分析；（2）对新闻作品的综合性分析。

3. 应用：（1）分析一篇新闻作品的内容和形式；（2）综合分析同一题材的同一新闻体裁的新闻作品或采用其他综合性分析的方式。

# 第四章　关于研究外国新闻作品

## 一、学习目的与要求

通过本章的学习，了解和认识外国新闻作品的不同报道形式和写作特点，掌握外国新闻作品研究的方法和要求。

## 二、课 程 内 容

阅读和分析研究外国新闻作品，可以使我们在改革开放的时代开拓视野，了解外国政治、经济、文化、科技等方面的发展情况，吸收人类文明中的优秀成果，借鉴外国的符合新闻传播规律的新闻表现形式，丰富我们的新闻表现手段，拓宽新闻报道领域，做到“洋为中用”，以促进具有中国特色的社会主义新闻事业的蓬勃发展，满足人民群众对新闻传播日益增长的要求。

(一) 外国新闻作品的报道形式

外国新闻作品常见的有以下几种报道形式：

1. 消息（电讯）：以简洁的文字、简明扼要的方式及时报道新闻事实的一种新闻文体。

2. 特稿：早期的特稿，主要用来报道趣味性、娱乐性较强，而时效性稍弱些的新闻。近半个世纪以来，以特稿的形式反映重大的题材，逐渐成为西方新闻写作的一种趋势。

3. 解释性报道：它是在交代时间、地点、人物、事件的基础上，重点回答新闻事实为什么会发生以及将来如何发展的一种报道方式。

4. 调查性报道：又称揭露性报道。它是以积累起来的充分的事实，深刻揭露腐败丑闻的一种报道。

(二) 外国新闻作品的主要写作特点

1. 注重新闻报道的接近性，拉近读者与新闻的距离，引起读者关注。

2. 重视使用背景材料，增加新闻作品所揭示的内容的广度与深度。

3. 着力将新闻报道写得生动易懂，有现场感，使新闻作品具有较强的可读性。

4. 注重进行式报道，及时将新闻事实报道出去，对读者较为关心的事件，还采用后续报道、跟踪报道等形式，揭示其发展变化的过程，给读者以完整的印象。

5. 语言简洁明快，富有表现力。

(三) 外国新闻作品的研究方法与要求

研究外国新闻作品，可以采用多种方法，在多个层次上展开。或对某一类新闻作品进行分析研究，或对一个国家一个时期的新闻作品进行综合研究，或对某一个外国记者新闻作品进行分析研究。而具体分析研究单篇作品是最基本的方法，其他研究均是建立在这一基础之上的。在具体研究时，既要结合作品撰写的历史背景，又要注意不同的社会制度和政治倾向在作品中的反映，要注意鉴别和作出正确的分析。

## 三、考核知识点

外国新闻作品的报道形式和特点

## 四、考 核 要 求

1. 识记：特稿、解释性报道。

2. 领会：（1）外国新闻作品的主要写作特点；（2）外国新闻作品的研究方法和要求。

3. 应用：分析一篇外国新闻作品。

# 第五章　新闻作品研究者的素养

## 一、学习目的与要求

通过本章的学习，明确新闻作品研究者应具备的素养，认识具备这些素养的意义。

## 二、课 程 内 容

新闻作品研究是一种特殊的精神活动。研究者个人的各方面素养，对研究活动有着直接影响。因此，研究者应加强下列几方面主要的素养。

（一）政治素养

新闻作品研究者应具有坚定正确的政治立场，在政治上和党中央保持一致。坚持党的“一个中心，两个基本点”的基本路线，对党和政府的方针、政策要能深刻领会和掌握。坚持党性原则，坚持研究工作的正确方向。

（二）理论素养

研究者应具有较高的马克思主义理论水平，分析、研究新闻作品，要以马列主义、毛泽东思想和邓小平理论作指导，这是做好这方面工作必不可少的重要条件。研究者还要有较高的政策水平。

（三）专业素养

新闻作品研究者应熟悉新闻学基础理论，同时对新闻采访写作等业务知识，也应有广泛而深入的了解。还应力求获得一定的新闻采写的实际体验，具有较强的新闻敏感，掌握分析比较的科学方法，有扎实的语言文学功底等，这些都将有助于深入分析和研究新闻作品。

（四）知识素养

新闻作品报道范围和服务对象的广泛性，使新闻作品从内容到形式，千姿百态，丰富多彩。这就要求新闻作品研究者必须具备广博的知识。要努力增强自身的知识素养，以缩短与作品之间的距离，提高对作品的理解力和感应力。

（五）道德素养

新闻作品研究者应具有良好的道德素养。研究新闻作品，其意义不仅在于通过对具体新闻作品的阅读，培养和提高鉴赏新闻作品的能力，更主要的是为了扩大优秀新闻作品的社会影响，促进有利于社会主义物质文明和精神文明建设的良好舆论环境的形成；同时也为了对新闻采写实践中出现的新观念、新情况、新问题，作出科学的评论和总结，传播成功的采写经验，推动社会主义新闻事业的发展。所以，研究者必须具有高度的社会责任感和正确的动机目的。研究评价新闻作品不抱偏见，不徇私情，具有客观公正的态度。

## 三、考核知识点

新闻作品研究者的素养

## 四、考 核 要 求

1. 识记：新闻敏感、新闻道德。

2. 领会：（1）政治素养；（2）理论素养；（3）专业素养；（4）知识素养；（5）道德素养。

3. 应用：结合分析新闻作品的实践，分析新闻作品研究者应具备的素养的重要性与必要性。

# 新闻作品阅读分析部分的课程内容与考核目标

本大纲共选新闻作品范文 66 篇，其中中国新闻作品 50 篇，外国新闻作品 16 篇。所选中国新闻作品，起自抗日战争时期，止于 1997 年。这些作品，从不同侧面，真实记录了半个多世纪来，我国革命和建设的历史，在思想内容和表现形式上，都留下了时代的印记，粗略地展示了我国新闻文体发展变化的轨迹。

所选作品，大都为各时期新闻名篇，有一定的代表性，其体裁包括消息、通讯、特写、专访、新闻述评、深度报道等。通过研究这些作品，有助于学员了解和掌握各种新闻文体的特点和写作要求，提高分析研究新闻作品的能力。

所选作品分三部分：第一部分为消息，共 25 篇；第二部分为通讯等，共 25 篇；第三部分为外国新闻作品，共 16 篇。要求自学应考者认真阅读研究作品，通过分析思考，准确把握作品的思想内容和表现形式的特点。新闻作品阅读分析部分的总体考核目标是：

识记每篇新闻作品的体裁类别及主要文体特征；联系新闻作品的时代背景，分析其主题思想，认识其新闻价值；掌握新闻作品谋篇布局及表现形式的特点；写出简明扼要的分析文章。新闻作品阅读分析部分的各篇作品的具体内容和考核目标如下：

## （一）

**1.《延安庆祝日本无条件投降》**

（1）识记这是一篇新闻素描。对比这种新闻体裁和一般消息报道的异同。

（2）划分此文的段落层次，把握每个层次的中心内容和它们之间的内在联系。

(3) 此文题材重大，场面热烈，报道及时。认知此文运用粗线条的概括叙述和典型事例相结合，由面到点，点面结合，既展示全貌，又刻画动人细节的表现手法。

(4) 指出文中的概括叙述和典型事例部分。分析“一位拄着拐杖的荣誉军人”和“一个卖瓜果的小贩”这两个典型事例在文中的作用。

(5) 此文后半部分有几处间接议论和直接议论。说明这些议论在当时的政治意义。

**2.《共产党员刘胡兰慷慨就义》**

(1) 识记这是一篇人物新闻。发表后在社会上产生了深远的影响，是新闻名篇。

(2) 理解此文运用人物对话的写作特色。说明文中的对话对表现主人公性格所起的作用。

(3) 简要概括刘胡兰的性格特征。

(4) 此文短而精。以此文为例，分别说明选材精练、叙述紧凑，对短新闻写作的重要性。

**3.《中原我军占领南阳》**

(1) 这是解放战争时期毛泽东同志为新华社撰写的一篇消息。作者不仅报道了事实，而且深刻揭示了敌败我胜的必然趋势。认知此文高屋建瓴，总揽全局，善于从本质上、总体上、发展趋势上把握事物的鲜明特色。

(2) 背景材料是此文重要的有机组成部分。分析消息中历史典故、地理环境等背景材料对突出事件的新闻价值、烘托深化主题、增强新闻的知识性的作用。

(3) 此文内容丰富，一气呵成，自成一段。划分此文的层次，领会此文结构严谨、环环相扣、层层深入、首尾贯通的写作特点。

**4.《我三十万大军胜利南渡长江》**

(1) 这是毛泽东同志为新华社写的消息。它记载了我国新民主主义革命史上一件重大史实。

(2) 理解这篇消息所具有的新闻价值。

(3) 体会这篇消息精练扼要、气势雄伟的特点，联系全文作简要分析。

（4）把握并具体剖析此文既有事实的清晰叙述，又有情景的概括描写的写作特色。

（5）分析此文层层紧扣的布局安排，并说明其结构的内在联系。

**5.《上海严寒》**

（1）此文报道1957年初春，上海遇到80年来罕见的低温严寒的情况。同样是严寒，10年前的那一次和10年后的这一次给上海人民带来的影响迥然不同。分析此文是如何通过典型事例，对新旧两个社会进行鲜明对比的。

（2）短消息的导语，通常很少有景物描写。指出此文导语写作的特点，说明导语中的景物描写在整条消息中的作用。

（3）认知此文行文简洁洗练，用事实说话，作者尽量不发或少发议论的写作技巧和表现特色。

（4）分析名诗人臧克家的诗句“前天一夜风雪，昨夜八百童尸”在消息中的作用。

**6.《分清主流与支流　莫把“开头”当“过头”》**

（1）识记这是一篇新闻述评。了解新闻述评有述有评、评述结合的特点。

（2）领会此文的主题。联系1979年我国改革开放刚刚开始时的政治形势和社会背景，认知这一主题的重要性和深刻性。

（3）指出此文为了帮助人们分清主流与支流，莫把“开头”当“过头”，主要抓住了哪几个问题进行评述，它们之间的联系和作用如何。

（4）说明新闻述评中，事实与议论的关系，新闻述评中的事实与一般新闻报道中的事实、新闻述评中的议论与一般评论文中的议论的异同。

**7.《阿西、亚妮当众挥毫妙趣横生》**

（1）识记这是一篇人物新闻。

（2）指出此文背景材料部分，认知它对表现人物成长、深化主题的作用。

（3）此文详略得当。分别指出并分析其详写与略写地方。

（4）说明此文以作画为线索贯穿全篇的结构特点。

**8.《从邮局看变化》**

（1）概括这篇消息的主题，认知其角度独特、构思巧妙、小中见大的特色。

（2）把握此文通过对比事实突出主题的写作特色。

（3）指出此文中背景材料部分，说明其在新闻中的作用。

（4）简要分析此消息所运用的对比式导语的特点及作用。

**9.《经济学家赶集》**

（1）此文是十一届三中全会之后国内较早的一篇关于市场经济的报导。联系当时国内政治经济形势，认知它以小见大，反应深刻而且有重大意义主题的写作特点。

（2）记者从我国著名经济学家薛暮桥同志赶集这一典型事例，发现了有价值的新闻。领会记者具有较强新闻敏感对搞好新闻采写的重要意义。

（3）分析此文中所描述的薛暮桥同志在市场的看、问、买等活动，对表现新闻主题的作用。认知写活经济新闻与写人的关系。

（4）动词的成功运用是本文主要写作特点之一。指出文中运用哪些动词，使这篇新闻具有较强的现场感。

**10.《运载火箭飞越万里长空》**

（1）这是由四篇短消息组成的连续报道。

（2）这组消息报道的是我国第一枚运载火箭发射试验成功这一举世瞩目的重大事件。理解其新闻价值，把握这组报道的全局及各篇的侧重点。

（3）体会将这一重大事件写成四篇连续性的消息的作法与新闻短小精练的关系。

（4）这组新闻都是现场报道，具体分析其现场感强的写作特色。

**11.《枫桥兴会扶桑客　子夜钟鸣百又八》**

（1）这是一篇有关外事活动的动态新闻。认知此文题材新颖，内容富有情趣的特点，概括此文的主题。

(2) 此文运用了一些背景材料。分析此文背景材料的写作特色，指出它们对表现中日两国人民源远流长的友好往来与突出新闻主题的作用。

(3) 分析此文以听寒山寺新年钟声这件事为中心的结构特点。

**12.《学习南京市绿化经验要注意三点不足之处》**

(1) 识记这是一篇经验性消息。记者没有一般化地报道南京市绿化建设的成就，令人耳目一新。学习记者实事求是，辩证地观察问题、分析问题的采写作风和思维方式。

(2) 据实、写实是这条消息的写作特色。指出文中具体、实在介绍南京市绿化工作的事例与数据，并领会其深刻的现实意义。

(3) 经验性消息的价值在于有普遍的指导意义，实用性、可借鉴性强。分析文中能体现可借鉴性特点的事例和文句。

**13.《一本充满自我批评精神的新书》**

(1) 了解这篇消息的内容，概括其主题。

(2) 此文从一个新的角度来体现常见的新闻主题。通过分析全文，说明为什么新闻写作要重视角度新颖。

(3) 分析此文中有关把失误公之于众，勇于自我批评的事实部分，对深化新闻思想内涵的作用。

**14.《金山同志追悼会在京举行》**

(1) 对比模式化的追悼会消息，认知此文的创新性。

(2) 简要分析这篇消息的导语在写作上的鲜明特色。

(3) 指出此文第二段开始引用的一副挽联对表现主人公的作用。

(4) 此文避开常见的冗长、呆板的悼词，运用灵活多样的笔法，对金山同志的生平业绩进行了介绍和评价。联系文中内容，分析此文散文式的结构特点。

**15.《京郊出现科学热》**

(1) 这是一篇立意巧妙，报道角度新颖，表现手法别开生面的消息。概括此文主题，认知主题的表现与报道角度选择的关系。

(2) 此文用廉教授一周工作日程作为新闻主体，简要分析这种主体形式的独到之处。

（3）此文点面结合，重点写廉教授，同时也兼顾了“面”上的情况。分析说明后者这一段文字对增加新闻的广度和深度的作用。

（4）掌握尾笔点睛，深化主题的方法。

**16.《滦河水向天津奔来》**

（1）识记这是一篇现场新闻。了解现场新闻的特点和采写要求。

（2）分析此文运用语言文字的特点。指出文中生动明快、富有动感的形象化词语和对不同状况下水流态势的生动准确的描写。认知它们在增强消息的真实性、现场感和感染力方面的作用。

（3）此文按时间顺序安排结构。作者追踪水流，全线采访，观察细致，事例典型。写水与写人紧密结合，场面生动，波澜起伏，主体突出，首尾呼应。认知此文谋篇布局、组织材料的特色。

（4）说明此文背景材料的内容与主要新闻事实的关系，以及在全文中的作用。

**17.《抢菜记》**

（1）这是一篇现场新闻。通过记者在现场所见所闻，批评了生活中的某些不正之风。对比一般批评报道，认知新闻批评尤应注意真实准确，以增强其真实感和说服力。

（2）此文作者运用了现场观察的采访手段，理解并说明这对写好现场新闻的作用。

（3）指出此文的细节描写，并分别说明它们对表现人物和主题的作用。

（4）简要分析此文结尾耐人寻味的特色。

**18.《鄱阳湖出现世界上最大的白鹤群》**

（1）鄱阳湖出现世界上最大的白鹤群，这是有重大新闻价值的新闻事件。作者通过在现场的观察采访，迅速及时地写出了这条在国外引起强烈反响的新闻。认真阅读此文，学习作者高度的新闻敏感和争分夺秒、深入一线的采访作风。

（2）此文从导语开始，几乎处处都有数字。分析此文运用数字的技巧以及数字在文中的作用。

（3）简析此文把人物活动、现场情景、鹤类知识介绍紧密结合在一起的表现特色。

（4）认知“这个数量大大超过国际鹤类基金会所宣称目前全世界只有320只白鹤的数量”这句话，在进一步突出事件的新闻价值、增强消息的可信性和权威性方面的作用。

**19.《我国选手获得奥运会第一块金牌》**

（1）认知这是一篇体育快讯。

（2）此文具有强烈的时效性，是世界上最快播发的关于中国运动员夺得本届奥运会第一块金牌的电讯。联系此文，说明新闻时效对增强新闻价值的重要性。

（3）概括这篇新闻的主题，说明许海峰为中国夺得奥运会第一块金牌的重大意义。

（4）简要分析此文以“零的突破”贯穿全篇的结构特点。

**20.《陕北有煤海》**

（1）这是一篇反映陕西北部神木、府谷一带煤藏丰富、煤质优良的新闻。对比一般有关矿产资源的报道，认知此文绘声绘色、形象生动的写作特色。

（2）指出主体部分哪些段落对导语中提到的“煤的海洋”作了进一步的具体描述。体会各个段落对煤的量大、质优、易采等特点的不同描写。

（3）根据新闻用事实说话这一特征，说明此文最后两段引述勘探工程技术人员和有关专家的见解，以及来实地考察的外国行家的评价，对增强新闻事实说服力的作用。

**21.《好啊！诚实永存》**

（1）这是一条歌颂普通人的高尚的价值观的人物消息。认知此文深刻的现实意义。

（2）消息实录人物语言，读来亲切感人，真实可信。具体分析对话在这篇消息中对叙述事件、表现人物思想所起的作用。

（3）简要分析此文段落短小、节奏感强的结构特点。

**22.《武汉百里长堤巍然锁大江》**

（1）这是一篇短新闻。认知现场短新闻的基本特点和写作要求。

(2) 此文写到了1991年和1931年武汉遭遇洪水时的景状。分析此文是如何通过这两次洪水所造成的不同景状的对比，歌颂党的领导和社会主义优越性的。

(3) 认知此文通过记者在抗洪大堤的所见所闻，以实情实景实声，鲜明直观、真实具体地报道抗洪斗争，表现重大主题的特色。

(4) 此文运用了不少动人的典型事例和细节，简要分析它们在文中的作用。

**23.《中国投巨资加快长江沿岸地区开发》**

(1) 这是一篇曾在海内外引起广泛关注的经济新闻。阅读此文并分析它所具有的重要意义。

(2) 经济新闻离不开数字的运用，认知此文精选典型数字，为表现主题服务的写作技巧。

(3) 简要分析此文用事实说话并穿插必要的背景材料的写作特色。

(4) 此文有三处引用了国务院副总理等政府官员的谈话，分析这些谈话对增强消息的权威性、可靠性和说服力所具有的作用。

**24.《美日汽车贸易高级谈判开始》**

(1) 识记这是一篇国际新闻。着重报道的是美、日两国在汽车贸易问题上存在的深刻分歧。

(2) 简要分析此文作者通过现场观察，运用具体、形象的事实体现新闻主题的采写特色。

(3) 指出此文的背景材料，并说明它与新闻事实之间的关系。

(4) 联系此文，领会细节描写在消息中的作用。

**25.《别了，“不列颠尼亚”》**

(1) 这篇消息报道的是香港回归祖国这一重大事件，概括此文的主题，领会此文主题的重要性。

(2) 体会此文运用现场描写与历史背景相结合的叙事特色。

(3) 简要分析此文安排有序又繁简得当的结构布局。

(4) 领会此文语言严谨精练、叙述紧凑的特色。

## （二）

**1.《华美窗帷的后面》**

（1）识记这是我国著名新闻工作者邹韬奋在30年代旅欧时写的一篇风貌通讯。此文透过现象看本质，深刻揭示了华美窗帷后面的资本主义社会的“脓疮”，至今对认识资本主义社会仍有意义。

（2）此文集中笔墨写了3个小人物的境遇，深刻揭露了华美窗帷后面的社会现实。认知此文选材典型，因小见大的表现特色。

（3）此文文字具体生动，平易近人，带着辛酸的幽默写资本主义社会的世态炎凉，对劳苦大众寄以深切的同情。细读此文，认知作者的这种语言风格。

（4）说明此文标题的特点及其寓意。

**2.《祁连山北的旅行》（节录）**

（1）此两文（《“金”张掖的破产》、《张掖的破产，是人懒之过?》）均选自范长江的通讯《祁连山北的旅行》。范长江的通讯，题材重大，材料翔实，视野开阔，内容深刻。细读两文，领会范长江新闻作品的这种特色。

（2）此两文前文形象展示张掖破产的现状，后文深刻分析张掖破产的原因。分析两文各有侧重、互为因果的关系以及这种关系对从广阔的社会背景和事物的相互联系中揭示主题的作用。

（3）认知范长江通讯报道写景状物具体生动，评人论事舒卷自如，融叙述、描写、抒情、议论为一体的语言风格。

（4）范长江知识渊博，新闻作品中广泛运用诗词典故等背景材料。说明文中这类背景材料的特色和作用。

**3.《桌上的表》**

（1）概括这篇通讯的主题，认识其由小见大、角度不一般化的特点。

（2）简要分析此文有条不紊、叙事紧凑、首尾呼应的结构特色。

（3）具体分析文中对“表”的多次描写的特点，及其对表现主题的关系。

(4) 这篇通讯有一个形象化的结尾，说明它所运用的表现手法及艺术效果。

**4. 《访“葡萄常”》**

(1) 识记这是一篇人物专访。了解人物专访的特点，指出文中人物、现场、作者三要素。

(2) 此文通过软枝葡萄百年兴衰的历史，展示常家五姑侄的坎坷命运，具有很强的新闻性和历史纵深感。分析此文因人写事、缘事写人的技巧。

(3) 指出常家五姑侄的性格特点以及复杂的经历、坎坷的命运在她们身上留下的烙印。

(4) 认知此文行云流水、不事雕饰、朴实平易、娓娓而谈的语言风格。

(5) 文中穿插的画堂春词，艺术地再现了常家姑侄和软枝葡萄的命运、经历。分析这首词的特色和作用。

**5. 《春夜》**

(1) 这是一篇意境优美、隽永清新的新闻特写，也是一首动人的抒情诗。它记叙了周总理伟大一生中的一件小事。指出此文是通过哪些具体事例，突出表现周总理高尚的品格，博大的胸怀和平易近人的作风的。

(2) 此文既写了领袖人物的和蔼亲切、平易近人，又展现了领袖人物的高尚伟大。认知此文写领袖人物时另辟蹊径、独具匠心、不落俗套、别开生面的特色。

(3) 分析此文优美清晰的语言，情景交融的描写，对人物言谈举止、音容笑貌的细致刻画等写作手法，对表现人物、创造意境的作用。

(4) 领会此文题目《春夜》乃文中具有浓郁抒情性的景物描写的深刻寓意。

**6. 《为了六十一个阶级弟兄》**

(1) 这是一篇事件通讯。

(2) 理清这篇通讯报道所涉及的时间、地点、人物，以及整个事件的发展脉络。

（3）分析此文纵横式结合的结构形式的特点，并说明这种时空变换形式对报道这类重大突发事件的作用。

（4）简要分析此文现场描述、于叙事中写人等写作特点。

**7.《英雄登上地球之巅》**

（1）联系当时时代背景，认知中国登山队员征服珠穆朗玛峰的意义和影响。

（2）此文以重笔浓墨，写中国登山队员突破人类登山史上90年来未能突破的难关，为祖国争得荣誉的感人事迹。认知此文在矛盾斗争中展开事件、表现人物的写作特点。

（3）此文在写登山队员的英雄事迹、展现他们的思想风貌的同时，深刻揭示了党的领导、祖国和人民的大力支持，是他们战无不胜、攻无不克的力量源泉。分析此文是如何正确处理英雄人物与党的领导、英雄人物与人民群众的关系的。

（4）指出此文景物描写部分。从描绘自然景色、渲染环境气氛、烘托人物等方面，分析此文景物描写的特点与作用。

**8.《"一厘钱"精神》**

（1）这篇工作通讯，不仅当时在全国引起巨大反响，时至今日，仍有现实性和指导性。领会此文的主题，理解"一厘钱"精神的含义。

（2）此文属经济报道，但不拘泥于具体数字、生产过程、生产进度，不就事论事，而是着力写人，见物见人见思想，努力做到贴近实际，贴近群众。认知此文从日常工作和生活中选取题材、提炼深刻主题的采写技巧。

（3）分析文中各小节的中心思想、它们之间的关系，以及如何为表现主题服务。

（4）此文以叙述为主，穿插了必要的议论。分析这些议论对揭示一厘钱、一分钟、一根火柴这三件事的意义，进一步深化主题的作用。

**9.《县委书记的榜样——焦裕禄》**

（1）识记这是穆青等同志写的人物通讯，曾在社会上引起广泛而深刻的影响，是我国新闻史上的名篇。

（2）联系当时的时代背景，概括此文的主题，认知它真实地表现了时代的英雄，深刻地体现了时代精神。

（3）指出焦裕禄的性格特征。联系有关段落，简要分析此文通过各种矛盾冲突表现人物思想性格的写作特色。

（4）分析这篇人物通讯的语言特色，领会"吃别人嚼过的馍没味道"这句话的深刻含义。

**10.《水城威尼斯》**

（1）这是一篇国际风貌通讯。

（2）风貌通讯要努力抓住特点，展现不同的地域风貌。简要分析此文通过水、桥、船等典型景物，多侧面地描绘威尼斯这个世界著名水城的地方特色。

（3）具体分析此文写景动静相衬的特点。

（4）指出此文所穿插的历史、地理等方面的材料，并说明运用这些材料在风貌通讯中的作用。

（5）对照作者国内题材的通讯报道，领会此文优美清新的语言风格。

**11.《写在绢帕上的诗》**

（1）识记这是一篇人物专访。

（2）此文以真挚的感情、动人的文字，表现了邓拓和丁一岚之间的文字缘、革命情，分析此文以诗为主线，谋篇布局、串联时空的结构特点。

（3）此文多处引用邓拓的诗，分析这些诗的艺术特色，认知它们对叙事、寄情、写人的作用。

**12.《并非鱼草之争》**

（1）识记这是一篇工作通讯，概括此文的主题。

（2）此文反映在多种经营中，如何保持自然生态平衡的问题。事情虽然较专门，较抽象，但写得不枯燥、不空泛，认知此文边叙述事实，边分析问题，边阐明道理的写作特色。

（3）具体说明此文由表及里、层层深入的递进式结构特点。

（4）指出文中以正、反两个方面说明主题、增强说服力的典型事例。

**13.《夜宿车马店》**

（1）此文宏观着眼，微观落笔，通过投宿乡镇车马店的一夜见闻，反映十一届三中全会以来农村的可喜变化。概括此文主题。

（2）找出通讯中的人物独具个性的语言，并领会这些生动形象的语言与文中透露出的浓郁生活气息和欢乐的丰收喜悦的必然联系。

（3）把握这篇通讯精心选材，巧妙构思，多侧面、多方位地表现主题的特色。

（4）学习记者既“身入”，又“心入”的采访作风。

**14.《长沙市火柴脱销的原因何在?》**

（1）简要分析这篇通讯揭示问题、剖析矛盾与解决问题而层层深入的写作特点。

（2）此文作者深入实际调查研究，掌握大量的第一手材料。说明这种良好的采写作风对写好工作通讯，做好新闻工作的重要意义。

（3）此文通过事实对比、数字对比，抓住矛盾，揭示症结。简要分析对比手法在这类通讯写作中的作用。

**15.《小城风光更迷人》**

（1）这篇通讯报道四川乐山五通桥的一次端阳龙舟盛会，简要分析此文在选材、结构安排上的特点。

（2）指出此文在哪些部分具有较强的现场感，说明这种表现手法对写好风貌通讯的作用。

（3）联系此文有关段落，体会并分析此文语言较为凝练生动的特点。

（4）说明“三位年过八旬的老太太，不顾刚朝拜峨眉山后的疲乏，又赶来小城河边观赏”这一细节在文中的作用。

**16.《“飞天”凌空》**

（1）识记这是一篇人物特写。它展现的是中国跳水姑娘在第九届亚运会上夺取桂冠的激动瞬间。

（2）落笔集中，突出一点是这篇特写选材的主要特点。分析记者如何在 1.7 秒的时间跨度里，极有层次地描绘出了一幅美丽的“飞天”画卷。

(3) 此文文势有起有伏，动静穿插自如。找出文中几处静态描写，并体味其以静反衬动的作用。

(4) 领会此文比喻、拟人等修辞手法对调动读者的想像力，增强作品形象性、生动性所起的作用。

**17. 《“妈妈教我放鸭子”》**

(1) 此文写的是放鸭姑娘日常的普通劳动生活，然而在记者笔下展现的却是一幅色彩斑斓、清新明快的放鸭图。认知此文新闻价值与审美价值和谐统一的特色。

(2) 此文运笔独特，构思巧妙，采用第一人称自述的口吻，让人物与读者娓娓交谈，体会这一表现手法独特的效果。

(3) 结合作品，具体分析此文“口语入文”的语言特色。

(4) 记者采用通俗的民谚、民谣，使深奥、枯燥的专业知识，变得通俗明白，妙趣横生。领会此文融思想性于知识性、趣味性之中的表现技巧。

**18. 《访厕所》**

(1) 此文材料丰富、翔实，不仅有对厕所现状的深入调查、细致观察，还有关于厕所的知识性介绍，说明这些材料对丰富报道内容，揭示问题的作用。

(2) 抓准问题是写好此类通讯的第一步，但真正要使主题有深度，还必须善于分析问题，提供解决问题的依据和办法。阅读全文，找出文中有关分析问题的句子、段落，并说明其对深化主题，增强通讯普遍指导意义的作用。

(3) 分析此文语言具体、生动、诙谐、幽默、可读性强的特色。

**19. 《核弹元勋的“三子”》**

(1) 识记这是一篇人物通讯。它像一面镜子，照出了核弹元勋邓稼先的高风亮节。概括此文的主题，说明其深刻的现实意义。

(2) 这篇人物通讯角度独特，只选择了功绩显赫的科学家对待房子、孩子、车子这些平常事，从不同侧面表现人物。体会这种表现手法的特点及其作用。

（3）对比手法的运用，映衬出人物质朴而高尚的精神风貌。找出此文中对比反衬手法的具体内容，并作简要分析，说明其对刻画人物、深化主题的作用。

**20.《相思正是吐黄时》**

（1）这篇通讯通过记叙一群归乡心切的台胞真实感人的典型事例，突出了血浓于水、两岸一家的骨肉亲情。

（2）通讯主题鲜明深刻，感情炽烈充沛，这与它精心选择有代表性的典型事例是分不开的。具体说明此文围绕一个“情”字，选材炼意的特点。

（3）通讯将人、事、景、理、情自然糅合在一起，引起读者感情上的强烈共鸣。结合文中“相思树”的反复出现，重点分析通讯中托物寄情的散文笔法对烘托气氛、开拓意境所产生的作用。

（4）及时捕捉富有人情味的细节，是此文写作特色之一。体会“38×365”这个算式所蕴含的意义。

（5）把握通讯起笔自然、结句意味深长的结构特点。

**21.《华阳礁上补给忙》**

（1）识记这是一篇现场短新闻。

（2）联系此文，领会记者深入实际、不畏艰险的可贵的采访作风，并说明这对采写好现场短新闻的重要性。

（3）简要分析此文使人如临其境、如见其人、如闻其声的现场新闻的写作特色。

**22.《醒来，铜陵！》**

（1）此文联系铜陵改革开放以来的经济建设实际，提出要进一步解放思想，转变观念，加速经济发展，加快改革开放步伐。此文从大处落墨，又开掘较深，既有宏观性，又有深刻性。概括此文的主题，并说明其社会意义。

（2）联系此文，认识新闻报道要“有的放矢”，要有针对性，与人民群众关心的问题贴得很紧的必要性和重要性。

（3）简要分析此文用事实说明道理，叙议结合，寓情于冷静评述之中的写作特色。

**23.《菜价追踪》**

（1）这是一篇经济报道，涉及与人民群众生活密切有关的菜价问题。把握和概括此文的主题。

（2）为弄清菜价变化的缘由，记者不辞辛劳，追踪采访，简要分析此文作者现场采访、上下结合、点面结合的采访特点。

（3）联系此文记者的采写过程，领会深入调查研究对新闻报道工作的重要意义。

（4）分析此文以追踪菜价变化的全过程为主要线索，依次推进，层层深入的结构特点。

**24.《领导干部的楷模——孔繁森》**

（1）这篇人物通讯，站在时代高度，把握时代精神，为我们树立了一个时代英雄的光辉榜样，发表后在社会上影响巨大。这篇通讯荣获1995年中国新闻奖特别奖。

（2）概括这篇通讯的主题，认知这个先进典型的时代意义。

（3）简要分析此文通过对主要情节和细节的刻画再现人物的崇高精神。

（4）分析此文在叙事写人、抒情议论等方面的特色。

**25.《师魂》**

（1）这是一篇人物通讯。通讯主人公田沛发的先进事迹，受到全国广泛重视。认知此文主题的重要意义。

（2）此文以田沛发父子为保护学校财产和年幼学生，与丧心病狂的歹徒展开英勇搏斗的经过为叙事主线，并穿插有关人物其他事迹材料，领会这篇通讯的结构特点。

（3）分析此文用事实说话，以真情实事感动人的写作特点。

（4）简要分析此文朴实无华，描述自然的语言风格。

## （三）

**1.《日本签字投降》**

（1）这是美国著名记者霍墨·比加特采写的反映重大历史事件的新闻名篇。

（2）此文通篇都是客观地叙述介绍，记者不直接发表任何议论。认知此文“寓观点于事实之中”的报道特色。

（3）此文对现场几个主要人物作了细致的描绘，写了一些有特点的细节。指出这些细节并分析其含义。

**2.《火葬——甘地永存》**

（1）识记这是一篇获得美国普利策新闻奖的新闻作品。

（2）认知此文语言凝练、传神的写作特色。

（3）具体说明此文以火葬为线索的结构特色。

（4）此文运用观察性报道手法，写得像一篇目击记。认知记者的观察，对准确、简练、生动地报道新闻的重要性。

**3.《美国宇航员登上月球》**

（1）人类首次登上月球，这是航天史上具有划时代意义的重大成就。美联社记者为了以最快的速度报道这一事件，在一时无法实地采访的情况下，根据电视实况转播写出了这篇报道。注意此文的时效性和作者高度的新闻敏感。

（2）认知此文导语的特点：开门见山，简洁明快，短短一句话便把新闻事件中最重要、最精彩、最引人注目的事实报告给读者。

（3）此文多次引用两位宇航员的话。指出这些话所具有的新闻价值以及对增强报道的客观性、可信性、权威性的作用。

（4）认知此文段落多、句子短，具体形象、富有动感，与画面节奏协调一致的写作特色。

**4.《周恩来总理逝世　北京沉浸在悲痛之中》**

（1）这是法新社前驻北京首席记者比昂尼克采写的一条短新闻。

（2）将自己的观点巧妙地蕴含在事实之中，是许多西方记者擅长的表现方法，简要分析文中所描述的开电梯姑娘和口译人员这两个镜头对表现新闻主题的作用。

（3）善于抓特点是此文描写准确、生动的主要原因之一。试比较记者在表现开电梯姑娘和口译人员听到总理逝世的消息时的不同描写。

（4）认知记者强烈的抢新闻的意识。

**5.《断电使纽约陷于一片黑暗》**

（1）这是一篇关于纽约断电的突发事件的报道。头天晚上断电，第二天即大范围、大面积地将断电造成的后果公诸报端。注意二者的时间距离，认知突发性事件报道尤应注意时效性。

（2）划分此文的层次内容，指出此文是从哪些方面、运用哪些典型事例表现纽约断电后的黑暗和混乱的。

（3）此文段落多，几乎每段都是一个相对独立的事实，但多而不繁琐、活而不零乱，结构紧凑，层次分明。分析此文谋篇布局、组织材料的技巧。

（4）认知此文用事实说话，作者基本上不直接进行评论的客观表现手法。

**6.《大平夫人看望“欢欢”，“长得多么可爱啊！”》**

（1）记者抓取当时的日本首相夫人看望中国熊猫的现场情景，把中日两国人民的友好关系表现得真切、细腻，富有人情味。认知外事活动，以至其他一些重要新闻题材，亦可从不同角度，采用不同风格，不拘一格进行报道，写出新意，写出情趣。

（2）分析此文重现场描写，少过程叙述的写作特点。

（3）指出文中对熊猫描写采用拟人化手法的作用。

**7.《圣海伦斯火山突然爆发》**

（1）此文从读者最需要知道什么的角度出发，以精练的文字，报道读者最关心的正在发生的事件的信息。认知研究读者阅读心理，对写好新闻报道的重要性。

（2）剖析记者笔下的现场描写所产生的视觉感。

（3）成功的记者善于调动一切新闻手段，使读者对报道的事实产生信任感和真切感。方法之一是运用数据。指出文中哪些地方运用了确切的数据，并说明它们对增强新闻可信性的作用。

**8.《记鲁迅》**

（1）这是美国著名记者史沫特莱写的一篇人物特写。史沫特莱是中国人民的朋友，在华居住多年，曾与鲁迅长期交往，所以能深刻写出鲁迅精神，使此文成为新闻名篇。

（2）联系作品简要分析鲁迅爱憎分明的性格特征。

（3）此文从具体到一般，再到具体。认知这种写法有助于引导读者全面、深刻认识鲁迅。

（4）找出文中人物外貌描写的地方，简要说明对表现人物的作用。

**9.《彭德怀印象》**

（1）此文选自美国著名作者埃德加·斯诺写的《西行漫记》一书。

（2）作为外国记者的斯诺，将一位中国红军领导人艰苦奋斗、平易近人的崇高品质，刻画得栩栩如生，体会并说明这位记者深入细致采访的特色。

（3）具体分析此文表现和刻画人物所采用的多种表现手法。

（4）认知此文的细节描写部分，剖析它们是如何为表现人物思想性格服务的。

**10.《巴黎陷落后的一个月》**

（1）这篇通讯表现了法国首都巴黎在1940年被德国法西斯占领后的种种情景。作者是苏联著名记者爱伦堡。

（2）分析此文选材典型，以一当十的写作特点。

（3）此文寓鲜明的爱憎于叙述描写之中。简要剖析此文如何通过对具体有力的事实的描写来体现主题。

（4）体会这位作者与众不同的写作风格。

**11.《水面下的桥梁》**

（1）这篇通讯是苏联著名记者西蒙诺夫在卫国战争中写的一篇通讯。

（2）此文开头给人留下悬念，然后叙述事件过程，结尾言尽意不尽。理清叙事线索，简要分析此文结构方面的特点。体会叙事可有波澜，但叙事要清晰而不杂乱的要求。

（3）此文以扎实的事实说明问题，体会并说明用事实说话也是通讯写作的基本方法。

**12.《墨索里尼悬尸米兰街头》**

（1）此文以记者的现场见闻感受为题材，具体生动地报道了意大利的法西斯党魁墨索里尼悬尸米兰街头的可耻下场。阅读此文，了解墨索里尼其人，领会此文的主题。

（2）墨索里尼悬尸街头的现场，场面大、事例多。认知此文以墨索里尼的尸体为主线，选择材料，安排结构，使行文简洁有序、内容集中鲜明的写作特点。

（3）指出此文对墨索里尼外貌进行细致描绘的表现手法及其作用。

（4）此文将介绍背景材料与报道新闻事件紧密结合在一起，说明此文运用背景材料的方法与通常介绍背景材料方法的不同之处。

（5）分析此文是如何表现意大利人民对墨索里尼这个法西斯头子的无比憎恶和满腔怨愤的。

**13.《奥斯威辛没有新闻可写》**

（1）奥斯威辛是纳粹德国设在波兰的一个大屠场。在距离最后一批囚犯被毒死后的14年，记者参观了这个集中营，写下了这篇报道。分析此文的主题，领会题目的含义。

（2）指出此文通过哪些典型事例，揭露奥斯威辛集中营的阴森、恐怖、惨绝人寰，控诉纳粹分子大规模屠杀、残害囚犯的罪行。

（3）此文双线条展开，一方面写奥斯威辛集中营，一方面写参观者（同时也是作者）的见闻感受和心情，情、景、事融为一体，双线交织，气氛沉重。认知这种表现手法的特点和作用。

（4）此文多处穿插了明媚温煦的阳光、赏心悦目的白杨、茵茵的绿草、嬉戏的儿童、焚尸炉上的雏菊、墙上悬挂的金发女郎面带微笑的照片。认知这种对照、反衬手法的艺术感染力。

**14.《英迪拉·甘地》（节录）**

（1）这是意大利著名女记者法拉奇写的一篇政治人物专访。法拉奇以善于在关键时刻采写世界政坛上风云人物而著称于世，被称为“政治访问之母”。

（2）研读本文，分析其问答对话，认知法拉奇言辞泼辣、提问尖锐、不卑不亢的采访风格。

（3）把握此文前言和谈话记录两部分的写作特色，理解二者之间内容上的联系与分工。

（4）找出文中对人物外貌特征描写的地方，并作简要分析。

**15.《“老报童”罗伊去世了》**

（1）这是一篇人物特写，认知“老报童”这一人物形象的典型意义。

（2）概括并分析“老报童”的性格特征。

（3）结合此文有关段落，说明人物外形、对话描写对刻画人物的作用。

（4）简要分析此文将叙事、写人、抒情融合在一起的写作特点。

**16.《世界最佳急诊室》**

（1）这篇特写的显著特色是结构新颖，采用的是双线式布局方法。一条线是描述这个急诊室的一次抢救活动的工作过程，一条线是介绍这个“猛烈创伤中心”的现实情况和背景材料。两条线交叉并进，互为补充。简要剖析这种结构形式的特点及其作用。

（2）认知此文中的背景材料，说明它在此文中的任务。

（3）简析此文结尾的内涵以及与主题的关系。

# Ⅲ　有关说明与实施要求

为了使本大纲的规定在个人自学、社会助学和考试命题中得到贯彻和落实，兹对有关问题作如下说明，并进而提出具体实施要求。

## 一、关于“课程内容与考核目标”

本大纲在列出课程内容的基础上，对大纲的各部分规定了考核目标，包括考核知识点和考核要求。明确考核目标，使自学应考者能够进一步明确考试内容和要求，更有目的地系统地学习教材，使社会助学者能够全面地有针对性地进行辅导；使考试命题范围能够更加明确；更准确地安排试题的知识能力层次和难易度。本大纲在考核目标中，按照识记、领会、简单应用和综合应用四个层次规定其应达到的能力层次要求。各能力层次的含义是：

识记：要求考生能知道本课程中有关的名词、概念、原理、知识的含义，并能正确认识和表述。

领会：要求在认识的基础上，能全面把握本课程中的基本概念、基本原理、基本方法，能掌握有关概念、原理、方法的区别与联系，并采用“认知”、“概括”、“把握”等词语，要求弄懂、概述新闻作品课文思想内容、写作特点、文体特征等。

简单应用：要求在领会的基础上，能运用本课程中的基本概念、基本原理、基本方法中的少量知识点分析和解决有关的理论问题和实际问题。

综合应用：要求考生在简单应用的基础上，能运用学过的本课程规定的多个知识点，综合分析和解决比较复杂的问题。在新闻作品课文阅读分析方面，上述第三、第四两项应用，要求对新闻作品课文的思想内容和写作特点，从整体或局部进行“简要分析”或“分析”，并能举一反三，灵活运用。

## 二、关于学习教材与主要参考书

教　材：

《中外新闻作品研究》，汤世英主编，邓长苏副主编，武汉大学出版社出版。

参考书：

《新闻通讯选评》，汤世英主编，中国人民大学出版社出版。

《外国新闻通讯选评》，蓝鸿文主编，长征出版社出版。

## 三、自学方法指导

1. 全面系统地学习课程的内容。本课程内容涉及新闻作品研究的基本理论知识和基本方法，以及新闻作品课文阅读分析。自学应考者应首先全面系统地学习新闻作品研究概论部分的各章，记忆应当识记的概念、名词，深入理解基本理论，弄懂基本方法的内涵，并认识各章之间的联系。其次，认真学习新闻作品课文。通过思考、分析，从整体上把握新闻作品课文的思想内容和写作特点。要求能用简洁的语言把要点归纳表述出来。切忌在没有全面学习课程内容的情况下孤立地去抓重点，切忌不认真钻研新闻作品课文，死记硬背教材“提示”中几个现成结论的倾向。

2. 把新闻作品研究的理论和方法结合起来进行学习。本课程的内容既有理论又有方法，既要掌握新闻作品研究的基本理论，又能实际运用剖析新闻作品的基本方法。自学应考者应在学习新闻作品研究的理论的同时掌握新闻作品研究的方法。

3. 重视理论联系实际，结合实践进行学习。本课程阐明的内容来源于新闻报道和新闻作品研究的实践。自学应考者在学习中要认真阅读和分析新闻作品，重视本课程规定的新闻作品评析应用训练，以增强感性认识，更深刻领会课程内容，将知识转化为能力，提高自己的分析问题和解决问题的能力。

## 四、对社会助学的要求

1. 本课程社会助学辅导时间，建议以36学时左右为宜。

2. 社会助学者应根据本大纲规定的课程内容和考核目标，认真钻研指定教材，明确本课程与其他课程不同的特点和学习要求，对自学应考者进行切实有效的辅导，引导他们防止自学中的各种偏向，把握社会助学的正确导向。

3. 要正确处理基础知识和应用能力的关系，努力引导自学应考者将识记、领会和应用联系起来，把基础知识和理论转化为应用能力，在全面辅导的基础上，着重培养和提高自学应考者的分析问题和解决问题的能力。

4. 要正确处理重点和一般的关系。课程内容有重点和一般之分，但课程内容是全面的，而且重点和一般是相互联系的，不是截然分开的，社会助学者应指导自学应考者全面系统地学习教材，掌握全部课程内容和考核知识点，在此基础上再突出重点。总之，要把重点学习和兼顾一般结合起来，切勿孤立地抓重点，把自学应考者引向猜题押题。

## 五、关于命题考试的若干规定

1. 本课程的命题考试，应根据本大纲规定的课程内容和考核目标来确定考试范围和考核要求。考试命题要覆盖到本大纲所规定的课程内容，并适当突出重点，体现本课程的内容重点。分析新闻作品的试题，其分析的作品，应以本大纲所列新闻作品课文为主。

2. 本课程的试题比例，新闻作品研究概论部分的试题约占35%，分析新闻作品的试题约占65%。试题中对不同能力层次要求的分数比例，一般为：识记占15%，领会占20%，简单应用占35%，综合应用占30%。

3. 试题要合理安排难易度结构。试题难易度可分为易、较易、较难、难四个等级，每份试卷中，不同难易度试题的分数比例，一般为：易占20%，较易占30%，较难占30%，难占20%。在各能力层次中都会存在不同难度的问题，切勿混淆。

4. 本课程考试命题的主要题型，一般有：单项选择题、多项选择题、简答题、论述题、分析题等。

# 附录　题型举例

**一、单项选择题（每小题列出的四个选项中，只有一个选项是符合题目要求的，请将正确选项前的字母填在题后的括号内）**

1.《县委书记的榜样——焦裕禄》是一篇（　　）。

A. 消息

B. 特写

C. 通讯

D. 评论

2.《西行漫记》的作者是（　　）。

A. 邹韬奋

B. 斯特朗

C. 斯诺

D. 范长江

**二、多项选择题（每小题列出的五个选项中，有二至五个选项是符合题目要求的，请将正确选项前的字母填在题后的括号内。多选，少选，错选均无分）**

1. 下列记者中，属于美国记者的是（　　）。

A. 史沫特莱

B. 法拉奇

C. 杰克·伦敦

D. 波列伏依

E. 斯诺

2. 下列新闻作品中，属于消息的是（　　）。

A.《阿西、亚妮当众挥毫妙趣横生》

B.《我国选手获得奥运会第一块金牌》
C.《核弹元勋的“三子”》
D.《桌上的表》
E.《从邮局看变化》

## 三、简答题

1. 新闻作品研究为什么要坚持实事求是的科学态度？
2. 分析新闻作品的结构需注意哪些问题？

## 四、论述题

1. 试述新闻作品研究中的思维特点。
2. 试述如何对新闻作品进行综合性分析。

## 五、分析题

1. 分析消息《抢菜记》的写作特色。
2. 分析人物特写《“老报童”罗伊去世了》的写作特色。

# 后　　记

根据1998年全国高等教育自学考试指导委员会新闻专业委员会新闻专业自学考试大纲教材编写计划，《中外新闻作品研究》自学考试大纲和自学考试教材由中国人民大学新闻学院汤世英主编，南昌大学新闻系邓长苏副主编。参加编写工作的还有郑州大学文化与传播学院董广安和中国青年政治学院展江。吉林大学中文系新闻专业赵振明曾参加1995年大纲初稿的部分编写工作。大纲和教材最后由中国人民大学新闻学院王泰玄教授、郑超然教授和《人民日报》高级记者毕全中审定。

**全国高等教育自学考试指导委员会**

**新闻专业委员会**

1998年12月